Christoph Nellessen

Die tätowierte Seele

Das Buch

Das Buch spielt in der Zeit kurz nach dem Dreißigjährigen Krieg, als die Kriegswirren noch nachwirkten und viele Bewohner unter den entsetzlichen Folgen von Hunger, Krankheiten und Überfällen zu leiden hatten. Das ermittelnde Trio „Triglaw"; ein Begriff aus dem altdeutschen/slawischen, was übersetzt „der Dreiköpfige" bedeutet und auf eine Gottheit aus dem Raum des heutigen Stettin im 11. Jahrhundert zurückgeht, steht für Adam tho Everhartz, dem Nachtwächter, Theiß ten Dahl, dem Schmied, und für Johannes Nethox, dem Magister aus einem nahe gelegenen Kloster.

Der Friede soll am 26. Juni in Nürnberg vollzogen werden. Im Mai des gleichen Jahres jedoch, geschehen merkwürdige Dinge im beschaulichen Vyrssen. Als hätten die Bewohner nicht schon genug unter den Folgen des letzten Krieges zu leiden, nisten sich zudem eigenartige Fremde im Gasthof *Zum goldenen Rahbarber* ein. Nur durch Zufall stößt die *Triglaw* auf diese Gefahr und beginnt misstrauisch zu werden. Mit Recht, denn wie sich bald herausstellt, nehmen die Ereignisse immer größere und gefährlichere Ausmaße an. Die Vergangenheit ist wieder zurückgekehrt. Letztendlich ist sogar der Westfälische Friede in Gefahr. Die *Triglaw* muss wieder aktiv werden.

Alle Orte sind historisch belegt, sowie auch viele der Namen, die aus verschiedenen Namenslisten aus jener Zeit entnommen wurden.

Der Autor

Christoph Nellessen wurde 1969 in Viersen geboren und ist dort niedergelassener Ergotherapeut mit eigener Praxis. Er lebt mit seiner Familie am Niederrhein.

»Die tätowierte Seele« ist nach »Der Wintermörder« sein zweiter historischer Kriminalroman.

Christoph Nellessen

Die tätowierte Seele

Historischer Kriminalroman

1. Auflage: 2020

Illustration Umschlag: Elisabeth Nellessen
Umschlagsgestaltung: Brita Paschke
Satz: Brita Paschke
ISBN: 978-3-00-066566-0

Für meine Frau Elli, Lennard und Samuel,

Josef Karschkes, der mich in meiner Jugend so oft unterstützte,

und Frank Zappa, mit dessen einzigartiger Musik, die nur von einem einzigartigen Menschen stammen kann.

Danksagung

Besonderer Dank gilt meiner Frau Elli, für ihre Zeichnung, ihre Kritik und ihr ständiges Engagement. Lennard Nellessen, dem schlimmsten Kritiker im Lande. Des Weiteren Susanne Mevissen, für die Hilfe beim Herstellen wichtiger Kontakte. Brita Paschke, für die freundliche und kompetente Beratung. Roland Rast, für die kompetente Beratung in allen Dingen, rund um den Computer. Herrn Heiner Jansen zusammen mit Frau Daniela Georgieff, für ihre Hilfe bei allen bürotechnischen Aufgaben. Dem Stadtarchiv Viersen, insbesondere Herrn M. Ewers und Frau Lennartz.

Vyrssen
MDCL
St. Ermgard
Kempen
Syghtlen
Niers
Anraid
Vyrssen
Holthuusen
Junkersberg
Bebroeck
Glabbeeck
In den Kivitten
Up der Hard
Abraham's Büsche
Bachholt
Dulcken
Lobberig
Kriekenbeck

Personen

Adam tho Everhartz,
Nachtwächter von Vyrssen, gehört der TRIGLAW an

Theiß ten Dahl,
Schmied aus Bebrock, Jäger von Soest, gehört der TRIGLAW an

Johannes Nethox,
Magister aus dem Kloster „In den Kivitten", gehört der TRIGLAW an

Larsen Cornelisson, Gotländer, Hauptmann der Jäger von Soest

Samuel Junker, Oberhaupt der Schmuggler von Holthuusen

Paulus Rah, Wirt vom GOLDENEN RAHBARBER, Helenasbrunn

Remerus Togrund, Jäger von Soest

Bernard von Metz, Jäger von Soest, Hauptmann der „Kahlköpfe"

Heinrich Schwofs/Bruder Waldemar,
Jäger von Soest, jetzt im St. Ermgard-Stift

Frieda, Kellnerin vom GOLDENEN RAHBARBER

Dreiß op ten Kamper, Schäfer von Neersen

Waldemar Imsch, Jäger von Soest

Bruder Josephus, Archivar vom St. Ermgard-Stift

Cornelis Jöris, Bewohner von Helenasbrunn

Guillaume de Lamboy, Feldmarschall der kaiserlichen Truppen

Geyso von Hessen, Feldmarschall der Protestanten

Graf von Trauttmansdorff, Chefdiplomat des Kaisers

Inhaltsverzeichnis

Der Tanz auf der Nadel,
der Tanz auf dem Dorn.
Stets kommt der Wandel,
so werden wir gebor'n.

1. Der Fremde

„Hast du Lust mit zum Goldenen Rahbarber zu kommen?!“, rief Adam tho Everhartz schon von weitem, als er sich der Schmiede näherte. Als Nachtwächter von Vyrssen war er in den frühen Morgenstunden von seinem Rundgang nach Hause gekommen und hatte sich für ein paar Stunden auf‘s Ohr gelegt, wie er immer zu sagen pflegte. Jetzt war er ausgeruht und es drängte ihn, seinem Freund Theiß ten Dahl einen Besuch abzustatten, um mit ihm zu ihrem Lieblingsgasthof zu gehen. Theiß saß mit verschränkten Armen vor seiner Haustür und hatte die Augen geschlossen. Er machte gerade eine Mittagspause und faulenzte in der warmen Sonne des Winnemond (heute Mai), während der Lehrbursche noch in der Werkstatt den Blasebalg betätigen musste, um die Glut in Gang zu halten.

Natürlich hatte er den Nachtwächter gehört, aber er machte sich einen Spaß daraus, seinen Freund auf eine Reaktion warten zu lassen. Deshalb, weil er wusste, dass Adam es nicht mochte. Und der Wutausbruch seines Freundes kam prompt, was ihm ein zufriedenes Lächeln auf das vernarbte Gesicht zauberte.

„He! Hast du mich nicht gehört?! Theiß! Thaaeiß! Verdammt noch mal! Nimm gefälligst deine verrosteten Eisenspäne aus den Ohren! He! Bist du taub?!“

Adam blieb ein oder zwei Schritte in respektvollem Abstand vom Schmied entfernt stehen und blickte zornig auf ihn herab. Mit hochrotem Gesicht, die Hände in die Hüften gestemmt, wippte er unruhig auf seinen Füßen auf und ab. Er sah, dass sein Freund nicht am schlafen war, denn sein Bauch bewegte sich dafür zu schnell auf und ab. Leicht gereizt, und mit zur Seite geneigtem Kopf, ließ er so einige Sekunden verstreichen. Aber noch immer wartete er vergeblich auf eine Reaktion. Da erkannte er das flüchtige und verräterische Lächeln im Gesicht seines Freundes, und das steigerte seine Wut:

„Du gottverdammtes Arsch! Mach endlich deine Kuhaugen auf! Glaub ja nicht, dass ich dein Spiel nicht schon lange durchschaut hab! Ich lass mich nicht mehr von dir auf den Arm nehmen! Ich nicht! Und dir zu Liebe und meiner Gesundheit wegen, werde ich mich nicht mehr über deine bescheuerten Späße aufregen! Das ist schon lange aus und vorbei! Hast du gehört?!“ Adam hielt kurze Zeit inne, schlug seine Augenklappe hoch und beugte sich verunsichert vor, um Theiß näher betrachten zu können. Etwas außer Atem und nun doch deutlich versöhnlicher, sprach er in gemäßigter Lautstärke:

„ Außerdem hab‘ ich solch einen Brand, das kannst du dir gar nicht vorstellen. Frieda schenkt heute auch aus. Du weißt doch, die mit den großen Brüsten. Kommst du jetzt mit oder nicht?“ Aber als einzige Reaktion wurde das breite Grinsen seines Freundes nur noch breiter und die Lachfalten zahlreicher. Adam sah das und fuhr verärgert hoch. Schon lange hatte er diese Spiele satt. Es entstand eine kurze Pause, denn er kam auf den Gedanken Theiß von seinem Hocker zu stoßen. Der Nachtwächter haderte, unterließ es dann aber doch, weil er zu große Angst vor seinen Wutanfällen hatte. Schließlich gab er sich mit einem tiefen und hilflosen Seufzer geschlagen:

„ Also gut! Ich bezahl heute!“ Adam sah zerknirscht drein, auch dann noch, als Theiß endlich seine Augen öffnete. Der Schmied lächelte zufrieden:

„Na geht doch!“ Noch etwas genervt ließ Adam seine Augenklappe zurückschnellen, was ein untrügerisches Zeichen dafür war, dass seine Geduld die Grenze des Möglichen erreicht hatte. „ Nur noch dieses eine Mal, dann bist du wieder dran! Sonst werde ich dir nicht mehr helfen, wenn abends wieder Holland in Not ist!“ Theiß schaute verwundert auf:

„Soso. Das ist ja interessant. Seit wann brauchte ich denn mal deine Hilfe?“ Adam kratzte sich verlegen am Kopf und suchte nach den passenden Worten:

„Tja, also. Also wenn du, … Ich meine wenn du das nächste …“ Aber Theiß klopfte ihm freundschaftlich auf die Schulter:

„Mensch, Adam! Versuche es gar nicht erst. Bei mir war noch nie Holland in Not!“

„Na, man weiß doch nie. Irgendwann könnte es dich auch mal treffen! Es hat schon … “

„… komm, lassen wir das Thema. Damit du endlich deine Klappe hältst, gehen wir besser sofort los und: ja, ich bezahle! Sogar freiwillig!" Plötzlich stutzte Theiß und schaute verwundert nach unten:

„Sag mal. Wo hast du denn diese unmöglichen Schnabelschuhe her!?" Den Triumph noch im Stillen auskostend und ganz in Gedanken versunken, fuhr der Nachtwächter erschrocken auf und fragte etwas verwirrt:

„Was? Wie?"

„Na, die Schuhe! Was sind das für hässliche Dinger?! Und dafür hast du noch Geld bezahlt?" Adam schaute etwas irritiert:

„Hast du die noch nie gesehen? Die tragen jetzt doch alle Leute in der Stadt!" Der Schmied lachte und zeigte belustigt auf die Schuhspitze:

„Was baumelt denn da vorne dran?" Adam bückte sich und betrachtete sie ausgiebig und merkte nicht, wie Theiß an seine Geldkatze ging und ihm ein paar Gulden herauszog.

„Ich weiß gar nicht …"

„… ach komm. Lass gut sein! Ist mir auch egal! Du musst sie ja doch tragen." Adam kam wieder hoch, schaute zuerst etwas verwundert und dann mit einem Mal sehr misstrauisch. Schließlich drückte er dem Schmied seinen langen dünnen Zeigefinger auf die Brust:

„Sag mal, versuchst du mich wieder zu verarschen? Ich kenne dich doch!" Theiß setzte seine Unschuldsmiene auf:

„Nein, nein. Warum sollte ich denn?"

„Na! Vielleicht wolltest du mir in den Allerwertesten treten, oder so ähnlich?!" Theiß lachte erleichtert und machte eine einladende Bewegung mit der Rechten:

„Ach Quatsch! Wo denkst du hin. Komm lass uns gehen. Du hast doch so einen Höllenbrand, oder nicht? Je eher wir da sind, umso besser."

Adam betrachtete ihn immer noch misstrauisch und sein Auge suchte nach irgendwelchen verräterischen Anzeichen in seinem Gesicht. Aber vergeblich, und er wurde das Gefühl nicht los, dass Theiß weiter sein Spiel mit ihm trieb.

„Hast ja Recht. Gehen wir. Zum Goldenen Rahbarber?"

„Natürlich! Bei dem schönen Wetter!"

Sie gingen zu Fuß und kamen am ‚Bebroecker Weiher' vorbei, der in einer Senke lag und von mehreren kleinen Bächen gespeist wurde. Hinter ihnen, im Westen, erhob sich der majestätisch wirkende Junkersberg, auf dessen Spitze die Junkersburg mit ihren Zinnen zwischen den Bäumen hervorschaute. Auf der östlichen Seite des Weihers stieg das Land wieder allmählich an und sie kamen jetzt zum Galgenberg, der vor der Ortschaft Helenasbrunn lag.

„Diesen scheiß Berg noch, dann haben wir uns sicher noch ein zusätzliches Bier verdient!", fluchte Adam und Theiß klopfte ihm lachend auf die Schulter:

„Du kannst wohl nie genug bekommen, was? Eigentlich müsstest du doch froh sein, dass es diesen Galgenberg gibt. Oder nicht?" Adam schaute etwas ernst und sagte:

„Naja, wie man's nimmt! Im letzten Winter hätte ich hier beinahe meinen letzten Atemzug wegen diesem verfluchten Wintermörder gemacht! Hast du das schon vergessen?"

„Nein, nein! Mein alter Freund. Wie könnte ich das vergessen haben. Aber das ist nun schon längst Geschichte. Lass uns nicht mehr daran denken. Ich glaube nicht, dass wir noch einmal in eine ähnliche Lage kommen werden. Die Triglaw, also du, Johannes Nethox und ich, werden wohl nicht mehr gebraucht."

Sie passierten wortlos und mit eiligen Schritten den Bergkamm der Richtstätte. Der Pfad, den sie jetzt herabkamen, führte sie an unzähligen Obstgärten vorbei, in denen es in allen möglichen Klangvariationen summte und surrte. So schön sie auch waren, aber sie wollten nicht so ganz in das schauerliche Bild passen, das sie soeben noch vor Augen hatten. Endlich kam der Gasthof Zum Goldenen Rahbarber des Paulus Rah in Sicht, dessen Schreibweise an seinen Nachnamen erinnern sollte, und ihre Schritte wurden wieder etwas schneller. Adam schien alles Vorherige vergessen zu haben und fuhr sich bereits genüsslich mit der Zunge über die Lippen.

„Mann, was habe ich nur für einen Brand heute." Und mit einem Zwinkern an seinen Freund gerichtet:

„ Na, wie gut, dass du heute bezahlst, so schmeckt das Bier noch mal so gut!" Theiß nickte zustimmend, legte seinen Arm auf seine Schulter und hatte seinen Spaß, als er mit einem gespielten und wohlwollenden Lächeln sagte:

„Geht schon klar, Adämchen. Jeder kriegt das, was er verdient." Adam nickte vergnügt.

Sie gingen unter dem hohen Torbogen hindurch und kamen über den Innenhof zum Hauptgebäude. Rechts, neben dem Haupteingang, befand sich ein Durchgang, der wie ein Tunnel durch das Haus auf die andere Seite führte. Es war nur ein kleiner Durchgang, aber immerhin groß genug, dass zwei Leute nebeneinander gehen konnten. So erreichten sie den hauseigenen Obstgarten, der mit laubenähnlichen Sitzecken unter jedem Baum ausgestattet war. Die knorrigen Äste mit ihrem dichten Laubdach waren dabei willkommene Schattenspender.

„Nehmen wir wieder den Kirschbaum am Ende des Gartens?", fragte Theiß.

„Scheißegal! Hauptsache …"

„… du kannst deinen Brand löschen!", setzte der Schmied seinen Satz fort.

„Ja, genau! Selbst wenn uns die Tauben wieder den Tisch vollgeschissen haben! Komm, lass uns etwas schneller gehen. Sonst kommt noch so ein Pfeffersack oder Kluet daher und versucht, ihn uns streitig zu machen!" Sie hatten Glück. Der Sitzplatz war noch einer der wenigen freien Plätze; eben wegen jenem Taubenkot, und sie eilten sich diesen zu besetzen. Es dauerte nicht lange und sie konnten die erste Bestellung aufgeben. Eine junge blonde Frau mit einem tiefen Ausschnitt kam. Sie konnten nicht anders als dauernd auf ihre großen Brüste zu schauen.

„He Frieda! Hast du noch ein Bier für uns?", rief der Schmied.

„Du meinst wohl zwei, mein Bärchen!", kam die Antwort. Adam starrte währenddessen auf ihren Ausschnitt und machte dabei ein recht dummes Gesicht. Theiß sah das und schlug ihm leicht unter das Kinn:

„Mach die Klappe wieder zu! Frieda ist schon in festen Händen!" Die Frau kicherte und verließ wieder den Tisch.

„Mann, hat die einen Hintern! Den müsste man …"

„He! Bist du nicht zum Biertrinken hier? Jedes Mal das Gleiche! Irgendwann musst du doch mal kapiert haben, dass bei Frieda für dich

Hopfen und Malz verloren sind!“

„Mensch Theiß! Hast du nicht ihre schönen weißen Zähne gesehen! Und diese festen Lippen! Blutrot sag ich dir. Blutrot. Dafür würde ich glatt meinen Bierkrug stehen lassen. Hörst du mir überhaupt zu?!“

Theiß schüttelte den Kopf und gab es auf. Stattdessen wanderte sein Blick umher und er betrachtete die anderen Gäste. Nebenan, zu ihrer Rechten, an einem stattlichen Apfelbaum, saßen zwei alte Männer, ihrer Körperhaltung nach schon recht lange, denn sie lehnten weit vornüber gebeugt und schienen sich krampfhaft an ihren Bierkrügen festzuhalten. Zu ihrer Linken befand sich eine Gruppe von Handwerksleuten, die sich andauernd laut lachend zuprosteten. Dazwischen wirbelte Friedas roter Rock geschäftig immer wieder auf. Sein Blick schweifte weiter umher, bis er schließlich verwundert an einer weit entfernten dunklen, halb verfallenen Sitzlaube hängen blieb. Sie befand sich in der nördlichsten Ecke des Obstgartens, unter den ausladenden Ästen einer Tanne des Nachbargrundstückes, die über den Zaun hingen und von einer Seite durch die Mauer eines Wirtschaftsgebäudes begrenzt wurde. Diese Sitzecke war bei den Gästen schon seit langem sehr unbeliebt und nicht mehr genutzt worden. Deshalb wurden jetzt nur noch Küchenabfälle und dergleichen dort hingeworfen. Aber heute war es anders und sie schien besetzt zu sein. Denn er glaubte kurz eine bleiche Hand gesehen zu haben, die zwischen ein paar Ästen hervorschnellte, um einen davon etwas weiter hinunter zu biegen.

„Adam, guck mal da hinüber.“

„Was ist denn da? Hast du Hunger? Bist du etwa scharf auf die Küchenabfälle?“ Der Nachtwächter kicherte.

„Quatsch! Nichts als Küchenabfälle! Das habe ich ja auch zuerst gedacht. Aber ich glaube da sitzt tatsächlich jemand. Einer von den großen Ästen hatte sich bewegt.“

„Das glaube ich nicht. Vielleicht war‘s nur ein beklopptes Eichhörnchen oder so. Wer setzt sich denn da freiwillig hin? Dieser elendige Gestank und dann noch die fiesen spitzen Nadeln der Tanne. Freiwillig setzt sich doch keiner da hin. Selbst wenn das Bier umsonst wäre!“ Aber Theiß ließ sich nicht beirren und stieß plötzlich den Nachtwächter an:

„Da! Guck doch! Frieda bringt gerade einen Bierkrug dorthin.“ Gespannt und erwartungsvoll blickten sie hinüber, als sich Frieda der Ecke näherte. Zu ihrer Überraschung blieb sie jedoch ein paar Meter vor der Tanne entfernt stehen und stellte das Gefäß auf dem Boden ab. Dabei schaute sie nicht einmal auf, so als sei es ihr verboten, und hastete schnell wieder davon.

„Hast du das gesehen?“, rief Theiß mit unterdrückter Stimme.

„Ja, komisch. Aber vielleicht sitzt da ja nur ein Hund.“, versuchte Adam eine Erklärung zu finden und kratzte sich dabei etwas verlegen am Kopf.

„Na, das werden wir ja sehen! Lass uns abwarten und sehen was weiter passiert.“

„Ah! Da kommt schon unser Bier!“, rief Adam begeistert. Bevor Frieda wieder verschwinden konnte, hielt Theiß sie an der Hand fest:

„Sag mal Frieda, wer sitzt dort drüben unter der Tanne? Wer ist das?“ Sie erschrak bei dieser Frage, und das wunderte ihn.

„Frieda, was ist los?“ Sie schaute unsicher zur Seite und versuchte sich loszureißen. Aber Theiß hielt sie fest und versuchte vergeblich ihren Blick fest zu halten.

„Theiß! Aua! Du tust mir weh!“ Sofort lockerte er seinen Griff und Frieda verschwand geschwind, ohne auch nur eine Antwort oder einen Wink zu geben.

„Verstehst du das, Adam?“

„Ne. Komisch ist das schon. Aber warum sagt die denn nichts? Und ganz schön zickig war sie obendrein. Eigenartiges Frauenzimmer.“

„Eben. Sie schien schon fast Angst zu haben. Ich glaube, ich geh mal rüber zum Paulus.“ Adam aber hatte ganz andere Sorgen:

„Meinst du, das ist eine gute Idee? Dein Bier wird doch warm.“

„Dann bleib doch einfach sitzen!“ Aber da kam ihm eine Idee: „Vielleicht ist das sogar sehr gut!“ Adam beäugte gierig seinen Bierkrug und hörte nur mit einem Ohr zu:

„Sag ich doch. Sag ich doch.“

„Gut. Ich geh‘ dann mal zum Paulus und du beobachtest weiter diese Ecke da hinten.“

„Geht doch klar, Mann! Kein Problem."

Theiß ging hinein in den Schankraum und fragte sich zu Paulus durch. Endlich fand er ihn beim Austauschen eines leeren Bierfasses.

„Grüß dich Paulus! Kann ich dich mal kurz sprechen?"

„Nur wenn du mir zuerst hilfst, dieses schwere Ding auszutauschen!"

Theiß schnappte sich das volle Bierfass und stemmte es auf die Theke, nachdem Paulus Rah das Leere entfernt hatte. Im Handumdrehen hatte der Wirt einen Zapfhahn hinein geschlagen und wollte schon das nächste Bier anzapfen, als der Schmied ihm seine Rechte auf die Schulter legte.

„Hehe! Braunbär! Was soll das?" Der Wirt, der wegen seiner starken Körperbehaarung von allen so genannt wurde, schaute mit einem gequälten Lächeln zu ihm auf:

„Ja? Was ist? Kannst du mich nicht meine Arbeit machen lassen?"

„Wir hatten doch eine Abmachung! Ich helfe dir und du opferst mir eine Minute deiner wertvollen Zeit!" Verlegen nahm Paulus seine weiße Schürze in die Hände und rieb darin nervös seine Hände. Dann drehte er hektisch seinen Kopf umher, als hätte er Angst und flüsterte hinter vorgehaltener Hand:

„Komm mit nach hinten in die Küche! Es ist nicht gut für mich wenn man uns hier sieht." Theiß zog verwundert die Augenbrauen hoch und ihn beschlich ein ungutes Gefühl:

„Aber du weißt doch noch gar nicht, was ich von dir wissen will!" Paulus Rah presste die Lippen zusammen und drehte sich abermals um.

„Halt die Klappe und komm jetzt mit! Nicht hier!"

Er folgte dem Wirt durch einen schmalen Flur und die Küche, bis sie endlich den Vorratsraum erreicht hatten. Listig, wie eine Katze, löschte er dabei alles Licht hinter ihnen. Paulus wies ihm einen Platz auf einem Bierfass zu und schloss die Tür, kurz nachdem er noch einmal hinaus gespäht hatte.

„Was hast du denn, Paulus? Was ist hier eigentlich los? Zuerst Frieda, und jetzt du! Ich erkenn' euch gar nicht mehr wieder!" Paulus legte den Zeigefinger an den Mund:

„Psst! Nicht so laut! Das wirst du gleich wissen, wenn ich fertig gesprochen habe“, flüsterte der Wirt mit angespannter Stimme. Theiß kam aus dem Staunen nicht mehr heraus und er ahnte, dass etwas Eigenartiges im Anmarsch war, wie er immer zu sagen pflegte.

„Frieda kam eben schon zu mir gerannt und erzählte mir bereits, dass du schon so neugierig gewesen bist!“

„Neugierig?! Was soll das denn heißen? Jetzt ist aber mal Schluss hier! Ich wollte nur wissen, was das für ein Typ da hinten in der dunklen Ecke ist!“

„Und genau das ist ja unser Problem!“

„Problem? Was für ein Problem?!“, rief Theiß überrascht.

„Nicht so laut! Brüll doch nicht so rum! Sonst hört der uns noch!“

„Wer?! Nun sag schon! Wer?!“ Paulus Rah kratzte sich am Kopf und wischte sich die Schweißperlen mit seiner schmutzigen Schürze von der Stirn.

„Nur, wenn du mir versprichst, nicht mehr laut zu werden. Seit du in dieser Triglaw bist, bleibt dir auch gar nichts mehr verborgen!“

„Warum sollte das denn? Ihr solltet froh sein, dass wir letztes Jahr diesen Thoms Neckels dingfest machen konnten.“ Paulus hielt abwehrend die Hände hoch:

„Sicherlich. Das sind wir auch alle hier. Aber manchmal ist es auch gut, nicht alles zu wissen.“

„Versteh ich nicht.“ Der Wirt verzog etwas gereizt das Gesicht.

„Genau das habe ich befürchtet!“ Theiß war mit seiner Geduld ebenfalls fast am Ende und stand langsam, und schon fast drohend, von seinem Fass auf. Mit seinem muskulösen rechten Arm wies er zum Ausgang und sagte:

„Wenn du mir nicht sofort sagst, was hier gespielt wird, gehe ich hinaus und werde mir diesen eigenartigen Kerl anschauen! Aber,“ und er beugte sich zu ihm hinunter, „ein falsches Wort oder ein falscher Pieps von ihm, dann kann ich dir für nichts garantieren!“ Paulus wollte etwas sagen, aber Theiß unterbrach ihn und sagte erregt:

„Und dann werden wir beide uns noch mal unterhalten!“ Paulus schluckte. Er schien in seinen Gedanken Zweierlei abzuwägen. Dann hatte er sich entschieden:

„Gut. Setz dich und höre zu! Aber ich habe eine Bedingung: kein Wort zu irgendjemanden sonst! Klar?“ Theiß schüttelte seinen Kopf und winkte entschlossen ab.

„Nein! Kann ich nicht versprechen!“ Der Wirt holte tief Luft und ihm entfuhr ein leises:

„Scheiße!“ Theiß tippte ungeduldig auf den Deckel des Bierfasses.

„Dann darfst du es aber nur den anderen der Triglaw erzählen.“

„Das geht in Ordnung. Erzähl jetzt schon!“

„Unter der Tanne sitzt ein Kerl, dessen Gesicht niemand sehen darf. Heute Morgen kam er in einer Kutsche in Begleitung mit sechs schwarz gepanzerten Kürassieren zu mir auf den Hof gefahren. Er war unter einer schwarzen Kapuze versteckt. Ich erschrak, als ich den Aufzug sah. Die Panzerritter hielten ihre Visiere verschlossen und ich bekam zuerst niemanden zu Gesicht. Mir standen die Haare zu Berge, als die Ritter auf mich zukamen und mir wortlos ihre Schwerter an die Kehle hielten. Dann stieg ein älterer, grauhaariger Mann aus der Kutsche und sagte mit schneidender Stimme: ‚Gütiger Herr Rah, ich gebe ihnen hiermit einen Mann in ihre Obhut, dem sie für ein paar Tage Unterschlupf zu gewähren haben! Sollte ihm wider Erwarten etwas zustoßen, wird das für sie und ihre Familie ernsthafte Folgen haben! Sie alle werden dann mit ihrem Leben dafür bezahlen müssen!‘ Ein höchst unangenehmer Kerl, sag ich dir!“

„Was geschah dann?“

„Ich Esel fragte dann noch nach dem Namen des Herrn!“

„Und?“

„Nichts und! Die Schwerter bohrten sich tiefer in meinen Hals, dass ich glaubte, es wäre um mich geschehen! Auf einen Wink des alten Mannes hin, ließen sie von mir ab und stattdessen kam er und packte mich bei der Kehle. Die Metallplatten an seinem Handschuh haben mir den ganzen Hals zerschnitten! Deshalb das Halstuch. Mit dem Lachen eines Folterknechtes von der schlimmsten Sorte, sagte er plötzlich: ‚Öffnen sie ihren Rachen!‘ Ich tat es. Dann fragte er mich, ob ich schon einmal was von einem Schwedentrunk gehört habe. Ich nickte. Er lachte und erklärte mir, dass er diesen Trunk nicht nach der üblichen Art und

Weise verabreiche. Damit die Jauche besser fließen könne, würde er zuerst jedem die Zähne ziehen lassen. Dann müssten die Angehörigen sich selbst den Trunk verabreichen. Schließlich wolle er sich nicht die Finger an diesem Teufelszeug schmutzig machen! Zum Schluss, bevor er und die Reiter wieder abfuhren, warnte er mich, dass der Name des Besuchers geheim sei und jeder Versuch ihn herauszufinden, ebenfalls mit dem Tode bestraft würde!"

Theiß sah Paulus ängstlich zitternd auf dem Fass sitzen und überlegte was er jetzt am besten sagen sollte, denn, wie jetzt Adam sagen würde, hier war Holland in Not.

„Paulus Rah. Das sind schlimme Nachrichten! Aber das kann man nicht so einfach über sich ergehen lassen!" Sofort fiel der Wirt vor ihm auf die Knie und hielt die Hände gefaltet:

„Theiß! Bitte sage niemanden etwas! Du hast es versprochen! Unser aller Leben ist in Gefahr! Sie werden heute Abend schon wieder zurückkommen!" Theiß fasste ihn bei den Händen und hob ihn vorsichtig wieder auf:

„Das weiß ich doch, alter Freund! Aber sobald dein eigenartiger Gast mit ihnen deinen Hof verlassen hat, werden wir ihnen folgen und herausfinden, wer er und sie sind. Auf unsere Gefahr hin, versteht sich!" Paulus Rah schaute wieder etwas hoffnungsvoller drein und nickte:

„Ja, das hört sich schon besser an. Lass sie erst einmal weit weg sein, dann ist es mir auch egal." Theiß schaute verbittert:

„Ich habe immer gedacht, dass der Dreißigjährige Krieg vorbei ist! Verflucht! Wer sitzt denn jetzt da draußen?"

„Das weiß ich nicht. Vielleicht einer der Kürassiere? Vielleicht der Hauptmann? Der Gast? Theiß, das Beste wird wohl sein, dass ihr jetzt geht. Sonst schöpft der alte grauhaarige Kerl noch Verdacht." Theiß dachte angestrengt nach und nickte:

„Ja, stimmt. Das wird wohl das Beste sein! Für's erste! Jetzt, da man uns vielleicht schon gesehen hat, ist es aber erforderlich, das Johannes Nethox ab und zu vorbei kommen wird." Der Wirt nickte. Sie gingen hinaus und Theiß kehrte zu Adam zurück.

„He! Wo warst du so lange? Mit Frieda spielen?"

Aber der Schmied war im Moment nicht für solche Späße aufgelegt. Er spürte in seinem Rücken förmlich den bohrenden Blick des Fremden. Eine tödliche Gefahr, wie ein leises Gewitter, langsam, aber stetig anschwellend, je länger sie hierblieben.

„Halt deinen Schnabel, Adam! Wir müssen sofort von hier verschwinden!“ Adam schaute ihn ungläubig aus seinem großen Auge an:

„Was ist denn los?“ Aber Theiß hielt nur den Finger an den Mund und flüsterte:

„Tu am besten so, als seiest du betrunken. Das fällt am wenigsten auf. Ich erkläre dir gleich alles, wenn wir bei mir zu Hause sind.“

„Aber eine kleine Entschädigung wird‘s doch geben, oder?“

„Ja, natürlich! Ich kann jetzt auf jeden Fall auch einen Schluck gebrauchen!“

„Na, dann bleiben wir doch einfach …!“

„… aber nicht hier!“

„Ist denn was passiert? Was Schlimmes?“ Theiß nickte, zwei Mal. Aber Adam schluckte nur einmal, dafür aber tiefer.

„Gut, ich habe verstanden! Gehen wir.“

2. Die Triglaw kommt zusammen

Theiß stützte den betrunkenen Adam ab, der laut johlend mit ihm, zur Zeit der Dämmerung, den Garten verließ. Als sie an der dunklen Ecke vorbei kamen, war es Theiß, als würde sich dort ein noch dunklerer Schatten, kaum erkennbar, abzeichnen. Er war sich nicht sicher, aber er meinte auch kurz das Weiß zweier bohrender Augen zu sehen, die ihnen sehr aufmerksam folgten. Ein leises und giftiges Zischen, wie das einer Schlange, drang an sein Ohr, und auch Adam schien es zu hören, denn er hielt einen Moment lang inne und verstummte. Theiß packte fester zu:

„Nicht aufhören. Geh doch weiter!", flüsterte er und zog ihn mit sich. Gott sei Dank, machte Adam auch das, was er ihm sagte, und spielte weiter seine Rolle des Betrunkenen. Erleichtert erreichten sie endlich den Torbogen und blieben kurz für eine Atempause stehen. Plötzlich hörten sie ein Geräusch:

„Psst!" Erschrocken fuhren sie herum und sahen plötzlich einen Arm aus einem nahe gelegenen Gebüsch heraus ragen. Dieser jemand winkte sie nun herbei und flüsterte mit gepresster Stimme:

„Kommt schnell! Der Wirt schickt mich! Nehmt das hier!" Jetzt erst erkannten sie im Halbdunkel den Zettel, der in der ausgestreckten Hand steckte. Wortlos und ohne eine weitere Bewegung, nahm Adam den Zettel im Vorübergehen an sich und sie gingen weiter. Sie unterließen es, auf Drängen von Theiß, eine Unterhaltung über die geschehenen Dinge zu führen. Ein klarer Sternenhimmel erstreckte sich über ihren Köpfen, als sie endlich den Galgenberg passierten. Aber in der Ferne zog bereits ein dunkles Wolkenband herauf und verhieß nichts Gutes. Theiß schien sich nun sicher genug zu fühlen und beendete, sehr zur Erleichterung von Adam, der immer wieder fragend zu ihm aufgeschaut hatte, das Schweigen:

„Komm, Adam. Wir müssen uns beeilen, sonst werden wir pitschnass, ehe wir in der Schmiede ankommen."

„Aber, ich dachte wir könnten jetzt über …" Doch der Schmied schüttelte abwehrend den Kopf und ließ den stehengebliebenen Nachtwächter einfach zurück.

„Zu Hause. Jetzt nicht. Das ist nicht der richtige Ort.“ Adam stieß einen leisen Fluch aus und schaute sich ängstlich um:

„Kacke noch mal! Musste das gerade heute passieren? Wehe, Theiß hat keinen guten Tropfen zu Hause!“ Dann beeilte er sich seinen Freund einzuholen, weil ihm die erdrückende Stille mit einem Mal nicht mehr geheuer war. Sie beschleunigten ihre Schritte ohne ein verabredetes Zeichen, denn beide beschlich das gleiche ungute Gefühl, dass sie nicht alleine im Wald waren. Als es wieder bergab ging, schauten sie nicht mehr zurück. Deshalb bemerkten sie auch nicht die dunkle Gestalt, die ihnen auf einem Pferd hinterher geritten kam.

„Warum haben wir eigentlich Ella nicht mitgenommen?!“, fluchte Adam mit unterdrückter Stimme, als sie den Rand des Tales erreichten.

Als sie auf der anderen Seite des Tales den Weiher zum ersten Mal sehen konnten, verschwand Adam plötzlich hinter einer großen Kopfweide. Theiß schaute ihm verwundert nach und tat einen Schritt zur anderen Seite des Weges, so dass er ihm gegenüber stand und flüsterte leise:

„Adam, was soll das? Hast du was gesehen?“

„Geh weiter! Nimm den nächsten Baum dort drüben, und warte ab!“

„Was hast du denn?“

„Reine Vorsichtsmaßnahme! Der alte Junker hat mir beigebracht, immer auf der Hut zu sein!“ Der Schmied schüttelte den Kopf und schlüpfte hinter die nächste Kopfweide. Er sah wie Adam etwas Dunkles aus seiner Jackentasche herauszog. Dann fiel sein Blick auf den schwach beschienen Weg, den sie herunter gekommen waren und zuckte zusammen. Aus der Kurve, kurz vor der Talsohle, schälte sich etwas Dunkles und Großes hervor. Es war ein schwarzes Pferd, auf dem ein großer Mann in einer dunklen Ritterrüstung saß. Sie glänzte schwach und der Klang der Metallplatten drang leise zu ihnen herunter. Nur zehn Meter von der Kopfweide entfernt, hinter der Adam sich befand, hielt er an einer Gabelung an und schien unschlüssig zu sein, welchen Weg er nehmen sollte. Dann sah Theiß plötzlich eine schnelle Bewegung seines Freundes und hörte ein kurzes Surren. Einen kurzen Augenblick später wieherte das erschrockene Pferd und bäumte sich wild auf. Der Reiter konnte sich nur mit Mühe im Sattel halten. Dann hörte Theiß ein zweites Mal das Surren und dann kannte das Pferd kein Halten mehr. Im wilden Galopp stürmte es mit seinem Reiter den Berg wieder hinauf und sie verschwanden aus ihrem Blickfeld.

„Komm! Schnell weiter!", rief Adam und rannte vorweg. Theiß folgte ihm verdutzt und bald hatten sie endlich die Schmiede erreicht. Drinnen brachten sie schnell wieder das Feuer in Gang und Theiß kam nicht mehr aus dem Staunen heraus:

„Alter Schwede! Woher wusstest du, dass wir verfolgt würden? Und seit wann trägst du diese Zwille mit dir rum?!"

„Gib mir erst mein Bier! Dann bekommst du deine Antwort!", sagte der Nachtwächter mit gewichtiger Miene und verschränkte gestenreich seine Arme. Bereitwillig schenkte der Schmied ihm ein und setzte sich mit einem leicht gespielten Erstaunen zu ihm ans Feuer. Dann gab er ihm einen freundschaftlichen Klaps und sagte:

„So, dann lass mal hören!"

„Samuel Junker hat sie mir gegeben. Er ist der beste Zwillenbauer, glaub's mir!"

„Das war auch ein strammer Schuss! Wo hast du denn so gut schießen gelernt?"

„Jaja! Ich habe selber gesehen wie der Alte damit auf die Jagd gegangen ist! Dann hab ich es mit Spatzen probiert; so unterwegs, weißt du. Ich glaube ich kann von mir behaupten, dass ich …" Adam war gerade in seinem Element, als ihn sein Freund jäh unterbrach:

„… was?! Auf die Jagd?! Mit dem Ding?! Zeig mal her!" Adam reichte sie ihm mit gekränkter Miene.

„Was ist denn das für ein Holz?" Sofort keimte in Adam wieder die Hoffnung auf, sich profilieren zu können.

„Du meinst wohl Hölzer! Welche das sind, kann ich dir nicht sagen. Siehst du nicht die helle und die etwas dunklere Seite?"

„Jetzt wo du es sagst. Und warum ist es so?"

„Die helle Seite biegt sich weiter und man bekommt auch auf weiter Entfernung einen guten Schuss hin. Die dunkle Seite ist für ein schnelles, kurzes und genaues Zielen. Für die kurze Entfernung, verstehst du?“ Der Schmied nickte.

„Der Alte wird immer geheimnisvoller! Also hast du eben die helle Seite benutzt. Und wie konntest du sie in der Dunkelheit überhaupt erkennen?“

„Die Helle ist rauer. Auch damit man besser und fester ziehen kann.“ Theiß gab ihm die Waffe verwundert zurück:

„Tödliche Geschosse müssen das sein, wenn er damit auf die Jagd gegangen ist“, stellte Theiß fest. Adam nickte etwas belustigt:

„Oja! Einen Hirschen, aus hundert Meter Entfernung, kannst du damit ohne Probleme erlegen. Wenn du dieses hier nimmst!“ Damit hielt er ihm eine Walnuss entgegen. Ungläubig schaute sich Theiß jenes Geschoss an.

„Was! Einen Hirschen?! Mit dem Ding? Mit dieser Walnuss? “

„Jaja. Nicht nur Spatzen. Dafür reichen außerdem schon kleine Steinchen. Der Alte sagt zu dieser Walnuss immer ‚Runder Stern‘.“

„Runder Stern?“ Theiß kam nicht aus dem Staunen heraus und Adam genoss sichtlich die erhöhte Aufmerksamkeit.

„Es ist tatsächlich eine Walnuss, aber darin befindet sich ein eiserner und scharfkantiger Stern. Wenn die Schale auf etwas prallt, platzt sie auf und der Stern fliegt mit der gleichen Geschwindigkeit weiter. Mit der bloßen Hand kannst du ihn zwar auch werfen, aber du würdest dir sämtliche Finger zerschneiden.“

Theiß schlug sich plötzlich mit der flachen Hand an den Kopf:

„Mensch! Die kleinen Morgensterne habe ich ihm doch selbst gemacht! Aber er muss die Kanten blank geschliffen haben! Dieser alte Fuchs!“

„Das kannst du laut sagen! Die Walnuss fliegt fast völlig geräuschlos und ist kaum anfällig für den Wind. Aber wehe der Stern verrichtet seine Arbeit!“

„Aber nun sag mir, wann du den Reiter zum ersten Mal bemerkt hast!“

„Gar nicht! Der Alte sagt immer: Wenn etwas glatt läuft, kommt immer jemand, der deine Wege kreuzt! Deshalb haben mich die Stadtbüt-

tel bei meinen Geschäften noch nie erwischen können."
„Soso. Du hast es also nur vermutet!"
„Natürlich! Ich hab doch nicht die Augen einer Eule und die Ohren einer Fledermaus!" Theiß schaute nachdenklich ins Feuer:
„Wer das wohl gewesen ist?" Dann rief er mit einem Mal aufgeregt:
„Adam! Den Zettel, hast du ihn noch?!" Adam griff sich in die Jackentasche. Mit einem Entsetzen rief er aus:
„Scheiße! Das war die falsche Jackentasche!"
„Was? Wieso?" Theiß schaute völlig entgeistert.
„Na, das war die Tasche mit dem Loch drin!" Der Schmied schlug sich an den Kopf:
„Verflucht noch mal! Überlege! Wo könntest du ihn verloren haben!" Adam dachte angestrengt nach und spielte nervös mit seiner Augenklappe. Theiß schaute ihn währenddessen mit einem erwartungsvollen Blick an. Die Stimmung drohte zu kippen und der Nachtwächter schlug sich schließlich ganz verzweifelt die Hände vor das Gesicht.
„Ich weiß es nicht!"
„Mensch! Denk nach! War das etwa die gleiche Tasche, in der du auch die Zwille hattest?!" Plötzlich erhellte sich sein Gesicht:
„Ja! Genau! Als ich sie heraus nahm, konnte ich den Zettel noch fühlen! So muss es gewesen sein! Also liegt der Zettel noch bei der Kopfweide!"
„Gut. Dann bleibt uns nichts anderes übrig, als noch einmal dorthin zu gehen. Komm!" Fluchend zogen sie wieder ihre Stiefel an und Theiß gürtete sich sein langes Schwert um.
„Man kann ja nie wissen!", gab er zur Erklärung. Bald hatten sie den Weiher hinter sich gelassen und gingen hinter einem Gebüsch in Deckung.
„Die Luft ist rein! Lauf rüber und guck nach!", flüsterte Theiß. Der Nachtwächter schaute entsetzt:
„Was ich?! Und was ist, wenn der Reiter wieder auftaucht?!"
„Also gut, ich geh. Aber halte deine Zwille bereit, falls es mehrere sein sollten!" Theiß lief zu der Kopfweide hinüber, wo er zuletzt gestanden hatte. Es blieb still. Die Dunkelheit war vollkommen. Er lauschte

und hörte den stärker aufkommenden Wind in den Bäumen rauschen. Das Gewitter nahte. Dann war es ihm, als hätte er ein leises Knacken gehört. Er wartete, aber es blieb still. Langsam zog er sein Schwert aus der Scheide und kroch in die Richtung, wo Adam zuvor gestanden hatte. Fast wäre er gegen den Stamm gelaufen, als er plötzlich auf dem Boden etwas Helles leuchten sah.

„Hast du was gefunden?“, rief der Nachtwächter. Theiß zuckte zusammen und stieß einen leisen Fluch aus. „Der soll doch das Maul halten!“ Dann griff er nach dem Papier. Bevor er sich jedoch wieder aufrichten konnte, vernahm er wiederholt ein leises Knacken und ein flüchtiges metallenes Quietschen. Von der linken Seite drang ein langsames, aber immer lauter werdendes schleifendes Geräusch heran. Ihm war jetzt klar, dass nur er das Ziel sein konnte. Die Dunkelheit nahm ihm jede Sicht und er hielt sein Schwert schlagbereit. Theiß ging in eine tiefe hockende Stellung und lauschte angestrengt. Mit den Fingern der freien Hand tastete er umher und fand was er suchte: Einen trockenen Ast. Diesen legte er mit dem ausgestreckten Arm in jene Richtung, wo das Geräusch zuletzt zu hören war, ab. Ungefähr die gleiche Strecke bewegte er sich langsam zurück. Es dauerte nicht lange, und er vernahm ein lautes Knacken direkt neben sich. Sofort sprang er aus der Hocke auf und fuhr mit einem lauten Schrei mit seinem langen Schwert einmal um sich herum. Er spürte, dass er auf einen Widerstand traf. Aber er nahm alle Kraft zusammen und zog die Bewegung weiter durch. Er hörte, wie etwas Schweres mit einem dumpfen Geräusch auf den Boden fiel. Dann rief er:

„Adam! Bleib da, wo du bist! Ich komme jetzt zu dir!“ Dann rannte er los. Durch Zurufen fanden sie sich nach einiger Zeit wieder und eilten zurück zur Schmiede. Theiß steckte sein blutverschmiertes Schwert erst wieder ein, als sie drinnen waren. Entsetzt blickte Adam darauf:

„Keine Frage, du hast jemanden erwischt!“

„Ja! Mittendurch! Den muss ich da, wo der Magen ist, erwischt haben!“ Adam nickte.

„Mit einem einzigen Hieb?!“ Theiß nickte und sagte trocken:

„Echte teutonische Wertarbeit.“

„Hast du den Zettel gefunden?"

„Ja, hier." Er reichte ihm den Zettel. Adam, der nur ein paar Buchstaben kannte, stutzte.

„Was ist Adam? Was steht drauf?" Sprachlos und mit einem ungläubigen Gesichtsausdruck gab er ihm den Zettel zurück.

„Mann, ich kann nicht so gut lesen! Du kannst das besser wie ich!"

„Also, wenn ich mich nicht täusche und die Buchstaben richtig erkannt habe, dann ist das hier ein Einkaufszettel für den Markt.", sagte Theiß ungläubig.

„Was?! Ein Einkaufszettel?!" Adam entriss ihm wieder den Papierfetzen:

Theiß beugte sich darüber und erklärte: „Da steht Waldmeister und Möhren."

„Und was sind das hier für Zeichen? Sind das nicht Zahlen?"

„Ja. Eine sechs über dem e, eine drei über dem t, eine zwei über dem i und zwei Punkte über dem o, das durch eine Linie mit dem a verbunden ist. Und die Buchstaben h, r, und beide m's sind durchgestrichen. Komisch." Theiß schlug mit der Faust auf den Tisch.

„Scheiße! Und dafür sind wir noch einmal raus gegangen?! Für so einen Mist?! Hättest du nicht vorher mal draufschauen können?"

„Ja, wie denn?! Bei der Dunkelheit?!", rief Adam entrüstet.

„Ja, ist ja gut. Beruhige dich wieder!", rief der Schmied beschwichtigend.

„Schreibt man eine Einkaufsliste immer so mit diesen komischen Zahlen?" Adam kratzte sich am Kopf und schien mit dieser Frage überfordert zu sein.

„Nein, ich glaube nicht. Die Zahlen werden wohl die Menge bedeuten, oder so. Ich hab' keine Ahnung." Theiß wurde wieder ungehaltener und äffte ihn nach:

„Was soll das heißen: Ich hab' keine Ahnung! Kannst du jetzt lesen oder nicht? Einauge!"

„Sag nicht noch mal Einauge! Sonst kannst du dir mit dem Zettel den Arsch abputzen und gucken, wie du alleine klar kommst!" Theiß warf daraufhin wütend sein Schwert in die Ecke und hielt ihm drohend die

Faust entgegen:

„Du halber Hahn! Ich werde dir …“ Doch dann hielt er inne und musste lachen:

„Ach, scheiß der Hund drauf! Ich glaube, ab hier brauchen wir wieder unseren Johannes Nethox. Der Magister wird schon wissen, was das zu bedeuten hat.“

„Ja, das glaube ich auch. Also, wann gehen wir hin?“

„Morgen früh. Für heute reicht‘s!“ Damit drehte sich der Schmied um und ging zum Bierfass. Plötzlich rief der Nachtwächter:

„Warte! Auf der Rückseite steht auch noch etwas!“

„Was?!“ Theiß kam zurück. „Lies vor!“

„Wieseltäter dienet Nero? Oder so.“, las er stockend und senkte mit einem fragenden Blick das Papierstück. Theiß schaute ihn ungläubig an:

„Wie? Was? Willst du mich auf den Arm nehmen? Bist du irre?“

„Nein! Ich glaube, das steht da wirklich! Aber dieses Mal sind keine Zahlen dabei.“

„Adam! Wieviel hast du bis jetzt getrunken?“

„Nur die zwei Krüge im Goldenen Rahbarber und den einen hier. Ehrlich!“ Theiß schüttelte den Kopf:

„Schluss jetzt! So ein Blödsinn! Morgen holen wir den Magister her und dann werden wir mit Sicherheit schlauer sein. Gute Nacht!“ Damit schob Theiß den schweren Riegel vor die Tür und legte ein dickes Holzscheit auf das Feuer. Adam legte sich mit ein paar Decken auf den Boden, ganz in seiner Nähe, und blickte gedankenversunken in die Glut. Theiß kletterte schwerfällig in seine grobe Holzpritsche und seufzte einmal laut. Der schwache rote Lichtschein des kleinen Feuers und die leise Musik des knisternden und knackenden Holzscheites machten ihnen die Augenlider schwer. Bald waren sie beide eingeschlafen und bekamen nichts mehr von dem nächtlichen Rufen des Waldkauzes mit, der in der Tanne direkt vor ihrer Haustür saß. Sein Klagen verstummte aber bald, weil ein starker Regen einsetzte und der Wind um das Haus und durch die Bäume und Büsche peitschte. Selbst die schwere Haustür zitterte in ihren Angeln, aber auch das hörten sie nicht mehr.

Theiß wurde am nächsten Morgen durch das laute Rufen einer ängstlichen, menschlichen Stimme geweckt, die unaufhörlich rief:

„Theiß ten Dahl! Komm schnell raus! Theiß ten Dahl! Etwas Schreckliches ist geschehen!“

Der Schmied öffnete schwerfällig seine Augenlider und fluchte:

„Verdammt noch mal! Wer brüllt denn da so rum! Heute ist Sonntag, verdammt! So ein Schwachsinniger!“ Theiß brauchte sich nicht mehr anzuziehen, denn er hatte noch alle Kleider an. Schlecht gelaunt schlurfte er zur Tür und öffnete sie langsam. Die Sonnenstrahlen blendeten ihn, dass er die Hand vor das Gesicht halten musste.

„Wer brüllt denn da wie am Spieß?“

„Ach! Endlich! Da bist du ja Theiß! Wir haben dich schon gesucht! Du musst schnell mitkommen.“ Jetzt erkannte er den Rufer. Es war ein hagerer Mann mit eingefallenen Wangen:

„Cornelis, was ist denn los?“

„Da draußen, in der Nähe vom Weiher liegt ein Toter! Den musst du dir ansehen! Jemand hat ihn mittendurch geschlagen! Mittendurch!“ Theiß schloss die Augen und er erinnerte sich wieder. Leise entfuhr es ihm:

„Ach du Scheiße. Den hatte ich ganz vergessen!“

„Was sagt du, Theiß?“, rief der andere.

„ Ach nichts. Wer liegt denn da?“ Cornelis zog die Schultern hoch:

„Das wissen wir nicht. Aber er ist auf keinen Fall von hier. Ist eher ein südlicher Typ.“

„Soso, also ein gottverdammter katholischer Spanier. Was hat der denn hier zu schaffen, möchte ich mal wissen?“, murmelte er wieder leise.

„Was sagst du?!“, rief Cornelis.

„Ich komme! Warte einen Moment!“ Er schloss hinter sich die Tür und weckte Adam:

„He, Adam! Wach auf. Du musst schnell zum Johannes reiten. Hast du gehört?“ Nachdem keine Reaktion kam, nahm er den Wassereimer, den er sonst für das Ablöschen seiner glühenden Eisen benutzte und schüttete den Inhalt über dem Kopf des Nachtwächters aus. Das schmutzige Wasser färbte sein Gesicht braunrot und ohne es zu merken, verteilte Adam den Bodensatz weiter ins Gesicht. Prustend sprang er auf und schaute wütend um sich:

„Was soll das?! Bist du verrückt geworden?!"

„Komm jetzt endlich! Du musst schnell mit Ella zum Johannes reiten! Wir brauchen dringend seine Hilfe! Beeil dich!" Ehe er eine Antwort geben konnte, hatte Theiß ihn schon beim Kragen gepackt und unter größten Protesten durch die Hintertür hinaus zum Pferdestall geschoben. Dort trat er mit dem Fuß die Tür auf und setzte ihn auf das Pferd.

„Theiß, ich habe noch nie alleine ein Pferd geritten. Schon gar nicht einen Kaltblüter! Und gegessen und getrunken habe ich auch noch nichts! Zuerst ..." Aber da hatte der Schmied ihm bereits eine Brotkruste in den Mund gesteckt und Ella einen leichten Klaps auf das Hinterteil gegeben. Anschließend rief er laut hinterher:

„Das macht nichts! Ella kennt schon den Weg! Trinken gibt es erst wieder, wenn du mit Johannes hier aufgetaucht bist!!" Dann musste er laut auflachen, als er den panischen Blick in Adam's Gesicht sah, als dieser sich noch einmal umdrehte und wild mit den Armen zu fuchteln begann.

Adam hielt sich mit einer Hand krampfhaft an der langen Mähne und mit der anderen an dem Zügel fest, während ihre riesigen Hufe wie kleine Donnerschläge trommelten. Noch dazu war Ella ungesattelt und er rutschte immer wieder von der einen zur anderen Seite und lief deshalb dauernd Gefahr herunter zu fallen. Seine Augenklappe war ihm hinter das Ohr gerutscht; aber alle Versuche sie zu erreichen, waren vergebens. Laut fluchend versuchte er Herr der Lage zu werden, aber der Kaltblüter machte, was er wollte. Und Ella nahm tatsächlich den richtigen Weg zum Kloster In den Kivitten. Unterwegs mussten die Bauern beiseite springen, als sie so über die Feldwege jagten. Steine und Staub wirbelten sie auf und hinterließen eine Wolke, die lange in der Luft hängen blieb. Dem Pferd schien dieses Höllentempo nichts aus zu machen und langsam begann Adam auf die Kraft von Ella zu vertrauen. Er spürte, wie sich ihre Muskeln spannten, beinahe bretthart wurden und eine große Hitze von ihr aufstieg. Sie hatten Vyrssen schon hinter sich gelassen und kamen jetzt auf das Dorf Holthuusen zu. Die Windmühle am westlichen Hang des Junkersberges kam bereits in Sicht und da wusste Adam, dass sie schon fast beim Ziel angelangt waren. Erstaunt bemerkte er, wie Ella das Tempo verlangsamte, weil sie wohl wusste, dass sie als nächstes eine scharfe Linkskehre nehmen mussten. Dann ging es einen Hohlweg hinab und gerade auf den Berg Up de Hard zu, der in der Ferne grünlich im Sonnenlicht schimmerte. Die Zweige der Büsche zu ihrer Linken gaben erst im letzten Moment den Blick in einen Seitenweg frei, und Adam wollte dem Kaltblüter schon etwas zu rufen, aber da hielt Ella abrupt an, dass er herunter fiel. Wütend stand er auf und rieb sich den schmerzenden Rücken. Schon wollte er den ersten Fluch auf sie loslassen, als er ihre großen gutmütigen Augen auf sich gerichtet sah und sie ihm ihr riesiges Haupt entgegen hielt. Da verflog sein Grimm und er schmolz dahin. Er kraulte sie zwischen ihren Ohren sagte leise lachend:

„Du kleine wilde Ella. Was bist du doch für ein schlaues Mädchen! Aber ungestüm, das muss man dann doch sagen. Ich glaube, du weißt manchmal nicht wohin mit deiner Kraft, hä?!" Als hätte sie seine Worte verstanden, schnaubte sie einmal kräftig. Er trat einen Schritt zurück und sein Blick fiel auf das große zweiflüglige Tor hinter ihr, das sich gerade öffnete. Eine Nonne in schwarzer Tracht kam lächelnd hervor und begrüßte sie:

„Ella! Dann habe ich doch richtig gehört! Mein liebes Mädchen! Hat dich der Herrgott wieder zu uns geführt?" Sie schien Adam gar nicht zu sehen und er wunderte sich darüber.

‚Seit wann begrüßt man zuerst das Pferd und dann den Mann?', dachte er und stemmte wütend die Hände in die Seiten. Doch dann drehte sie sich zu ihm um:

„Und sie? Wer sind sie?"

„Ja, also ich bin der Nachtwächter …"

„… ah, Adam tho Everhartz. Könnten sie vielleicht ihre Augenklappe wieder an die richtige Stelle bringen? Danke." Er tat wie ihm geheißen und vergaß den Ärger. Stattdessen spielte er aus Verlegenheit damit und vergaß, dass man das nicht vor einer Dame, und schon gar nicht vor einer Nonne, tat. Aber da war es schon zu spät und sie drehte sich etwas angewidert, aber lächelnd, zur Seite.

„Oh entschuldigen sie, äh Schwester, äh …“

„Adelheid. Ich bin die Schwester Adelheid. Und was ist der Grund für ihren Besuch? Wollen sie etwa zu unserem Magister Johannes Nethox?“ Adam nickte überrascht:

„Jetzt schauen sie doch nicht so! Immer wenn Ella hier erscheint, wird meist nach unserem Magister verlangt. Aber sie, Herr Everhartz, habe ich hier noch nie gesehen. Meistens kommt Theiß oder sein Lehrling. Aber jetzt folgen sie mir.“ Die Schwester steckte Ella eine dicke Möhre ins Maul und führte beide in den Innenhof. Drinnen auf dem Innenhof des Klosters herrschte rege Betriebsamkeit und Adam riss sein Auge vor Verwunderung weit auf. Unzählige Leute rannten geschäftig auf dem gestampften Lehmboden, der mit großen bunten Kieselsteinen, die zu einer großen Blume angeordnet waren, hin und her. Der quadratische Innenhof, der die Größe eines Marktplatzes hatte, wurde an den Außenseiten mit Gebäuden und teilweise mit einer mannshohen Steinmauer eingefasst. Schwester Adelheid sah nicht ohne Stolz auf sein verblüfftes Gesicht:

„Kommen Sie, Herr tho Everhartz?“

„Ja, Schwester. Das ist hier ja alles so sauber. Ich …“ Adam fehlten die Worte und er schaute sie ungläubig an, als wäre sie ein Engel, der sie jetzt zum Herrgott persönlich führen würde. Mit einem Mal fühlte er sich schmutzig und ein Schamgefühl kam in ihm auf. Von den Leuten, die ihm begegneten und anlächelten, glaubte er, dass sie das nur aus Mitleid taten. Sie nahm ihn wie einen kleinen Jungen bei der Hand und zog ihn hinter sich her. Als sie sein Zögern bemerkte, blieb sie stehen und drehte sich zu ihm um:

„Was haben sie denn, Herr Everhartz? Ist Ihnen nicht gut?“

„Nein, nein! Aber ich habe so etwas noch nie gesehen. Schade, dass ich nur noch ein Ange habe“, sagte er betrübt.

„Darf ich fragen warum?“

„Na, dann sehe ich doch nur die Hälfte von Allem!“ Zuerst schaute sie etwas irritiert, aber dann, als sie ihn verstand, lächelte sie und schüttelte verwundert den Kopf. Sie erreichten jetzt ein großes zweigeschossiges, weiß gekalktes Fachwerkhaus. Die Eingangstür war fast so groß wie ein Scheunentor, und bald war auch klar warum. Im Erdgeschoss befand sich nämlich die Webstube, wo die Schwestern die kostbaren Stoffe webten, die in alle Herrenländer verschickt wurden und ihren Haupterwerb darstellten. Durch diesen großen Raum, wo der Lärm gelegentlich ohrenbetäubend war, kamen sie jetzt. Adam wurde wieder ganz anders, als er die teilweise sehr schönen Gesichter der Frauen sah. Jedesmal, wenn er von einer angelächelt wurde, konnte er kaum der Verlockung widerstehen und verspürte den Drang sie zu küssen. Manchmal wäre es sogar beinahe dazu gekommen, hätte Schwester Adelheit nicht aufgepasst und ihn im letzten Augenblick fort gezogen. Dann erklang ein lautes Gekicher und er fühlte sich dadurch eher ermutigt weiter zu machen.

„Bis gleich meine Engel! Es wird nicht lange dauern, dann habe ich mehr Zeit für euch!“ Schwester Adelheid hatte große Mühe ihn die Treppenstiege hinauf zu bekommen. Denn auch sie konnte nicht anders, als über seine Eigenart zu lachen. Oben gingen sie einen dunklen Flur bis zum Ende entlang, bis sie vor einer Tür stehen blieben. Durch den Türritzen fielen feine dünne Lichtstrahlen heraus. Auf ihr Klopfen hörten sie ein lautes:

„Herein! Wenn es nicht anders geht und unvermeidlich ist, meine Studierstunden zu unterbrechen!“ Adam erkannte diese schneidende und krächzende Stimme sofort und fragte die Schwester verwundert:

„Redet der Johannes immer so bescheuert?“ Aber sie gab ihm keine Antwort, nur einen strafenden Blick. Und es war gut so, dass er diesen nicht sehen konnte. Sie öffnete die große Tür und schob ihn wortlos hinein. Vor seinem Auge erschloss sich das Bild eines riesigen Raumes, mit einer hohen Decke, die in unendliche Weiten entrückt schien. Zum wiederholten Male fiel ihm vor Sprachlosigkeit die Kinnlade herunter und er wusste auch jetzt nicht, wie er mit diesem Eindruck umgehen sollte. Überflüssigerweise nahm er seine Augenklappe hoch, in der Hoffnung etwas mehr sehen zu können. So etwas hatte er noch nie gesehen. Leise schloss sich hinter ihm die Tür und er blieb alleine zurück. Er kam sich sehr verloren vor; wie ein kleiner Junge der sich im Wald verirrt hatte. Von irgendwo her hörte er die wohlbekannte Stimme seines Freundes, dieses Mal von Zorn erfüllt, weil noch immer keine Antwort gekommen war:

„Wer ist denn da?! Soll das etwa ein Scherz sein?! Dann kann ich aber nicht darüber lachen! Geben Sie gefälligst Antwort und nennen Sie ihren Namen!“ Adam riss seinen Blick von den riesigen Bücherregalen los, die bis zur Decke reichten und gab fast schon ehrfürchtig zur Antwort:

„Ich. Ich bin‘s.“ Er suchte den Raum vergeblich nach seinem Freund ab. Er konnte ihn nirgends entdecken. Er musste an die kleinen Unholde denken, die in den Wäldern, Höhlen und Mühlen lebten. Jetzt konnte er sich des Eindruckes nicht erwehren, dass es sich auch hier um einen solchen handeln könnte. Da fiel ihm ein, dass Theiß Johannes oft einen Bücherwurm genannt hatte. Er musste darüber schmunzeln.

„Was heißt hier ich?!“, äffte Johannes seine Antwort laut nach und dann war plötzlich ein ohrenbetäubender Lärm zu hören. Adam erschrak. Für einige Sekunden herrschte eine eigenartige Stille und dann begann ein Fluchen und Brüllen, das ihn sehr amüsierte.

„Scheiße! Verfluchte Hühnerkacke! Du guckst am besten, dass du von hier verschwindest! Wer auch immer du bist! Wenn ich dich in die Finger bekomme, zerreiße ich dich in tausend Stücke! Ah! Aua! Mist! Hast du gehört?!“ Adam klatschte laut in die Hände und rief laut:

„He! Giftzwerg! Wie geht‘s?! Brauchst du mal wieder Hilfe von deinem Adämchen?!“ Wieder trat Stille ein. Und plötzlich rief der Magister, jetzt hoch erfreut und mit heller aufgeregter Stimme:

„Adam! Du meine Güte! Woher sollte ich denn wissen, dass du das bist?! Kannst du mir helfen hier wieder heraus zukommen?“

„Ja, aber wo steckst du denn?!“

„Hier bei den Büchern! Ich bin mit der Leiter umgestürzt!“

„Ja, aber welche Leiter?! Ich kann keine sehen?! Hier stehen überall Bücher herum!“

„Na, hier hinten in der Ecke! Warte! Ich schmeiße meinen Hut hoch!“ Adam schaute in die Ecke, die ihm am nächsten war. Aber da war nichts zu sehen.

„Schmeiß noch mal!“ Dann sah er auf der anderen Seite des Raumes etwas Schwarzes hoch fliegen. Er rannte darauf zu, ohne auf die Büchertürme zu achten, die ihm im Weg standen. Einige fielen laut krachend um und rissen andere mit sich. Aber das störte ihn nicht.

„Adam! Du liebe Güte! Pass auf die Bücher auf! Bitte! Lass sie doch stehen! Sei vorsichtig!“

„Geht klar, Mann!“ Aber er scherte sich nicht darum, sondern nutzte das laute Rufen von Johannes eher dafür, um ihn besser orten zu können. Endlich hatte er den Magister gefunden und räumte die Kisten, Schachteln und Bücher, unter denen er begraben lag, beiseite. Nach einiger Zeit hatte er sich einen Weg frei gearbeitet und sah den kleinen Mann unter der langen Leiter eingeklemmt liegen.

„Mensch Johannes! Wenn du nur nicht so klein wärst! Dann hätte ich dich bestimmt eher gefunden!“ Johannes verdrehte genervt die Augen:

„Jetzt quassele nicht so lang herum und helfe mir hier heraus! Außerdem liegt das nicht an meiner Körpergröße, sondern daran, dass du nur noch ein Auge hast.“

„Na, die Schwester Adelheid war anderer Meinung.“

„Dumme Gans!“ Adam lachte überrascht auf:

„Hehe! Was, du als Magister nennst sie eine dumme Gans?“

„Rede nicht so viel. Gib mir mal deine Hand und zieh kräftig daran.“ Endlich stand der kleine Magister vor ihm und klopfte sich den Staub ab:

„Na das ist noch einmal gut gegangen. Dieser scheiß Schreiner! Die Leiter hat er mir erst gestern eingebaut! ‚Die ist jetzt wie neu und kann einen Stier tragen!‘, hat der gesagt. Pah! Dass ich nicht lache!“

„Aber was ist denn mit dir los? Du fluchst ja wie ein alter Kesselflicker von der besten Sorte! Hast wohl einen Scheißtag erwischt, was?“

„Das kann ich dir sagen!“, und Johannes kniff gefährlich seine Maulwurfsaugen zusammen.

„Das ist schon das zweite Mal heute, dass ich mit der Leiter abgestürzt bin! Und jetzt kommst du auch noch! Das ist los!“

„Also ist die Leiter immer lose, oder?“ Johannes verstand zuerst nicht recht, aber dann erkannte er mal wieder mit einem Lächeln jene Naivität des Nachtwächters, die nicht selten nahe einer Genialität wandelte.

„Du hast Recht, Adam! Das ist es! Die Aufhängung!"

„Ja sag ich doch die ganze Zeit! Frag doch Theiß, der macht dir wirklich ein paar Haken da oben dran, dass du daran einen Stier aufhängen kannst!"

„Gut Idee! Aber sag mir doch mal, warum du eigentlich her gekommen bist. Doch bestimmt nicht, um mir bei der Leiter zu helfen."

„Schön wär's, aber …"

„Gibt's was Neues?!" Und Johannes tippte ihm mit dem Zeigefinger auf den Bauch, denn die Brust war für die Reichweite seines Armes zu weit weg. Seine kleinen listigen Augen leuchteten mit einem Mal auf, was Adam mit Erleichterung feststellte.

„Ja! Es sieht ganz so aus, als wäre …" Aber der kleine Mann unterbrach ihn und sagte:

„Warte einen Moment noch!" Er ging zur Tür und rief mit einer lauten Stimme, die ihn überraschte:

„Antonius! Antonius! Komm rauf und sorge wieder für Ordnung! Ich bin mal kurz weg!" Kurz darauf kam ein junger blonder Bursche fast schon kriechend herein.

„Antonius, räum' das hier alles wieder zurück in die Regale. Mein Wissen wird auswärts verlangt! Morgen, wenn ich wieder komme, bist du fertig! Verstanden?"

„Ja, verehrter Herr Magister Nethox! Natürlich." Adam zuckte bei diesem Wortwechsel zusammen und er dachte bei sich: ‚Mensch, der Giftzwerg spielt sich hier ja auf, wie ein König. Und die machen das noch mit'. Auf dem Weg zu Ella machten einige Leute ebenfalls Bücklinge vor dem Magister oder neigten kurz den Kopf und Adam kam nicht aus dem Staunen heraus:

„Sind die denn alle bescheuert oder was?"

„Nein, mein Freund, die wissen einfach, was sich gehört." Adam blieb abrupt stehen und sagte entrüstet:

„Das kannst du dir aus deinem kleinen Erbsenhirn schlagen, dass ich mich vor dir jemals verneigen werde!"

„Nein, mein Freund tho Everhartz. Damit werde ich nie rechnen. Ohne jetzt überheblich klingen zu wollen, auf meine Art und Weise bin ich vielleicht bei einigen Sachen ein Genie, jedenfalls sagen die Leute das. Aber du bist auf deine Art auch ein Genie. Glaub‘s mir!“

Adam schaute ungläubig auf Johannes herunter:

„Was?! Ich? Ein Genie?! Wie das?“

„Na, eben noch hast du das doch unter Beweis gestellt! Nicht der Schreiner oder ich, der Magister, waren darauf gekommen, dass es mit der Verankerung zu tun haben muss. Sondern du! Ein Eisenhaken hält nun mal besser. Oder nicht?“ Nach diesen Worten richtete sich Adam mit vor stolz geschwellter Brust auf und sagte:

„Da könnte was dran sein.“ Johannes, der jetzt beim Pferd stand, zupfte an seinem Ärmel:

„Jetzt werde bloß nicht größenwahnsinnig! Helfe mir mal auf das Pferd rauf.“ Nachdem der Magister seinen Platz eingenommen hatte, setzte sich Adam dahinter und sie machten sich auf den Weg zurück zur Schmiede.

Am späten Nachmittag erreichten sie nach einem waghalsigen Ritt endlich die Schmiede. Erleichtert, aber auch erschöpft, stiegen sie ab, sehr zur Belustigung von Theiß. Der klatschte in die Hände und tat recht verwundert, was Johannes die Zornesröte ins Gesicht trieb:

„Grins nicht so blöde! Habe große Lust dir meine Bücher um die Ohren zu hauen!"

„Es fehlt mir aber der Mut dazu, mich vor dir nieder zu knien!", antwortete Theiß ironisch. Adam war ausnahmsweise der gleichen Meinung wie Johannes und wetterte schlecht gelaunt:

„Hast du jetzt endlich deinen Spaß gehabt, du verrückter Spinner! Wir hätten uns beinahe die Hälse gebrochen! So ganz ohne Sattel! Aber das ist dir wohl egal! Idiot!" Theiß ließ auch diesen Wutausbruch über sich ergehen und führte Ella zurück in den Stall mit den Worten:

„Welch seltene Einigkeit zwischen euch beiden! Geht rein ins Haus und macht es euch bequem. Das Bier steht schon auf dem Tisch! Falls eure edlen Hinterteile auch noch kalt geworden sein sollten, könnt ihr euch ja direkt ans Feuer setzen."

Das ließ sich Adam kein zweites Mal sagen und hechtete mit glänzendem Auge hinein, wobei er Johannes recht derb beiseite drängte. Der zurückgedrängte Magister blieb entrüstet stehen und brachte nur ungestaltete Worte hervor, wobei er ohnmächtig seine Fäuste ballte. Die flüchtige Sympathie für den Nachtwächter war damit so schnell wieder verflogen wie sie gekommen war. Theiß ging ungerührt weiter und rief stattdessen mit einer gespielten Gleichgültigkeit, als hätte er Augen am Hinterkopf:

„Für dich, verehrter Magister, steht ein Glas Kirschwein bereit!" Die Zornesfalten bei Johannes verzogen sich daraufhin etwas und wechselten zu einem trotzigen Gesichtsausdruck. Giftig gab er zur Antwort:

„Bei einem Glas wird es heute nicht bleiben, darauf kannst du dich verlassen, du Halunke!" Auch wenn diese Umgangsformen unter den Dreien allgemein üblich waren, dauerte es auch diesmal eine ganze Zeit, bis endlich wieder Frieden herrschte. Erst als sie vollzählig zu Tisch saßen, war bei allen der Streit fast wieder vergessen und sie prosteten sich immer wieder lachend zu, so als wäre nichts vorgefallen. Jeder Außenstehende hätte darüber nur den Kopf geschüttelt. Diese Hassliebe, die sie miteinander verband, war das Resultat ihrer Verschiedenheit und Einzigartigkeit auf ihren jeweiligen Spezialgebieten. Irgendwann machte Johannes Nethox aber eine nachdenkliche Miene und fragte:

„So, Freunde. Nun erzählt schon. Was ist passiert? Gibt's was Neues?"

„Das kannst du wohl sagen!", sagte Theiß, und den Blick zu Adam gewandt: „Hast du Johannes schon etwas erzählen können?"

„Nein! Der Giftzwerg ließ mich gar nicht zu Wort kommen! Du hättest ihn sehen sollen. Der führt sich dort im Kloster auf, wie der Herrgott persönlich! Und auf dem Ritt ging es auch nicht. Ella rannte wie wild, als hätte ihr letztes Stündlein geschlagen. Andauernd war einer von uns beiden in Gefahr vom Pferd zu fallen und von den Hufen zu Matsch getreten zu werden." Theiß grinste.

„Neidisch?", fragte der Schmied.

„Worauf? Auf Ella oder den Herrgott?"

„Na, auf den Herrgott natürlich!" Adam machte eine abfällige Bewegung mit der Hand:

„Lieber reiße ich mir noch das andere Auge aus, bevor ich so werde wie der da!"

„Wie willst du das denn überhaupt werden, wenn du glaubst, dass du mit zwei Augen doppelt so viel sehen könntest wie mit einem Auge!? Hä?!" Adam sprang auf und ging mit den Worten auf Johannes los:

„Ich hätte dich besser unter der Leiter liegen lassen sollen! Wer hat denn als Einziger von uns beiden das Problem mit der Leiter erkannt! Hä?! Du oder ich?!" Theiß schaute verwundert und amüsiert zwischen den Streithähnen hin und her:

„Na, ich würde mal sagen, dass es bis jetzt zwischen euch unentschieden steht. Aber macht nur ruhig weiter, so viel Spaß habe ich schon lange nicht mehr gehabt!" Johannes und Adam ließen wieder voneinander ab und setzten sich murrend hin. Denn den Gefallen, dem Schmied als Unterhaltung zu dienen und sich der Lächerlichkeit preis zu geben, danach war ihnen gar nicht zumute.

„Können wir jetzt endlich weiter machen, ihr beiden Heißsporne?“, fragte Theiß amüsiert. Beide hatten die Arme verschränkt und nickten stumm, aber ohne den anderen eines Blickes zu würdigen.

„Gut. Ich mache den Anfang. Adam und ich waren gestern Abend im Goldenen Rahbarber und sahen einen eigenartigen Fremden.“ Johannes zog die Augenbrauen hoch:

„Was war denn so besonders an dem Fremden?“

„Das man ihn nicht sehen konnte!“, warf der Nachtwächter ein. Daraufhin schaute Johannes ihn zweifelnd an und zeigte ihm einen Vogel:

„Hast du wieder mehr getrunken, als du vertragen kannst?“ Adam war von seinem Platz aufgesprungen, aber Theiß ging dazwischen und drückte ihn mit Gewalt auf seinen Platz herunter. Seine Augen funkelten zornig:

„Schnauze! Beide! Ihr gebt euch sofort die Hände und vertragt euch wieder! Ist das klar?!“ Und um seinen Worten Nachdruck zu verleihen, schlug er mit seiner Faust so hart auf den Tisch, dass die Krüge und Gläser umfielen. Beide erschraken und reichten schnell einander die Hände.

„Jetzt ist genug! Jeder ist auf seine Kosten gekommen! Aber wir haben im Moment doch ganz andere Sorgen, und können dabei eure verdammten Wortspielereien nicht gebrauchen!“ Und nach einem tiefen Atemzug wandte er sich wieder an Johannes:

„Der Fremde hielt sich im Schatten einer Tanne verborgen und die Kellnerin hatte solch eine Angst vor ihm, dass sie uns keine Antwort auf die Frage geben wollte, wer dieser Fremde denn sei. Wenn sie ihm ein Bier brachte, stellte sie es vorsichtig auf dem Boden ab. Drinnen erzählte mir der Wirt Paulus Rah unter größter Angst, dass Fremde des Morgens zu ihm gekommen waren und ihm drohten, alle umzubringen, wenn er jenen Gast nicht beherbergen würde. Diese Auskunft wollte er mir nur an einem sicheren Ort, in seiner Speisekammer, geben. Aber trotzdem hatte er selbst dort noch solch eine Angst, dass er mir zuerst nichts sagen wollte. Erst nachdem ich ihm mit Engelszungen klar machen konnte, dass ich ihm nur helfen will, kam er mit der Wahrheit heraus.“

„Na, und draußen hat uns ein Lehrbursche, der von Paulus geschickt war, einen Zettel mit einer eigenartigen Nachricht zugesteckt", ergänzte Adam.

„Auf dem Rückweg wurden wir dann von einem dunklen Reiter verfolgt, den Adam aber mit Hilfe seiner Zwille zuerst verjagen konnte.", berichtete Theiß.

„Was heißt hier ‚zuerst'?", fragte Adam. Aber dann schlug er sich mit der Hand vor den Kopf:

„Ach ja, dann ist er noch einmal zurückgekommen. Dann ist es der, den du erwischt hast? Bist du dir sicher?" Theiß nickte mit einem bedeutsamen Blick:

„Ja, er war es. Ich bin mir sicher. Er trug genau den gleichen Helm und die Rüstung, wie der, der uns verfolgte. Während du auf dem Weg zu Johannes warst, ging ich mit Cornelis Jöris noch einmal dorthin. Er lag genau an der Stelle, wo ich gestern Abend jenen Ritter erwischt hatte. Das Oberteil lag in den Brennesseln und an dem Unterteil hatte sich schon allerlei Getier satt gefressen. Er war aber ohne Schild. Schwert und Helm habe ich mitgenommen." Johannes riss die Augen weit auf:

„Er hatte doch nicht etwa so kleine weiße Lilien an der Seite?" Dabei deutete er auf seine Ohren. Statt zu antworten, ging Theiß in den Nebenraum und kam mit etwas Schwarzem zurück und warf es mit einem lauten Krachen auf den Tisch.

„Meinst du etwa die?" Johannes sprang mit einem kurzen Schrei von seinem Stuhl auf und tat einen Schritt zurück. Die Furcht stand ihm ins Gesicht geschrieben. Adam wunderte sich darüber, nahm den Helm in die Hand und hielt ihm diesen entgegen:

„Was hast du denn Johannes? Der Kopf steckt doch nicht mehr da drin. Ist doch sonst nur ein Haufen Blech, oder?" Er schaute fragend in die Runde. Johannes wurde blass und drehte sein Gesicht zur Seite. Theiß stand dem Nachtwächter gegenüber und hatte seine Hände in die Hüften gestemmt. Seinen Kopf hatte er zur Decke gereckt und hielt dabei die Augen geschlossen, so als würde er sich an Vergangenes erinnern.

„Könnte mir vielleicht einer sagen, was hier eigentlich los ist? Das sind doch nur kleine popelige Blümchen, wie du schon sagtest, Johannes.“ Theiß holte tief Luft, bevor er was sagte:

„Adam. Das sind nicht irgendwelche Blümchen. Das sind die Helme der verschollenen oder totgeglaubten Panzerreiter des Guillaume de Lamboy, des Feldmarschalls der kaiserlichen Truppen. Alle hatten geglaubt, sie wären während der letzten Schlacht des Dreißigjährigen Krieges gegen die Truppen der Hessen, unter General van Geyso, am vierten Juni 1648 bei Wevelinghoven, umgekommen. Zumindest soll das der Feldmarschall so zu Protokoll gegeben haben. Manche sagten, dass es nicht stimmen könne. Denn sie seien kurz nach der verlorenen Schlacht in Grevenbroich gesehen worden. Andere sagten, Feldmarschall de Lamboy habe die Schlacht, trotz Übermacht, nur deshalb verloren, weil sie ihn im Stich ließen.“

Adam schluckte:

„Und wie sicher bist du dir, dass es auch einer von ihnen war?“

„Es war ein Kahlschädel“, erwiderte der Schmied. Johannes wischte sich den Schweiß von der Stirn und wiederholte leise das Wort ‚Kahlschädel‘. Etwas irritiert blickte der Nachtwächter zu Theiß auf:

„Kahlschädel? Was für welche Kahlschädel?“ Bevor Theiß antworten konnte, erklärte der Magister:

„Das sind keine normalen Ritter, Adam. Sie haben einen schweren Eid leisten müssen. Den Inhalt kennen nur wenige, aber er muss fürchterlich sein. Es heißt, dass sie ihren Namen ablegen und vergessen mussten. Der Eid verpflichtet sie wohl zu einem unbedingten Gehorsam gegenüber der katholischen Kirche, des Kaisers und seiner Befehlshaber. Denn sie verhalten sich in den Kämpfen mehr wie Tiere als Menschen.“ Adam riss den Mund weit auf und musste laut schlucken:

„Aber wie kann man denn seinen Namen vergessen?“ Während Johannes mit den Schultern zuckte ergriff Theiß das Wort:

„Ich habe gehört, dass sie einer bestimmten Folter unterzogen wurden, die auch Teil des Eides war. Darunter verlieren sie sozusagen ihren Verstand und werden so zugleich gefügig gemacht. Diese Folter muss auch mit ihrem Aussehen zu tun haben.“ Adam schluckte abermals und nahm sich fassungslos die Augenklappe ab. Theiß sah das und dachte bei sich: ‚Hoffentlich bekommt er es jetzt nicht zu sehr mit der Angst zu tun und läuft uns Hals über Kopf davon'. Er hatte den überraschten Blick von Johannes nicht bemerkt, der sich ihm zuwandte:

„Weißt du es oder glaubst du es?" Theiß machte einen tiefen Atemzug bevor er antwortete:

„Ich weiß es."

„Woher?", fragte der Magister erstaunt weiter und ein Entsetzen war in seinem Gesicht zu sehen. Der Schmied machte eine Geste und sagte:

„Später, Johannes. Später. Nicht jetzt. Alles zu seiner Zeit." Der Magister nickte schwerfällig.

„Wer lässt denn so etwas freiwillig mit sich machen?", wollte Adam wissen.

„Freiwillig?", kam die Gegenfrage von Theiß. Das wurde dem Nachtwächter zu viel, als ihm seine Leichtsinnigkeit bewusst wurde, fuhr ihm der Schrecken in die Glieder. Er hielt sich die Hände vor das Gesicht und flüsterte benommen:

„Und ich Idiot wollte ihm mit meiner Zwille Angst machen. Wie bescheuert muss man sein. Wenn ich das vorher gewusst hätte!" Theiß und Johannes mussten schmunzeln.

„Na, mein Freund. Ich glaube ohne deine Zwille hätte der Bursche noch sein Pferd gehabt und hätte mich einfach niedergeritten. Dann würdest du jetzt kein Bier mit uns trinken."

Pfeilschnell kam der Kopf des Nachtwächters hochgeschossen und mit weit aufgerissenem Auge fragte er verblüfft:

„Meinst du das wirklich, Theiß? Daran hatte ich noch gar nicht gedacht."

„Oft sind es die kleine Dinge, die entscheidend sind", pflichtete der Magister bei. Adam überlegte einen Moment lang, während er zu Johannes herabschaute. Dann kam wieder Farbe in sein Gesicht und ein listiges Lächeln:

„Stimmt, hast Recht, Magister Johannes Nethox." Johannes war sehr geschmeichelt als er diese Worte hörte und wollte schon eine weitere Freundlichkeit loswerden, als der Nachtwächter fortfuhr:

„Du musst es ja wissen, wenn ich dich so ansehe." Johannes kniff erneut die Augenbrauen zusammen und drehte sich zu ihm um:

„Du gottverdammtes Arschloch!“ Aber bevor Adam etwas erwidern konnte, war Theiß schon zur Stelle und schlug mit der Faust abermals auf den Tisch:

„Ruhe! Verflixt noch mal!“ Die beiden Streithähne reagierten nicht sofort, sondern schauten sich noch immer mit feindseligen Blicken an. Theiß griff beiden mit seinen Pranken an die Kehle und zog sie nahe zu sich heran und zischte drohend wie ein gieriger Wolf:

„H-a-b-e-n w-i-r- u-n-s j-e-t-z-t v-e-r-s-t-a-n-d-e-n?“. Mit röchelnder Stimme fragte Johannes unsicher:

„Können wir jetzt wieder zum Thema zurückkommen?“ Bevor Theiß eine Antwort gab, schaute er auffordernd zum Nachtwächter hinüber.

„Gib mir erst einen Schluck, dann …“

„Nein!“, brüllte der Schmied, „du gibst mir erst dein Wort! Dann gibt‘s erst wieder was!“

Adam hob abwehrend die Hände: „Geht klar. Geht klar.“ Theiß nickte drohend. Nachdem sich alle drei wieder mit ihrem Getränk versorgt hatten, setzte Theiß die Unterhaltung fort und beschloss, weil er über Adam verärgert war, keine Rücksicht mehr auf ihn zu nehmen und alles Wichtige, sei es noch so schlimm, zu erzählen.

„Wir waren zuletzt bei den Kahlköpfen gewesen. Mit denen ist nicht zu spaßen. Sie waren im Dreißigjährigen so was wie die Elitestoßtruppe der Katholiken und zugleich die Leibgarde von Generalissimus Wallenstein. Auch die schwarz gepanzerten Kürassiere genannt. Sie sind auch für den Tod des schwedischen Königs Gustav II 1632 bei Lützen verantwortlich. Sie hatten seinen Leib mit dem sogenannten Panzerstecher durchbohrt.“ Theiß schaute in die kleine Runde. Johannes schien aber jene Geschichte bereits zu kennen und war nicht besonders überrascht. Adam dagegen war alles neu und er nahm erneut einen kräftigen Schluck aus seinem Krug. Als er aber die gefasste Miene des kleinen Magisters sah, fühlte er sich in seiner Ehre verletzt und wollte ihm auf jeden Fall in nichts nachstehen. Mit gespielter Gleichgültigkeit sagte er dann:

„Tja, so war das damals. Ist leider nicht mehr zu ändern. Ein Glück dass es uns heute nicht mehr passieren kann.“ Theiß und Johannes tauschten überraschte Blicke aus und beide überkam ein Lachen, dass sie schnell mit ihrem Getränk ertränkten. Theiß rieb sich zufrieden den Bauch und sagte schmunzelnd:

„Also gut, nachdem alle wissen, mit wem wir es hier nun zu tun haben und keiner mutlos zu sein scheint, denke ich, dass wir, die Triglaw, mal wieder die Kastanien aus dem Feuer holen sollten. Oder?“ Er blickte auffordernd in die Runde.

Johannes nickte zustimmend mit kühlem und gefassten Blick. Fast schon trotzig giftete er in Richtung des Nachtwächters:

„Mit Bier werden wir sie aber nicht ertränken können, also muss man hier schon mit dem Köpfchen ran. Ist jetzt nur noch die Frage zu klären, ob alle drei Köpfe bei klarem Verstand sind und bleiben.“ Adam setzte seinen leeren Krug ab und schob seine Augenklappe wieder zurecht. Nach kurzem Räuspern richtete er sich auf und zeigte mit seinem langen dürren Zeigefinger auf den Magister, der davor zurückwich:

„Du magst vielleicht nur einen Fingerhut voll vertragen, aber ich bin und bleibe länger bei Verstand als du dir in deinem Spatzenhirn je …“

„Adam! Das reicht jetzt!“, rief der Schmied dazwischen und nickte zufrieden in die Runde. Er holte abermals tief Luft und lehnte sich zu ihnen herüber:

„So, nachdem jetzt wieder Ruhe eingekehrt ist, würde ich gerne etwas essen. Ich habe in meiner Speisekammer noch drei Hähnchen für uns liegen. Die würde ich gerne übers Feuer hängen und mir mit ein paar Scheiben Brot und Schmalz schmecken lassen. Jemand was dagegen? Mit vollem Magen lässt es sich einfach besser Pläne schmieden.“ Natürlich hatte niemand etwas dagegen, aber Adam war mit seinem ‚Freund‘ noch nicht fertig:

„Für Johannes würde doch auch eine Wachtel reichen, Theiß. Dann könnten wir uns …“

„Wenn Johannes eine Wachtel bekommen soll, dann bleibt für dich nur dein Bier!“ erwiderte der Schmied in einem drohenden Unterton. Der Magister nickte und sagte trocken:

„Nachdem wir das jetzt geklärt haben, würde ich sagen: Theiß, schür dein Feuer! Ich bereite die Hähnchen vor." Eine halbe Stunde später saßen alle drei schweigend, beim lustig prasselnden Feuer, hatten ihre Füße hoch gelegt und hielten sich an ihren Bierkrügen fest.

Theiß saß am Kopfende der gemauerten Feuerstelle und drehte stumm den Spieß. Der angenehme Bratengeruch breitete sich schnell aus und der Gedanke ans Essen weckte in ihnen wieder die friedlichen Geister.

„Aber ich verstehe das alles noch nicht. Was machen die hier?", fragte der Magister.

„Das, mein lieber Freund ist genau die Frage, die wir als erstes dringend klären sollten. Sie verfolgen irgendeine Absicht; aber welche? Deshalb hat Adam dich hierher geholt."

„Wer ist, verflucht noch mal, dieser Fremde? Warum halten sie ihn versteckt?", murmelte Adam halblaut vor sich hin und nahm einen weiteren Schluck.

„Ja, das ist die große Frage. Aber es gibt noch viele andere Fragen. Was soll dieser eigenartige Zettel? Und was führen die im Schilde? Was verbergen sie, oder sind sie auf irgendetwas aus? Vielleicht auf Rache?", warf Theiß ein. Und seine Fragen waren an Johannes gerichtet, der in Gedanken versunken an seinem Krug nippte.

„Mann! Jetzt nuckel doch nicht so daran rum! Trinke doch mal einen richtigen Schluck! Du machst mich halb wahnsinnig!", rief Adam. Der Magister schien es nicht zu hören und der Nachtwächter war sehr verwundert darüber.

„Denkst du nach?", fragte er etwas verunsichert.

„Ja, Adam. Das tue ich die ganze Zeit. Mir geht der Helm und dieser eigenartige Fremde nicht aus dem Kopf." Johannes hielt den Helm in seinen kleinen Händen, wo es aussah, als gehörte er einem Riesen und drehte ihn andauernd gedankenversunken hin und her.

„Was ist mit dir, Johannes? Warum hast du auf einmal so eine Angst bekommen? Hast du die Helme schon einmal gesehen?", bohrte Adam weiter. Es dauerte eine Weile, bis der Magister zu sprechen begann.

„Diese Panzerritter des unterlegenen Feldmarschalls de Lamboy, so munkelt man, sollen von den Hessen gekauft worden sein. Und der Feldmarschall gilt seit der Schlacht als vermisst. Der Anführer dieser

Kürassiere oder Kahlschädel, soll ein sehr brutaler Kerl sein. Eine der Schwestern erzählte mir erst vor ungefähr einer Woche, dass sie des Nachts von einem Geräusch aufgeweckt wurde. Sie sagte, es sei vom Tor gekommen. Als sie nachschaute war zwar niemand da, aber in einiger Entfernung, sah sie eine Gruppe Reiter davon reiten. Richtung Dulken. Sie war sich ziemlich sicher, dass sie Rüstungen trugen. Ihre Beschreibung der Helme entsprach genau diesem hier." Theiß zog den Zettel hervor:

„Kannst du hiermit etwas anfangen?" Johannes nahm den Zettel, den Theiß ihm zuschob, in die Hände und hielt ihn ins Tageslicht.

„Wieseltäter dienet Nero. Darin wird eine Nachricht verborgen sein. Da bin ich mir sicher. Wisst ihr, woher dieser Zettel stammt?"

„Nein. Was hältst du von den anderen Wörtern auf der Rückseite, Johannes?", fragte Adam.

„Waldmeister und Möhren?" Johannes schaute verwundert auf und seine Stirn zog sich kraus.

„Was ist? Hat es dir die Sprache verschlagen?"

„Nein, Adam. Aber diese Zahlen, die gefallen mir nicht. So schreibt keiner einen Einkaufszettel. Außerdem ist es die gleiche Schrift wie auf der anderen Seite. Der gleiche, der diesen komischen Satz geschrieben hat, hat auch diesen vermeintlichen Einkaufszettel geschrieben."

„Dann gehören die beiden Rätsel zusammen?", bohrte Theiß nach. Der Magister war aufgestanden und ging grübelnd durch den Raum.

„Ja, gut möglich. Aber es könnte auch sein, dass es eine mit Absicht gelegte Finte ist, falls das Papier in falsche Hände gerät." Theiß folgte ihm besorgt mit seinen Augen:

„Was denkst du? Sag es frei heraus, Johannes." Es dauerte, bis er sich mit einem noch nachdenklicheren Gesichtsausdruck als zuvor wieder hinsetzte.

„Ich bin mir jetzt sicher, dass dies eine Symbolsprache ist, wie sie schon die alten Römer verwendeten. Hinter diesen unscheinbaren Worten und Zahlen steckt eine Botschaft, die es zu entschlüsseln gilt. So eine Art Semantik."

„Sema… Was?!", rief Adam und machte ein großes Auge.

„Das ist eine sogenannte Wortbedeutungslehre. Oder die Lehre von den Beziehungen von Zeichen untereinander und deren daraus hervorgehenden Denkinhalten.“ Theiß nickte, aber Adam schaute sich mit Blicken um, die eindeutig verrieten, dass er nichts von alledem verstanden hatte. Johannes nahm dies belustigt zur Kenntnis:

„Ganz einfach erklärt: Sage mit ein paar Worten etwas, was sonst einen ganzen Text benötigt. Aber dann auch so, dass es anderen, nicht Eingeweihten, verborgen bleibt.“

„Also wenn ich sage, dass ich Brand habe, dann wissen nur sehr wenige, was ich meine. Richtig?“, fragte der Adam nach.

„Das war jetzt wieder typisch!“, lachte Theiß.

„Ja, so ähnlich“, bestätigte der Magister etwas zögerlich.

„Nur dass es hier nicht um Alkohol, sondern um, ... ja was eigentlich, geht?“

„Das wird unsere erste Aufgabe sein, Theiß. Herauszufinden, was hinter dieser verschlüsselten Botschaft steckt.“ Sie breiteten das Papier auf der Tischplatte aus und steckten die Köpfe zusammen.

„Das wird eine harte Nuss, die wir da knacken müssen.“, stellte Theiß fest.

„So viele Wörter. Ich wusste gar nicht, dass es so viele unterschiedliche gibt.“, sagte Adam mit einem Seufzer. Johannes verdrehte die Augen.

„Ach Adam! Hast du nicht meine Bibliothek gesehen? Das hier sind nur ein paar. Bei mir stehen hunderte Bücher in den Schränken herum. Und die sind voller Wörter, bis zur letzten Seite.“ Der Nachtwächter erschrak:

„Aber die hast du doch nicht alle gelesen!?“

„Die meisten schon.“

„Dafür müsste man doch hundert Jahre Zeit und einen Schädel wie ein Haus haben!“

„Wenn man so wie du lesen würde, schon!“ Adam winkte ab und ging Holz holen.

„Was für ein Narr!“, flüsterte Johannes dem Schmied zu.

„Das einzige Wort, was er freiwillig schreiben lernen würde, wäre wahrscheinlich Bier", lästerte Theiß leise. Aber dann kam Adam bereits wieder zurück und sie machten sich weiter an die Arbeit.

„Was hältst du davon, Johannes: Wieseltäter besteht aus den Worten, Wiesel und Täter. Wiesel könnte für schnell und listig stehen. Der Täter, für eine bestimmte Person, an die diese Botschaft gerichtet ist."

„Nein, das kommt nicht in Frage, Theiß. Das wäre zu einfach. Außerdem ist hier von ‚dienet Nero' die Rede. Der Wieseltäter ist vielleicht nur der Überbringer, der Handlanger. Es ist noch jemand ganz anderes da, der im Verborgenen, im Geheimen bleiben will. Derjenige verfolgt ein Ziel, aber welches? Sicher ist, dass er was Großes vorhat."

„Jaja, aber was? Eigentlich ist doch alles vorbei. Aber der oder die tun so, als wären wir immer noch im Krieg und könnten dabei was gewinnen.", sagte Theiß nachdenklich. Johannes rieb sich das Kinn und sprach halb in Gedanken:

„Vor fast zwei Jahren wurde der Westfälische Friede in Münster und Osnabrück ausgehandelt. Die Schlacht von Wevelinghoven war die letzte Entscheidungsschlacht und ging für die katholischen, kaiserlichen Truppen verloren. Der Kaiser musste deshalb zu Gunsten der Schweden, Franzosen und anderer Protestanten, Zugeständnisse machen. Damit endlich der Friedensvertrag abgeschlossen werden konnte. Das hat den meisten Katholiken bestimmt nicht gefallen."

„Vom Frieden merkt man aber nichts! Wenn ich einer von den Schweden oder Franzosen wäre, würde ich mir noch ein paar Bierfässer unter den Arm nehmen. So gut wie hier ist das Bier doch nirgends!", unterbrach Adam. Theiß schloss leicht genervt seine Augen und wollte schon zu einem bissigen Kommentar ansetzen, als Johannes ihn aber zurück hielt:

„Warte, Theiß. Nicht so schnell! Das was Adam gerade sagte, ist gar nicht so dumm."

„Natürlich nicht! Sag ich doch! Auf so einen Karren bekommst du einiges an Fässern drauf. Abends klaust du dir noch vier Pferde und ab geht die Post! Steht doch alles hier herum! Kein Schwein weiß doch, was in diesem Land vor sich geht! Kein Schwein! Jeder macht was er will! Die in Münster reden von Frieden, aber hier? Pah! Scheiße is'!"

Der Magister hatte den Kopf zur Seite gelegt und aufmerksam zugehört. Der Schmied konnte dem ganzen Wortbrei des Nachtwächters nichts abgewinnen; im Gegenteil. Diese Sprüche hörte er andauernd von ihm und erschienen ihm nicht besonders klug zu sein.

„Sag mal Adam. Was würdest du tun, wenn du ein Hauptmann wärst und nach dir gesucht werden würde?", fragte Johannes neugierig.

„Mich verkleiden. Einen anderen Namen zulegen."

„Und wenn dich aber jeder kennt. Dein Gesicht und dein Name auf allen Blättern steht, die im Umlauf sind." Adam kratzte sich am Kopf:

„Also, wenn ich so bekannt wie ein bunter Hund wäre? Ja, dann wird's schmerzhaft, sehr schmerzhaft!" Er zog nur kurz an seiner Augenklappe und die beiden anderen verstanden.

„Und wenn das nicht helfen würde?", reizte Johannes weiter.

„Dann, dann muss ich dafür sorgen, dass ich von mir ablenke. Dass man mich für einen Dorftrottel, oder einen Schwächling hält. Wieso?" Theiß verstand langsam, auf was der Johannes aus war.

„Jetzt verstehe ich. Der Hauptmann der Panzerritter könnte der sein, nach dem in Wirklichkeit gesucht wird. Wenn was an dem Gerücht dran ist, dass er und seine Leute den Feldmarschall de Lamboy bei der Schlacht von Wevelinghoven im Stich gelassen haben. Meinst du das, Magister?"

„Ja, unter anderem. Das könnte eine Möglichkeit sein. Wenn ich richtig liege. Natürlich kann auch etwas ganz anderes dahinter stecken. Er und seine Leute halten sich jetzt schon seit fast zwei Jahren versteckt. Keiner weiß aber wo. Sie müssen irgendwelche hochrangigen Helfer haben, denn bei dem Kopfgeld, das auf sie ausgesetzt ist, wäre das halbe teutsche Reich hinter ihnen her. Dazu noch die unzähligen fremden Landsknechte und Söldner aus Schweden, Spanien, Bayern, Kroatien, Frankreich und Niederlande. Das hätten die sich doch niemals entgehen lassen!"

„Das stimmt, Johannes!", bestätigte Adam und setzte hinzu: „Ich erinnere mich noch sehr genau an die öffentlichen Gesuche, die an der Tür des Frohnhofes angeschlagen waren. Es wurden zwar keine Namen genannt, aber dass sie Panzerritter des Feldmarschalls de Lamboy gewesen waren und seit der Schlacht vermisst werden. Das Auffinden der Ritter oder wichtige Hinweise sollten mit einigen Dutzend Gulden belohnt werden. Aber die Plakate waren schon nach einigen Tagen verschwunden. Spurlos!“

„Genau! Und das ist doch sehr ungewöhnlich. Meint ihr nicht? Wer hatte Interesse daran, dass diese Sache schnell in Vergessenheit geraten sollte? Und wer verdammt noch mal ist dieser Kerl, der nicht gesehen und dessen Namen nicht genannt werden darf?“

„Das sind viele Fragen auf einmal, Johannes. Mit welcher fangen wir denn nun an? Was ist denn mit diesem Zettel hier? Was machen wir damit?“, wollte Theiß wissen.

„Ich sehe jetzt schon etwas klarer. Den Zettel heben wir gut auf, mit dem können wir im Moment noch nicht viel anfangen. Denn wir müssen zuerst wissen, was es mit diesem Fremden auf sich hat. Mein Gefühl sagt mir, dass wir die Spinne nicht zu fangen brauchen, sondern nur ihrer Maske berauben müssen.“

„Also meinst du, dass dieser Fremde mit diesen Panzerrittern zu tun hat?“, fragte Adam.

„Ja, ich glaube sogar, sobald wir seine eigentliche Aufgabe erkannt haben, wir auch dieser verschlüsselten Botschaft das Geheimnis besser und schneller entlocken können.“, erklärte der Magister und sein Blick hing gedankenversunken an seinem Bierkrug.

„Dann können wir davon ausgehen, dass wir es mit lauter unbekannten Panzerrittern zu tun haben werden. Nicht gerade angenehm!“, folgerte Theiß.

„Du irrst! Der alte Mann aus der Kutsche, der Paulus Rah zusammen mit den Rittern aufsuchte, ist nicht mehr unbekannt. Er hat noch keinen Namen, aber den kann man herausfinden.“

„Und wie willst du das schaffen, Johannes?“, fragte Adam. Aber Johannes grinste frech:

„Das lass mal meine Sorge sein!“

„Na, komm schon! Sag uns jetzt was du vorhast!“, forderte Theiß ihn auf.

„Also gut! Meine Idee ist es, mich zuerst im Gasthof Zum Goldenen

Rahbarber etwas umzuschauen. Adam, als Nachtwächter, sollte mich dorthin begleiten, denn er ist bei allen Leuten bekannt und ich denke das wäre am unauffälligsten. Dank meiner Körpergröße könnte ich, bei der entsprechenden Verkleidung, als Laufbursche durchgehen. Aber ich könnte mich auch heimlich einschleichen. Dafür müsste man mich entsprechend herrichten." Bei einem flüchtigen Blick zur Seite sah er einen Moment lang das freche Grinsen auf Adams Gesicht. Eine Zeit lang hielt er inne, aber dann setzte er kommentarlos fort.

„Paulus Rah würde kaum einer zusätzlichen Gefahr ausgesetzt. Kannst du das heute Abend bei deinem üblichen Rundgang klären, Adam?"

„Ich denke schon. Wie sonst auch, wird er herauskommen und mir versichern, dass alle offenen Feuerstellen gelöscht und alle Türen verschlossen sind. Dabei wird sich bestimmt eine Gelegenheit ergeben, sich mit ihm kurz und unauffällig zu unterhalten."

„Gut, dann muss ich mich währenddessen mit Hilfe von Theiß entsprechend herrichten. Sage ihm, wenn er damit einverstanden ist, dass ich heute Abend, bei Anbruch der Nacht bei ihm bin. Theiß, hast du eine Schere hier im Haus?"

„Ja, natürlich. Die Klamotten kannst du von meinem Lehrburschen haben. Ich denke, wenn wir die Hosenbeine und Ärmel etwas abkürzen, sollte es gehen."

„Wann musst du los, Adam?"

„So gegen elf Uhr."

„Dann haben wir also noch ein paar Stunden Zeit. Ich schlage vor, wenn ich dort bin und es einige Tage dauern sollte, dass wir uns regelmäßig zu einer festgelegten Zeit an einem bestimmten Ort treffen, damit ich euch unterrichten kann."

„Willst du denn dort über Nacht, oder gar ein paar Tage bleiben?", fragte Theiß verwundert.

„Das muss ich, wohl oder übel, wenn es notwendig sein sollte. Außerdem kann ich mich des Nachts, wenn alles schläft, besser umschauen. Außerdem kommt doch jeden Abend Adam vorbei. Wenn es zu gefährlich werden sollte, wird er es als erstes erfahren."

„Welchen Ort nehmen wir, und zu welcher Zeit?“, fragte Theiß.

„Lass uns doch den naheliegenden Wald nehmen“, schlug Adam vor.

„Nein, das halte ich nicht für eine so gute Idee. Man könnte uns dort unbemerkt belauschen. Und verpassen könnten wir uns dort auch zu leicht.“, erwiderte der Magister.

„Ich bin für den Galgenberg. Dort steht am Rand eine dicke hohle Eiche, direkt neben dem alten Hügelgrab.“, sagte Theiß.

„Ja, das ist gut. Das hört sich besser an. Treffen wir uns an der alten Eiche. Um wieviel Uhr?“, fragte Johannes.

„So gegen zwei Uhr, dann bin ich mit meiner Runde fertig.“, erklärte Adam.

„Jeden Abend?“, fragte Theiß.

„Ja! Man kann nie wissen. Falls ich nicht spätestens in einer halben Stunde nach dieser Zeit da sein sollte, müsst ihr unbedingt zum Gasthof kommen. Dann könnte mir etwas zugestoßen sein. Versprecht ihr mir das?“ Alle nickten „Damit ihr mich vielleicht besser finden könnt, werde ich euch ein Zeichen hinterlassen.“

„Und was für Zeichen werden das sein? Und welche Bedeutung werden sie haben? Du vergisst, dass wir nicht so gut wie du lesen können?“, erwiderte Theiß.

„Deshalb habe ich mir auch etwas Besonderes ausgedacht. Ich werde an der rechten Seite des Torbogens einen Besen platzieren, wenn ich mich im Haus befinde und auf der linken, wenn ich außerhalb bin. Fehlt der Besen, so bedeutet das, dass mir etwas zugestoßen ist.“

Der Nachtwächter und der Schmied nickten und dann machten sie sich über die Hähnchen her.

4. Erste Erkundigungen

Nachdem Adam die Schmiede bei Beginn der Abenddämmerung verlassen hatte, machten sich Theiß und Johannes ans Werk, aus ihm einen jungen Burschen zu machen.

„Na, dann wollen wir mal mit deinem Spitzbart anfangen.“ Die Stirn des Magisters legte sich in Falten, weil ihm sein gepflegter Spitzbart sehr viel bedeutete und er immer sehr viel Zeit und Arbeit damit verbracht hatte.

„Na, das weiß ich! Jetzt fang schon endlich an und reite nicht so lange darauf rum!“ Genüsslich wetzte Theiß sein Messer und wollte schon ansetzen, als der Magister ihn mit weit aufgerissenen Augen anstarrte und seine Hand zurück hielt.

„Willst du mir die Kehle durchschneiden! Das ist doch mehr ein Kurzschwert, als ein Rasiermesser! Bist du verrückt geworden?!“ Theiß schaute ihn verwundert an:

„Ich habe kein kleineres. Vielleicht kommt es dir nur so vor, aufgrund deiner Kör…“ Der Magister legte energisch auch seine zweite Hand auf den Arm und schob ihn zurück:

„Noch ein Wort und ich lass es! Klar?!“ Das Lachen entwich schlagartig aus dem Gesicht des Schmieds:

„Geht klar, Magister! War nur so ein Spruch. Du solltest nicht immer alles so ernst nehmen!“

„Du hast ja gut reden, du Mensch gewordener Schwarzbär! Für dich mag das nur ein Zahnstocher sein, aber solltest du nur einmal abrutschen, so ist es um mich geschehen!“

„Na, das wollen wir doch nicht! Ich glaube im ganzen Rheinland wird man keine Kugel finden, die mit so viel Intelligenz gefüllt ist.“ Johannes hielt sich die Hand vor die Stirn und schüttelte ungläubig das Haupt:

„Ich glaub‘s einfach nicht! Was erzählst du denn da für ein eigenartiges Zeug? Kugel? Was meinst du denn damit? “

„Wieso, stimmt doch, oder nicht? Sollte ich lieber Schädel sagen?“ Johannes winkte kopfschüttelnd ab und machte eine eindeutige Handbewegung:

„Komm, jetzt fang endlich an! Je eher, umso besser!“ Nach heil überstandener Prozedur, begannen sie die Kleidung des Lehrburschen zu kürzen. Sie waren gerade damit fertig, als Adam zurückkam und aufgeregt gegen die Haustür klopfte:

„Lasst mich rein! Schnell!“ Verwundert öffnete Theiß die Tür:

„Was? Du schon hier?! Was ist los?“ Adam war völlig außer Atem und ergriff das Weinglas, das Johannes gerade in der Hand hielt und trank es in einem Zug leer.

„He! Mein …“

„Ach, halt mal für einen Moment deine kleine freche Klappe! Lass mich zuerst erzählen, dann kannst du dir überlegen, ob du dich immer noch beschweren willst!“ Johannes blies die Backen auf und Theiß lachte überrascht:

„Dann lass mal hören Adam. Sonst bekommst du keinen Tropfen mehr.“, sagte der Schmied. Adam schien diese Bemerkung nicht gehört zu haben. Aufgeregt ging er immer wieder vor der Feuerstelle hin und her.

„Jetzt setz dich doch endlich!“, sprach Johannes. Adam winkte ab.

„Gleich, gleich. Einen Augenblick noch. Ich muss erst überlegen, wie ich es euch erklären kann.“ Theiß und Johannes tauschten verwunderte Blicke aus. Adam umkreiste den Tisch, während er nervös an seiner Augenklappe herumfingerte und ständig die gleichen Worte wiederholte:

„Sack … letzter Kirschbaum … hinten rechts … vier Uhr … Scheiße! ... oder war es links? ...Scheiße!“ Adam schlug sich mit der Faust mehrmals verzweifelt gegen die Stirn und stieß dann plötzlich einen Schrei der Erleichterung aus: „Jetzt hab ich‘s! Jetzt weiß ich es wieder!“

Er hatte es mit einem Mal sehr eilig und die Worte kamen hervorgesprudelt.

„Ich hab Paulus gesprochen. Er sagte vier Uhr, hinten rechts, am Apfelbaum, ein Sack Kirschen. Der wird getragen! Alles verstanden, soweit?“ Sein fragender Blick stieß auf ebenso fragende Gesichter. Adam wurde darüber sehr ungehalten:

„Was schaut ihr mich so blöde an?! Könnt ihr kein Deutsch mehr?

Habt ihr das nicht verstanden, was ich eben gesagt habe?!"

„Doch schon. Es scheint nur irgendwie keinen Sinn zu ergeben. Kannst du das vielleicht noch einmal wiederholen, Adam?", fragte Johannes vorsichtig. Adam raufte sich die Haare und sprang wie ein Verrückter auf der Stelle herum:

„Nein! Eben nicht! Verdammt! Bist du taub oder was?! Das war doch nicht so schwer!"

„Ich würde sagen, das war ein bisschen viel durcheinander.", versuchte Theiß zu erklären.

„Fängst du jetzt auch noch an! Ich dachte, dass wenigstens du mich verstehen würdest! Meinst du, ich bin zu blöde mir ein paar Worte zu merken, oder was?!" Der Schmied lächelte beschwichtigend:

„Nein, nein! Versteh mich doch nicht falsch." Er wusste, je länger die Pause jetzt dauern würde, umso weniger würde letztendlich von der Nachricht überbleiben. Er ließ noch einen ganzen Wortschwall geduldig über sich ergehen, bevor er abermals ansetzte:

„Es waren einfach zu viele Informationen auf ein Mal. Verstehst du? Wir müssen sie erst sortieren, damit wir dich besser verstehen können. Sonst wird es für uns zu kompliziert!"

„Genau! Adam. Sag es uns noch einmal, etwas langsamer. Dann kommen wir auch mit.", erklärte Johannes schmeichelnd, der nur mit Mühe sein Grinsen zurück halten konnte. Adam stutzte und mit stolzem Blick sagte er dann:

„Ach so. Ich habe euch mit meiner großen Menge an Informationen, oder Wörtern, etwas überfordert?" Theiß und Johannes beeilten sich wie kleine, eifrige Schuljungen zu nicken:

„Ja! Treffender könnte man es nicht sagen.", antwortete Johannes. Adam fühlte sich sehr geschmeichelt und legte gestenreich die flache Hand auf seine Stirn und dachte angestrengt mit geschlossenem Auge nach. Johannes und Theiß mussten mit aller Gewalt das Lachen unterdrücken, behielten aber ihre Fassung. Adam hatte von alledem nichts bemerkt und begann seine Gedanken von neuem zu sortieren:

„Also. Ich entsinne mich wieder. Und zwar: Der letzte Apfelbaum, hinten rechts. Dort wartet Paulus, den der Sack holen wird." Die beiden schauten sich ungläubig an.

„Was? Wer holt wen?“, entfuhr es Theiß, der kurz davor war, die Beherrschung zu verlieren.

„Paulus, der Sack!“ Dann brach es aus Theiß heraus und er rief laut lachend:

„Was? Paulus, der Sack?! Das ist gut! Das ist gut! Haha! Das muss ich mir merken! Das ist gut! Haha!“ Johannes biss sich auf die Lippen und er wartete angespannt auf die Reaktion des Nachtwächters. Theiß war nicht mehr zu helfen, das sah er nun. Adam riss verwundert das Auge auf und zog die Augenbrauen hoch, während der Schmied sich die Tränen aus den Augen wischte.

„Was habe ich denn da gerade gesagt?“ Der Nachtwächter kratzte sich nachdenklich am Kinn. Halb lachend, halb ernst, wiederholte der Magister seine Worte. Aber zum Glück erkannte Adam jetzt seinen Fehler und er stimmte, zu Johannes Erleichterung, in das Lachen ein.

„Natürlich ist der Paulus ein Sack! Haha! Das hab ich doch schon immer sagen wollen! Haha!“ Nach einiger Zeit wiederholte Johannes seine Frage:

„Also, sag es uns noch einmal. Aber etwas langsamer.“

„Paulus und ein Sack warten am Kirschbaum, hinten links.“

„Nicht rechts? Am Apfelbaum?“, fragte Theiß leise.

„Was weiß ich! Schaut doch selber nach! Irgendwo da hinten, am Garten. Ihr wisst doch schon! Da sollen die Bäume stehen!“ Theiß blies etwas verzweifelt die Backen auf:

„Tja, also. Aber das müssen wir …“

„Warte Theiß! Das muss doch der Kirschbaum sein, unter dem ihr das letzte Mal gesessen habt! Oder, was meinst du?“, rief Johannes dazwischen. Theiß schlug sich an den Kopf:

„Ja, stimmt! Du hast Recht! Genau, der muss es sein!“

„Das sag ich doch die ganze Zeit!“, brüllte Adam ungehalten dazwischen. Alle drei waren erleichtert; die Situation war gerettet.

„Und um wieviel Uhr wird Paulus dort auf uns warten?“, fragte Johannes.

„Was hatte ich noch mal gesagt? Vier Uhr in der Früh?“

„Noch eine Stunde. Schaffen wir das Theiß?“ Johannes sah etwas besorgt aus.

„Na klar! Die Klamotten sind schon so gut wie fertig!“ Der Magister schaute argwöhnisch auf die Hose, die der Schmied in seinen Pranken hielt und die darin eher wie ein Taschentuch aussah. Selbst Adam, der immer in zusammengeflickten Kleidungsstücken herumlief, dass man nicht mehr mit Sicherheit sagen konnte, welches Stück Stoff zum ursprünglichen gehört haben muss, hielt sich die Hand vor den Mund und sagte mit einem ironischen Unterton:

„Ist doch gut geworden. Probier es doch mal an. Wirst sehen, es wird passen.“ Deprimiert nahm Johannes die Kleidungsstücke entgegen und zog sie sich über.

„Und wie sehe ich aus? Ehrlich!“ Adam schlich um ihn herum und rieb sich genüsslich das Kinn:

„Wie ein König der Bettler! Das eine Bein nur halb so lang wie das andere. Bei den Armen sieht es genauso aus; ich würde mal sagen: Perfekt siehst du aus!“

„Na, danke schön, Theiß! Wenn sich ein Nachtwächter, der eh schon fast wie ein Bettler aussieht, über mich lustig macht, dann …“

„… muss deine Verkleidung doch wohl perfekt sein. Wie Adam schon sagte.“, unterbrach ihn Theiß und rieb sich zufrieden die Hände.

„Wie ein arroganter Schnösel kannst du doch wohl nicht beim Paulus auftauchen, oder?“, fragte Adam. Johannes kniff die Augen zusammen:

„Was soll das heißen, du …“

„Ruhe ihr beiden!“, brüllte Theiß dazwischen. „Ihr müsst jetzt los!“, und zu Johannes gewandt: „Pass gut auf dich auf. Wenn es zu brenzlig werden sollte, kommst du sofort zurück! Hast du verstanden? Treffpunkt ist die Eiche am Hügelgrab, direkt beim Galgenberg. Nicht vergessen!“ Sie reichten sich die Hände:

„Natürlich! Es wird schon schief gehen. Sollte ich aber nicht zu der abgesprochenen Zeit da sein, brauche ich eure Hilfe. Ihr müsst dann kommen und mich da rausholen. Versprecht ihr mir das?“ Adam und Theiß nickten.

Adam und der Magister nahmen wieder den Weg am Galgenberg vorbei und hatten bald den Gasthof erreicht. Die Nacht war pechschwarz und wie geschaffen für ihr Vorhaben. An der Kirche kamen sie gerade vorbei, als die Glocke drei Mal schlug. Erschrocken fuhren sie zusammen.

„Drei Mal kurze Schläge, also viertel vor Vier,“ stellte Adam zufrieden fest.

„Schlaumeier! Wäre ich alleine nie drauf gekommen!“, zischte Johannes leise.

„Nein?“ Der Magister machte einen tiefen Atemzug und flüsterte:

„Komm weiter, du Kirchturmuhrglockenschlagzähler!“

„Was?“ Johannes blieb stehen und zeigte ihm einen Vogel, aber er vergaß, dass der Nachtwächter es bei dieser Dunkelheit nicht sehen konnte. Und das war gut so.

„Ach, vergiss es!“

„Komm Johannes, wir gehen hinten herum!“ Adam nahm ihn wie einen kleinen Jungen bei der Hand und zog ihn zum Nachbarhaus herüber, das rechts neben dem Gasthof lag. Dort kletterten sie über den Zaun und rannten einen schmalen Weg entlang, der direkt neben dem Obstgarten verlief. Als sie am Ende angelangt waren, liefen sie scharf nach links und krochen ab der Ecke zum Kirschbaum hinüber. An dessen Fuß standen mehrere Säcke, gefüllt mit Äpfeln, Birnen und Kirschen. Adam nahm aber einen halbleeren Sack in die Hand und hielt ihn Johannes unter die Nase.

„Was soll das?“ Dann begriff er plötzlich:

„Ich soll da rein? Bist du …“

„Leise!“, zischte Adam. „Deshalb ist es doch scheißegal gewesen, welche Klamotten du dir anziehst! Du wirst eh aussehen wie ein Schwein!“ Johannes war sich sicher, dass der Nachtwächter frech grinste. Er bebte vor Zorn:

„Du … das hast du die ganze Zeit gewusst!“

„Kann schon sein, kann schon sein.“ Adam kicherte leise.

„He?! Alles klar?“, flüsterte plötzlich jemand. Es war Paulus Rah.

„Ja! Wir sind sofort fertig!“, gab der Nachtwächter mit unterdrückter Stimme zur Antwort und an den Magister gewandt:

„Rein mit dir! Wie du siehst, ist er schon da! Wir haben keine Zeit mehr zu verlieren.“ Aber bevor Johannes hinein schlüpfte, zischte er leise:

„Das wirst du mir büßen!“ Adam lehnte den Sack an den Baum und warf Äpfel und Birnen hinterher, bis er schwach gefüllt war. Mit Freude bemerkte er, dass auch einige faule Früchte darunter waren. Nur einige Augenblicke später stand eine dunkle Gestalt neben ihm und sagte:

„Ist er drin, Adam?“

„Ja! Kannst ihn jetzt haben und lass ihn ordentlich schwitzen, diesen Giftzwerg!“

„Gut, dann verschwinde jetzt wieder. Hau ab!“ Adam nahm die Beine in die Hand und eilte davon. Den Rundgang durch die Dörfer ließ er für heute Abend ausfallen, sehr zum Wohlgefallen der Schmuggler auf dem Junkersberg. Er war völlig aus der Puste, als er endlich wieder vor der Schmiede stand.

„Hat alles geklappt?“, fragte der Schmied.

„Alles ist reibungslos gelaufen. Ich war gerade damit fertig geworden, den Sack mit den faulen Äpfeln und Birnen voll zu stopfen, als auch schon Paulus angerannt kam. Er hat ihn sich gleich geschnappt und ist rein damit ins Haus.“

„Gut! Sehr gut!“ Dann stutze er: „Von welchen Birnen und Äpfeln sprachst du da gerade?“

„Hatte ich das nicht erzählt? Johannes wird in einem Obstsack hinein gebracht. Damit nichts auffällt. Paulus erzählte, dass sie gerade bei der Obsternte sind und da kam ihm diese Idee mit den Säcken.“ Theiß starrte ihn an und malte sich das wütende Gesicht des kleinen Magisters aus, wie er in dem Sack zwischen dem Obst derbe hin und hergeworfen wurde. Dabei huschte ihm ein flüchtiges Schmunzeln um den Mund. Das nahm Adam zum Anlass noch mehr zu erzählen und schlug begeistert auf den Tisch:

„Und dann habe ich ihm noch ein paar von diesen elendigen, faulen und schmierigen Birnen und Äpfeln hinterhergeworfen! Weißt du? Diese ekeligen Dinger.“ Theiß lachte:

„Das hätte ich mir gleich denken können! Vielleicht ist das sogar gut für ihn! So werden alle die ersten Tage einen riesigen Bogen um ihn herum machen!“ Als wäre das schon immer sein Plan gewesen, sagte der Nachtwächter mit einer Selbstverständlichkeit:

„Genau! Daran hatte ich auch schon gedacht.“ Theiß zog etwas verwundert über diese Bemerkung die Augenbrauen hoch, beließ es aber dabei. Anschließend legten sie sich nach diesem aufregenden Tag auf ihre Schlafplätze und schliefen sofort ein.

Johannes unterdessen war es nicht annähernd so gut ergangen. Als er in dem Sack steckte und Adam hektisch begann, ihn mit Äpfeln und Birnen aufzufüllen, zog ihm ein fauliger Geruch in die Nase. Er hörte noch die letzten Worte des Nachtwächters, bevor er mit einem kräftigen Ruck in die Höhe gehoben wurde. Wortlos trug ihn Paulus Rah hinüber zum Gasthof. Die fauligen und matschigen Früchte rutschten ihm in den Nacken oder drückten sich in sein Gesicht und er zuckte jedesmal zusammen, wenn ihm der Saft unter die Kleider lief. Einige Male stieß er auf dieser kurzen Strecke Flüche über Adam aus. Aber es half nichts, der Nachtwächter hatte die Situation schamlos ausgenutzt und über ihn einen Sieg errungen.

Er hörte das Quietschen der Kellertür. Dann ging es weiter eine kleine Treppe hinab und immer mehr von den matschigen Früchten rutschten unter seine Kleidung, weil sich der Sack unter den ruckartigen Bewegungen weiter zusammen zog. Es wurde mit einem Mal sehr kalt. ‚Ich bin im Keller angelangt!‘, dachte er bei sich und war sehr erleichtert. Doch auf der Mitte der Treppe vernahm er plötzlich dumpf eine fremde Stimme und erschrak.

„He! Was hast du da, Wirt?!“ Die fremde Stimme war voller Argwohn und schneidend. Der Wirt blieb stehen und stellte den Sack etwas unsanft auf den Boden; ließ ihn aber nicht los. Johannes wär beinahe ein Schmerzensschrei entwichen. Dann hörte er wie Paulus Rah ängstlich und mit unsicherer Stimme Antwort gab:

„Es sind nur Äpfel und Birnen, mein Herr.“ Johannes sah einen schwachen Lichtschein durch die groben Maschen des Sackes hindurch scheinen. Undeutlich erkannte er die Gesichtszüge eines älteren Mannes. Es war sehr faltig und mit einigen Narben überzogen. Die rechte

Augenbraue fehlte ihm komplett, an der Stelle prangte eine breite fleischige Narbe. Sein Haar war fast schneeweiß und er sah sehr misstrauisch umher.

„Sind da wirklich nur Äpfel und Birnen drin?!"

„Ja mein Herr, wirklich!", eilte sich Paulus zu sagen. Aber seine unsichere Aussprache und offensichtliche Nervosität, behagten dem Fremden nicht und er schien Zweifel zu haben. Er beäugte ihn kritisch und packte ihn plötzlich am Kragen. Für sein Alter schien er noch sehr kräftig zu sein, denn er drückte Paulus schon fast spielerisch an die Wand, dass er den Sack erschrocken und samt Inhalt die letzten Stufen herunterfallen ließ. Johannes wusste nicht mehr wie ihm geschah und als ihm ein Schmerzschrei entfuhr, wurde dieser aber von einem faulen Apfel, der in seinen Mund gerutscht war, im Keim erstickt. Undeutlich hörte er den Fremden fauchen:

„Du weißt, was dir und den anderen blüht, wenn du lügen solltest?" Johannes hörte das kehlige Schlucken des Wirtes. Der Fremde ließ schließlich nach langem Zögern von ihm ab. Schwere Schritte entfernten sich. Der Magister nahm erleichtert den faulen Apfel aus seinem Mund. Er lag zuoberst auf den Äpfeln und Birnen und konnte durch die groben Maschen deutlich Paulus sehen, wie er im Treppenaufgang stand und sich noch die Kehle hielt. Plötzlich kehrten die schweren Schritte wieder zurück und der Fremde in seiner Rüstung kam wieder zum Vorschein. Mit Schrecken sah Johannes, dass er seinen Degen gezogen hatte und an Paulus vorbei die Treppe hinab direkt auf den Sack zuschritt.

„Sicher ist sicher. Ich traue dir Angsthasen nämlich nicht! So Leute wie du sind in ihrer Angst unberechenbar! Deshalb werde ich selber nachschauen!" Mit einem schiefen Grinsen kam er langsam auf den Sack zu. Johannes konnte ihm direkt in die Augen schauen. Mit einer schnellen Bewegung stach dieser plötzlich zu, dass Johannes keine Zeit mehr blieb sich zu bewegen oder einen Laut von sich zu geben. Er schloss nur noch die Augen und betete. Er spürte den Ruck der Klinge, wie sie einige Male in das Obst fuhr. Zwischen seinen Beinen und oberhalb seines Kopfes. Endlich gab sich der Fremde zufrieden und stellte seine Untersuchung nach einem halben Dutzend Stichen ein und resümierte zufrieden:

„Gut, kannst weiter machen! Aber dieses stinkige Zeug ist doch wohl nicht zum Essen gedacht, oder?!“ Paulus stotterte hastig:

„Nene, nein! Mein Herr. Didi, die sind füür die Schw, Schweine!“

„Das will ich dir auch geraten haben! Wenn du hier fertig bist, kommst du hoch und gehst ins Bett! Klar?! Sonst werde ich deiner Frau einen Besuch abstatten müssen! Das willst du doch nicht, oder?!“

„Nenein!“ Johannes hatte aufmerksam den Worten gelauscht und entsandte ein Stoßgebet gen Himmel. Der Fremde steckte seinen Degen wieder zurück in die Scheide, sah auf den Magister herab und schüttelte seinen Kopf und fluchte halblaut:

„Verdammtes Gesindel! Weiß der Teufel, was ihr wirklich mit dem faulen Zeug anstellt. Heute faule Äpfel und morgen verdorbenes Fleisch. Verdammte Saubande!“ Mit diesen Worten wandte er sich mit schweren Schritten ab und als er am Wirt vorbeikam, trat er ihm, mit seinem metallbeschlagenen Stiefel ins Hinterteil:

„Komm ja nicht auf blöde Gedanken du Schweinskopf! Ich werde dich im Auge behalten und falls du es doch vorhaben solltest, uns in die Suppe zu spucken, werden wir dich bluten lassen wie ein kleines Ferkel. Los und beweg jetzt endlich deinen Arsch!“ Die Schritte wurden leiser und waren bald nicht mehr zu hören. Johannes hörte lange Zeit nichts anderes als den schweren Atem von Paulus Rah und seinen eigenen Herzschlag, bis er sich endlich wieder mit vorsichtigem Rufen bemerkbar machte:

„Alles klar da unten? Geht’s dir gut?“ Erleichtert atmete er wieder auf:

„Ja, mir geht es den Verhältnissen entsprechend gut. Kannst du mir hier vielleicht heraus helfen? Von diesem Gestank ist mir schon ganz übel, dass ich mich gleich übergeben muss!“

„Einen Moment noch. Dann komme ich.“ Aber er kam nicht sofort. Johannes verzweifelte langsam, denn Paulus wollte sich seiner wirklich sicher sein, zu sicher. Der bittere Geschmack vom faulen Apfel wollte einfach nicht verschwinden. Es dauerte eine halbe Ewigkeit, bis er endlich die sich nähernden, schlurfenden Schritte des Wirtes hörte. Ein paar Augenblicke später wehte ihm eine frische Luft um die Nase, als er den Kopf zwischen den Äpfeln und Birnen hinaussteckte.

„Wein oder Bier, gib mir irgendwas. Sonst muss ich wirklich kotzen." Paulus schnappte sich einen Krug aus einem Regal und füllte ihm etwas aus dem fast mannsgroßen Fass ab, das nahebei stand.

„Hier nimm, das wird dir gut tun. Aber trink langsam, es ist ein sehr schwerer Wein." Johannes nickte erschöpft, zwängte seine Arme hinaus und trank gierig in einem Zug alles aus. Ein leiser Rülpser entfuhr ihm und beide zuckten zusammen.

„Mensch bist du wahnsinnig!? Du säufst schon fast wie unser Nachtwächter! Ich hab doch gesagt du sollst nicht …" Aber dem Magister war es anscheinend egal:

„Das macht nichts, Paulus. Dieser fiese Geschmack musste erst mal weg. Jetzt geht es mir deutlich besser." Paulus schüttelte verständnislos den Kopf:

„Wie du meinst, Johannes. Ich werde jetzt hochgehen und die Holztür zu machen, aber nicht verschließen. Die da oben dürfen keinen Verdacht schöpfen. Kommst du jetzt alleine klar?"

„Ja." Aber plötzlich hielt er den Wirt am Ärmel fest:

„Halt, warte noch einen Moment. Was war das für ein Zettel? Hattest du ihn abgeschrieben?" Paulus Rah nickte stumm und flüsterte:

„Da lag ein Zettel auf dem Flurboden. Ich dachte, der könnte vielleicht wichtig sein."

„Da könntest du Recht haben. Dank dir für Alles und alles Gute für dich und deine Familie. Ab jetzt übernimmt die Triglaw."

5. Eine Nacht, lebenslänglich

Johannes lauschte angestrengt in die Dunkelheit hinein und wagte sich erst zu bewegen, als er sich wirklich sicher sein konnte, dass der Wirt oben im Flur niemanden mehr antraf. Die Holztür wurde mit einem lauten Quietschen wieder zugeschoben. Das typische schleifende Geräusch eines hölzernen Riegels war nicht zu hören.

„Was für ein Satansbraten ist das denn?!", fluchte er leise vor sich hin und begann vorsichtig den Ausstieg. Währenddessen grübelte er nach einer Lösung, wie er das Quietschen der Angeln verhindern konnte: ‚Es wäre bestimmt im ganzen Haus zu hören', dachte er und das führte dazu, dass er, kaum dass er schon mit einem Bein dem stinkenden Sack entstiegen war, aufgrund mangelnder Aufmerksamkeit das Gleichgewicht verlor und vornüber fiel. Im letzten Moment konnte er einen Fluch noch unterdrücken, aber nicht, dass er gegen etwas Hartes stieß, worauf etwas laut polternd zu Boden fiel und zerschellte. Dann hörte er mit einem Entsetzen ein immer schneller und lauter werdendes, rollendes Geräusch, und dann das Zerspringen von vielen Gläsern, das kein Ende nehmen wollte.

Über sich hörte er sofort das Trampeln vieler schwerer Füße. Panisch, und in wilder Angst, versuchte er sich aus dem Sack zu befreien. Endlich bekam er sein rechtes Bein frei, als sich gerade die Kellertür wieder öffnete. Er hörte die Stimme des Fremden und das Stottern von Paulus Rah. Ein Lichtschein schien herab und er sah im Halbdunkel, weit hinten im Keller das riesige Kellerfass stehen. Hastig kroch er auf allen Vieren darauf zu und rutschte unter dem tragenden Gestell hindurch, auf die Rückseite des Fasses. Wendig wie eine Katze kletterte er hinauf und nahm vorsichtig den kleinen Deckel ab, der eigentlich nur zum Reinigen des Innenraums vorgesehen war. Er saß gerade auf dem Rand, als er für ein paar Augenblicke mehrere Personen die Treppe hinunter kommen sah. Vorneweg glaubte er, einen schwarzen Ritter in seiner Rüstung mit gezogenem Schwert zu sehen. Sein Haupt steckte noch unter dem Harnisch und das Visier war verschlossen. Ihm stockte der Atem, so dass er sich, ohne es eigentlich zu wollen, stocksteif machte und von alleine, wie von Geisterhand, leise wie eine Maus, in das Fass hineinglitt. Er tauchte komplett unter und der Wein machte sich als eine kalte Nässe bemerkbar. Aus Angst entdeckt zu werden, musste er sich sogleich erleichtern und strengte sich an, sehr langsam und ohne das geringste Geräusch wieder aufzutauchen. Der Wein reichte ihm bis zum Hals, als er endlich den Boden unter den Füßen spürte. Vorsichtig schüttelte Johannes sich den Wein aus den Ohren und horchte angespannt auf die Stimmen. Mit Entsetzen spürte er einen Luftzug oberhalb seines Kopfes und wusste sofort, dass er was vergessen hatte:

‚Der Deckel!', schoss es ihm durch den Kopf. Bevor er die Finger nach oben streckte, blinzelte er durch einen kleines Astloch, das sich oberhalb des Weinstandes befand, und sah insgesamt vier Ritter und einen alten grauhaarigen Mann, dessen Haar in langen fettigen Strähnen bis über die Schulter herabhingen. Jeweils mit einer Kerze bewaffnet durchsuchten sie den Keller und schauten in jede Ecke. Das Weinfass schien ihr Interesse noch nicht erregt zu haben. Paulus Rah blieb zitternd an der Treppe stehen und sah mit weit aufgerissenen Augen ängstlich umher. In seinem Schritt sah er einen dunklen Fleck. Das war vielleicht seine letzte Chance, dachte der Magister, und stellte sich auf die Zehenspitzen. Mit den Fingerkuppen bekam er den Deckelrand zu fassen und zog einmal fest daran. Ein leises Poltern war zu hören, als er in die Aussparung zurückrutschte. Er fuhr zusammen und spähte mit Herzklopfen erneut durch das Astloch.

„Was war das?!", schrie der Alte barsch und ging auf den Wirt los. Paulus erschrak, als die Schwertspitze bedrohlich näher kam, und tat einen Schritt zurück. Ängstlich zog er die Schultern hoch und gab beschwichtigend zur Antwort:

„Vievielleicht eieine Raratte?" Johannes sah im Lichtschein der Kerzen wie die Strähnen das faltige und verwegene Gesicht des Alten verdeckten. Paulus nahm abwehrend die Hände hoch und die Schweißperlen standen glitzernd auf seiner Stirn.

„Soso, du meinst also, das war eine Ratte? So eine wie du, was? Nur stinkst du etwas unangenehmer. Schau dich doch mal an, Bettnässer!" Johannes erwartete Gekichere oder Schlimmeres bei diesen rauen Gesellen. Aber nichts dergleichen geschah. Der Alte ließ schließlich von ihm ab und setzte die Suche mit den anderen fort. Plötzlich schrie er erneut:

„Wirt!“ Paulus drehte sich ängstlich zu ihm um.

„Sollten wir hier jemanden finden, so werden wir ihm, dir und deinen Leuten, die Gedärme bei lebendigem Leibe rausschneiden!“ Paulus drückte sich fester an die Wand. Die Ritter warfen alle Sachen durcheinander, durchstachen ohne Rücksicht in wilder Wut die Säcke und Kisten mit ihren Schwertern.

„Na, das ganze Glas sollen ein paar Ratten zerbrochen haben? Der ganze Boden ist voll von diesem Mist! Wie sollte das gehen, hä?“, bohrte der Alte weiter.

„Die, die werden bebestimmt den Kkeil gegelöst haben. Dann rorollen sie eieinfach der Reireihe nach aus dem Regal heherunter!“, versuchte Paulus verzweifelt zu erklären. Der Alte rieb sich nachdenklich das Kinn:

„Damit könntest du Schwachkopf tatsächlich Recht haben. Such mir den Keil! Los!“ Daraufhin packte er den Wirt und warf ihn zu Boden; mitten in die Scherben hinein. Vorsichtig tänzelte Paulus darin herum bis er endlich einen der Keile gefunden hatte. Dabei sah Johannes, wie er sich vorsichtig umschaute und anscheinend nach ihm suchte.

„Hihier iist einer!“ Der Alte betrachtete misstrauisch das kleine Holzteil.

„Leute! Ich glaube das könnte tatsächlich eine Ratte gewesen sein. Wir haben es tatsächlich mit einem schwachsinnigen Wirt zu tun! Wie kann man nur so blöd sein und glauben, dass dieses kleine Ding die Flaschen zurückhalten kann!“ Die Ritter lachten auch jetzt nicht und gaben keinen Laut von sich. Sie machten kehrt und gingen wieder hinüber zur Treppe. Plötzlich warf der Alte sein Gesicht herum und schien Johannes direkt anzustarren:

„Wo wir doch einmal hier unten sind, können wir uns doch wenigstens einen guten Tropfen gönnen. Oder nicht?“ Die Ritter nickten stumm. Johannes wich in dem Fass einen Schritt zurück und erschrak. Dann erschrak er ein zweites Mal: Hatte er sich zu schnell bewegt?

Konnten sie das Plätschern gehört haben? Der Lichtschein und das klirrende Geräusch ihrer metallenen Schuhe kam wieder näher. Vor dem Zapfhahn blieb der Alte stehen und drehte sich zu Paulus um:

„Hast du ein paar Krüge hier?“ Der Magister atmete erleichtert auf.

„Dada aan der Wwand!“

„Aach so!“, äffte ihn der Alte nach und kicherte. „Kannst jetzt wieder nach oben gehen! Verschwinde, wir wollen alleine sein! Und lass oben ja alle Türen verschlossen!“ Paulus nickte und rannte die Treppe hinauf. Johannes schob sich langsam wieder näher an das Astloch heran und blinzelte hindurch. Was er dann in dem schwachen Licht sah, verschlug ihm den Atem: Die Ritter hatten ihre Helme abgenommen und er sah nichts als leichenblasse, haarlose und vernarbte Gesichter. Mit ihren tief liegenden schwarzen Augen, die in noch schwärzeren Höhlen verborgen lagen und ihn an Mauselöcher erinnerten, sahen sie mehr tot als lebendig aus. Auf ihren vom Schweiß glänzenden Glatzen waren eigenartige Zeichnungen, die nur aus Narben zu bestehen schienen, zu sehen. Johannes schluckte und ein blankes Entsetzen befiel ihn. Ihm wurde übel und er hatte sehr große Mühe den Mageninhalt zurück zu halten. Nachdem sie ihre Krüge gefüllt hatten, prosteten sie sich stumm zu und tranken sie in einem Zug leer. Dann warfen sie sie einfach achtlos beiseite, dass sie am Boden zerschellten und der Alte hob in einer drohenden Gebärde seine Faust:

„Männer! Noch ein paar Tage Geduld, dann holen wir uns das, was unser ist! Unsere Schmach von Höchst wird sie teuer zu stehen kommen! Bittersüß wird unsere Rache sein und keiner wird je erfahren, wer dahinter steckt! Haltet durch und vergesst dabei nicht die Schmerzen, die euch diese Katholiken zugefügt haben! Denkt an die tätowierte Seele! So wird euch die Ausführung leichter fallen! Der Sieg ist unser!“

Direkt vor den Augen von Johannes reckten sie ihre metallbewährten Handschuhe in die Höhe, dass sich ihre Fingerspitzen berührten und eine Art Pyramide bildeten. Ein eigenartiges Brummen war zu hören und der Alte trug ein eiskaltes und siegessicheres Lächeln im Gesicht.

„Sollen wir ihn holen, mein Hauptmann?“, fragte eine heisere, kehlige Stimme. Der Alte schüttelte nur kurz sein Haupt:

„Nein, sein Tag ist noch nicht gekommen. Erst wenn zwei weitere Tage vergangen sind, wird er seine Verwendung finden und den Zweck für uns erfüllen, zu dem er von uns gefangen genommen wurde.“ Ein anderer hob den Kopf und brummte mit kratziger Stimme:

„Und dann? Wie geht es dann weiter?“

„Dann wird nur noch sein Kopf gebraucht. Den Rest brauchen wir dann nicht mehr. Sein Vater wird nur den Kopf bekommen. Dann müssen wir nur den Torso entsorgen, Männer.“ Alle nickten stumm. Ein Dritter riss plötzlich seinen Mund weit auf, als wollte er laut schreien, aber es kam kein Laut heraus, sondern nur seltsame, knackende und glucksende Geräusche. Der Alte nickte verständnisvoll:

„Ich weiß, mein Freund: Deine Rache ist groß, und du wirst sie bald stillen können. Glaub es mir.“ Dem Magister schauerte es, als er dies sah. Er tat einen Schritt zurück und schüttelte ungläubig den Kopf. Dann spähte er wieder wie gefesselt durch das Astloch, um nichts zu verpassen. Er konnte gerade noch sehen, wie sie sich wieder die Helme aufsetzten. Zusammen verließ die Gruppe den Kellerraum und es wurde wieder dunkel.

Johannes blieb in Erstarrung zurück im Fass und brauchte einige Zeit um das Gesehene und Gehörte zu verdauen. Tausend Fragen schossen ihm durch den Kopf. Was sollte er jetzt machen? Sie weiter beschatten? Oder soll er schleunigst zurück zur Schmiede? Hatte er schon genug von dem gesehen was er wissen musste? Aber wer war mit diesem Vater gemeint? Nur der Kopf wird noch gebraucht? Was hatten sie vor? ‚Zuerst muss ich hier heraus und neue Klamotten finden‘, dachte er. Er fror und kletterte mühsam, wie eine halb ersäufte Ratte heraus und ließ sich erschöpft zu Boden fallen. Vorsichtig schlich er über die Glasscherben hinweg und die Treppe hinauf. Im letzten Moment, bevor er die Klinke drückte, hielt er inne; er erinnerte sich daran, dass er das unvermeidliche Quietschen verhindern musste, wenn er nicht das ganze Haus aufwecken wollte.

„Scheiße noch mal, aber es muss sein!“, fluchte er leise vor sich hin und rannte wieder die Treppenstufen hinunter. Nach langem Suchen fand er endlich den Sack wieder und fingerte zwei faule Äpfel heraus.

Eilig rannte er zur Tür zurück und tastete sie ab, bis er endlich die schweren Türbänder gefunden hatte. Mit einem Gefühl des Ekels drückte er die Äpfel oben auf die Zapfen und quetschte sie aus. Das plätschernde Geräusch verriet ihm, dass die Beschläge ausreichend nass geworden sein mussten. Dann kniff er die Augen zusammen und drückte vorsichtig die Klinke herunter. Ganz langsam schob er die Kellertür auf und das befürchtete Quietschen blieb tatsächlich aus. Am liebsten hätte er laut gejubelt. Endlich war die Tür weit genug geöffnet, dass er sich hindurch zwängen konnte. Aber er schloss sie nicht, sondern lehnte sie nur an. Erleichtert, jedoch mit klopfendem Herzen, lauschte er angestrengt in den dunklen Raum hinein.

Die Stille war erdrückend und er glaubte in der Mitte eines langen Flures zu stehen. Das bleiche Tageslicht der Morgendämmerung fiel durch ein kleines Fenster auf den Bretterboden und er sah die nassen Abdrücke von schweren Stiefeln. Links ging es in die Schankstube und rechts eine Treppe hinauf. Vorsichtig folgte er den Spuren und kam an einem Wandschrank vorbei. Er stöberte darin herum und fand eine Hose und eine Jacke, die durch mehrmaliges Umkrempeln passend gemacht wurden. Seine nassen Kleider entsorgte er in jenem Schrank. Johannes folgte weiter den Spuren und stand schließlich vor der Treppe. Gerade als er seinen Fuß auf die erste Stufe setzen wollte, wurde oben eine Tür geöffnet und der Lichtschein einer Kerze wurde sichtbar. Johannes fuhr zusammen und sprang zur Seite. Auf allen Vieren kroch er unter die Treppe und schaute zwischen die Stufen. Er hörte schwere Schritte herab kommen und das Knarren der Stufen. Sand rieselte auf seinen Kopf und dann sah er schwach die Gestalt eines großen Mannes in ungelenken Bewegungen die letzten Stufen hinabsteigen. Das Metallblech klapperte unaufhörlich. Johannes sah, dass er bis zum Wandschrank ging und ihn öffnete. Er wunderte sich darüber, aber schnell wurde ihm der Grund klar, nachdem er ein leises Plätschern und ein erleichterndes Stöhnen vernahm.

‚Altes Schwein!', dachte er bei sich und dann erschrak er und schnupperte an seiner Kleidung.

Aber es schien sich um einen Einzelfall zu handeln, denn er stellte keinen unangenehmen Geruch fest. Nachdem der Ritter sein Geschäft beendet hatte, kam er wieder zurück und stieg mühsam die Stufen hoch. Dabei machte er ungewöhnliche Geräusche, die wie das Knurren eines Bären klangen. Johannes bekam eine Gänsehaut, als er sich die dazugehörigen Gesichter in Erinnerung rief. Er wartete noch eine ganze Zeit lang und wusste nicht recht, was er jetzt tun sollte. Das Tageslicht wurde langsam heller und er hätte am liebsten dem Drang seines Körpers nachgegeben, die Augen zu schließen und ein kleines Nickerchen zu machen. Aber das getraute er sich nicht und raffte sich mühsam auf. Schweigend stand er wieder vor der Treppe und schaute gedankenverloren hinauf. Plötzlich fuhr er zusammen, als eine Hand nach ihm griff. Fast wäre ihm ein Schrei über die Lippen gekommen, hätte sich nicht eine andere auf seinen Mund gelegt.

„Psst! Leise! Was machst du denn da? Bist du wahnsinnig?!“, flüsterte eine gepresste Stimme.

Es war Paulus Rah. Erleichtert darüber, drehte er sich zu ihm um und wäre ihm am liebsten um den Hals gefallen. Paulus zog ihn weg, in eine Kammer hinein, am Ende des Flurs.

„Johannes, was machst du da?“ Johannes schaute ihn benommen an:

„Ich weiß es auch nicht! Mir gingen ihre Gesichter nicht mehr aus dem Kopf.“ Paulus starrte ihn ungläubig an:

„Was? Hast du etwa ihre Gesichter gesehen? Wie das? Wo hast du denn gesteckt?“

„Im Weinfass. Paulus, es war schrecklich! Sie waren kahl und bleich wie der Mondschein. Und dann waren sie mit Narben übersäht, die wie eigenartige Gravuren aussahen.“

„Gravuren aus Narben?“, flüsterte der Wirt und schaute entsetzt an ihm herunter.

„Ja! So ähnliche Zeichen wie die Schiffer sie als Tätowierungen haben!“ Mit weit aufgerissenen Augen wiederholte der Wirt, aber wie unter Schock, seine Worte:

„Zeichen, Tätowierungen. Mein Gott! Womit haben wir das verdient?!“

„Weißt du, auf was sie aus sind, Paulus?“ Paulus starrte ihn abermals von oben bis unten entsetzt an; Johannes wunderte sich darüber.

„Nein! Der Alte, du hast ihn ja selbst erlebt, ist der Satan in Person. Eben sagte er mir noch, dass ich mir bloß nicht einfallen lassen sollte, Hilfe zu holen. Außer dem Nachtwächter dürfe des Nachts niemand herkommen.“ Plötzlich verzerrte sich sein Gesicht, als habe er unglaubliche Schmerzen und ging in die Knie. Sein ganzer Körper zitterte und er begann zu weinen. Johannes fasste ihn bei den Schultern:

„Paulus, was ist los? Nun sag schon!“

„Gestern war einer der Büttel hier und wollte wissen, wer alles hier übernachtet. Wegen der Steuern, du weißt schon. Aber …“ Ihm versagte die Stimme.

„Paulus! Nun sag schon! Was ist denn passiert?“ Aber der Magister ahnte schon bereits, was er sagen wollte. Und doch überlief ihn ein kalter Schauer, als er die Schilderung des Wirtes hörte:

„Johannes, als der Büttel an der Tür stand und jene Auskunft von mir verlangte, stürmte einer der Ritter auf ein Zeichen des Alten herbei und packte ihn am Hals. Dann zog er ihn hinein und auf Befehl ihres Anführers musste er sich ausziehen. Als sie ihm befahlen wieder hinaus zu gehen, dachte ich es wäre jetzt alles vorbei, aber dann schlugen sie ihm von hinten den Kopf ab! Ich musste ihn dann draußen im Wald verscharren! Und du, du hast jetzt seine Klamotten an!“ Johannes schaute an sich herab und verstand jetzt.

„Jeder, der mich jetzt damit sieht …“

„… könnte glauben, dass du der Mörder bist, sobald sie am Frohnhof heraus bekommen haben, dass er verschwunden ist! Du musst von hier weg! Schnell! Noch ist es nicht hell genug, aber gleich könnte es schon zu spät sein! Verstehst du?“ Johannes nickte stumm und sagte:

„Ja, Paulus. Du hast Recht!“

„Aber wie sieht es mit deinem Auftrag aus? Ihr wolltet uns doch helfen?“ Der Wirt sah ihn ängstlich und mit einem flehenden Blick an. Dabei ergriff er seine Hand und drückte sie ganz fest, dass der Magister fast vor Schmerz aufschrie.

„Wir kommen zurück! Auf jeden Fall, das verspreche ich dir! Außerdem habe ich schon genug gesehen und ich glaube auch schon zu wissen, wie wir sie dir vom Hals schaffen können!“

„Wie denn? Sag mir wie, bitte!“

„Leise! Schrei nicht so! Habe noch ein bisschen Geduld! Wir werden dir helfen. Über Adam wirst du genau erfahren, wann und wie wir dir helfen werden. Ich muss jetzt gehen und mich beeilen, damit ich ungesehen zurückkommen kann. Halte durch!“ Mit diesen Worten riss er sich los und schlich zur Haustür. Aber Paulus kam hinter ihm her und hielt ihn fest.

„Was ist?“, fauchte Johannes ihn erstaunt an.

„Nicht da lang! Die Tür quietscht zu laut! Sie könnten dich hören!“, flüsterte er. Dann zog er ihn hinter sich her und öffnete das kleine Fenster im Flur.

„Los, beeil dich! Diese Angeln haben sie nicht trocken gerieben, weil es zu klein ist.“ Wie eine Katze kletterte Johannes hinaus, ließ sich hinunter fallen und eilte davon. Dabei musste er die Hose am Bund hochhalten, damit er nicht über die langen Hosenbeine fiel. Die übergroße Jacke ragte ihm weit über den Kopf hinaus, dass er wie eine herrenlose Uniform aussah, die alleine auf Reisen ging. Die Ärmel hingen leblos herunter und jeder Schritt bereitete ihm doppelte Mühe. An der Kirche in Helenasbrunn begegnete ihm eine Bauersfrau, die einen lauten Schrei ausstieß, sich bekreuzigte und dann in wilder Panik davon lief. Unterwegs rief sie immerfort:

„Man hat ihm den Kopf abgeschlagen! Man hat ihm den Kopf abgeschlagen!“ Daraufhin schlug sich der Magister in wilder Panik in den Wald und irrte weiter in die Richtung, von der er glaubte, dass sie die richtige sei. Nach einigen hundert anstrengenden Metern wurde er, als er sich schon sicher fühlte, jäh von einem plötzlichen Hundegebell eines Besseren belehrt. Zwar hallte es nur schwach von den Bäumen wider, aber es kam doch langsam und stetig näher. Für einen Moment erstarrte er und lauschte. Dann zog er in einem Anflug von Angst mit aller Kraft am Hosenbund, dass die Hose ihm fast bis an die Achseln reichte und rannte, so gut wie er es vermochte, davon. Aber immer wieder musste er anhalten, weil die Jacke nach oben rutschte und er keine freie Sicht mehr hatte. Er wagte nicht zu fluchen, obwohl er dazu die größte Lust gehabt hätte. Zu allem Unglück ging es nun bergauf und er lief dauernd Gefahr den Halt zu verlieren und rückwärts wieder den Hang hinunter zu rollen. Das Hundegebell wurde lauter und er glaubte schon einige Stimmen zu hören. Aber wie erleichtert war er, als er in einiger Entfernung endlich den Galgenberg sah. Er kroch geradewegs darauf zu und als er ihn endlich erreichte hatte, hätte er ihn am liebsten umarmt. Mit einem Ekelgefühl nahm er einen der Stricke, die am Boden lagen und band ihn eilig wie einen Gürtel um seine Taille. Dann schlug er hastig die Hosenbeine wieder um und blickte zurück. Dort erschien soeben der erste Hund am Fuße des Berges und blieb genau an der Stelle stehen, wo er herauf gekommen war. Sofort schlug er an und bellte drauf los.

„Wir nehmen den Galgenweg! Das geht schneller!", hörte er jemanden laut rufen.

„Scheiße! Das hätte man mir ja auch sagen können!", fluchte der Magister und nahm wieder die Beine in die Hand. Er kannte jetzt wieder den Weg und hielt sich genau Richtung Norden. Erleichtert sah er endlich den Weiher zwischen den Bäumen schimmern und mobilisierte seine letzten Kräfte. Das Rufen hinter ihm, wurde wieder etwas leiser und das gab ihm Hoffnung. Völlig abgekämpft gelangte er endlich an die Tür der Schmiede und ließ sich erschöpft dagegen fallen. Wie ein Toter blieb er am Boden liegen und die Jacke rutschte über seinen Kopf. Die Tür öffnete sich und Adam stand in der Tür:

„Nanu! Wer schmeißt denn einfach seine Jacke hierhin?" Johannes konnte nicht anders und musste unter der Jacke schmunzeln, als er diese Worte hörte.

„Zieh mich einfach herein, Adam. Schnell, sie sind hinter mir her!"

„Ja, wenn du mir endlich sagst, wo du steckst!"

„Unter der Jacke!" Das Hundegebell kam nun gefährlich nah. Aber da spürte der Magister endlich den festen Griff in seinem Nacken und einen kräftigen Ruck, wobei er mit dem Kopf an der Türschwelle anstieß. In einer anderen Situation hätte er sich sicherlich darüber beschwert, aber nicht jetzt. Hauptsache er war wieder in Sicherheit. Drinnen drehte Adam ihn auf den Rücken und schaute ihn verwundert an:

„Warum hast du dir denn diese Scheißklamotten angezogen?“

„Das erzähle ich dir später. Sie sind gleich da. Du musst sie irgendwie abwimmeln. Aber zuerst musst du mir die Jacke ausziehen. Schnell! Sie dürfen mich nicht darin sehen.“, hauchte Johannes.

„Aber warum, verdammt, hast du sie denn überhaupt an?!“ Es klopfte an der Tür.

„Jetzt frag nicht so blöd!“, fauchte er mit buchstäblich letzter Kraft. Adam verschränkte die Arme und schaute ihn giftig an.

„Bitte! Adam, bitte!“, flüsterte Johannes und blieb danach regungslos wie ein Toter auf dem Rücken liegen. Ein Lächeln hüpfte über das Gesicht des Nachtwächters. Es klopfte erneut, aber stärker.

„Das hört sich schon besser an!“ Adam machte sich an die Arbeit und hatte ihn im Handumdrehen entkleidet.

„Schmeiß sie weg und versteck mich in Theiß‘ Bett. Schnell!“ Die Kleidung steckte Adam in den Haufen der Asche und legte ein paar Holzscheite darüber. Dann hastete er zur Tür.

„Ja? Wer ist da?!“

„Wir sind‘s. Piet und Claas aus Helenasbrunn! Ist jemand bei dir vorbei gekommen?!“

„Ja!“, antwortete der Nachtwächter. „Warum?!“

„Kannst du mal die Tür aufmachen! Wir müssen dich was fragen!“

„Erst wenn du deine Köter an die Leine nimmst!“

„Geht klar!“ Vorsichtig öffnete Adam die Tür einen Spalt breit und spähte hinaus:

„Was gibt‘s?“

„Ach Adam! Du hier?“

„Ja, das siehst du doch! Also wer ist euch weggelaufen?“

„Na, wie soll ich sagen“, der Bauer kratzte sich verlegen am Kopf, „einer in Uniform. So eine, wie die Stadtbüttel sie tragen.“

„Ja und? Welche Haarfarbe?“

„Das wissen wir nicht. Der war …“, druckste Piet herum.

„Kopflos, oder was?“ Der Bauer stutzte und schaute ihn mit seinen großen Kuhaugen an:

„Ja, kopflos. Woher weißt du das?“

„Willst du mich verarschen, oder was?!“, brüllte Adam plötzlich und stellte sich breitbeinig vor die Haustür. „Morgen kommst du noch vorbei und fragst mich, ob ich eine Wildsau mit zwei Köpfen gesehen habe! Du bist doch völlig bescheuert! Mach, dass du von hier wegkommst, oder ich hole Theiß her!“ Nach diesen Worten drehte er seinen Kopf zur Tür und rief:

„Theiß?! Komm mal her!“ Die beiden Bauern hoben sofort beschwichtigend die Hände und sprachen durcheinander wild drauf los.

„Komm lass gut sein! Alles kein Problem. War auch nicht so wichtig. Kannst Theiß ruhig da lassen, wo er hingehört!“

„Was soll das heißen, ihr trüben Flaschen!“, scholl es plötzlich hinter ihnen. Dort stand mit einem Mal Theiß selbst, mit einem Bienennetz über dem Kopf und einem Bienenkorb in der Rechten:

„Ich, ich habe das nicht so gemeint, Theiß. Ich, ich …“, stotterte Piet und wurde blass im Gesicht. Der andere dagegen trat einen Schritt zurück und kniff gefährlich die Augen zusammen. Theiß war dies nicht entgangen und sagte:

„Komm bloß nicht auf die Idee, die beiden Hunde los zu lassen, Claas! Sonst erkennst du sie gleich nicht wieder, wenn ich hier meine Bienen loslasse! Dich halbe Portion eingeschlossen!“ Ohne weitere Worte schlichen die Bauern wieder langsam davon und machten einen großen Bogen um den Schmied. Als sie weg waren, begann Theiß frech zu grinsen und rief dem zufrieden schmunzelnden Adam zu:

„Hier! Fang!“ Der riss entsetzt das Auge weit auf und sah den Korb auf sich zu fliegen. Er duckte sich vergebens und begann laut zu schreien:

„Du gottverdammtes Arsch …“ Aber dann brach er ab und hob den Korb vom Boden auf. Er war leer. Theiß lachte laut auf und Adam brüllte erneut:

„Du bescheuertes Arschloch! Du linker Hund! Du …“

„Ist er da?“, fragte Theiß ungerührt.

„Ja! Magister Langärmel ist drinnen! Wusstest du etwa schon Bescheid?“

„Ich war gerade mit den Bienen fertig, als ich einen laufenden Anzug vorbei kommen sah.“ Adam deutete zerknirscht hinter sich und ging wütend hinein. Theiß folgte ihm lächelnd und schaute sich noch einmal um, bevor er die Tür verschloss. Drinnen begrüßte sie der Magister, der wieder in seiner alten Kleidung steckte.

„Was machst du denn da, Johannes? Was stocherst du da in der Asche herum?“, fragte Theiß verwundert. Aber der Magister antwortete nicht sogleich, sondern wühlte weiter darin herum, dass es staubte.

„He! Kannst du damit gefälligst aufhören?! Was soll das?!“, rief der Schmied und wollte zum Fenster gehen, um es zu öffnen. Aber Johannes rief:

„Lass es einen Moment lang zu. Es ist wichtig! Ich muss euch zuerst etwas zeigen.“ Dann drehte er sich triumphierend herum und hielt die Uniform eines Stadtbüttels hoch. Adam und Theiß verstanden nicht sofort.

„Und, was ist damit?“, fragte Adam.

„Das ist die Uniform des toten Stadtbüttels, der gestern in Paulus‘ Gastschenke umgebracht wurde. Hier könnt ihr noch die dunklen Flecken des Blutes am Kragen sehen. Das ist das Blut, das heraus spritzte, als sie ihm den Kopf abschlugen.“ Adam schluckte und Theiß betrachtete entgeistert die Jacke:

„Was ist passiert?! Sie haben ihm den Kopf abgeschlagen?!“

„Ja, Theiß. Sie haben kurzen Prozess mit ihm gemacht. Er war nur da, um zu erfragen, wer in seiner Herberge übernachtet. Denn danach wird unter anderem die Steuer von Paulus berechnet. Aber das war die eine Frage zu viel!“

„Allerdings! Die meinen es ernst! Scheiße!“ Theiß fasste sich in den Nacken und starrte abwechselnd ihn und die Jacke ungläubig an. Dann fuhr er sich mit der Hand durch das Gesicht und setzte sich an den Tisch. Er sah plötzlich sehr besorgt aus. Irgendetwas schien ihn zu bedrücken. Gedankenversunken schaute er aus dem Fenster hinaus und schwieg. Adam und Johannes spürten, dass ihm etwas auf der Seele brannte. Johannes war sehr verwundert darüber und fragte nach:

„Theiß! Was ist los? Weißt du etwas über diese Leute? Du bist so komisch.“ Der Schmied antwortete nicht sofort. Er schwieg; es war ein tiefes und bedrohliches Schweigen. Dann gab er sich einen Ruck, tat einen tiefen Seufzer und schaute sie der Reihe nach mit einem finsteren Blick an. Beide ahnten die Gefahr, die in den kommenden Worten stecken würde. Eine Kälte kroch in ihre Herzen und sperrte alle Wärme aus.

6. Theiß bringt etwas Licht ins Dunkel

Theiß kam den beiden sehr verändert vor und Johannes bekam den Eindruck, dass selbst der Schmied etwas Angst hatte, und das nährte in ihm die Befürchtung, dass sie alle in größter Gefahr schwebten. Aber er hatte sich vorgenommen noch nichts von den Glatzköpfigen zu berichten, bevor Theiß nicht erzählt hatte, was er wusste. Das knisternde Feuer, so schien ihm, wollte heute einfach keine wohltuende Wärme ausstrahlen. Ihm war immer noch kalt, es war eher eine seelische Kälte, aufgrund der Eindrücke der letzten Nacht. Adam hatte sich einen Hocker geschnappt und sich auf der anderen Seite des Tisches gesetzt. Erwartungsvoll schaute er den Schmied nun an und sagte belustigt:

„Na, alter Freund. Wenn es wieder irgendetwas mit deinen üblichen Prügeleien zu tun hat, kannst du es uns doch ruhig sagen. Und das mit deinen Weibergeschichten wissen wir doch auch schon längst. In dem Dreißigjährigen haben wir doch alle verrückt gespielt, denn ..." Da griff plötzlich Theiß nach seiner Hand und drückte einmal fest zu.

„Autsch! Bist du bescheuert?! Was soll das?! Willst du mir alle Knochen brechen?!" Aber Johannes, der auf der letzten steinernen Stufe vor der Feuerstelle Platz genommen hatte, unterbrach ihn:

„Warte, lass ihn erst einmal aussprechen, Adam!"

„Und meine Hand?!" Adam schaute den Schmied wütend an, erschrak aber sogleich, als er dessen ernstes und entrücktes Gesicht sah. Er schien seinen Ausruf gar nicht wahrgenommen zu haben. Irgendetwas ging in Theiß vor; das konnte er deutlich sehen. Und das verwirrte ihn. Adam sah lange Zeit stumm und zugleich fasziniert in seine großen blauen Augen, ohne dass sie auch nur einmal blinzelten. Die Gesichtszüge in Theiß' Gesicht waren jetzt wie versteinert und sein Blick ging in eine weite Ferne, die er nur erahnen konnte. Er wechselte mit Johannes einige bedeutungsvolle Blicke und zog schließlich, als auch der keine Abhilfe wusste, verwundert eine Augenbraue hoch. Dabei pfiff er leise durch seine faulen Zähne und begann mit seinen Händen wild vor den Augen von Theiß herum zu fuchteln. Aber der Schmied hielt seinen eigenartigen Blick bei und zeigte keinerlei Regung. Adam legte seinen

Kopf wie ein neugieriges Kind, das durch die Scheiben fremder Leute schaute, etwas schräg zur Seite und lauschte. Zum Magister gewandt flüsterte er vorsichtig:

„Er atmet noch!“ Aber Johannes lächelte belustigt und zeigte ihm einen Vogel:

„Natürlich atmet der noch, was denkst du denn! Da ist etwas ganz anderes im Gange.“ Adam stemmte seine Hände wütend in die Hüften:

„Ach so, und du weißt natürlich auch ganz genau was! Elendiger Klugscheißer!“ Bevor der Magister etwas darauf zur Antwort geben konnte, rief Adam laut:

„ He! Theiß! Bist du noch da? Von wie vielen Bienen bist du dieses Mal gestochen worden? Wächst dir jetzt schon ein Stachel aus dem Arsch, oder was?“

„Jetzt halt doch endlich mal deine Klappe! Siehst du nicht, dass …“, begann Johannes erzürnt, aber ehe er seiner Wut Platz machen konnte, wurde er plötzlich jäh unterbrochen.

„Nein, aber das trifft die Sache schon ganz gut.“, sagte der Schmied völlig unerwartet, wie langsam aus einem schweren Traum erwachend. Seine Stimme klang seltsam entfremdet, als hätte er zu ihnen durch eine Tür gesprochen. Sie wunderten sich darüber und beiden lief ein eiskalter Schauer über den Rücken. Dann wurde es wieder für lange Zeit still im Raum und Adam befürchtete, dass es dieses Mal noch länger dauern könnte als vorhin. Deshalb nahm er sich vor schneller zu reagieren, aber ehe er beginnen konnte, setzte Theiß wie in Trance fort:

„Stachel, Piken, Hellebarden, Arkebusen, Panzerstecher. Abgeschälte Haut und aufgeplatzte Leiber. Schreiende Frauen und Mädchen. Feuer, Feuer und nochmals Feuer und überall dieses Blut und der Geschmack von Eisen auf den Lippen. Manchmal ein seltsamer Geruch in der Luft. Mandeln, wie mir mal ein Barbier erzählte. Ich habe nie von ihnen gekostet. Noch nicht einmal gesehen habe ich sie; nur davon gehört. Mandeln. Verdammte Mandeln!“

Theiß ließ den Kopf in seine Hände fallen und seine Finger fuhren wie wild durchs zerzauste Haar. Dann verstummte er wieder. Adam und Johannes tauschten abermals fragende Blicke aus. Adam zeigte mit seinem langen und dünnen rechten Zeigefinger auf den Schmied, um ihm eine Frage zu stellen, aber er kam nicht dazu, denn plötzlich wandte Theiß Adam wieder sein Gesicht zu und fragte:

„Sag uns, Adam. Wie hast du damals eigentlich dein Auge verloren?“ Der Nachtwächter erschrak über seine Frage und fuhr zurück. Etwas verunsichert fragte er nach:

„Was? Wie? Mein Auge? Warum willst du das wissen?“

„Es war kein blöder Unfall, wie du immer behauptet hast. Stimmt‘s?“ Adam schaute betroffen drein und kratzte verlegen an der Tischkante herum.

„Aber, was hat das mit dieser Sache zu tun?“, wollte Johannes wissen.

„Viel. Sehr viel. Lass mich raten, Adam. Es gab einen Überfall auf dein Elternhaus in Heimerath. Du musst damals ungefähr zwanzig Jahre alt gewesen sein, als …“

„Sechszehn! Das war sechszehnhunderteinunddreißig, als diese Schweine von Habsburger über uns herfielen! Mitten in der Nacht kamen sie! Ich stürzte hinaus, als sie meine Eltern in ihren Betten erschlugen und lief in …“

„Eine Lanze. Und dann kamen plötzlich diese schwarzen Reiter daher und erschlugen diese Fremden. Wie aus heiterem Himmel. Dann verschwanden sie ebenso schnell wie sie gekommen waren.“, setzte Theiß fort. Adams Mund stand offen:

„Ja, aber woher weißt du das alles?“

„Weil er einer dieser Reiter war, Adam!“, sagte Johannes. Theiß nickte.

„Ja! Ich war einer dieser gottverfluchten Reiter!“

„Dann habe ich dir mein Leben zu verdanken, Theiß?“ Der Schmied nickte.

„Aber danke mir nicht dafür. Denn ich war einer dieser Jäger aus Soest, die keinen Unterschied zwischen Protestanten und Katholiken machten! Jedes Opfer war uns recht, Hauptsache die Beute war groß genug.“

„Theiß! Keiner hat sich in dieser Zeit normal verhalten. Jeder musste schauen wie er durch kommt! Auch ich habe vieles getan, was nicht in

Ordnung war“, sagte Johannes. Adam drehte sich überrascht zu ihm um:

„Was? Du?! Was kann denn so ein kleiner Zwerg gegen solche Leute ausrichten?“ Theiß schmunzelte und sagte:

„Täusche dich da nicht, Adam. Es gibt noch ganz andere Waffen, als du sie leider kennen lernen musstest! Aber lassen wir das jetzt! Ein anderes Mal kann uns unser Magister davon erzählen.“ Johannes dankte ihm mit einem schmalen Lächeln und Adam schaute verwirrt auf seine Freunde:

„Bin ich denn hier der Einzige, der nichts verbrochen hat?“

„Es sieht ganz so aus. Aber ohne dir etwas zu wollen; schau dich doch einmal an. Mit deiner mageren Statur hättest du damals, und auch heute, eine Lanze vielleicht halten, aber niemals benutzen können. Du solltest einfach froh sein, dass du heil davon gekommen bist. Aber lassen wir das jetzt lieber und kümmern uns wieder um unser Problem“, sagte Theiß.

„Dann sag uns jetzt Theiß, was hat das alles mit unserem Problem zu tun?“, fragte Johannes.

„Wir Jäger von Soest waren ein bunt zusammengewürfelter Haufen. Schweden, Kroaten, Hessen, Elsässer, Dänen und natürlich wir Teutsche. Wir kannten viele Listen und waren in unseren Überfällen sehr trickreich. Stets trugen wir schwarze Kleidung, der eine als Rüstung und der andere als einfache Kleidung. Unser Hauptmann war ein Schwede mit Namen Larsen Cornelisson. Er hat immer wieder betont in Wirklichkeit ein Gote zu sein, denn er kam von der Insel Gotland. Deshalb hieß er bei allen nachher nur ‚der Gote‘. Einige der Bürger im Westfälischen öffneten uns sogar Tür und Tor, weil sie seinen Spitznamen fälschlicherweise als ‚der Gute‘ verstanden. Das erleichterte unsere Arbeit immens.“

„Und was ist mit diesem Goten, oder Cornelisson?“, fragte Adam.

„Ihr könnt mir ruhig glauben, wenn ich euch sage, dass selbst ich manchmal Angst vor ihm hatte. Denn neben ihm, sah ich wie ein Knabe aus. Er war es auch, Adam, der Jenen erschlug, der dir ans Leder wollte. Also danke ihm und nicht mir! Ich war der einzige, der ihn beim

Vornamen ansprechen durfte, weil ich damals sein Stellvertreter war. Irgendwann, als unsere Lage immer brenzliger wurde, das muss sechszehnhundertzweiunddreißig gewesen sein, beschlossen wir, nach jedem Überfall ein Erkennungszeichen bei den Toten zu hinterlassen. So wollten wir einen größeren Schrecken verbreiten, damit wir in unserer Gegend frei und ungestört operieren konnten. Niemand sollte uns jemals zu Gesicht bekommen und doch wissen, dass wir da sind. Denn immer mehr Banden kamen in unser Gebiet und machten uns Konkurrenz. Das wiederum lockte die großen Armeen der großen Parteien an, und denen konnten wir auf Dauer nicht standhalten."

„Also wolltet ihr den Eindruck erwecken, dass ihr größer und gefährlicher seid, als in Wirklichkeit.", folgerte Johannes. „Und wieviele wart ihr in Wirklichkeit?"

„Dreiundzwanzig." Johannes riss überrascht die Augen und rief:

„Was?! Ihr wart nur dreiundzwanzig?! Dann war euer Plan aber sehr erfolgreich! Lange Zeit, und eigentlich noch heute, glaubt doch jeder hier, dass es hunderte von Männern gewesen sein mussten, die in einzelnen Gruppen, unter der Führung jenes Goten, ihr Unwesen trieben! Nicht umsonst nannte man euch doch das ‚geheime Heer'!"

„Mag sein, aber siebenunddreißig war Schluss!"

„Soso! Und warum?", fragte Adam, der ihn immer ehrfurchtsvoller ansah.

„Die drei Elsässer hatten sich abgesetzt und unserem Dänen die Mitteilung hinterlassen, dass sie unsere Namen und die Verstecke den Kaiserlichen Truppen verraten würden, um das Kopfgeld zu kassieren. Es sei denn, wir würden ihnen alle unsere erkämpften und erbeuteten Schätze überlassen. Wir gingen zum Schein darauf ein und kamen zum Treffpunkt. Natürlich hatten wir ihnen eine Falle gestellt. Aber einer von unseren Kerlen hatte gesungen und so waren sie gewarnt. Trotzdem erwischten wir sie, bis auf einen. Die zwei mussten natürlich dran glauben, aber der andere, wie wir später herausfanden, war der Sohn des Herzogs von Metz, entkam. Ich wurde dazu ausgewählt, ihm zu folgen und herauszufinden, was er vorhatte. Ich folgte ihm bis nach Köln, wo er uns bei den kaiserlichen Truppen tatsächlich gegen eine hohe Belohnung verriet. Dann folgte ich ihm weiter bis nach Metz, wo ich seine wahre Identität heraus bekam. Mit diesen beunruhigenden Nachrichten eilte ich zurück ins Hauptversteck. Die kaiserlichen Truppen rückten aber bereits gegen uns vor und da wussten wir, dass wir verloren waren. Larsen Cornelisson entschied, dass wir alle unserer Wege gehen sollten, um unser Leben zu retten. Daraufhin nahm sich jeder mit, was er tragen konnte und wir zerstreuten uns in alle Winde."

„Was für ein Zeichen war das, das ihr bei euren Überfällen damals hinterlassen habt?", fragte Johannes etwas zögerlich, einer Vorahnung folgend.

„Es war das gotische Feuerrad. Warum?" Und Theiß schaute ihn kritisch an.

„Kannst du mir das Zeichen einmal zeichnen?" Zögerlich nahm Theiß ein Stück Holzkohle in die Hand und zeichnete es auf dem Boden. Johannes erstarrte und schaute ihn mit einem vielsagenden Blick an:

„Das ist es! Genau das war auch dabei!" Theiß sprang erregt auf und fasste den kleinen Mann bei den Schultern:

„Was?! Wo? Wo hast du es gesehen?!"

„Im Gasthaus Zum Goldenen Rhabarber!", kam die Antwort. Aber nicht vom Magister, sondern von Adam.

„Was?! Du hast es auch schon gesehen!?", rief Johannes.

„Wo hast du es gesehen?", fragte Theiß.

„Beim letzten Mal, als ich dort war. Als ich von dort wegging, sah ich genau dieses Zeichen eingeritzt auf dem Grenzstein. Es war der Grenzstein, der direkt neben dem Torbogen steht. Theiß fasste sich an den Kopf und sagte bestürzt:

„Das Erkennungszeichen! Sie sind wieder da! Und auch der Elsässer!"

„Ich sah es auch. Aber auf den kahlen Köpfen dieser Männer, als ich mich im Weinfass verstecken musste", erklärte Johannes.

„Was für kahle Köpfe?", fragte Adam. Johannes erzählte ihnen daraufhin, was er erlebt hatte und Theiß war aufgeregter denn je.

„Er ist es! Verdammt!", rief er immer wieder aus und schlug mit der Faust auf den Tisch.

„Wer ist was?!", rief Adam völlig verwirrt.

„Das muss der Elsässer aus Metz sein! Und jetzt fällt es mir auch wieder ein! Er hatte damals immer wieder davon gesprochen, dass wir uns unsere Köpfe kahl scheren sollten. Er meinte, dass wir dann nicht wiederzuerkennen wären. Er war völlig besessen von dieser Idee! Aber Larsen schlug diesen Vorschlag aus, denn die meisten waren dagegen." Plötzlich drehte er seinen Kopf zum Magister um:

„Sag mal, Johannes. Wie alt war dieser Anführer und wie sah er aus?"

„Er hatte schneeweiße Haare und seine rechte Augenbraue fehlte. Stattdessen war dort eine hässliche fleischige Narbe. Ich würde sagen, dass er um die sechzig Jahre alt sein müsste. Kennst du ihn etwa?" Theiß antwortete nicht sofort, sondern nickte nur stumm:

„Hatte er noch mehr Narben im Gesicht?"

„Ja, kleinere. Aber dafür im ganzen Gesicht verstreut."

„Ich kenne jede einzelne. Zu jeder dieser Narben kann ich dir die passende Geschichte erzählen. Und die Augenbraue habe ich ihm abgeschlagen! Er ist es! Der Elsässer aus Metz!"

„Aber was will er hier? Und wer sind die anderen Ritter?", fragte Adam.

„Wenn ich das wüsste! Das können Leute aus Metz sein; genug Geld hätte er ja, um eine entsprechende Truppe zusammenzustellen. Vielleicht will er zu mir?"

„Theiß, es sind insgesamt sechs Ritter! Und wir dürfen den anderen, den Gefangenen nicht vergessen!", rief Johannes.

„Fünf! Du vergisst den, den ich am Weiher erschlagen habe! Was haben diese Bastarde nur vor? Und wer ist dieser Gefangene? Warum sind sie hier? Ziemlich viele Fragen auf einmal! Scheiße noch mal!" Dann wandte Theiß sich dem Magister zu:

„Haben sie irgendetwas gesagt?" Johannes zog die Schultern hoch:

„Nein! Sie haben die ganze Zeit kein einziges Wort gesagt. Nur der Alte war die ganze Zeit zu hören. Nur einmal fragte einer, ob sie den Gefangenen holen sollten. Der Alte verneinte und meinte, dass jetzt noch nicht die Zeit dafür wäre. Danach würde nur noch sein Kopf benötigt werden. Ein anderer versuchte was zu sagen, aber es kamen nur Laute hervor wie bei einem Wildschwein. Mir kam es fast schon so vor, als wenn er gar nicht sprechen konnte.“ Adam hatte wieder seine Augenklappe hoch geschlagen und schaute ungläubig hin und her.

„Dann würde nur noch sein Kopf benötigt, sagst du? Und der eine grunzte wie ein Wildschwein?“, rief Theiß entsetzt. Der Magister nickte. Der Schmied lehnte sich zurück und nahm einen kräftigen Schluck:

„Also gut. Irgendwann muss es ja mal raus! Erinnerst du dich, Johannes, als du mich nach dem Eid der Kahlschädel fragtest? Ich sagte später, alles zu seiner Zeit. Und nun ist, glaube ich, der Zeitpunkt gekommen, an dem ich euch alles erzählen muss, was ich darüber weiß. Damit auch ihr wisst und versteht.“ Er nahm einen weiteren Schluck und auch die anderen, die gespannt an seinen Lippen hingen.

„Wie ich schon erzählte, gehörten die Kahlschädel den katholischen Truppen an und waren so etwas wie die Elitetruppe unter ihnen. Und dieser Eid, den sie leisten mussten, ist so ziemlich der Schrecklichste, von dem ich hören musste. Ich habe schon eine Menge Schlimmes erlebt, das könnt ihr mir glauben. Wenn ich nicht mit jemanden darüber gesprochen hätte, der beinahe einer von ihnen geworden wäre, hätte ich es niemals glauben mögen.“

„Woher kanntest du denn diesen Kerl?“, wollte der Magister wissen.

„Er war damals mit mir zusammen zu den Soester Jägern gestoßen. Er stammte aus Alpen, einem Ort in der Grafschaft Gueldres und hieß Remerus Togrund. Ein feiner Kerl war er, nicht nur, weil wir aus fast der gleichen Gegend stammten, sondern auch die gleiche Sprache sprachen. Oft reichte nur ein einziger Blick und der andere verstand. Gott weiß wo er jetzt steckt. Aber so weit, so gut. Damals, als wir den ersten Winter bei den Soester Jägern überstanden hatten, kamen wir zu einer gemeinsamen Patrouille, das muss im Februar sechszehnhundertdreißig gewesen sein, auf unsere Lebensgeschichten zu sprechen. Dort erzählte er mir, dass ihn eine Flucht aus einem speziellen Söldnerlager hierher verschlagen habe. Über die Eifel und den Rhein sei er gekommen, über das Bergische bis hierhin. Den genauen Standort hielten die Katholiken streng geheim und er könne deshalb keine genaue Auskunft darüber geben. Aber sehr lebhaft im Gedächtnis sei ihm, nach abgeschlossener Ausbildung, die Prozedur des Eides, oder treffender, Folter, geblieben.

Sie wurde ‚Die Tätowierung der Seele' genannt. Jeder Absolvent hätte seinen Kopf in die Speiche eines Rades legen müssen; der besseren Fixierung wegen. Dort angebunden, hätte man ihnen, kopfüber an einem Seil hängend, die Kopfhaut über einen Haufen starker Glut versenkt. Bei manchem sei die Prozedur aus Spaß oder Nachlässigkeit zu lange gegangen. Und nicht wenige hätten es mit dem Leben bezahlt. Die Bilder und die Schreie seien ihm niemals aus dem Kopf entschwunden, so versicherte er mir mehrmals hintereinander. Ich glaubte ihm, denn sein Gesicht war stets schmerzverzerrt, wenn er davon erzählte. Bei der Flucht aus dem Lager habe er die Verfolger nur dadurch abschütteln können, weil er ein Ertrinken in der Strömung des Rheins, bei Rheinberg, habe vortäuschen können. Mehr tot als lebendig haben ihn dann Fischer glücklicherweise aus dem Fluss gezogen. So, jetzt muss ich dringend einen kräftigen Schluck haben." Nach diesen Worten stand er auf und ging hinüber zum Fass. Adam und Johannes schauten ihm wortlos nach und benötigten ebenfalls Nachschub.

„Theiß, hast du eine Idee, wofür diese Kahlschädel oder besser gesagt, diese armen Schweine, nun noch gebraucht werden?", fragte der Magister. Theiß kratzte sich am Kinn und er sah nachdenklich in die Flamme der Kerze:

„Ich kann es dir nicht sagen. Noch nicht. Aber ich denke, dass sie für irgendeine schwierige und gefährliche Sache eingesetzt werden sollen. Aber welche, ist mir noch schleierhaft." Adam beugte sich plötzlich weit nach vorne und schaute ihn direkt an:

„Gut, Freunde. Irgendetwas ist hier im Gange. Paulus, seine Familie und die anderen sind in Gefahr. Die Männer, bis auf den Anführer, haben seltsame Zeichen auf ihren Köpfen. Gut. Also, ich meine, dass das Scheiße ist! Sie haben einen Gefangenen, den wir auch nicht kennen. Dafür haben wir Theiß, der höchstwahrscheinlich den Anführer der finsteren Gestalten kennt. Also ich frage mich die ganze Zeit, warum er den weiten Weg hierher gemacht hat? Doch nicht nur um Theiß hallo zu sagen oder mit ihm ein paar Bierchen zu trinken?"

„Kann der überhaupt wissen, dass du hier bist?", fragte Johannes.

„Kann schon sein, vielleicht hat es ihm jemand verraten."

„Und wer könnte dich verraten haben?“, fragte Johannes. Theiß stöhnte:

„Dazu müsste ich alle fragen, die damals dabei waren. Das ist so gut wie unmöglich! Wer weiß, wo sie alle stecken? Oder ob sie alle überhaupt noch leben?“

„Was ist denn aus diesem Larsen Cornelisson geworden?“, wollte Adam wissen. Theiß kratzte sich am Kinn und überlegte:

„Das ist jetzt schon fast sechszehn Jahre her. Larsen ist so alt wie ich, also fünfundvierzig. Was hat der damals noch zu mir gesagt, als er wegging?“ Der Schmied schlug sich gegen die Stirn. „Verdammt! Verdammt!“

„Überleg Theiß. Es könnte wichtig sein!“

„Was du nicht sagst! Mensch Adam, das weiß ich doch! Das tue ich übrigens schon die ganze Zeit, seit wir hier sind! Nein, nein! Der Larsen Cornelisson lebt noch! Der ist so gerissen, wie kein Zweiter! Aber eine treue Seele. Prima Kerl!“ Ein Lächeln huschte über seine Lippen, und ohne zu merken, hob er seinen Krug und prostete ihm im Gedanken zu, mit den Worten:

„Auf die zwei Köpfe der Jäger. Hast du Soest in der Tasche, gibt‘s jeden Abend ‘ne Flasche!“

Adam und Johannes wechselten abermals ein paar Blicke der Verwunderung, aber Theiß hatte dies bemerkt und sagte mit einer Überzeugung, die über jeden Zweifel erhaben war und mit einem gewissen Stolz in der Stimme:

„Wenn ihr ihn kennen würdet, würdet ihr genauso von ihm denken, trotz der ganzen Geschichten!“ Dann hielt er einen kurzen Moment lang inne und sagte in Erinnerungen schwelgend: „Wie gerne würde ich ihn wieder sehen!“

„Also, nach diesen Neuigkeiten, glaube ich nicht, dass sie die Gesuchten aus der Schlacht von Wevelinghoven sein könnten, wenn du mit deinen Vermutungen richtig liegst, Theiß. Aber damit wir in diesem Punkt wirklich sicher sein können, müssen wir dafür sorgen, dass du ihn zu Gesicht bekommst. Und dann müssen wir schnellstens heraus bekommen, was es mit dieser eigenartigen Botschaft auf sich hat. Weißt du noch den Namen von diesem Elsässer, Theiß?“, fragte Johannes.

„Nur den, unter dem er bei uns bekannt war: Bernard Heyman. Aber wie ihr ja nun wisst, war er in Wirklichkeit der Sohn des Herzogs von Metz. Aber es wird schwierig werden, ihn ungesehen zu Gesicht zu bekommen. Da sind immer noch zu viele Leute drumherum.“ Theiß nahm einen weiteren Schluck und wischte sich mit dem Ärmel den Schaum vom Mund. Leise fluchend schaute er dabei zum Fenster:

„Verfluchte Saubrut! Wenn ich diese Wanze doch nur einmal zwischen die Finger bekommen könnte! Da würden noch ein paar Narben dazu kommen. Das könnt ihr mir ruhig glauben! Aber das wird schwer, sehr schwer sein, da ran zu kommen.“

„Nein, das glaube ich gar nicht“, meldete sich Adam zu Wort. Er hatte gewichtig die Arme verschränkt und die Augenklappe hochgeklappt. Unverwandt schaute er Theiß schon fast belustigt in die Augen, als wäre alles nur ein Kinderspiel.

„Na, dann lass mal hören!“, rief Johannes verwundert.

„Also, wenn ich mit Samuel Junker meine Treffpunkte habe, um …“

„Das wissen wir doch! Komm jetzt auf den Punkt!“, fuhr ihm Theiß gereizt dazwischen.

Beleidigt schaute der Nachtwächter ihn an:

„Also dann machen wir einen Namen aus, so dass notfalls, falls mir jemand gefolgt sein sollte, ein anderer unter Verdacht gerät.“

„Na, meinen Namen hast du dabei aber noch nicht gerufen, oder?“, fragte Theiß und schaute ihn ernst an. Der Nachtwächter riss sofort beschwichtigend die Arme hoch und eilte sich, ihn wieder zur Ruhe zu bringen.

„Nein, nein! Ich bin doch nicht lebensmüde!“ Aber es klang in den Ohren der anderen nicht gerade sehr überzeugend und Theiß hielt ihm seine Faust unter die Nase:

„Wehe dir, du Einäugiger! Sollte mir jemals etwas anderes zu Ohren kommen, so stecke ich dich in mein Bienenhaus und lass dich erst wieder heraus, wenn du …“ Adam zuckte zusammen und riss ängstlich weit sein Auge auf:

„Du meinst in dem kleinen Haus hinter deinem Grundstück?“ Johannes lächelte.

„Wovor hast du denn so große Angst, Adam. Was soll denn mit diesem Bienenhaus so besonderes sein? Das sind doch einfach nur ein paar Bienenvölker!“ Theiß drehte sich zu ihm um und verbesserte:

„Bien! Das heißt nicht Bienenvölker, sondern Bien! Das sagen nur Anfänger, Johannes!“

„Also gut, Bien. Aber das werden doch nur ein paar sein. Und außerdem stecken sie doch in den Körben. Was soll denn der ganze Quatsch! Da kann doch nichts passieren!“ Adam aber widersprach heftig:

„Hast du eine Ahnung! Das Bienenhaus hinter dem Grundstück ist in Wahrheit das reinste Folterhaus!“ Der Magister schaute skeptisch. Adam wurde wütend:

„ Als der Geizhals von Dreiß Scholz hier war und sich weigerte die Rechnung zu bezahlen, nahm Theiß ihn kurzerhand beim Kragen und steckte ihn dort hinein!“ Johannes verstand noch immer nicht:

„Ja und? Es sind doch einfach nur ein paar Völker. Da kann doch nichts passieren.“ Adam war jetzt völlig außer sich und stampfte wütend mit dem Fuß auf den Boden.

„Eben nicht! Als der Dreiß endlich genug hatte und wie wild gegen die Tür hämmerte, öffnete Theiß die Tür. Ich habe den Geizhals kaum wieder erkannt. Auf allen Vieren kam er hinaus gekrochen und war überall im Gesicht mit dicken Beulen übersäht!“ Johannes schaute sprachlos zum Schmied:

„ Aber wie kann das sein, Theiß? Oder hältst du gar Hornissen in deinen Bienenkörben?“ Theiß, der jetzt zufrieden über den Erfolg seiner Drohung war, blickte wieder etwas gelassener und gab zur Antwort:

„Iwo! Wo denkst du hin! Das sind nur ganz einfache Bienen, wie sie alle haben.“ Adam sprang von seinem Hocker auf:

„So ein Blödsinn! Johannes, lass dich nicht auf den Arm nehmen! Der Theiß hält sie in diesem Haus nämlich nicht in Körben, sondern …“ Plötzlich ergriff ihn der Schmied freudig erregt beim Arm und rief laut dazwischen:

„Die Waben! Mensch Adam! Du hast mich wieder daran erinnert!“ Die anderen beiden schauten sich verblüfft an und sahen Theiß hinterher, der jetzt geradewegs zur Haustür hinausrannte. Immer wieder hörten sie ihn rufen:

„Mein Gott! Daran hätte ich früher denken können!“

„Theiß! Was ist denn los?!“, rief Johannes hinterher.

„Folgt mir einfach, dann werdet ihr es sehen!“, kam es von draußen. Beide stürmten zur Tür hinaus und folgten ihm über den Hof, bis zum westlichsten Ende seines Grundstückes. Dort in der Ecke, wo die westliche und nördliche Dornenhecke zusammenstießen, stand das besagte Bienenhaus. Theiß blieb vor der Tür stehen und wartete auf sie. Er winkte sie mit einem listigen Lächeln, wie ein Jahrmarktverkäufer, zu sich heran:

„Kommt! Kommt nur näher!“ Aber nicht nur Adam, sondern auch Johannes zierte sich jetzt, nach den letzten Schilderungen des Nachtwächters. Theiß musste lachen:

„Habt keine Angst! Wenn ihr euch ruhig verhaltet, nachdem ich den Qualm hineingelassen habe, kann euch gar nichts passieren.“ Adam wog den Kopf zweifelnd hin und her:

„Na, ich weiß nicht. Das mit dem Scholz hat mir gereicht.“, erwiderte Adam. Johannes überlegte und sagte schließlich:

„Wenn Theiß geht, kann es wohl doch nicht so schlimm sein. Ich werde wenigstens mal einen Blick hinein werfen.“

„Bist du verrückt! Dich brauchen doch nur eine Handvoll Bienen zu stechen, dann bist du doch hin! Außerdem sind das keine normalen Bienen! Das sind wahre Fleischfresser! Bei Theiß ist das doch was anderes! Der hat so eine dicke Hornhaut, dass sie sich eher den Stachel brechen!“ Aber Johannes nahm keine Notiz mehr von ihm und ging an ihm vorbei. Adam blieb in einiger Entfernung stehen und beobachtete, wie Theiß sich an einem Metallbehälter zu schaffen machte. Dieser hatte eine lange Öffnung in Form einer langen Nase. Er hob den Deckel ab, warf Stroh und ein getrocknetes Kraut hinein. Dann nahm er einen Feuerstein und einen langen Metallstab zur Hand und schlug ein paar Funken. Nach einiger Zeit begann es darin zu brennen und der Schmied wartete, bis ein bestimmter Moment gekommen war. Mit einer schnellen Bewegung legte er schließlich den Deckel obendrauf und trug das nun qualmende Gefäß zu einer Öffnung in der Wand des Bienenhauses. Dort steckte er die lange Nase hinein und wartete. Johannes blieb interessiert neben ihm stehen und sagte verwundert:

„Das habe ich noch nie gesehen."

„Warte ab! Das ist erst der Anfang! Was du gleich sehen wirst, wird dich sicherlich erst recht in Erstaunen versetzen." Adam machten diese Worte neugierig und er kam vorsichtig näher. Theiß machte eine Geste:

„Zurück! Lasst mich zuerst hinein schauen. Damit ich feststellen kann, ob der Qualm schon ausreichend war." Knarrend öffnete er einen Spalt breit die Tür und steckte langsam seinen Kopf hinein. Sofort drang ein lautes Brummen und Summen an ihre Ohren, das eher an das Aufbrausen eines Höllenfeuers erinnerte, angetrieben von riesigen Blasebälgen. Unwillkürlich sprangen Johannes und Adam ein Stück zurück, aber Theiß kam strahlend auf sie zu und wies auf die offen stehende Tür:

„Die Bienen haben sich schon wieder beruhigt. Hört ihr es?" Die beiden lauschten angestrengt und ängstlich zugleich. Das Brausen und Brummen hatte tatsächlich etwas nachgelassen, aber noch nicht so weit, dass sie hätten deutlich beruhigter sein können.

„Wenn das leise sein soll, was ist dann laut?", fragte der Magister.

„Wart's nur ab!", sagte der Nachtwächter aufgeregt.

„Kommt schon!", rief Theiß und machte eine einladende Geste. Zögerlich kamen sie langsam näher und als sie die Tür erreichten, schlug der Schmied sie plötzlich mit einem Stoß auf. Wie in einer Schockstarre blieben sie stehen und glaubten ihren Augen nicht. Sie starrten auf einen halbdunklen Raum, in dessen Mitte an der Decke mehrere pyramidenförmige Gebilde kopfüber herabhingen. Von dort schien auch das Brummen zu kommen. Nachdem sich ihre Augen an die Dunkelheit gewöhnt hatten, taten sie, ohne es zu bemerken, ein paar neugierige Schritte nach vorn, bis sie fast darunter standen. Unter ihren Füßen knackt und knirschte es.

„Geht nicht zu nah heran. Ihr dürft sie nicht aufscheuchen! Bei Leib und Leben nicht!", sprach Theiß, während er sich ein dichtmaschiges Netz über den Kopf stülpte. Fasziniert schauten sie zur Decke und vergaßen dabei ihre Angst.

„Am besten geht ihr jetzt wieder hinaus! Ich muss jetzt an eines dieser Nester ran. Dort habe ich nämlich vor einigen Jahren etwas Wichtiges versteckt.“ Adam und Johannes folgten bereitwillig seinem Rat, ließen die Tür aber einen Spalt breit offen, um zu sehen was der Schmied da tat. Neben sich hatte er den Behälter gestellt, aus dem jetzt dichte Rauchschwaden aufstiegen, während er sich an einem der armlangen Pyramiden zu schaffen machte. Es dauerte nicht lange und sie konnten von dem Schmied nichts mehr sehen. Er stand nun in einer dichten Wolke aus Bienen und das Brummen wurde wieder lauter.

„Schließ wieder die Tür, du Wahnsinniger!“, schrie Adam und trat hektisch gegen die Tür, dass sie laut krachend zuschlug. Als einige Minuten vergangen und der Schmied immer noch nicht erschienen war, machten sie sich Sorgen.

„Meinst du, ihm ist etwas zugestoßen?“, fragte der Nachtwächter.

„Vielleicht. Aber ich glaube nicht, dass Theiß nicht weiß, was er tut. Hoffe ich.“, meinte Johannes, obwohl auch er es sich nicht vorstellen konnte, wie man aus solch einem Riesenschwarm lebend herauskommen sollte. „Sollen wir nicht doch nachschauen, Adam?“

„Was? Bist du verrückt?! Ich wollte nicht, dass er sich für uns in Gefahr begibt!“

„Adam! Hast du nicht gehört was Theiß eben sagte? Er hat dort etwas Wichtiges versteckt! Ich glaube es ist unsere Pflicht nachzuschauen!“ Adam verschränkte trotzig die Arme und schüttelte wild seinen Kopf:

„Ohne mich! Ich habe keine Lust noch mein zweites Auge zu verlieren!“

„Das ist auch gar nicht mehr nötig!“, rief eine Stimme hinter ihnen. Überrascht und erleichtert drehten sie sich um:

„Wo kommst du denn her?“, fragte Adam.

„Ich bin hinten herum gegangen, nachdem sie jetzt so aufgeregt sind, weil ich ein paar Nester auseinander nehmen musste. Na, in ein paar Tagen werden sie es wohl wieder repariert haben.“ Johannes bemerkte etwas Dunkles in seiner Hand:

„Was hast du denn da, Theiß?“

„Das zeige ich euch am besten drinnen im Haus. Das ist nicht für alle Augen und Ohren bestimmt!“ Zusammen eilten sie ins Haus und verschlossen alle Türen und Fenster.

„Das ist ein dünnes Stück Ziegenleder, das in den Waben fest und sicher versteckt liegt. Wir müssen es vorsichtig und langsam herausschmelzen, damit es nicht beschädigt wird.“ Sofort machte er sich daran ein kleines Feuer in Gang zu bringen und die beiden gingen ihm zur Hand. Nachdem nur noch eine handvoll Glut übrig geblieben war, legten sie eine eiserne flache Wanne darauf und Theiß legte die dunkle Wabe hinein. Gespannt, wie drei kleine naschende Kinder, schauten sie hinein und warteten auf den Augenblick, wo das Wachs den Inhalt preisgeben würde.

Draußen war es bereits Nacht geworden und die verschlossenen Fensterläden klapperten leise im Wind. Der schwache Schein der Glut beschien ihre Gesichter in einem dunkelroten Licht und warf eigenartige Schatten, als sie wie gebannt auf die langsam schmilzende Wabe schauten. Nach langer Zeit bewegte sich die Wabe wie von Geisterhand und fiel leicht in sich zusammen. Nun begann sich das Wachs der oberen Seite zu verändern und langsam liefen die Tropfen zu allen Seiten davon. Die hellen Waben verschwanden zuerst und dann folgten die dunklen der unteren Schicht. Endlich kam etwas festes zum Vorschein, das man auch für ein Pergament hätte halten können. Adam, dem es nicht schnell genug ging, stöhnte immer wieder laut auf, bis er schließlich gereizt sagte:

„Kannst du nicht noch etwas Glut darunter schieben, Theiß? Ich denk du bist Schmied!"

„Nein, nein! Du bist wohl verrückt! Es ist gut möglich, dass die Lederhaut darunter leiden könnte und dann wäre alles umsonst gewesen. Außerdem könnte das dunkle Wachs der etwas älteren Schicht bei zu großer Hitze verbrennen und alles verunstalten. Den Mistkram bekommst du dann kaum noch ab."

Sie warteten weitere lange Minuten ab, bis sich endlich auch diese Schicht, aber nur sehr langsam und fast schon zögerlich, als widerstrebe sie, den Inhalt preis zu geben, von der Oberfläche des Leders verschwand und den Blick auf etwas Hellbraunes frei gab.

„Da!", rief Johannes begeistert aus. Geschwind, aber vorsichtig nahm Theiß es mit zwei flachen Hölzern heraus und legte es wie ein rohes Ei auf ein Stück Stoff, das er zuvor auf dem Tisch ausgebreitet hatte. Dort dampfte und knisterte es leise vor sich hin.

„Eine Kerze! Schnell!" Adam schnappte sich eine und entzündete sie an der Glut, wobei er aber zuvor das heiße Gefäß beiseite schieben musste und sich daran die Finger verbrannte.

„Scheiße verdammt!" Die anderen warteten ungeduldig.

„Mein Gott! Wo bleibst du denn?!", rief Theiß.

Und Johannes meinte etwas ketzerisch:

„Es riecht hier mit einem Mal wie angebranntes Schweinefleisch!“

„Blödmann! Beim nächsten Mal gehst du hin, wenn du mit deinen kurzen Beinchen überhaupt bis an die Feuerstelle heranreichst!“

Endlich kam er mit dem schwachen Licht herbei, aber es reichte aus, um die eigentümlichen Schriftzeichen zu erkennen. Kaum, dass Johannes sie sah, stieß er einen Schrei aus:

„Genau die gleichen Zeichen habe ich auf ihren bleichen Glatzen gesehen!“

„Schrei nicht so laut!“, zischte der Schmied und dann fragte er weiter mit gedämpfter Stimme: „Welche waren noch dabei, außer diesem Feuerrad? Zeige sie mir, Johannes“, und er schob Adam beiseite, um besser sehen zu können.

„Hehe! Ich hab‘s schließlich auch gesehen! Was soll das?“

„Ach, Adam! Du bekommst schon genug zu sehen, glaub‘s mir!“, sagte Theiß mit ernstem Gesicht, das keinen Widerspruch duldete. Der Nachtwächter ging daraufhin etwas verärgert auf die andere Seite des Tisches und strengte seine Augen an. Johannes deutete auf einige andere Symbole.

„Hier! Das hier, und das! Und dieses!“ Theiß schaute den kleinen Mann ungläubig an:

„Bist du dir sicher?“ Johannes nickte und schaute ihn mit einem fragenden Blick an. Theiß hob ihn auf den Tisch.

„Schau noch einmal genau hin, Johannes. Du musst dir wirklich sehr sicher sein. Es ist sehr wichtig!“ Der Magister schaute zuerst den Schmied und dann wieder das Ziegenleder an. Er nahm sich dieses Mal mehr Zeit und die Spannung wuchs.

„Und?“, rief Adam ungeduldig dazwischen.

„Schscht!“, kam es sogleich energisch von Theiß als Antwort. Die Lippen von Johannes bewegten sich kaum erkennbar mit, als er mit seinen dünnen Fingern darüber fuhr. Dann hielt er kurz inne und nickte:

„Kein Zweifel! Die, und genau die, habe ich deutlich und klar erkennen können.“

„Also dann ist er es! Jetzt bin ich mir sicher! Es ist der Elsässer und wahrscheinlich noch ein paar andere. Scheiße verdammt!“

„Und was hat das jetzt zu bedeuten? Was sind das für Zeichen, Theiß?“, fragte Adam.

„Weil viele von uns nicht Schreiben und Lesen konnten, vereinbarten wir eine Art Geheimsprache. Ein Symbol stand für den Namen und das andere für eine erfolgreiche oder gescheiterte Operation. Aber dieses dritte Zeichen ist mir fremd. So ein einfaches Kreuz. Das haben wir nie benutzt.“ Theiß kratzte sich am Kopf und dachte nach.

„Dann sag uns zuerst, was diese beiden Zeichen, die dir ja bekannt sind, zu bedeuten haben. Vielleicht kommen wir dadurch auch auf das Dritte.“, sagte Johannes.

„Das Erste, wie du unschwer erkennen kannst, Johannes, ist tatsächlich ein M. Naja, die ganzen Schnörkel drumherum hat sich dieser Schweinehund ausgedacht; wohl weil er sich wegen seines blauen Blutes für etwas ganz besonderes hielt. Er war einer jenen wenigen von uns, die außer Larsen des Schreibens mächtig waren.“

„Also M wie Metz“, folgerte Adam. Theiß nickte.

„Und das andere Zeichen?“, fragte Johannes.

„Das ist unsere umgedrehte Mondsichel. Wenn rechts und links ein Bluttropfen herunterhing, war die Tat misslungen. Wenn stattdessen aber kleine Vierecke zu sehen waren, bedeutete das immer: Alles ist planmäßig und erfolgreich gelaufen.“

„Ja aber auf den Glatzen war links ein Bluttropfen und rechts ein kleines Viereck zu sehen.“, gab der Magister zu bedenken. Plötzlich hielt Theiß inne und schaute ihn mit starrem Blick an:

„Ist das wahr? Bist du dir sicher?“ Johannes nickte.

„Dann sind die noch nicht fertig! Ist doch klar! Eine Sache fehlt ihnen noch“, rief Adam. Johannes und Theiß schauten sich mit vielsagenden Blicken an.

„Genau! Aber womit?“, fragte Theiß und ließ sich auf den Hocker fallen.

„Also haben sie ihr Ziel noch nicht erreicht und müssen noch etwas erledigen.“, folgerte Johannes trocken. Plötzlich schlug Adam mit der flachen Hand auf den Tisch, dass die beiden erschrocken zusammen fuhren.

„Das ist doch sonnenklar!"

„Was ist sonnenklar, Adam? Nun rück mit der Sprache schon raus!", rief Theiß verwundert.

„Mensch, das dritte Zeichen!"

„Ja? Was? Was ist mit dem dritten Zeichen? Nun reiß endlich dein zahnloses Maul auf!", rief Johannes gereizt, der ihn jetzt bei seinem zerschlissenen Mantel packte und daran zog.

„Kommt her und schaut selbst!" Die beiden gingen um den Tisch herum und schauten auf das dritte Zeichen. Plötzlich schlug sich Theiß an die Stirn:

„Mein Gott! Ich Esel! Du hast recht, Adam!" Der Magister schaute hektisch hin und her und schien noch immer nicht begriffen zu haben.

„Was ist denn? Theiß, nun sag schon. Das ist doch nur ein Kreuz, aber falsch herum, oder nicht?", fragte der Magister etwas verunsichert. Adam schmunzelte vergnügt und genoss den Augenblick des Triumphes über seinen Freund, während Theiß sichtlich beunruhigt um den Tisch herumlief und sich dabei immer wieder an den Kopf fasste. Er schien die letzten Worte nicht gehört zu haben, denn mit einem Mal blieb er stehen und musste ebenfalls lachen:

„Johannes, da kann man mal wieder sehen, dass du als hoch gebildeter und studierter Magister zu kompliziert denkst und schnell etwas übersehen kannst." Johannes stand der Mund offen und er schaute verblüfft in die Runde:

„Wieso? Das ist doch ein Kreuz, oder nicht?" Theiß fegte diese Vermutung mit einer Handbewegung beiseite und sagte:

„Viel einfacher!"

„Ein Zeichen für eine Kirche, die sie ausrauben wollen? Eine Kirche der Protestanten, der Katholiken? Ein Schriftzeichen für einen Ort oder eine Person?" Theiß winkte ab:

„Älter als die Schriftzeichen, die du kennst und lesen kannst, mein Freund!"

„Genau!", bestätigte Adam mit einem Grinsen und verschränkte genüsslich die Arme. Johannes drehte sich zu ihm um und sah, dass er wieder seine Augenklappe hoch geschlagen hatte. Verärgert darüber, dass er gegenüber dem Nachtwächter das Nachsehen hatte, schlug er mit der Faust auf den Tisch:

„Verflucht noch Mal! Jetzt spannt mich nicht länger auf die Folter! Was ist es denn nun?“

„Thors Hammer!“, gab Theiß trocken zur Antwort.

„Das darf nicht wahr sein! Das verdrehte Kreuz! Natürlich! Warum bin ich nicht gleich darauf gekommen?“, flüsterte Johannes entsetzt und verärgert über sich selbst und betrachtete fast schon ungläubig das Symbol, als sei es nicht von dieser Welt oder gar vom Teufel selbst geschaffen.

„Die Eingeweihten benutzen es heute noch.“, erklärte Adam gelassen und zog verwundert die Augenbrauen hoch, als er das erstaunte Gesicht des Magisters sah.

„Was?! Dieses gottlose Zeichen benutzt ihr heute noch?“ Adam nickte stumm.

„Was? Aber …“

„Ja und? Glaubst du etwa, dass alles vergessen worden ist, nur weil die Kirche es so will? Hä?!“ Adam baute sich erregt vor ihm auf und streckte ihm den Zeigefinder entgegen:

„Jetzt will ich dir mal was sagen! Wenn wir alle so leben würden, wie es deine Kirche gerne haben möchte, dann hätte keiner mehr Spaß am Leben! Wer hat uns denn diesen verfluchten Dreißigjährigen Krieg eingebrockt? Hä?!“ Johannes fuhr zusammen. Er hatte mit dieser Frage nicht gerechnet. Und wenn er so recht überlegte, musste er erkennen, dass der Nachtwächter nicht so Unrecht hatte. Wenn, ja wenn es diesen verdammten Krieg niemals gegeben hätte, dann nur ohne Einmischung der Kirche. Er selbst verabscheute Gewalt zutiefst. Johannes erschrak über diesen Gedanken, denn zum ersten Mal kamen in ihm Zweifel auf, die seinen Glauben erschütterten. Wie aus weiter Ferne, hörte er die Worte von Theiß, die jetzt an sein Ohr drangen.

„Ja, Johannes. Eine Welt die du nie kennengelernt hast und wahrscheinlich auch nie kennenlernen wirst. Der Thorshammer steht für das Endgültige und das Ziel, verbunden mit einer Tat, die sie dorthin bringen soll. Aber das müssen wir unbedingt verhindern!“, erklärte Theiß und sein Blick wanderte gedankenversunken hinüber zur Glut, die jetzt nur noch schwach glimmte.

„Welche Tat könnte denn damit gemeint sein, Theiß?“, fragte er kleinlaut.

„Wenn ich das wüsste, mein Freund. Dann würden wir hier nicht länger sitzen, sondern schon etwas dagegen unternehmen.“ Theiß rieb sich das Kinn und dachte nach.

„Vielleicht hat das Viereck etwas mit dem Gefangenen zu tun.“, sagte Adam.

„Wie meinst du das?“, fragte Johannes.

„Na, dass sie den Teil, eben die Gefangennahme des Kerls, schon erreicht haben. Vielleicht brauchen sie ihn für die Ausführung ihres Auftrages.“

„Ja, aber welcher Auftrag kann es sein?“

„Vielleicht irgendein Überfall, oder so.“

„Meinst du, sie könnten schon kurz davor stehen, es zu tun?“, fragte Johannes. Theiß hatte den Kopf zwischen seine Hände genommen und hielt sich die Ohren zu. Dumpf klang ihre Unterhaltung und er wusste nicht warum, aber er musste andauernd an den Zettel mit den eigenartigen Wörtern denken. Seine Gedanken gingen immer weiter weg in jene Zeit, als er noch ein Teil der berühmt berüchtigten Jäger von Soest war. Er sah das Gesicht von Larsen Cornelisson, von Remerus Togrund und vom verfluchten Bernard Heyman! Sein hämisches Grinsen war damals schon vielen nicht geheuer und nicht wenige, unter anderem auch er, Theiß ten Dahl, glaubten, dass er die berühmten zwei Gesichter hatte und zu sehr an seine eigene Geldkatze dachte. Mit Genuss dachte er an den Augenblick, als er ihm die Augenbraue abschlug, nachdem er ihn zur Rede gestellt hatte, weil er tagelang fortgeblieben war. Hätte er ihm doch den Kopf abgeschlagen! Dann wäre so Vielen Kummer und Leid erspart geblieben! Kopf abgeschlagen. Die beiden Wörter hallten immer wieder in seinem Kopf. Kopf abgeschlagen.

Da war es ihm, als hätte er verstanden! Hatte Johannes nicht davon erzählt, dass sie in ein paar Tagen nur noch den Kopf des Gefangenen bräuchten? Der Zettel! Irgendetwas muss darauf zu finden sein, das sie übersehen hatten. Irgendeinen Hinweis, der sie zum Ziel führen würde!

„Johannes! Johannes!“, rief er laut in die Runde. Aber er hätte gar nicht so laut rufen brauchen. Denn es war mäuschenstill. Der Magister und der Nachtwächter hatten aufgehört zu reden, nachdem sie festgestellt hatten, dass ihr Freund tief in Gedanken versunken war. Sie saßen nur da und starrten ihn ungläubig an. Für kurze Zeit sah er sie verschwommen, wie durch einen Schleier und dann wieder glasklar, wie immer. Er erschrak fast, als Adam seine Hand auf seine Schulter legte:

„He, Theiß! Alles klar? Was ist los? Ist dir was eingefallen?“

„Adam. Wo ist der Zettel? Hast du ihn noch?“, fragte Theiß. Adam grinste, wie er es immer tat, und begann in seiner zerlumpten Jacke herum zu fingern.

„Du meinst diese scheiß Einkaufsliste? Was ist denn damit?“

„Ich will wissen, ob du sie noch hast!“, rief Theiß.

„Ob ich ‘se noch alle habe? Na hör mal!“

„Mann, Adam! Jetzt ist keine Zeit für solche Späße!“, mischte sich Johannes ein. Als Adam plötzlich in das wütende Gesicht des Schmiedes blickte, erstarb sein freches Grinsen auf der Stelle. Beschwichtigend hob er die Hände:

„Ist ja gut, ist ja gut.“ Mit der Spur einer Verzweiflung zog er sich die Jacke aus, hielt sie auf den Kopf und schüttelte sie wild aus.

„Na, der muss doch irgendwo sein, dieser mist Zettel.“ Mit gespielter Leichtigkeit schaute er zu den gespannt wartenden Freunden und sagte etwas verlegen:

„Wie alles Wichtige, hab ich den hier in meine Jacke gesteckt.“ Johannes stöhnte laut auf und schlug sich die Hand vor das Gesicht. Theiß schüttelte verzweifelt den Kopf:

„Das kann doch nicht wahr sein! Wenn du den nicht sofort auftreibst, bekommst du kein Bier mehr von mir! Hast du verstanden?!“ Adam nickte nervös und wurde langsam wütend auf sich selbst. Verärgert warf er schließlich die Jacke auf den Tisch und begann in seinen Hosentaschen zu wühlen. Als sein Blick auf den Tisch fiel, strahlte er plötzlich über das ganze Gesicht und rief erleichtert:

„ Da ist er ja! Aber ich hätte euch auch so sagen können was darauf stand. Wäldmeister, Moh…“ Genervt winkte der Schmied ab und sagte ebenfalls erleichtert:

„Mensch, Adam. Es geht doch nicht nur darum. Auch die Art und Weise wie es dort geschrieben steht, ist mitentscheidend. Außerdem stand auf der Rückseite auch noch etwas.“ Johannes verdrehte seine Augen und stöhnte:

„Deine Jacke ist schlimmer als eine Rumpelkammer!“ Theiß entriss dem Nachtwächter den Zettel und breitete ihn vor aller Augen auf dem Tisch aus. Die Jacke fegte er entnervt einfach hinunter und kümmerte sich nicht weiter um die lauten Beschwerden. Zu dritt betrachteten sie nun das Papier und ihnen wurde schnell klar, dass Theiß und Adam für Johannes keine große Hilfe waren. Der Nachtwächter gab als Erster auf und schlurfte zum Bierfass hinüber.

„So eine Scheiße! Warum immer so kompliziert, wenn‘s auch einfach geht.“

„Eben drum! Es soll ja nicht für jedermann lesbar sein. Darum geht es doch!“, rief ihm der Schmied hinterher. Adam winkte skeptisch ab:

„Ach was! Dann wäre es doch besser und sicherer gewesen, man hätte gar nichts geschrieben.“

Plötzlich hielt der Magister inne und überlegte:

„Adam. Wiederhole noch mal, was du eben gesagt hast.“

„Na, dass die ganze Arbeit sich doch nicht lohnt. Immer diese dämlichen Buchstaben, die eh kein Schwein lesen kann.“ Theiß konnte im Moment nicht folgen und schaute entsprechend verwundert zum kleinen Mann herab.

„Nein, das, was du zuletzt gesagt hast.“ Adam drehte sich zu ihnen um und lehnte sich genüsslich ans Bierfass. Gedankenvoll kratzte er sich an der Stirn und tat sehr wichtig.

„Na, was habe ich denn eben gesagt? Ich habe so viel Wichtiges …“

„Du alte Saufziege! Jetzt sag schon endlich. Was war dein letzter Satz!“, brüllte Theiß, der jetzt aufgestanden war und ihm den Krug aus der Hand riss, ehe er daraus trinken konnte. Er zuckte zusammen und gab schnell zur Antwort:

„Sicherer wär's gewesen, wenn sie gar nichts geschrieben hätten. Wieso?" Theiß blickte fragend zum Magister hinüber und dieser nickte zufrieden ab:

„Theiß, du kannst ihm wieder den Krug geben." Dann schnipste er mit den Fingern und rief leise begeistert aus:

„Genau das wollte ich hören. Das könnte es vielleicht sein."

„Was könnte was sein? Nun sag schon!", und Theiß stellte ihm einen Krug vor die Nase. Dieser winkte jedoch ab:

„Nein, nein. Nimm du ihn Theiß. Mein Kopf muss jetzt klar bei Verstand bleiben."

„Pah!", kam es aus der Ecke, „bei mir ist es genau anders herum!" Johannes grinste bei dieser Bemerkung. Der Schmied wurde langsam ungeduldig:

„Nun sag schon, Magister. Was ist?" Bevor Johannes seine Erklärung begann, räusperte er einmal laut und ließ genüsslich seine Finger knacken. Dann nahm er den Zettel fast schon mit einer rituellen Bewegung in die Hand und deutete, mit dem angespitzten Zeigefinger der anderen Hand, auf die eine Seite des Papiers:

„Das, was hier steht, ist tatsächlich nichts wert. Aber entscheidender sind die Zahlen. Zunächst musst du, Theiß, mir sagen, ob dieser Elsässer ein Studierter ist." Theiß überlegte.

„Wenn ich mich recht erinnere, hat er irgendwann mal was von Freiburg erzählt. Aber ob er da studiert hatte; ich bin mir nicht sicher." Der Magister fragte weiter: „War er in irgendetwas sehr bewandert?" Theiß guckte ihn fragend an. Johannes korrigierte sich sofort und stellte seine Frage neu:

„Ich meine natürlich: Konnte er etwas besonders gut? Lesen. Rechnen. Sprachen. Sterne deuten. Theologie." Der Schmied überlegte lange. Er schien einige Erinnerungen durch zu gehen. Sich das Kinn kratzend, ging er durch die Schmiede hin und her. Vor dem Schein des Feuers blieb er plötzlich stehen, schaute gedankenversunken hinein und sprach:

„Schreiben und Lesen konnte er gut, das stimmt. Aber nicht so gut wie andere Dinge. Er verstand sich besonders gut in Dingen, die mit dem Körper und mit Zahlen zu tun hatten. Damit meine ich nicht das Rechnen an sich, sondern, ich weiß nicht wie ich das sagen soll.“

„Vielleicht die Anatomie; die Lehre vom Körper und die Numerologie, die Lehre …“ Adam guckte schmerzverzerrt:

„Die, was? Nume…“ Theiß drehte sich mit einem vielsagenden Blick zu Johannes um und nickte stumm. Nach einem tiefen Seufzer sagte er schließlich:

„Oja, ich glaube, so hat er das mal genannt. Jetzt erinnere ich mich wieder.“ Johannes schlug triumphierend auf den Tisch:

„Die Lehre der Zahlen! Das ist es! Jetzt haben wir ihn!“ Der Nachtwächter verstand gar nichts mehr und schaute etwas verwirrt aus.

„Ist hier vielleicht jemand, der mir erklären kann, was hier eigentlich los ist? Ich hab von alledem nichts verstanden!“ Aber Adam musste sich noch etwas gedulden, denn sie hatten vor lauter Aufregung ihren Hunger vergessen. Schnell wurde das Feuer geschürt und darüber in einer großen Metallpfanne ein paar Lammkeulen gebraten. Zusammen mit gerösteten Brotscheiben und Pastinaken, landeten diese dann auf dem grob behauenen Tisch, wo auch schon das Bier wartete. Selbst Adam musste zugeben, dass sein Hunger größer als seine Neugierde gewesen war. Eine Zeitlang hörte man nichts anderes als das laute Schmatzen und das Knistern des Feuers. Johannes hatte sich an diese Geräusche bei Tisch mittlerweile gewöhnt, denn aus seinem Kloster In den Kivitten war er andere Tischmanieren gewohnt. Es war schon fast Mitternacht, als sie ihre Unterhaltung fortsetzten und Adam endlich seine Antwort auf seine Frage bekam.

„Die Lehre der Zahlen, die sogenannte Numerologie, beschäftigt sich nicht nur einfach mit den Zahlen von eins bis zehn, sondern sie gibt jeder Zahl eine Bedeutung, um sie besser einsetzen zu können.“, erklärte Johannes.

„Hä?“, kam es vom Nachtwächter lediglich als Antwort. Er kratzte sich am Kopf und schaute fragend zu Theiß herüber.

„Theiß, hast du noch eine Idee? Ich versteh es immer noch nicht.“

„Wieviele Jahreszeiten gibt es, Adam?“

„Vier.“

„Wieviele Himmelsrichtungen gibt es?“
„Auch vier!“
„Siehst du. Die bekommt hier eine Bedeutung. Aber sie kann viel mehr darstellen als nur das. Der vierte Buchstabe im Alphabet und was noch alles.“ Johannes lauschte wieder dem Gespräch der beiden, denn er hatte aus der Naivität des Nachtwächters gelernt, die Dinge manchmal anders zu sehen. Was sich, nicht selten, schon als sehr hilfreich erwiesen hatte. Adam hob den Zeigefinger zum Zeichen, dass er nun verstanden hatte:
„Aha! Mit Zahlen kann man sprechen und auch schreiben, wenn man es einfacher haben will. Auch anstelle von Buchstaben? So viel, dass man gar keine Buchstaben mehr braucht? Also nur zehn Zahlen muss ich lernen und dann kann ich schreiben; nur etwas anders? Was ich will?“ Theiß kam gar nicht mehr mit, als Adam ihn mit Begeisterung mit diesen Fragen bombardierte. Hilfesuchend schaute er deshalb zum Magister, der mit einem Lächeln einsprang:
„Das sind sehr interessante Ansätze und Ideen. Ja, Adam, so könnte man es auch sehen.“ Eine nachdenkliche Pause entstand und er wiederholte halblaut seine Worte:
„So könnte man es auch sehen.“ Theiß beugte sich vor:
„Soso, erzähl mein Freund. Hat Adam dir wieder einen Floh ins Ohr gesetzt?“ Johannes lachte kurz auf.
„Stimmt. Sogar mehrere! Aber lass uns morgen Früh weiter darüber reden. Für heute reicht mir diese Menge an Informationen und Neuigkeiten. Ich glaube, ich muss erst einmal alles sortieren und verdauen. Und wenn ich euch so ansehe, könntet ihr auch eine Mütze Schlaf vertragen. Gute Nacht.“ Die anderen hatten nichts gegen diesen Vorschlag einzuwenden und so war dieser anstrengende Tag endlich zu Ende. Es dauerte nicht lange und es war nur noch der Klang dreier schnarchender und erschöpfter Männer zu hören. Eine fingerdünne und kerzengerade Rauchsäule stieg von der Feuerstelle in den Abzug hinauf. Aber sie erlosch bald, denn keiner hatte daran gedacht, neue Holzscheite nachzulegen.

„Habe ich dir nicht schon hundert Mal gesagt, dass du meine Kreise nicht stören sollst?! Du rheinländischer Schlächter, du bist es nicht einmal wert, als Hühnerdieb bezeichnet zu werden! Was meinst du, was passiert, wenn ich gegenüber Larsen behaupte, dass du mit den Schweden gemeinsame Sache machst? Dass du dich als ihr Spion verdingt hast? Hä? Mein lieber Feind Theiß, du solltest dich niemals mit mir anlegen." Theiß ballte seine Fäuste und starrte in der Finsternis umher und schrie:

„Niemand außer mir darf ihn beim Vornamen rufen …" Ein lautes entferntes Lachen war zu hören und es hallte von überall wider.

„Haha! Dieser elendige Schwachkopf von Gotländer! Ich rufe beim Namen, wen und wie ich will! Wenn das hier meine Truppe wäre, dann würde das ganze teutsche Land vor uns zittern und nicht nur die Soester Börde!"

„Also machst du gemeinsame Sache mit ihnen. Ich hab's schon immer gewusst! Du Schweinehund, dafür zieh ich dir das Fell über die Ohren!" Plötzlich war ein einzelner Schrei zu hören, der ihm durch Mark und Bein ging. Aus einem Schritt wurden viele. Immer mehr Schritte; der Lärm schwoll an, bis er ein lautes Getrampel von einem Dutzend Pferden wurde, die jetzt bei helllichtem Tag im Galopp über eine weite Ebene hinweg ritten und schnell kleiner wurden, bis sie über einen schmalen Pfad in einem großen Wald verschwanden. Theiß wollte ihnen nach, aber plötzlich stand dieser dunkle Mann wie ein Schatten vor ihm:

„Na, mein Freund. Vermisst du das hier?" In der Hand hielt er eine helle Haut triumphierend in die Höhe. Theiß zog sein Schwert und versuchte sie zu durchtrennen. Der Schatten trat daraufhin einen Schritt zurück und fauchte sehr erbost:

„Was soll das? Willst du mich umbringen? Das ist meine Haut! Sie muss unversehrt bleiben. Verstehst du?!" Theiß hörte sich laut lachen:

„Ich kenne dich. Zieh dir deine falsche Haut bloß über, ich werde dich doch stets wieder erkennen. Sie wird dir nichts nützen. Aber zur

Sicherheit nimm das!“ Theiß holte mit seinem Schwert zum Schlag aus, aber zu seinem Erstaunen kniete der Fremde plötzlich vor ihm nieder und sagte unterwürfig:

„Nehme meine holdes Haupt zum Pfand. Ich brauche es nicht mehr in diesem Land. Es ist mir fremd geworden. Nimm es und beginne mit dem Morden.“ Vor Verblüffung dieser Worte verfehlte sein Schwert das heiß ersehnte Ziel und traf nur den Rand, von wo es wie von Stein abprallte. Dann sprang der Schatten lachend auf und zog sich die Haut über:

„Täuschung ist das halbe Leben, Theiß! Hast du nicht gewusst, dass das hier mein Reich ist?! Schau! Meine Augenbraue kannst du mir nehmen, aber nicht mein Leben. So leb denn wohl, denn auch meinen Namen kannst du mir nicht geben!“ Er drehte ihm den Rücken zu und rannte nackt im gleißenden Sonnenlicht davon. Theiß hatte nicht in sein Gesicht sehen können und blieb fragend zurück. Als er seine Hand öffnete, lag dort die abgeschlagene Augenbraue, die sich noch für kurze Zeit bewegte. Dann wurde sie zu einem Eichenblatt und er steckte es in seine Tasche. Plötzlich hörte Theiß sich mit fremder Stimme sagen:

„Du hast Recht, mein nackter dunkler Fremder, deinen Namen kann ich dir heute nicht geben. Doch nur die Köpfe schlage ich herunter, dessen Namen ich nehmen kann wie auch sein Leben.“

Mit einem lauten Schrei und schweißgebadet, erwachte Theiß und griff in Panik unter sein Bett, wo sein Schwert lag, nahm es und ließ es in einem Anfall von Wut wild durch die Luft wirbeln. Adam und Johannes sprangen erschreckt von ihren Lagerstätten auf und schauten ängstlich umher. Adam befürchtete gar einen Überfall der schwarzen Ritter und wollte kopfüber zur Haustür laufen, als Johannes, der als Erster hellwach war, die Gefahr erkannte in der sie schwebten, und laut rief:

„Adam! Auf den Boden!“ Buchstäblich im letzten Moment, ließ er sich wie ein Stein zu Boden fallen und hörte dicht über seinem Kopf das tiefe Brummen des Schwertes: Wie eine kleine Maus krabbelte er zurück unter den Tisch, wo Johannes bereits auf ihn wartete. Theiß war währenddessen aufgesprungen und wütete weiter wie ein Berserker, wild umher rennend und laut brüllend, durch die Kammer. So mancher

Stuhl und Balken ging dabei zu Bruch. Adam bekam es mit der Angst zu tun:

„Johannes wir müssen uns irgendetwas einfallen lassen! Der haut noch alles kurz und klein, und uns noch dazu! Wir müssen ihn irgendwie wach bekommen!“ Der Magister nickte nur stumm, dass es fast schon gleichgültig aussah.

„He! Lass dir gefälligst mal was einfallen! Der hat mir beinahe die Rübe abgeschlagen!“ Johannes nickte abermals:

„Wenn ich nicht gewesen wäre, wäre deine Rübe schon längst ab. Vergesse das nicht!“ Adam schaute ihn fassungslos an:

„Und du hast nichts weiter zu tun, als hier blöd ‘rumzusitzen?! Bist du etwa lebensmüde?!“

„Genauso wie du. Aber jetzt sei mal leise. Ich glaube Theiß hat irgendetwas Mieses geträumt. Hörst du? Er ruft immer das Gleiche!“

„Aber, das muss doch …“

„Sei doch mal still!“ Zähne knirschend, weil Johannes was bei ihm gut hatte, blieb er stumm.

„Bernard, ich weiß mit wem du dich in Höchst getroffen hast! Mit dem Meister warst du im Wald gewesen ….“ Mit erstaunten Gesichtern schauten sich beide an.

„Weißt du, was der meint?“, fragte Adam; aber Johannes schüttelte den Kopf.

„Nein, noch nicht. Aber schau, Theiß wird langsam müde. Gleich wird es vorbei sein.“

„Na hoffentlich!“ Plötzlich schnipste der Nachtwächter mit den Fingern:

„Ich hab‘ eine Idee!“ Bevor der Magister eine Frage stellen konnte, war er schon auf und davon. Mehrmals sich mit einem Angstgeschrei unter den Schwerthieben von Theiß hinwegduckend, erreichte er endlich die Haustür und öffnete sie hastig. Draußen schlug er alle Fensterläden auf, dass die helle Junisonne den Raum mit Licht durchflutete. In dem Moment, als Adam vorsichtig wieder den Raum betrat, stieß er mit Theiß zusammen. Sofort griff er nach ihm und bekam ihn am Kragen zu fassen. Als er ihn hochhob und der Nachtwächter wie ein Kaninchen strampelnd in seine Augen blickte, sah er, dass sie ganz weiß waren. Er erschauerte. So blieben sie eine Zeit lang in der offenen Tür stehen.

„Hab ich dich endlich, du Satansbraten!“ Adam gab ängstlich zur Antwort:

„Aber Theiß. Ich bin‘s doch. Dein Einäugiger!“ Theiß hielt für einen Moment lang inne und drehte den Kopf langsam zur Seite. Das Weiße in seinen Augen begann sich zu bewegen:

„Was sagst du da, Bernard?!“ Adam fasste den Schmied am Kopf und brüllte mit letzter Verzweiflung in sein Ohr:

„Bitte! Du musst mir glauben! Ich bin‘s, Adam! Adam, dein Nachtwächter!“ Theiß senkte seinen Kopf zu ihm hinunter, sagte aber nichts. Er schien nachzudenken und dann flüsterte er:

„Das erinnert mich an irgendetwas“, und ließ ihn fallen. Ängstlich kroch der Nachtwächter zurück zum Tisch.

„Siehst du, das wirkt!“, sagte Adam und buffte den Magister in die Seite. Johannes zog verwundert die Augenbrauen hoch:

„Jetzt sag mir bloß noch, dass du das so geplant hast!“ Aber Adam machte nur eine abfällige Handbewegung:

„Ach du verstehst das nicht!“ Johannes schüttelte nur noch den kleinen Kopf und sagte, mehr zu sich selbst:

„Der ist lebensmüde geworden. Verrückter Kerl.“ Gespannt warteten beide, im Schutze des Tisches, auf die nächste Reaktion ihres Freundes.

„Hast du so etwas bei ihm schon mal erlebt?“, flüsterte Johannes.

„Nein. Aber es hat mir mal jemand erzählt, der bei ihm übernachtet hatte.“

„Und hat er es überlebt?“

„Blödmann! Sonst hätte er es mir doch nicht erzählen können!“ Johannes verdrehte verzweifelt die Augen:

„Mann! Das war ein Scherz!“ Adam zog verlegen die Augenbrauen hoch:

„Ach so. Jaja. Aber Ernst Imsch bekam es mit der Angst zu tun und suchte schnell das Weite.“ Johannes riss erstaunt den Mund auf:

„Was Ernst, Ernst Imsch, der aus unserem Kloster unehrenhaft entlassen wurde, weil er den Nonnen nachstellte?!“ Adam grinste und nickte.

Adam schlug sich lachend auf die Schenkel und fuhr fort:

„Das war so ein geiler …“

„… Bock, ja genau! Ein geiler Bock ohne Gleichen! Dieser Ernst Imsch!“, kam es plötzlich von der Haustür und die beiden blickten sich erleichtert an. Johannes rannte, ohne sich bücken zu müssen, unter dem Tisch hervor und rief laut und hoch erfreut, dem Schmied entgegen:

„Theiß! Mensch, Theiß! Bist du endlich wieder wach!“ Der Schmied schaute verblüfft zu ihm herunter und wies mit dem Finger zum Tisch:

„Ja natürlich. Aber was macht denn unser Nachtwächter da. Hat der sich mal wieder unter‘n Tisch gesoffen?“ Der Nachtwächter ging mit ausgestrecktem Arm auf ihn zu und tippte mit seinem langen, dünnen Zeigefinger wütend auf dessen Brust:

„Du hast ja Nerven! Schlägst mir fast die Rübe ab. Erwürgst mich fast zu Tode! Dann haust du alles kurz und klein, dass wir uns unter dem Tisch verstecken mussten, und jetzt soll ich mir sagen lassen, dass ich besoffen unter dem Tisch liege! Langsam kannst du mich mal!“ Ungläubig blickte Theiß zum Magister und als der dessen ernstes Gesicht sah, schlug er einer Vorahnung folgend, hinter sich die Haustür zu. Da erst sah er seine Verwüstungen, die er angerichtet hatte. Ungläubig ließ er sein Schwert fallen und lehnte sich an die Tür. Dann wischte er sich mit dem Handrücken die Schweißperlen von der Stirn und verstand sofort:

„Ich glaube, ich muss mich nicht nur bei euch entschuldigen, sondern ich muss euch dringend etwas erzählen. Etwas, was nicht aufgeschoben werden darf. Mir ist einiges wieder in den Sinn gekommen und jetzt deutlich klarer geworden.“ Johannes nickte, als sähe er seine Vermutung bestätigt:

„Aber erst wenn wir aufgeräumt und neue Stühle bekommen haben.“

„Eben. Hier sieht es aus wie auf dem Schlachtfeld!“, beschwerte sich Adam.

„Ich habe das Gefühl, als wenn ich gerade daherkomme!“, erwiderte Theiß gedankenverloren. Zu dritt machten sie sich schließlich an die Arbeit und schnell waren neue Stühle vom Dachboden geholt, die der Schmied eigentlich schon ausgemustert hatte. Das Feuer war schnell wieder in Gang gebracht und ein großer kupferner Kessel mit Linsensuppe darüber gehangen. Adam ging es nicht schnell genug:

„He, Theiß! Leg mal einen Zahn zu! Mir knurrt der Magen!"

„Du weißt doch, dass die Linsen ordentlich zerkocht sein müssen, sonst schmecken sie nicht und sind schlechter zu kauen." Aber Adam schüttelte den Kopf:

„So ein Blödsinn! Warum denn kauen? Die kann man doch gut einfach runterschlucken. Die werden im Magen doch eh zermatscht. Und schmecken tun die Dinger eh nicht!" Johannes und Theiß mussten lachen.

„Das ist mal wieder typisch für so einen Schluckspecht wie dir.", sagte der Schmied während er im Kessel rührte. Endlich hatte Theiß ein Einsehen und er füllte die Holzteller mit der Suppe, obwohl sie noch gar nicht gar war. Aber er konnte das Gezeter des Nachtwächters nicht mehr ertragen. Dementsprechend sah der Ausdruck im Gesicht des Magisters aus, als er den ersten Löffel nahm. Hastig trank er einen Schluck Bier hinterher und Adam amüsierte sich köstlich:

„Na, du musst ordentlich schlucken mein Freund. Gerade, weil du so ein kleines Hälschen hast!" Dabei schlug er ihm zu feste auf den Rücken, dass Johannes sich verschluckte und keine Luft mehr bekam. Aber der Nachtwächter nahm davon keine Notiz und erzählte belehrend munter weiter, während er rot anlief:

„Für dich müssen die kleinen Linsen ja schon fast so groß wie Walnüsse sein und genau deswegen musst du aufpassen …" Plötzlich war Johannes auf seinen Stuhl gesprungen und brüllte wutentbrannt in sein Ohr:

„… du gottverdammtes, einäugiges, neunmalkluges, fetzentragendes und wie-ein-Schwein-trinkendes Arschloch! Ich wäre fast wegen dir erstickt!" Adam zuckte zusammen und verstand nicht:

„Wieso, ich habe die Suppe doch gar nicht gekocht. Das war doch Theiß." Der Magister hüpfte verzweifelt auf seinem Stuhl auf und ab:

„Du … du … du …"

„Ruhe!", brüllte der Schmied, nahm die Teller, und schüttete sie zurück in den Kessel. Dann schaute er sie drohend an:

„Jetzt haltet ihr beide eure Schnauze! Bis die Suppe fertig ist, will ich kein Wort mehr hören! Ist das klar?! Sonst gibt es keinen Tropfen mehr!“

Das Schweigen dauerte lange; lange genug, dass sich die Gemüter wieder abkühlen konnten. Dann stand endlich das Essen wieder auf dem Tisch. Während sie aßen, erzählte der Schmied von seinem Traum und danach herrschte für eine Weile eine bedrückende Stille. Johannes schaute nachdenklich:

„Höchst. Da war doch am zwanzigsten Juni die Schlacht, oder?“ Theiß nickte:

„Ja, am zwanzigsten Juni 1622. Die Protestanten unterlagen den Kaiserlichen. Mansfeld ging damals verloren und noch viele andere.“

„Tot oder haben sie sich einfach davon gemacht?“, wollte Adam wissen.

„Gute Frage. Das weiß niemand. Wer weiß schon, was mit ihren Leibern geschehen ist. Vergammelt oder sie wandeln noch unter der Sonne, lebendig wie du und ich, und haben irgendwo Unterschlupf gefunden.“

„Theiß, sag mir mal: Hast du am Ende deines Traumes von der Schlacht bei Höchst geträumt?“ Der Schmied nickte.

„Warum ist das so wichtig, Neunmalklug?“, wollte Adam wissen.

„Ich versuche nur zu verstehen. Bevor unser Freund aufwachte, hat er doch hier alles verwüstet, oder nicht?“

„Und geschrien hast du, wie am Spieß. Immer den gleichen Scheiß.“ Theiß schmiss seinen Löffel auf den Holzteller und wischte sich den Mund mit dem Handrücken ab.

„Was genau habe ich denn gerufen, denn daran kann ich mich nicht mehr erinnern. Sagt‘s mir Freunde! Es könnte sehr wichtig sein!“ Johannes kratzte sich nachdenklich am Kinn:

„Ich glaube du hast gerufen: Bernard, ich weiß, mit wem du dich in Höchst getroffen hast. Mit dem Meister bist du im Wald gewesen.“ Adam nahm einen kräftigen Schluck und stichelte:

„Na, Theiß. Du wirst doch im Traum nicht besoffen gewesen sein? Oder?“

„Warum meinst du? Weil ich deine Runkelrübe verfehlt habe?“, erwiderte Theiß bissig. Adam spie sein Bier aus und war sprachlos.

Johannes musste lachen:

„Na, immer noch Zweifel, dass unser Soester Jäger wieder alle Sinne beisammen hat?“ Theiß winkte ab:

„Ach, lasst gut sein. Das, was ich zum Schluss meines Traumes gerufen habe, passt. Die Niederlage der Protestanten bei Höchst hat er nie ganz richtig verdauen können. Immer wieder sprach er von Verrat, Vergeltung und Wiedergutmachung.“ Plötzlich schlug er sich an den Kopf und mit einem vielbedeutenden Blick rief er:

„ Genau! Ich erinnere mich jetzt wieder, wie er damals mit einer Begeisterung, schon fast fanatisch, immer wieder die gleichen Worte sagte. Fast wortwörtlich sagte er: ‚Solche Panzerritter müsste man haben und es diese Kaiserlichen am eigenen Leibe spüren lassen, wie es ist, sein Letztes, seine blanke Haut, zu verlieren. Aber sie dürften nicht dabei sterben, nein, sie sollten leiden, auf ewig. Ihr Leid wäre mein Genuss. Selbst ihre Seele, weil sie ewig ist, müsste eine Spur des Leides tragen, gleich einer Tätowierung.‘ “

Der Magister schlug sich die Hände vor das Gesicht und murmelte leise.

„Was machst du da?“, fragte Adam.

„Mir platzt gleich der Schädel. Ich sortiere gerade. Einen Moment noch!“ Adam grinste frech und hob schon belehrend seinen Zeigefinger, um mit seiner Hilfe die Augenklappe in die entsprechende Position zu bringen. Aber der Schmied kam ihm zuvor:

„Halt jetzt ja dein Maul. Ich rate es dir! Trink lieber einen Schluck.“ Der Magister nahm wieder seine Hände herunter.

„Also. Wir haben einen Zettel, der eine Botschaft enthält, die wir aber noch nicht entschlüsseln können. Wir wissen jetzt aber schon einmal, mit wem wir es hier zu tun haben. Nämlich mit einem ehemaligen Kumpanen von Theiß, Bernard Heyman aus Metz. Vermutlich adliger Herkunft. Er scheint der Kopf der Bande zu sein. Sein Ziel oder seine Absicht, warum er sich gerade hier aufhält, warum er einen Gefangenen dabei hat, ob er wegen Theiß hier ist, müssen wir unbedingt als erstes herausfinden. Denn ich bin überzeugt, erst dann können wir den Zettel

besser entschlüsseln." Adam stöhnte:
„Ganz schön viele offene Fragen, würde ich sagen."
„Stimmt, Herr Nachtwächter.", sagte der Schmied mit einem leichten Unterton, der Adam nicht gefiel. Und seine Vorahnung wurde sogleich bestätigt:
„Tja, Adam. Wir müssen beide, schnellstmöglich, zurück zum Paulus Rah, um Antworten auf diese Fragen zu bekommen. Erst dann wissen wir, wonach wie suchen müssen. Außerdem habe ich es Paulus Rah versprochen, dass wir ihm helfen werden." Adam drehte nachdenklich seinen Krug hin und her und überlegte:
„Aber mich kriegen da keine tausend Pferde rein. Nachdem, was ich alles gehört habe! Ohne mich, sag' ich dir! Ohne mich!" Der Magister legte ihm beruhigend die Hand auf die Schulter und lächelte:
„Ich werde hinein gehen. Alleine. Du wirst mich bis an die Tür bringen und weiter deiner Arbeit nachgehen. Schließlich wollen wir doch nicht auffallen." Der Nachtwächter schaute wieder zufriedener aus:
„Also gut. Abgemacht. Du und ich. Was macht denn Theiß in der Zeit? Der wird doch nicht seine Füße hochlegen, oder?" Der Schmied zog seine Stirn kraus:
„Hehe! Jetzt ist keine Zeit für solche Späße! Ich werde währenddessen meine Kontakte aus dieser Zeit wieder aufleben lassen, um an wichtige Informationen zu kommen. Vielleicht steckt Larsen irgendwo und ich kann ihn ausfindig machen. Zu deiner Beruhigung: ich werde immer wieder beim Goldenen Rahbarber vorbei schauen, falls ihr in Not seid und Hilfe braucht." Johannes schaute etwas verwundert:
„Na! Dann schon eher wegen mir. Adam muss ja nicht im Gasthaus bleiben!"
„Unser Adam hat aber das seltene Talent, immer wieder auf sich aufmerksam zu machen oder unangenehm aufzufallen.", erklärte Theiß. Von Adams Seite kam starker Protest, aber die aufgezählten Beispiele waren am Ende doch sehr überzeugend. Adam nickte beruhigt, aber Johannes reichte diese Zusicherung noch nicht aus.
„Nachdem Adam mich dort abgesetzt hat, bin ich völlig allein auf mich gestellt. Ich muss genau wissen, wann er seine Runden dreht und

wann du vorbei kommst."

„Also meine Runden beginne ich jetzt so gegen sieben Uhr abends und beende sie um drei Uhr in der Früh. Zweimal pro Tag könnte ich also am Gasthof vorbeikommen.", erklärte der Nachtwächter. Theiß überlegte nicht lange:

„Gegen späten Mittag ungefähr, könnte ich täglich da sein. Sollte ich keine Nachricht von dir erhalten oder dich nicht antreffen, gehe ich davon aus, dass du in Gefahr bist." Adam kratzte sich mit einem unguten Gefühl am Kopf und fragte ängstlich nach:

„Und was machen wir dann? Was hast du dann vor, Theiß?" Der Schmied lehnte sich zurück und sagte mit gefasster Miene:

„Dann gehen wir beide da rein und holen unseren Freund raus."

„Was?! Zu diesen Panzerrittern! Bist du wahnsinnig?!", rief Adam entsetzt. Aber der Magister war nicht minder entsetzt und rief vorwurfsvoll:

„Willst du mich etwa da verrotten lassen?! Ich denke als Nachtwächter muss man hier und da der Gefahr ins Auge sehen können!" Bevor Adam antwortete, flüsterte er leise vor sich her:

„Ich hab ja nur noch eins."

„Was flüsterst du da?!", riefen Johannes und Theiß zeitgleich. Aber der Nachtwächter hob sogleich beschwichtigend die Arme:

„Ist ja gut, beruhigt euch wieder. Natürlich gehe ich mit hinein, wenn es sein muss." Theiß holte tief Luft:

„Ja, es muss sein!"

Zusammen überlegten sie eine ganze Weile, wie sie dies vermeiden konnten und versuchten sich auf vereinbarte Zeichen zu einigen. Aber es gelang ihnen nicht. Schließlich sagte der Magister:

„Lass mich erst einmal da sein. Irgendeine Möglichkeit wird sich schon finden, über die ich euch diese oder andere Mitteilungen machen kann."

„Und wie lange soll dieser ganze Spaß dauern?", wollte der Nachtwächter wissen.

„Na, ich würde sagen. Solange bis ich alle Informationen zusammen habe. Aber länger wie zwei Tage werde ich es dort bestimmt nicht aushalten können." Und zu Theiß gewandt, setzte er fort:

„Außerdem werde ich mal wieder eine deiner schwarzen Kapuzen brauchen." Theiß schlug die Hände zusammen:

„Das geht klar. Also heute Abend geht's los. Ich werde gleich meine Ella bereit machen und zu einem Freund nach Sygtelen reiten. Morgen geht's dann weiter zum Junker und dann muss ich unbedingt nach Dulcken." Johannes Augen glänzten:

„Willst du etwa zum St. Ermgard-Stift?" Der Schmied nickte.

„Dann grüße Bruder Josephus von mir. Er ist dort der Archivar."

„Ich weiß es. Er hat alle namentlich erfasst, die von weiter weg hierherkamen. Meinen Freund hatte ich damals auch dort untergebracht, als wir aus dem Krieg zurückkamen." Adam spitzte die Ohren:

„Ist es der Remerus Dingsbums?" Theiß grinste:

„Ja, genau der. Aber sag mal Adam. Mir kommt da so eine Idee. Wie wäre es, wenn du bei deinem Rundgang mal im Frohnhof vorbei schauen könntest? Vielleicht gibt es ja irgendwelche Neuigkeiten?"

„Das ist kein Problem, denn ich kenne den Jakob …"

„Aber versacke nicht gleich wieder!", rief Johannes etwas verärgert.

„Du weißt, was auf dem Spiel steht. Lass mich bloß nicht hängen!" Der Nachtwächter machte ein gespielt erstauntes Gesicht:

„Ganz ruhig. Ich werde dich schon nicht vergessen, Zwerglein. Außerdem wird man dich bei deiner Körpergröße eh nur für eine kleine graue Maus halten, du wirst kaum auffallen." Johannes kniff die Augen zusammen:

„Noch können wir die Rollen tauschen: Dich wird man eher für einen alten Besenstiel halten!" Theiß schlug mit der Faust auf den Tisch, ehe Adam was erwidern konnte und fragte:

„Wie willst du hineinkommen, Johannes? Hast du schon eine Idee?"

„Ich würde sagen, wenn Adam,", und dann sagte er mit gedehnter Stimme „unser gertenschlanker Nachtwächter, vor dem Haus stehen bleibt und die Leute zur Ordnung ruft. Einer wird hinaus kommen und Antwort geben müssen. Diese Gelegenheit wollte ich nutzen, um hinter ihm ins Haus zu schlüpfen."

„Kriech doch einfach unter die Tür!", kam es vom Nachtwächter.

„Und du durchs Schlüsselloch! Arschloch!“, erwiderte der Magister. Theiß konnte es nicht lassen, als er die beiden Streithähne sah und musste laut lachen:

„Es klingt schon recht eigenartig, solch ein fieses Wort, wie du immer sagst, aus deinem feinen Mund zu hören, Johannes. So, ich hoffe jetzt, ihr habt euren Streit ausgekostet, sonst werdet ihr gleich auffliegen, ehe Johannes im Haus ist. Und das könnte euch beide das Leben kosten!“

Johannes und Adam schluckten, sagten kein Wort, sondern nickten einander nur stumm zu. Sie nutzten die verbleibende Zeit, um alles Weitere vorzubereiten. Schließlich saßen sie wieder zu Tisch und nahmen das Abendbrot zu sich. Dem Magister wollte das Essen nicht schmecken und er flüsterte leise vor sich hin:

„Hoffentlich ist es nicht das letzte Abendmahl.“ Adam schaute ihn mit einem fragenden Blick an und glaubte richtig verstanden zu haben:

„Sag ich doch, du hast keine andere Wahl.“ Johannes seufzte.

„Ich hatte Abendmahl gesagt.“

„Sag ich doch!“, erwiderte der Nachtwächter und tat einen genüsslichen Rülpser. Der Magister verdrehte seine Augen und schlug sich die Hände vor das Gesicht.

„Ich geb‘s auf.“ Theiß schmunzelte und legte seine Hand auf seine Schulter:

„Lass es. Es ist schon gut so.“

Trotz des guten Zusprechens seiner Freunde erhob sich Johannes mit weichen Knien von seinem Platz, als der Nachtwächter mit einem Pflichtbewusstsein, das die anderen überraschte, zum Aufbruch drängte.

„Langsam musst du dich fertig machen, Johannes. Die Kirchturmuhr hat schon zum sechsten Mal geschlagen. Schließlich muss ich meiner Verantwortung nachkommen." Während er dies sagte, hatte er gewichtig seine Arme hinter dem Rücken verschränkt und auf die neuen auf und abwärts wippenden Schnabelschuhe geschaut. Sein freudiger Blick verriet, dass er sich darauf freute, den Leuten endlich seine neuen Schuhe zu zeigen. Der Magister war deswegen etwas betrübt, aber nicht verwundert. Denn so hat er ihn kennen gelernt und er war überzeugt davon, dass er diesen selbstverliebten Zug niemals würde ablegen können. Theiß dagegen war darüber sehr verärgert und wollte seinen Ärger nicht hinter dem Berg halten:

„Pass ja auf, dass nicht einer dieser Kürassiere oder schwarzen Panzerreiter dir auf deine edlen Schuhe tritt und sie zertrampelt. Wäre schade drum, oder?"

„Wieso, ich geh doch gar nicht mit rein, denk ich mal." Johannes nahm diesen Gedanken auf und hob belehrend den Zeigefinger in die Höhe:

„Na, da wäre ich mir nicht so sicher. Wenn wir gleich beim Gasthof sind und ich an deiner Stelle rufen würde, dass es unbedingt sein muss, sich von den gelöschten Feuerstellen selbst zu überzeugen, dann müsstest du mit hinein. Ob du willst oder nicht!" Der Schmied und der Magister nickten einander zu und Theiß setzte noch einen darauf:

„Gar keine schlechte Idee. Dann könntest du in Ruhe die Gelegenheit nutzen und dich ins Haus schleichen." Adams Gesicht veränderte sich schlagartig und das blanke Entsetzen spiegelte sich darin wider.

„Das ist aber eine schlechte Idee! Eine ganz schlechte!", stammelte er und schaute sie schon fast bittend der Reihe nach an. Die anderen aber genossen den Moment und Johannes gefiel dieser Vorschlag immer mehr, je länger er darüber nachdachte. Die Vorteile waren eindeutig auf seiner Seite und er beschloss insgeheim diesen Plan auszuführen. Zum Schein hielt er aber gegenüber Adam beschwichtigend die Hände hoch und sagte einsichtig:

„Nein, nein. Da mach dir mal keine Sorgen. Das können wir dir ja nicht antun. Schließlich wirst du ja noch dringend gebraucht!“ Erleichtert atmete der Nachtwächter auf und schüttelte ihm dafür die Hand:

„Wenigstens du siehst es ein. Das werde ich dir niemals vergessen!“ Zufrieden und deutlich erleichtert, ließ sich Johannes nun von Theiß und Adam mit schwarzen Kleidungsstücken ausstaffieren und das Gesicht schwärzen. Bei einer passenden Gelegenheit zwinkerte er dem Schmied, nach dessen fragenden Blick listig zu, und der verstand sofort. Endlich waren sie soweit und Adam stand bereits in der Tür und winkte ihm mit einer ironischen einladenden Geste, als ging es zu einer Hochzeit. Bevor Johannes die Schmiede verließ, kam Theiß auf ihn zu, bückte sich und drückte ihn fest an seine Brust. Dabei flüsterte er ihm leise ins Ohr:

„Übertreibe es nicht, Johannes. Pass mir gut auf ihn auf. Du weißt doch, wie leichtsinnig er sein kann.“ Der Magister tätschelte daraufhin seine mächtige Schulter, nahm die schwarze Kapuze entgegen und sagte müde lächelnd:

„Jeder bekommt das, was er verdient, Theiß! Bis bald!“ Erstaunt richtete sich der Schmied auf und rief ihm noch schnell in die beginnende Dunkelheit hinterher:

„Wie meinst du das?!“ Aber da war der kleine Mann bereits ein ganzes Stück weit entfernt und winkte nur noch müde zum Abschied. Theiß kratzte sich nachdenklich am Kinn und schaute den beiden noch lange nach.

„Da gehen die beiden. Giftzwerg Maulwurf und die einäugige Bohnenstange. Na, hoffentlich wird‘s gut gehen, hoffentlich.“, flüsterte er leise. Rasch schloss er die schwere Tür und machte sich zur Abreise bereit, denn die Zeit drängte und er hatte noch einige Freunde zu besuchen. Freunde, die zum Teil angenehmer und unangenehmer Art waren, weshalb er nicht versäumte, sich zwei Dolche einzustecken. Aber beinahe hätte er vergessen, das rohe Ei auf die Kante der verschlossenen

Tür zu legen, als er sich schon auf den Weg zum Pferdestall machen wollte. Mit ein paar sicheren Handgriffen war schließlich sein Pferd Ella mit dem nötigen Zaumzeug und dem Sattel versehen, so dass er sich endlich auf den Weg nach Sygtelen machen konnte.

Stillschweigend, jeder für sich in Gedanken versunken, gingen der Nachtwächter und der Magister eine Zeit lang nebeneinanderher. Nachdem sie den Weiher Richtung Helenasbrunn passiert hatten, brach Adam das Schweigen und sagte:

„Denke daran, mit denen ist nicht zu spaßen, mein kleiner Freund."

„Ich weiß, ich weiß. Aber was sein muss, muss sein. Wir haben keine andere Wahl, um an die nötigen Informationen zu gelangen, als zurück in den Gasthof zu gehen und heraus zu bekommen, was sie im Schilde führen. Ich bin nun mal der einzige von uns dreien, den sie noch nicht gesehen haben und seit dem letzten Mal, kenne ich mich dort auch schon ein wenig aus." Adam antwortete nicht sofort und trat einen Stein mit seinem Schnabelschuh zur Seite, der im Weg lag.

„Aber wenn es darauf ankommt, bist du nicht gerade der Stärkste und das bei diesen Panzerrittern, herrje …" Johannes lächelte schmal:

„… dafür habe ich aber mehr im Köpfchen als die alle zusammen und den Überraschungsmoment stets auf meiner Seite. Meine Körpergröße, auf die du gerade anspielst, ist ihnen gegenüber auch ein entscheidender Vorteil: Ich kann mich überall dort verstecken und hindurchschlüpfen, wo sie es nicht können. Aber falls es brenzlig werden sollte, habe ich noch das hier, und das hier!" Beide waren stehen geblieben und Adam schaute erstaunt auf die offenen Handflächen des Magisters. In der linken Hand hielt er einen kleinen Dolch, der gemessen an seiner Körpergröße einem kleinen Kurzschwert gleichkam, und in der rechten vier kleine schwarze Perlen. Adam griff nach einer, aber schnell zog Johannes die Hand zurück und legte die Perlen in eine kleine Holzdose zurück, die er in einem Lederbeutel, der um seinen Hals hing, verschwinden ließ. Adam zog die Augenbrauen erstaunt hoch:

„Was war das?"

„Vorsichtig, vorsichtig. Diese Perlen sind reines Gift. Zwei davon reichen, um einen Menschen umzubringen." Der Nachtwächter schaute ungläubig:

„Zwei? Willst du mich verarschen?!“ Der Magister erschrak:

„Nicht so laut! Komm, lass uns weiter gehen, je eher wir da sind, umso besser.“ Sie ließen den Galgenberg links liegen und gingen mit vorsichtigen Schritten und erhöhter Wachsamkeit weiter. Kurz vor der nächsten Linkskehre verließen sie auf Anraten des Nachtwächters den Weg und schlugen sich durch die Bäume. Die Dunkelheit nahm nun schneller zu und die Stimmen im Wald verstummten. Ein Fingernagelmond zeigt sich zwischen den Baumwipfeln und die ersten Fledermäuse verließen ihre Höhlen im Berg. Plötzlich blieb Adam abrupt stehen und zog Johannes am Ärmel in den Schatten eines Ilexbusches.

„Was ist? Hast du was gesehen? War es einer dieser Ritter?“, flüsterte er mit aufgeregter Stimme. Adam stand wegen der stacheligen Blätter in gebeugter Haltung vor ihm und grinste frech:

„Na, hast du Angst gehabt?“

„Idiot! Dir sollte man wirklich das Resthirn aus deinem Schädel pusten; so viel Arbeit wird das wohl nicht mehr sein!“ Der Nachtwächter zischte aufgeregt:

„Nicht so laut! Es könnten wirklich welche in der Nähe sein. Dort hinten bei der Kopfweide hatte uns schließlich der schwarze Ritter aufgelauert. Aber ich will jetzt endlich wissen, was das für schwarze Perlen sind. Die haben doch nichts mit den Panzerrittern zu tun. Oder?“ Johannes verstand nicht sofort und schaute deshalb etwas irritiert.

„Wie? Was? Du meinst, weil sie auch schwarz sind?“

Adam nickte. Fast wäre ihm ein lautes Lachen heraus geplatzt, wären die Umstände nicht andere gewesen. Er musste sich zusammen reißen und erklärte:

„Nein, nein. Das sind Tollkirschen. Die findest du nur an ganz bestimmten Stellen und sie sind deshalb auch recht selten.“

„Wo? Wo findet man die? Hast du die etwa vom alten Samuel?“

„Nein, die sind aus meinem eigenen, ganz privaten Garten. Das darf aber niemand wissen, verstehst du?“ Adam rieb sich die Hände und witterte ein Geschäft:

„Gut, wenn wir heil aus dieser Sache rauskommen, besorgst du mir ein paar, dann sage ich auch niemanden was. Klar?" Der Magister wollte schon laut protestieren, aber dann besann er sich wieder rechtzeitig und holte tief Luft.

„Also gut, du altes, einäugiges Schlitzohr! Abgemacht!" Zähneknirschend schlug er auf die dargebotene Hand ein und wollte weitergehen, aber der Nachtwächter hielt ihn noch zurück:

„Langsam, langsam. Was hast du denn damit vor? Wen willst du damit um die Ecke bringen?" Johannes legte genervt den Kopf etwas zur Seite und da verstand Adam.

„Ach so. Diese Schweinehunde willst du damit erledigen!"

„Nicht so laut! Jetzt komm, wir müssen weiter."

Nicht lange und sie hatten den Waldrand erreicht und schlichen vorsichtig zwischen den Bäumen zurück, bis zu der Stelle, die gegenüber dem Gasthof lag. Vor dem Haus herrschte eine rege Betriebsamkeit, wie immer zu dieser Tageszeit; aber etwas war trotzdem anders als sonst und Johannes rätselte darüber, während Adam alles wie gewöhnlich fand.

„Ist doch alles wie immer. Ich weiß gar nicht, was du hast!" Doch da entdeckte Johannes endlich die hellerleuchteten Fenster im Obergeschoss.

„Adam, sind jetzt nicht alle von den Rahs am arbeiten?"

„Ja natürlich! Die haben jetzt alle Hände voll zu tun! Was …" Johannes wies nach oben:

„Und warum ist dann dort oben überall Licht? Meinst du, die lassen ihre Kerzen dort oben in ihrer Wohnung überall brennen, wenn sie unten den Ausschank machen?" Der Nachtwächter stutzte und nickte zustimmend.

„Hast Recht. Das sind bestimmt diese …"

„Genau! Also gehen wir rüber und bringen es hinter uns!" Mit diesen Worten zog er an der Jacke des Nachtwächters und ging hinüber. Aber plötzlich gab es ein komisches Geräusch und er hielt nur noch einen Stofffetzen in der Hand. Verblüfft drehte er sich zu Adam herum und flüsterte aufgeregt:

„Was soll das? Komm jetzt! Du bist der Nachtwächter und wirst erwartet! Wenn du vorweg gehst, kann ich hinter dir im Schatten bleiben und besser hinüber kommen!“

„Nein! Ich geh da nicht mit! Verstehst du? Ich, ich kann nicht! Was ist wenn …“ Johannes schaute sich unruhig um. Oben in einem Zimmer sah er unruhige Schatten, die das Licht versperrten und er ahnte, dass ihre Stimmen bis oben zu hören waren. In wilder Panik zog er sich die Kapuze über und rannte auf einen stämmigen Walnussbaum zu, der direkt vor dem Gasthof stand. Vorsichtig lugte er dahinter hervor und sah im Halbdunkel, wie Adam sich davon machen wollte. Da nahm er sich ein Herz und rief aus Leibeskräften, so laut er es vermochte:

„Liebe Leute des Gasthofes lasst euch sagen, die Uhr hat gleich sieben geschlagen! Löscht das Licht und alles Feuer in drei Stund, spätestens dann, am Ende meiner letzten Rund! Oder lasst mich ein und mich überzeugen, Dank meiner Befugnis, davon dass alles Rechtens ist! Gebt Antwort! Sonst trete ich ein!“ Johannes sah, wie Adam stocksteif auf der Mitte der Landstraße stehen blieb und fassungslos zu ihm herübersah. Um seinen Worten Nachdruck zu verleihen, nahm er einen großen Stein und warf ihn gegen einen der Fensterläden. Nur einige Sekunden später erschien das wütende Gesicht des Wirtes Paulus Rah, im hastig geöffneten Fenster.

„Was soll der Scheiß?! Wer wagt es hier mit Steinen zu schmeißen?! Adam! Bist du es?!“

Adam musste tief schlucken und es kam nur eine leise und zögerliches Antwort:

„Ja. Ich bin es.“ Paulus Rah hatte nicht verstanden, was er gesagt hatte und streckte deshalb seinen Kopf weiter vor:

„Was hast du gesagt?! Geht’s dir nicht gut?!“ Johannes übernahm die Antwort und rief:

„Mir geht’s gut, sehr gut sogar! Ich komme, wenn du noch ein Bier für mich hast!“

„Natürlich! Umsonst!“, kam sogleich als Antwort. Zögernd kam der Nachtwächter herüber und Johannes sprang hinter ihm in seinen Schatten, als er bei ihm vorbeikam. Da fiel sein Blick zufällig nach oben und er erkannte ein halb geöffnetes Fenster, das im Dunkeln lag und sah einen Metallhandschuh, der es soeben wieder schloss. Er war sich nicht sicher, aber er glaubte ein paar Wortfetzen vernommen zu haben, die so ähnlich klangen wie: ‚Das muss der besoffene Nachtwächter sein, von dem uns der Wirt erzählt hat.‘

Johannes folgte seinem Freund bis kurz vor die Tür, in der schon der Wirt Paulus Rah, unsicher lächelnd, wartete.

„Rein mit dir in die gute Stube! Hast heute aber eine komische Stimme.“ Wenn der Magister gedacht hatte, dass Adam ihn mit hinein nehmen würde, als der Wirt voraus ging, so hatte er sich getäuscht. Kurz bevor er versuchte, sich im letzten Moment durch den Türspalt mit hinein zu quetschen, zog der Nachtwächter mit einem kurzen, aber kräftigen Ruck, und einem genussvollen, zur Seite geworfenen Grinsen, die Tür vor seiner Nase zu. Er wollte schon wütend dagegen klopfen, unterließ es aber im letzten Moment und schluckte den lauten Fluch hinunter. Verzweifelt stand er noch immer draußen und schlich hinter den Busch, indem zuletzt der Gehilfe des Wirtes gehockt hatte, als er Adam und Theiß den Zettel zusteckte.

„Dieser gottverdammte Nachtwächter!“, fluchte er leise vor sich hin und schaute zurück zum Haus. Da fiel sein Blick auf die Fassade und auf die Efeuranken, die bis zum Dach hinauf ragten. Er beobachtete die schwach erleuchteten Fenster und kroch langsam auf allen Vieren auf das Haus zu. Als die Luft rein schien, tastete er sich voran, bis er eine fast faustdicke Ranke erwischt hatte und begann vorsichtig daran hoch zu klettern. Das oberste kleine Fenster, direkt unter dem Giebel, schien nur angelehnt zu sein. Mit einem leichten Schmunzeln auf den Lippen, die immer dünner werdenden Ranken vorsichtig nach Halt absuchend, arbeitete er sich voran und dachte dabei:

‚Wie gut, dass ich so klein und leicht bin. Mal wieder ist es zu meinem Vorteil.‘ Beim ersten Fenster, auf Höhe des Erdgeschosses, lugte er vorsichtig hinein und sah Adam an der Theke sitzen. Er wartete einige Sekunden und dann trafen sich ihre Blicke. Adam riss vor Erstaunen das Auge weit auf, aber Johannes winkte nur kurz, als sei es nichts Besonderes, so als wäre es seine übliche Art, Leute zu besuchen. Schnell tastete er sich weiter nach oben und erreichte das nächste, aber nicht beleuchtete Fenster, im Obergeschoss. Freudig erregt, bemerkte er, dass es nur angelehnt war und wollte schon der Versuchung nachgeben, es weiter aufzudrücken, als er ein eigenartiges Stöhnen vernahm. Es war unverkennbar: hier litt jemand. Den dumpfen Geräuschen nach, war er geknebelt und gefesselt. Ein Schauder lief ihm über den Rücken und er blickte neugierig hinein. Er war sich nicht sicher, aber irgendeine graue Gestalt schien auf einem groben Stuhl zu sitzen. Plötzlich drehte sie ihr Gesicht genau in seine Richtung und Johannes erschrak und wäre beinahe hinunter gefallen. Denn für einen kurzen Moment sah er auf einen bleichen geschorenen Schädel, übersäht mit Narben und vor Entsetzen, weit aufgerissenen Augen. Dunkel, zwei Höhlen gleich. Es erklang plötzlich ein lautes und schrilles Stöhnen und es dauerte nicht lange, bis sich im Nebenzimmer eine laute und tiefe Stimme erhob, die jetzt schnell näher kam. Der Magister machte, dass er schnell weiter kam. Unter sich hörte er unverkennbar wieder die bekannte Stimme und dann ein lautes Schlagen.

„Halt dein elendiges Schandmaul, du katholischer Adelsfutt! Warte nur ab, für dich werden wir noch eine Verwendung haben! Zuerst kommen deine kleinen Fingerchen dran, und wenn dein Herr Papa dann immer noch nicht spurt, folgt der Rest, schön in kleinen Happen aufgeteilt! Aber halt endlich dein verdammtes Maul, sonst werden wir uns noch einige feine Spielchen für dich ausdenken, dass du wünschtest nie geboren zu sein!“

Darauf folgten wieder ein paar laute Schläge und dumpfe Schreie. Die Stimme, die kannte er. Es war die gleiche, als er sich im Weinfass verstecken musste.

Völlig erschöpft erreichte er endlich das kleine Fenster, ganz oben unter dem Giebel, und schob es vorsichtig auf. Er zuckte zusammen, als es mit einem lauten Quietschen zurückwich. Fast hätte er seinen Halt verloren, denn die Efeuranken, die hier oben nur noch sehr dünn waren, rissen daraufhin durch und er ergriff gerade noch im allerletzten Moment den Fensterrahmen. So baumelte er wie eine kleine, graue Maus am Fenster herunter und zog sich mit letzter Anstrengung hoch. Bäuchlings blieb er erschöpft auf dem Fensterrahmen liegen und dachte sich so eine kurze Zeit lang erholen zu können. Aber da stieß jemand von drinnen einen lauten unterdrückten Ruf aus.

„Was war das?!“ Schnell ließ er sich vorsichtig hinein gleiten und schaute sich angsterfüllt nach einem geeigneten Versteck um. Im Dunkeln erblickte er etwas Viereckiges und stieß schließlich auf eine Truhe und hob vorsichtig den Deckel an. Mit Erleichterung stellte er fest, dass sie sich geräuschlos öffnen ließ und schlüpfte sogleich hastig hinein. Er hörte schwere Schritte die Treppenstiege heraufkommen, als ihm mit Herzklopfen einfiel, dass er vergessen hatte, das Fenster in die gleiche Position zurück zu bringen. Mit einem leisen Fluch auf den Lippen hastete er wieder hinaus, stets horchend, wie weit die Stimmen noch entfernt waren. Gerade als er das Fenster wieder angelehnt hatte, kamen die Stimmen bedrohlich näher und schienen aus der Ecke der Truhe zu kommen. Also mussten sie direkt neben der Tür, auf der anderen Seite der Wand stehen, dachte er und rannte hinüber, ließ sich bäuchlings über die Truhe hinwegrutschen und blieb dahinter wie ein Toter liegen. Plötzlich wurde die Tür mit einem festen Fußtritt geöffnet, dass sie laut krachend an die Wand stieß. Begleitet von einem Windstoß kamen zwei Männer in Rüstung, aber ohne Harnisch, in die Kammer. Einer trug eine Laterne und blieb direkt neben ihm stehen. Die Tür war zur anderen Seite aufgeschlagen, so dass der Blick zum dunklen Flur frei wurde.

„Leuchte mal hierhin!“, sagte der andere mit einer schrillen Stimme barsch, als er beim Fenster stehen geblieben war. Johannes sah ihre Glatzen, die vor Schweißperlen glänzten. Sein Herz schlug ihm bis zum Hals. Jetzt konnte er ihre Gesichter von der Seite sehen und ein kalter Schauer lief ihm über den Rücken, als er ihre vernarbten und vom Ritual entstellten Gesichter sah. Alle beide zeigten die drei Erkennungsmerkmale: die umgedrehte Mondsichel, den Thorshammer und den Buchstaben M. Er brauchte ein paar Sekunden, um sich von diesem Anblick zu lösen.

„Jetzt beeil dich gefälligst! Fettsack!“ Der Genannte trat hinzu und stellte die Laterne auf das Fensterbrett, so dass der Lichtschein nicht mehr auf die Truhe fiel. Beide drehten ihm für einen kurzen Moment den Rücken zu und diese Gelegenheit nutze der Magister. Vorsichtig zwängte er sich, auf der Seite liegend, hinter der Truhe hervor und kam so kopfwärts voran, genau in den Türeingang hinein. Er wusste, wenn sie sich jetzt umdrehten, würden sie ihn sofort bemerken und Hackfleisch aus ihm machen. Er bekam den Türrahmen zu fassen und zog sich weiter aus dem Türeingang hinaus Richtung Flur. Fast hatte er es geschafft und nur noch die schwarzen Schuhe schauten hervor, als er die beiden plötzlich sagen hörte:

„Mensch da war nichts. Der Wind hat das Fenster aufgestoßen. Komm gehen wir. Wer soll auch hier hinaufkommen?"

„Höchstens eine Maus", sagte der andere kichernd.

„Halt's Maul, Fettsack!" Auch auf die Gefahr hin, gehört zu werden, zog er mit einem einzigen Ruck seine Füße nach, was ein leises schleifendes Geräusch verursachte.

„He! Warte! Hast du das auch gehört?"

„Jaja. Hörte sich wie eine Ratte an, oder so."

„Los! Alles durchsuchen! Auch die Truhe! Gib mir die Laterne! Mach schon!"

Langsam, ohne nur das geringste Geräusch zu verursachen, richtete sich der Magister auf und tastete sich den Flur entlang. Er musste unbedingt vor ihnen bei der Treppe sein, sonst war er verloren. Nervös bewegte er sich, mit vor Aufregung feuchten Händen, an der Wand entlang; immer auf die Geräusche und Stimmen lauschend.

„Hast du was gefunden?"

„Nein!"

„Ach Scheiße! Komm, gehen wir. Nimm du wieder die Laterne!" Johannes hatte die Treppe noch immer nicht gefunden. Da fiel ihm ein, dass Treppen meist in der Mitte eines Flures angebracht sind, und weil er keine Zeit mehr zu verlieren hatte, kroch er hastig auf allen Vieren voran und verlor plötzlich den Boden unter den Füßen. So froh er im ersten Moment darüber auch war, umso mehr war er darüber entsetzt, dass er sich nun im freien Fall befand. Er schlug kopfüber einmal hart auf die Stufen auf und bekam schließlich eine davon zu fassen. Sofort klammerte er sich daran fest und blieb auf dem Rücken liegen.

„Los komm! Schnell zur Treppe!", brüllte der mit der schrillen Stimme. Ein lautes Getrampel erscholl, das schnell näher kam. Johannes drehte sich mit einer ruckartigen Bewegung herum, so dass er auf dem Bauch zu liegen kam und betete, dass zwischen den Stufen ein Freiraum war. Er hatte Glück und ließ sich hindurchrutschen. Er befand sich nun unterhalb der Treppe, wieder an einer Treppenstufe hängend. Seine Arme schmerzten bis ins Unerträgliche, aber er war froh darüber, ihnen wohl fürs erste entkommen zu sein. Doch plötzlich blieben sie oben auf dem Treppenabsatz stehen und es herrschte Stille. Einer der beiden flüsterte:

„Hier ist keiner! Vielleicht haben wir uns doch getäuscht und es kam von weiter unten!"

„Ach Quatsch! Das kam von hier oben! Der kann noch nicht weit sein! Vielleicht hat er sich irgendwo versteckt!"

Schwere, eisenbewährte Stiefel sah er im schwachen Lichtschein der Laterne nun hastig die Treppe herunter kommen. Doch auf der Mitte, direkt über ihm, er hätte ihre Stiefel berühren können, wenn er gewollt hätte, hielten sie abrupt inne, denn sie wurden von jemandem gerufen, der schnell näher kam. Plötzlich stand der alte Grauhaarige vor der Treppe.

Johannes konnte ihm direkt in die Augen sehen.

„Was ist hier los!? Was soll dieser Lärm, ihr elendigen Kahlköpfe!?" Die beiden Ritter verstummten einen Moment lang, bis der Mann mit der schrillen Stimme zu erklären begann:

„Wir haben von oben ein leises Quietschen gehört und dachten mal nachzuschauen, was da los ist. Es könnte ja …"

„Und, war da jemand? Habt ihr jemanden gesehen?!", unterbrach der Alte mit schneidiger Stimme. Der Magister konnte genau seinen wilden ungehaltenen Gesichtsausdruck studieren. Er wollte nicht wissen, zu was er fähig war, wenn man ihm in die Hände fiel.

„Nein. Wir haben nichts gesehen oder gefunden,", gab der andere kleinlaut zur Antwort, „ aber da war noch ein Ge…"

„Ach, was für ein Scheißdreck! Quietschen! Das waren wohl eure Rüstungen! Kommt jetzt! Wir haben weitaus Wichtigeres zu erledigen! War übrigens der Bote aus Nürnberg schon da?!"

„Nein, ich hab ihn nicht gesehen. Scheint Verspätung zu haben.", gab der Fettsack zur Antwort. Daraufhin schlug der Alte fluchend mit seinem Metallhandschuh auf das Treppengeländer, dass Johannes erschrak und ihm fast ein Schrei entwichen wäre. Dabei beugte der Alte seinen Kopf weit nach unten.

„Genau! Das ist ja das Gottverfluchte!" Die Gesichtszüge wurden immer deutlicher und die Sorgenfalten in seinem Gesicht immer tiefer. Johannes hätte ihm fast an die Nase fassen können und beruhigte sich ständig mit dem Gedanken: Ich bin schwarz, ich bin unsichtbar, ich bin klein, ich bin schwarz …

Mit einem unerwarteten Ruck, riss der Alte seinen Kopf hoch, dass ihm die langen grauen Strähnen ins Gesicht fielen und schaute sie verwegen an:

„Los kommt! Wir brauchen jetzt den Finger mit dem Siegel. Der Bote wird schon kommen."

Theiß hatte schon die ersten Meter auf dem Weg, der über den Kamm der Sygtelner Höhen führte, getan, als er endlich das Pferd in einen gemütlichen Trab wechseln ließ.

„So ist gut meine Ella. Wir sind gleich schon da. Bei Remerus wirst du bestimmt auch gutes Futter bekommen, oder er ist schon ausgebüchst." Als er sich das sagen hörte, kam ihm mit einem Mal ein Gedanke: Was ist, wenn dem tatsächlich so wäre? Vielleicht hatte er schon Wind von der ganzen Angelegenheit bekommen? Von diesem Gedanken ergriffen, spornte er Ella wieder zur Höchstgeschwindigkeit an:

„Los, Ella! Zeig mir wie schnell du sein kannst! Los!" Das Pferd jagte mit dem Donnerwetter seiner breiten Hufe über den Kammweg, dass immer wieder rechts und links des Weges ein Rascheln in den Büschen entstand, hervorgerufen durch davon eilende Wildschweine und Rehe. Als sie die höchste Stelle erreicht hatten, breitete sich vor ihnen das Tal von Sygtelen aus, in dem das St. Ermgard-Stift lag. Im sicheren Trab führte Ella sie hinunter, abwärts, bis sie auf einen gut befestigten Weg kamen, der geradewegs zum Tor des Stiftes führte. Durch lautes Klopfen und Rufen machte er sich bemerkbar. Bei Einbruch der Dämmerung kam Theiß endlich auf den Innenhof geritten und nicht wenige schauten ihn verwundert an. Theiß stieg ab und schaute sich um. Ein etwas älterer Mönch in dunkelbrauner Kutte kam lächelnd auf ihn zu. Sie kannten sich bereits und begrüßten sich:

„Grüß dich Bruder Waldemar, ehemals Heinrich Schwofs.“ Der Alte lachte kopfnickend, wobei er seine faulen Zähne entblößte.

„Ach Theiß, Theiß ten Dahl, du kennst mich noch unter diesem Namen. Aber das ist schon lange her. Belassen wir es doch bei Waldemar. Das geht schneller, denn ich sehe, du hast es eilig.“ Verwundert schaute Theiß auf:

„Woran hast du das erkannt?“ Bruder Waldemar wies zum Pferd und auf seinen Gürtel:

„Deine Ella hat keine Taschen, indem man doch üblicherweise den Proviant mitführt und du trägst nur dein Schwert bei dir. Du bist gerüstet zum Kampf und erwartest ihn auch. Dein Herz ist schwer, das sehe ich deinen Augen an und dein Schwert umklammerst du, als sei es schon so weit. Und du hast nicht vor, lange zu bleiben.“ Theiß nickte unbewusst bei jedem Satz, den er sagte und schaute ihn ernst an:

„Wahrlich, es ist so, und …“, dann beugte er sich vor und flüsterte in sein Ohr: „Machst du noch die alten Rituale?“ Bruder Waldemar nickte lächelnd:

„Habe schon eins vorbereitet für dich, denn ich ahnte, dass du bald kommen wirst.“ Der Schmied blickte verwundert in sein Gesicht, aber er nickte nur mit dem Ausdruck des Wissenden.

„Gut, Bruder Waldemar, aber ich muss zuerst Remerus Togrund finden. Ist er hier?“

„Nein, er ging erst letzte Woche von hier fort. Er war sehr beunruhigt darüber, dass plötzlich nach ihm gesucht wurde. Wohin, werde ich dir später sagen. Es sind hier zu viele Ohren und auch hier kann man nicht jedem trauen.“ Der Mönch wollte schon gehen, aber Theiß hielt ihn noch fest und flüsterte aufgeregt:

„Wie? Was? Remerus wird gesucht? Von wem?“

„Drinnen. Komm bitte mit mir nach drinnen. Dort werden wir ungestört reden können.“

Als Theiß ihm ins Haupthaus folgte, hatte er das bestimmte Gefühl, dass sie beobachtet würden und blickte verstohlen zu allen Seiten. Da sah er plötzlich, für einen kurzen Augenblick, eine Gestalt hinter einer großen Buche, am nahegelegenen Waldrand, verschwinden. Sein kurzes Innehalten hatte Bruder Waldemar bemerkt, obwohl er ihm den Rücken zugewandt hatte.

„Weiter gehen. Lass dir nichts anmerken, Theiß. Ich weiß darum, aber vertraue mir."

„Mehr als einem Katholiken oder einem Protestanten!" Der Mönch lachte leise und flüsterte:

„Aber ich bin doch auch ein Katholik."

„Ach was, das glaubst du doch selber nicht!" Bruder Waldemar schien ihm diese Äußerung nicht übel zu nehmen, sondern nahm es mit einem Lächeln und leichtem Kopfschütteln hin, als hätte der Schmied ihm versucht zu erklären, dass er in Wahrheit ein Schmetterling sei. Theiß folgte ihm und grüßte die Personen, die ihm der Mönch mit einem Kopfnicken als wichtig und bedeutsam beschrieb. Mater Elisabeth, die Leiterin des Stiftes, schaute ihn etwas argwöhnisch an, als Bruder Waldemar ihn mit Namen vorstellte und ihre erste und einzige Frage, die sie stellte, war:

„Haben sie was mit den Junkersleuten zu tun?" Aufgrund der eigenen Verblüffung antwortete Theiß allzu ehrlich und übersah das heimliche Zeichen des Mönches:

„Nicht direkt, nur indirekt." Mit dem folgenden Blick, den sie Bruder Waldemar zuwarf, erklärte sie den Schmied für unerwünscht und verließ eilig den Eingangsbereich. Der Mönch zuckte verlegen mit den Achseln und ging weiter. Theiß folgte ihm durch dunkle und halbdunkle Korridore, durch Rundgänge, die um einen mit Rosen bepflanzten Innenhof führten, dessen Mittelpunkt ein kleiner Brunnen bildete. Am Ende eines langen Flures, der kein Ende zu haben schien, wandte sich der alte Mönch plötzlich und sehr zielsicher, nach einem flüchtig geworfenen Blick über die Schulter, hastig nach links, in einen kleinen Nebenflur. Dort nahm er die erste Fackel, die auch zugleich die einzige war und eilte eine steile, dunkle Treppe hinauf, die einen großen Bogen um den Innenhof beschrieb und immer weiter anstieg, bis sie sich direkt unter dem Dachboden befanden. Theiß hatte Mühe dem Tempo zu folgen und sah die kleinen Aussparungen, die einen Blick auf den Innenhof freigaben, an sich vorbei fliegen.

„Theiß, stoße du die Klappe auf. Sie geht so schwer, dass es niemand hier vermag. Aber Vorsicht: öffne nur ein kleines Stück. Dann lass mich wieder machen. Beeile dich!", flüsterte Bruder Waldemar, während er nervös nach unten schaute. Der Schmied schaute etwas verwundert, aber tat wie ihm geheißen.

„Halt!", flüsterte der Alte wieder, mit unterdrückter Stimme, und sprang herbei.

„Warte einen Moment, dann bekommst du von mir ein Seil, an dem du ziehen musst." Bruder Waldemar fingerte auf dem Boden herum und mit einem Lächeln fand er das Gesuchte und hielt es dem Schmied hin.

„Die Ratten haben es, Gott sei Dank, noch nicht aufgefressen. Los nimm und zieh." Theiß blickte ihn verwundert an, denn er wusste nicht, wonach er greifen sollte, denn er sah nichts. Der Mönch hielt etwas hoch und es schien, als hielte er unsichtbare Fäden in der Hand, um Geister tanzen zu lassen. Aber Theiß verstand noch immer nicht, bis der Alte seine Hand nahm und etwas hineinlegte.

„Zieh ganz behutsam das erste Stück." Da fühlte er einen sehr dünnen Faden. Als er daran zog hörte er etwas über dem Dachboden schleifen, das ihm dann mit einem leisen Klatschen auf die Füße fiel.

„Jetzt nimm das Seil und zieh so kräftig du kannst.", flüsterte der Mönch. Ein paar Augenblicke später standen sie oben, hatten die Klappe wieder verschlossen und Theiß sah einen ungefähr zwei Zentner schweren, Stein darauf liegen, der an einem Seil befestigt war, das über einen Flaschenzug lief. Den dünnen Faden legte Bruder Waldemar wieder behutsam an den Rand der Klappe. Der Schmied staunte:

„Das muss ich mir merken! Was bist du doch für ein alter Fuchs! Aber was ist das für ein dünner Faden?"

„Das ist Seide, mein Freund. Aber jetzt komm, ich muss dringend mir dir reden." Sie setzten sich auf zwei alte Holztruhen und der Mönch begann:

„Du kommst zur rechten Zeit, mein Freund. Remerus Togrund ist tatsächlich letzte Woche gegangen und …“ Plötzlich hielt er inne und schlug sich an den Kopf:

„Verdammt ich habe was Wichtiges vergessen! Ich brauche noch einmal deine Hilfe. Fass mal mit an.“ Zusammen entfernten sie ein langes Bodenbrett und schoben es durch eine seitliche Luke nach draußen, in dem noch ein defekter Flaschenzug hing, bis sie damit die Gabelung, einer ungefähr vier Meter entfernten, großen Buche erreichten. Wie ein Vorposten stand sie dort am Rand des Waldes. Kaum lag das Brett dort, als sich schon ein dunkler Schatten daran machte, zu ihnen herüber zu kriechen.

„Komm setz dich wieder, Theiß.“ Verblüfft folgte er dem Alten etwas zögerlich, aber dieser setzte das Gespräch unbekümmert fort.

„Zu Remerus Togrund werden wir gleich kommen. Aber erzähle mir von Paulus Rah. Wie geht es ihm? Ich habe gehört, dass er in großen Schwierigkeiten steckt.“ Der Schmied war abermals sprachlos vor Staunen:

„Aber wegen Remerus bin ich doch gekommen und wie kannst du von der Sache mit Paulus Rah wissen?“

„Von mir natürlich!“, rief plötzlich eine fremde Stimme. Sie kam von der Luke und Theiß sprang verwundert mit gezogenem Schwert auf. Er hielt die Fackel hoch und schaute drohend in jene Richtung. Vor ihm stand ein kräftiger Mann, mit gegerbtem Gesicht, aus dem zwei listige Augen glänzten. Sein krauses Haar und sein dichter Vollbart waren dunkelbraun.

„Immer noch der Alte! Keine Sorge, Theiß, niemand sonst hier weiß davon. Du kannst dein Schwert beruhigt wieder einstecken.“

Theiß blickte zuerst ungläubig auf den Fremden. Aber mit einem Mal erhellte sich sein Gesicht und mit freudiger Überraschung rief er:

„Remerus! Mensch Remerus! Warum versteckst du dich im Wald? Was ist hier los?“

„Es gibt viel zu erzählen, mein Freund. Aber die Zeit drängt und wir haben Wichtiges zu besprechen.“

„Allerdings!“, gab Theiß zur Antwort und dann setzten sich die drei zusammen und jeder berichtete wie es ihm in den letzten Jahren ergangen war. Bruder Waldemar hörte aufmerksam zu und sah zufrieden aus.

„Also gut, Remerus. Ich wollte noch heute nach Dulcken reiten und einen Freund mit Namen Henrich op ter Geiden besuchen. Er kennt dort eine Menge Leute. Kommst du mit?“, fragte schließlich der Schmied. Remerus strahlte über das ganze Gesicht und schlug ihm auf die Schulter:

„Wie ich sehe, haben wir beide die gleichen Freunde, und das ist beruhigend. Denn genau das Gleiche, wollte ich dir gerade auch vorschlagen.“ Der Mönch hob den Zeigefinger, fast schon warnend und sagte mit ernstem Gesicht:

„Auf was wartet ihr dann noch?“ Theiß und Remerus schauten sich an und nickten einander zu. Sie machten sich sofort auf den Weg. Remerus verließ das Gebäude wieder über den gleichen Weg, den er zuvor genutzt hatte, während Theiß und Bruder Waldemar den ihrigen nahmen. Keine fünf Minuten später saßen die beiden auf ihren Pferden und ritten gen Dulcken.

Adam schaute missgrämig zum Wirt hinüber und bestellte schon sein viertes Bier. Paulus Rah lehnte sich nervös zu ihm herüber, denn er hatte erwartet, dass er über ihn etwas Neues von ihren Plänen erfahren würde, aber Adam blieb stumm. Und das konnte ihm nicht gefallen.

„Mensch, Adam! Ich habe nur von einem Bier gesprochen! Du sollst dich hier nicht volllaufen lassen! Nun sag schon etwas! Was habt ihr vor?!“, fauchte er mit unterdrückter Stimme und schaute verstohlen nach allen Seiten. Aber Adam blieb stumm. Selbst als die großbrüstige Frieda vorbeischaute und ihn ansprach, zeigte er keine Reaktion. Plötzlich fuhr der Wirt zusammen und tat einen Schritt zurück.

„Macht der Gast Probleme?!“, rief eine kratzige Stimme. Adam war in einer schlechten Stimmung, denn er machte sich Vorwürfe, dass er den kleinen Magister so im Stich gelassen hatte. Ihm war jetzt alles egal. Ohne in die Richtung zu schauen, woher die fremde Stimme kam, sagte er launisch:

„Kümmere dich um deinen Scheiß! Was geht es dich an?!“ Paulus Rah schüttelte wild den Kopf und versuchte dem Nachtwächter durch Zeichen zu verstehen zu geben, dass er so nicht reden sollte. Aber Adam sah ihn nicht an.

„Soso, du meinst es geht mich nichts an? Weißt du denn mit wem du es hier zu tun hast? Schau mich gefälligst an, wenn ich mit dir rede! Wird's bald?" Plötzlich spürte Adam einen eisernen Griff in seinem Nacken und sein Kopf wurde unwiderstehlich zur Seite gedreht:

„Weißt du, wer ich überhaupt bin? Du elendige einäugige Kreatur?!" Der Nachtwächter schaute in ein faltiges, vernarbtes Gesicht in dem eine Augenbraue fehlte. Die grauen, langen Haarsträhnen hingen fettig, glänzend herunter und ein hämisches Grinsen blickte drohend auf ihn herab. Er erkannte es sofort, an Hand der Beschreibungen von Johannes. Es musste der Hauptmann der Panzerritter sein. Ohne weiter darüber nachzudenken, sagte er etwas verwaschen:

„Natürlich weiß ich das! Du bist der Bernard. Weiter weiß ich nich'. Und du bist aus Metz, glaube ich." Verblüfft ließ der Hauptmann für einen Moment den Nacken los und Adam nutzte die Gelegenheit und rannte raus zur Tür. Er hatte plötzlich begriffen, was er getan hatte und über sich selber fluchend, schlug er sich Hals über Kopf in den nahegelegenen Wald.

„Heute ist ein Scheißtag! Alles geht schief!" Hinter ihm erscholl das Brüllen des Hauptmanns und er nahm die Beine in die Hand. Adam rannte und rannte, so schnell er nur konnte und suchte die hohle Eiche auf, die am Hang des Galgenberges stand und versteckte sich darin. Diese hatte er schon oft aufgesucht, wenn ihm Gefahr drohte.

Johannes wartete, bis sie sich entfernt hatten und ihre Stimmen nicht mehr zu hören waren. Seine Arme schmerzten und mit einem leisen Stöhnen ließ er sich zu Boden fallen. Beim Aufstützen seiner Arme, schoss ihm ein Stechen in die Schultern und er sah lauter kleine Sterne. Dann musste er leise in sich hineinlächeln:

„Wenn ich jetzt Adam wäre, würde ich jetzt bestimmt glauben, dass sie mir in diesem stockfinsteren Flur den Weg zeigen würden." Als er wieder auf den Füßen stand, glaubte er, dass seine Arme bis zum Boden reichten. Er schleppte sich voran, denn er musste unbedingt zum Wirt. Seinen letzten Auftrag für heute ausführen; die Tollkirschen irgendwie ins Weinglas dieses gottverfluchten Hauptmanns zu bringen, das machte ihm jetzt besondere Freude. Plötzlich durchfuhr ihn ein Schrecken: Hatte er die Dose noch? Aufgeregt durchsuchte er alle Taschen und dann fiel ihm wieder ein, dass er sie um seinen Hals trug. Erleichtert stellte er fest, dass sie noch an ihrem alten Platz waren und ging weiter. Er befand sich jetzt im ersten Stockwerk und tastete sich um eine Kurve herum, die sich nach rechts wandte. Von unten schien ein dämmriges Licht herauf und er überlegte, wie und wo er den Wirt am besten finden konnte. Da fiel ihm die Vorratskammer ein und er beschloss, sich auf den Weg dorthin zu machen. Vorsichtig schlich er die Treppenstufen an der rechten Wandseite entlang, um ein Knarren der Stufen zu verhindern, und weil es dort dunkler war. Er hatte schon fast die letzte Stufe erreicht, als es plötzlich zu seiner Linken feste an der Eingangstür krachte. Jemand schlug wild dagegen und wollte unbedingt auf sich aufmerksam machen, was mit einem Schlag alle aufhorchen ließ. Kurz bevor er seine Nase zur rechten Seite vorstrecken konnte, kamen von dort zwei Ritter und der Hauptmann vorüber gerannt und brüllten sich aufgeregt den Weg frei:

„Weg da! Ihr faulen Ärsche! Das ist nicht für euch! Los! Geht alle auf eure Zimmer, sonst setzt es was!“ Das war die Gelegenheit! Der Magister nahm allen Mut zusammen und rannte so schnell es seine kleinen Beine vermochten, den Flur zu seiner rechten hinunter. Hinter ihm schwoll der Lärm an und schien näher zu kommen. Aber er hatte nur Augen für die Tür voraus. Die rückte näher, Stück für Stück. Fast war er schon da, als zu seiner rechten plötzlich ein Eingang frei wurde und er Paulus Rah dort an der Feuerstelle stehen sah. Abrupt blieb er stehen:

„Psst! He! Paulus!“ Paulus erschrak und stieß einen Schrei aus.

„Ha! Hilfe!“ Da fiel Johannes ein, dass er noch die Kapuze trug und nahm sie schnell herunter.

„Jo…“

„Psst! Sei leise! Komm mit zur Speisekammer!“ Er wollte zurück zum Flur, aber der Wirt hielt ihn fest und flüsterte:

„Nicht da lang! Wir gehen hier lang!“

„He, was ist da los?!“, hörten sie jemanden von weiter hinten rufen. Aber sie gaben keine Antwort, sondern machten sich, auf einen Wink des Wirtes hin, an einer Klappe im Boden zu schaffen, über die sich der große Küchentisch befand. Geschwind öffnete sie Paulus und er stieg mit einer Kerze hinab. Johannes folgte und dann verschlossen sie wieder den Zugang.

„Mensch, hast du mir einen Schrecken eingejagt! Hättest du nicht Bescheid sagen können?“ Johannes winkte ab:

„Dafür war keine Zeit. Auch jetzt ist wieder mal keine Zeit. Also hör mir jetzt genau zu, es ist wichtig.“ Der Wirt nickte eifrig, aber auch etwas ängstlich.

„Pass auf. Der Hauptmann ist Elsässer, also Franzose. Trinkt der gerne Rotwein?“

„Ja und wie. Aber was soll die Frage?“ Johannes holte die Holzdose hervor:

„Ich habe hier vier kleine Beeren …“

„Sind das etwa Tollkirschen?“

„Ja, genau. Die sollten reichen, um einen von diesen miesen Gästen loszuwerden.“ Der Wirt verstand sofort und schaute etwas ungläubig:

„Soll ich die etwa ins Weinglas füllen?“ Johannes nickte.

„Am besten in das Glas des Hauptmanns. Der ist schließlich der Kopf der Bande.“ Paulus Rah schluckte und kratzte sich am Kopf:

„Aber die werden das doch merken und uns gleich verdächtigen und dann sind wir erledigt.“

„Jetzt kommen wir zum heiklen Teil, du hast Recht. Natürlich ist das hier alles freiwillig. Wenn du es aber trotzdem machen würdest, wärst du uns und am Ende auch euch selbst eine sehr große Hilfe.“ Johannes bemerkte das Zögern und schob nach:

„Paulus, sie werden nicht gehen, ohne euch umzubringen, denn ihr alle habt sie gesehen und könntet sie verraten. Ich bezweifle, dass du eine andere Wahl hast. Ich werde sie wieder mitnehmen und wenn du dich entschieden hast, lässt du es mich wissen.“

„Wie denn? Adam darf sich hier nicht mehr blicken lassen! Der hat es gewagt, den Hauptmann zu beleidigen! Er hat es gewagt, ihn beim Namen zu nennen!“

„Was hat der gemacht!?“

„Er hatte mal wieder einen über den Durst getrunken, war sehr mürrisch geworden, bis der Hauptmann kam und ihn zur Rede stellte. Na du kennst ihn ja! Der kann dann nicht mehr zwischen Freund und Feind unterscheiden!“

„Verflucht! Und wo ist der jetzt?“

„Abgehauen! Ab durch die Mitte. Aber sie haben ihn nicht finden können. Keiner kennt sich hier besser aus als Adam!“

„Also gut! Ich würde sagen, falls du es dir überlegt hast und bereit bist, es zu machen, schließt du den Fensterladen bei der Küche. Aber so, dass ich ihn leicht wieder öffnen kann.“

„Also lehne ich ihn nur an. Aber warum?“

„Weil du mir auf die Fensterbank ein Gefäß hinstellen musst, in dem ich den Saft der Tollkirschen hinein laufen lassen kann. Du brauchst dann von innen nur noch das Fenster zu öffnen und kannst es wieder herein holen. Klar?“ Paulus nickte und holte tief Luft.

„Gut. Wenn es soweit ist, werde ich alles vorbereiten. Und wann wäre der beste Zeitpunkt?“

„Das wissen wir noch nicht. Es wird von dem Boten abhängen.“

„Der ist eben doch gekommen. Deshalb sollten wir alle verschwinden.“

„Gut, dann wird es also jetzt losgehen.“, sagte der Magister und kratzte sich am Kinn.

„Was wird jetzt losgehen?“

„Ach nichts, Paulus. Je weniger du weißt, umso besser. Ich werde dich jetzt wieder verlassen. Aber wir kommen zurück. Wir drei werden nun einen Plan schmieden und eine vorübergehende Unterkunft für euch finden. Nimm nur das nötigste mit, wenn es soweit ist. Es wird schnell, sehr schnell gehen müssen.“

„Gut, ich werde nur das Geld mitnehmen, was ich noch auf der hohen Kante liegen habe.“

„Sie haben es noch nicht entdeckt?“

„Nein. Sie wissen ja nicht welche Kante.“ Johannes lachte sparsam. Dann fiel ihm noch etwas Wichtiges ein:

„Kannst du mir ein Zeichen geben, wenn der Bote den Gasthof wieder verlassen hat?“

„Das kann ich dir jetzt schon sagen. Heute Nacht. Gestern Abend konnte ich ein paar Brocken auffangen, als ich ihnen das Bier und den Wein brachte. Sie sagten etwas von: ‚In Höchst soll es beginnen.‘ “

„Hast du noch einen anderen Namen gehört? Einen Ort?“

„Vor ein paar Tagen hörte ich sie immer wieder etwas vom Treffpunkt beim Rhein erzählen.“ Johannes war zufrieden. Er hatte das Gefühl das sich das Bild langsam zusammenfügte.

„Gut. Wie komme ich jetzt am besten wieder raus?“

„So wie das letzte Mal. Die werden jetzt bestimmt wieder oben hocken. Wie das letzte Mal.“

„Wie das letzte Mal?!“, rief Johannes plötzlich aus und war sehr aufgebracht.

„Ja, warum?“

„Mensch Paulus! Jetzt sag schon! Wie lange brauchte der Bote, bis er wieder zurück war? Es ist wichtig!“ Der Wirt kratzte sich am Hinterkopf und Johannes hing ungeduldig an seinen Lippen. Der Wirt rechnete mühsam die Tage an den Fingern durch, während der Magister langsam nervös wurde.

„Na, so ein paar Tage.“ Johannes stöhnte.

„Genauer! Überlege, wann ist er losgeritten? War etwas Bestimmtes an dem Tag passiert? War jemand da gewesen?“

„Na klar! Theiß und Adam! Als sie die Fremden bemerkten, war er gerade einen Tag weg. Das war ein Freitag.“ Johannes schnippste mit den Fingern.

„Und heute ist auch Freitag. Also ist er am Donnerstag losgeritten. Das macht ungefähr acht Tage. Gut. Und jetzt muss ich schleunigst hier verschwinden. Es muss alles gut vorbereitet sein. Schau nach, ob die Luft rein ist.“ Sie hatten Glück und die Fremden waren tatsächlich, wie der Wirt gedacht hatte, oben in ihrer Kammer versammelt. Das laute Gejohle war nicht zu überhören. Gerade als Johannes den Gasthof verlassen und die Kapuze wieder übergezogen hatte, war es ihm, als hätte er von weiter oben aus dem Fenster, wo er den Gefangenen bemerkt hatte, einen dumpfen Schrei gehört. Aber er konnte es nicht mit Bestimmtheit sagen. Er schaute hinaus in den Wald, sah die Morgendämmerung, wie sie den Himmel heraufkroch und hörte das weit entfernte Schlagen eines Spechtes. Er empfand dies als eine Einladung und nahm sie dankend an. Im nu war er zwischen den Büschen und Bäumen verschwunden und schlug die Richtung zum Galgenberg ein.

Theiß und Remerus ritten ein ganzes Stück nebeneinander her, ohne ein Wort zu wechseln. Es war ganz so, wie sie es damals immer schon getan hatten. Die Vorsicht war immer das höchste Gebot gewesen und ihre Erfahrungen hatten sie gelehrt, besonders im Wald immer auf der Hut zu sein. Erst als sie auf der anderen Seite der Sygtelener Höhen herunter kamen und die weite flache Ebene des Holthuusener Feldes erreicht hatten, unterbrach der Schmied das Schweigen.

Er gab seinem Freund das Zeichen in den Trab zu wechseln.

„Nun sag schon, Remerus. Warum wirst du gesucht?"

„Kannst du dir das nicht denken? Seit du mich vor sieben Jahren beim St. Ermgard-Stift untergebracht hast, haben sich einige Dinge, und besonders für mich, zwangsläufig geändert. Spätestens seit der letzten Schlacht bei Wevelinghoven."

„Was, du warst dabei?!", rief Theiß überrascht.

„Ja, ich war da. Es war schrecklich. Eigentlich war ich auf der Durchreise und wollte nach Straßburg. Bei Neuss wollte ich ins Quartier gehen und mich nach einem Pferd umschauen. Aber die ganze Stadt war aufgeschreckt wie ein Ameisenhaufen. Und bald konnte ich den Grund sehen und erleben. Die Leute dachten, weil in ihrer Stadt die Hessen stationiert waren, dass die Kaiserlichen versuchen könnten in die Stadt einzuziehen; oder noch schlimmer, sie zu belagern. Aber es kam mal wieder anders: beide Heere zogen vorbei, bis zu dem Dorf Wevelinghoven und dort kam es schließlich zur Schlacht."

„Also warst du doch nur Zuschauer?"

„Jaja, aber für meinen Teil war es, als wäre ich dabei gewesen. Irgendwann wurde ich neugierig und schlich mich ans Schlachtfeld heran. Ich blieb etwas außerhalb, etwa auf der Mitte des Schlachtfeldes fand ich einen Baum. Dort kletterte ich hinauf, weil ich wissen wollte, wer als Sieger vom Platz geht. Die Kaiserlichen, unter Guillaume de

Lamboy, hatten doppelt so viele Söldner als die Protestanten und sahen sich schon als die Sieger. Aber Johann von Geyso von den Hessen, täuschte einen Abzug vor und lockte die Kaiserlichen an eine ungünstige Stelle. Denn dort hatte der Hesse seine Kanonen aufgestellt. Kaum dass sie dort ankamen, wichen die Truppen von Geyso zur Seite aus und die Kaiserlichen liefen direkt in den Kanonenhagel hinein. Unzählige Leiber wurden von den Metallteilen zerrissen und die Glieder stoben auseinander wie einfaches Herbstlaub. Theiß, das war ein Blutbad! Natürlich zogen sich die Kaiserlichen schnell wieder zurück und sammelten sich neu. Und hätten die Schlacht sicherlich noch gewinnen können. Aber dann geschah etwas Ungeheuerliches!"

„Ja, was?! Nun erzähl schon!"

„Die Kürassiere, die sich bis dahin weit hinten gehalten hatten, preschten mit einem Mal vor und fielen ihren eigenen Leuten in den Rücken."

„Was?! Was sagst du da, Remerus?!" Theiß war völlig außer sich.

„Sie erschlugen viele ihrer eigen Leute, bis sie endlich von den Kaiserlichen selbst niedergemacht wurden. Aber eine Handvoll entkam just in dem Moment, als Geyso die Verwirrung nutzte und zum Angriff blies. Da war die Schlacht entschieden. Die Panzerritter oder Kürassiere ritten direkt unter meinem Baum hinweg. Richtung Westen und waren schnell verschwunden."

„Jetzt versteh ich. Dieser Verrat, und das war er, war von langer Hand geplant! Verflucht! Eine Handvoll, sagst du! Komm, Remerus. Genug geschwatzt! Wir müssen schnell zu Henrich kommen. Treib deinen Gaul an, wir haben keine Zeit zu verlieren! Los!"

Sie kamen an den Abraham's Büschen vorbei, der Grenze zwischen dem katholischen Kaiserreich und den protestantischen Niederlanden. Sie sprengten an dem Dorf Ransberg vorbei und kamen so zum Südtor der Stadt Dulcken. Dort wartete bereits Henrich op ter Geiden auf sie und hielt sie einen Moment zurück.

„Grüßt euch. Wir müssen die Torwärter bestechen, sonst lassen sie uns nicht hinein. Man hat hier in Dulcken noch nicht den Ausbruch der Junkersbrüder und ihrer Kumpanen anno 1572 vergessen. Und Theiß kommt schließlich aus dem gleichen Ort.

„Was soll das denn!? Ich war schon etliche Male hier, um Pferde zu beschlagen und einiges mehr! Was für ein Scheiß!“ Henrich schaute sich verlegen um und der Torwärter kam näher.

„Aber jetzt ist es schon spät in der Nacht.“

„Das ist mir scheißegal! Hol mir den Kerl her!“ Der Torwärter wurde auf sie aufmerksam und kam schließlich selbst mit einer Fackel daher. Theiß hielt er mit der Lanze auf Abstand:

„Gibt‘s ein Problem?“ Theiß richtete sich zu seiner vollen Größe auf und legte seine Hand auf seinen Schwertknauf.

„Jetzt noch nicht, aber gleich! Und es wird deins sein! Das schwöre ich dir!“ Der Torwärter blieb ruhig stehen und tat noch einen Schritt auf ihn zu, sagte aber nichts. Remerus und Henrich versuchten die beiden zu beschwichtigen, aber sie hatten keinen Erfolg. Stattdessen beäugten sich die beiden weiter. Schließlich sagte der Torwärter drohend:

„Wir wollen keinen in der Stadt haben, der mit Schmugglern gemeinsame Sache macht.“

„Ach so. Nur weil dieser Profit an eurer Nase vorbeigeht, oder was?“ Der Wärter blieb erstaunlich kühl und sagte unerschrocken:

„Nein, nein. Mit Leuten, die sich im Dreck wühlen, um Tunnel zu bauen wie die Maulwürfe, das ist uns zu primitiv. Besser wäre es, wenn es sich um jemanden handeln würde, der von edlen Leuten, wie den Jägern von Soest käme. Oder man wüsste deren Losungsworte.“

Theiß stockte und schaute verwundert zu Remerus herüber. Plötzlich beugte sich der Wärter vor und flüsterte:

„Hast du Soest in der Tasche …“

„… gibt‘s jeden Abend ’ne Flasche“, setzte Theiß den Spruch mit nicht geringem Erstaunen fort. Aber bevor er etwas sagen konnte, legte der Torwärter seinen Finger an den Mund und bedeutete, ihm nicht zu antworteten. Er machte ein paar Schritte zurück und rief:

„Solche Leute, wie euch, wollen wir hier nicht haben! Geht zurück zu eurer Schmiede und trefft euch doch dort mit euren dreckigen Gesellen, die ihr auch noch Freunde nennt! Wenn noch einer dazu kommt, könnt ihr euch glücklich schätzen!“ Theiß hatte verstanden und setzte eine verärgerte Miene auf. Zum Abschied rief er barsch:

„Wenn du magst, kannst du mal mit deiner Lanze zu mir in die Schmiede kommen. Dann schärfe ich sie dir, damit sie besser in deinen Arsch hinein passt!“ Remerus wollte etwas sagen, aber Theiß fiel ihm ins Wort:

„Henrich ist jetzt keine Hilfe mehr. Das hier hat sich soeben erledigt! Komm!“

Theiß hatte es plötzlich sehr eilig und forderte von Ella nun alles, was sie an Geschwindigkeit aufbringen konnte. Er spürte, dass er sich beeilen musste und dass jede Sekunde zählen würde. Remerus hatte die letzten Worte, die Theiß mit dem Torwärter gewechselt hatte, nicht verstehen können und war sehr verblüfft über die Reaktion seines Kameraden gewesen. Als sie über die Ebene des Holthuusener Feldes ritten, stand ein Vollmond wie ein großes, weißes, blankes Gesicht am wolkenfreien Himmel und schaute auf sie herab. Er beschien ihren Weg wie eine riesige Laterne und ließ die Schatten noch länger werden und seltsamer erscheinen. Es musste schon Mitternacht sein, denn als sie durch das Dorf Holthuusen kamen, war alles still und dunkel und es zeigten sich keine Rauchsäulen über den Dächern der kleinen reetgedeckten Häuser. Die wenigen Falbkatzen suchten schnell das Weite, als sie schon von weitem die donnernden Hufschläge von Ella hörten. Ellas Tempo verlangsamte sich zusehends und die Schaumflocken hingen ihr am Maul herunter.

„Hast für heute gut gearbeitet, meine Ella. Ich weiß, dass du keine Pause gehabt hast. Wir sind ja gleich da." Der Schmied tätschelte sie am Hals und ließ sie von nun an traben. Remerus kam mit ihnen gleich auf und schaute Theiß lange von der Seite an:

„Du bist immer noch der Gleiche geblieben. Einfach unberechenbar. Unerschrocken gegenüber den Menschen, aber rücksichtsvoll gegenüber den Tieren."

„So, findest du?!"

„Nun sag schon. Was war da los? Warum hast du Henrich zurückgewiesen? Und was hattest du mit einem Mal mit dem Torwärter zu besprechen, nachdem ihr so aneinander geraten wart?" Theiß biss sich auf die Lippen.

„Ich glaube, es wär' nicht gut, das gerade hier zu besprechen. Auch wenn hier alles dunkel ist. Hier in Holthuusen wird jetzt abends die Arbeit unter Tage, in die Stollen verlegt. Glaub ja nicht, dass alle schlafen."

„Wird hier etwa nach Erzen gegraben?“ Theiß musste lachen.

„Nein, nein. Schmuggel, mein Freund. Das ist ein Schmugglernest. Die ganze Gegend hier ist durchlöchert mit etlichen unterirdischen Gängen, die bis nach Kaldenkirchen reichen. Hier rechts in diesem Vorgarten siehst du zum Beispiel einen großen, sehr alten Palmstrauch. Darunter befindet sich ein Nebeneingang, der stets durch ein Eisentor verschlossen ist. Man nennt sie hier Järntore.“

„Woher weißt du das?“

„Dreimal darfst du raten, wer dieses oder jenes geschmiedet hat. In fünf hundert Metern kommen wir an der Junkersburg vorbei, da halten sich die Köpfe des hiesigen Schmugglernestes verborgen.“ Remerus wunderte sich nicht schlecht darüber und sagte schon fast anerkennend:

„Erstaunlich, sehr erstaunlich. Sieht gar nicht danach aus. Jetzt bin ich schon einige Jahre hier in Vyrssen, habe aber noch nie etwas davon gehört. Kennst du ein paar von diesen Kerlen?“

„Ich kenne das Oberhaupt dieser Junker. Er heißt Samuel Junker; ein verdammt alter Knabe, aber noch sehr hell bei Verstand. Er ist so raffiniert, dass ihn nur wenige je zu Gesicht bekommen haben.“

„Könnten wir den nicht vielleicht für unsere Sache gebrauchen?“

„Hab auch schon daran gedacht. Wir werden sehen.“

Der Turm der Burg ragte zu ihrer linken aus einem dicht stehenden Laubwald auf und sie glaubten zwei Leute darauf stehen zu sehen, die ihre Fackeln im Mondlicht eigenartig, aber einem besonderen Rhythmus folgend, hin und her bewegten. Remerus blickte verwundert hinauf:

„Na, wenn das mal nichts zu bedeuten hat!“

„Darauf kannst du Gift nehmen! Da ist bestimmt irgendetwas im Gange!“

Sie hatten die höchste Stelle des Berges erreicht und kamen nun wieder auf der anderen Seite herunter. Im Tal bogen sie in den Hohlweg ein, der sie geradewegs zur Schmiede führte. Die Morgendämmerung begann schon, als sie abstiegen und die Pferde in den Stall brachten. Bevor der Schmied die Haustür aufschloss, tastete er über deren oberen Rand und Remerus flüsterte belustigt:

„Ei, Ei, Ei. Was haben wir denn da?“ Theiß grinste trocken und sagte ironisch:

„Ein Frühstücksei. Was sonst?“ Remerus musste anerkennend lachen. Anschließend klopfte er ihm auf die Schulter, hob den Zeigefinger und stellte mit hochgezogenen Augenbrauen wohlwissend fest:

„Wie in den alten Zeiten. Herr Vorsicht, ich gedenke noch, etwas draußen stehen zu bleiben. Ich mag nicht meine edlen Füße verunstalten.“ Der Schmied nickte lächelnd:

„Immer noch unser alter Poet, was? Bin gleich wieder da. Einen Moment nur.“ Es dauerte nicht lange und Theiß hatte die Teufelskrallen, die im Eingang überall verstreut lagen, wieder eingesammelt und verstaut.

Keine zehn Minuten später saßen sie vor dem prasselnden Feuer und tranken, nach dem anstrengenden Ritt, ihr wohlverdientes Bier. Mit einem Stock hatten sie etwas Glut beiseitegeschoben und die beiden Eier darauf gelegt.

„Hart oder weich?“, fragte Theiß.

„Das ist mir gleich.“

„Verdammter Poet!“ Sie schauten sich in ihre vom Feuer rotgefärbten Gesichter, nickten einander stumm zu und stießen mit den Krügen an. Von draußen schien das schwache Licht der Dämmerung herein und sie spürten jetzt ihre Müdigkeit, wie sie in ihre Knochen kroch. Es wurde sehr wenig gesprochen, nicht weil sie sich so wenig zu sagen hatten. Ganz im Gegenteil; die Müdigkeit begann sie zu übermannen und forderte ihren Tribut. Theiß kroch in seine Pritsche und Remerus machte es sich vor der Feuerstelle, in eine Decke eingehüllt, bequem.

Johannes sah zwischen den Bäumen eine Erhebung, den Galgenberg. Mittlerweile kannte er sich besser in der Gegend aus und war erleichtert, endlich den Gasthof hinter sich zu wissen. Nun ging er mit forschen Schritten darauf zu. Trotz der Gefahren war es unerwartet gut gelaufen und er war sehr zufrieden mit sich. Er nahm den Weg, der links an dem Berg vorbei führte und die aufgehende Sonne begrüßte den neuen Tag. Immer wieder rechnete er im Kopf durch, welchen Ort man in vier Tagen, von Helenasbrunn aus, mit dem Pferd erreichen konnte.

Es gab derer viele wie Köln, Neuss und Wesel, aber auch kleinere wie Nierst, Ordingen und Rheinberg. So ging er weiter, tief in Gedanken versunken und bemerkte nicht die dunkle Gestalt, die sich hinter ihm aus dem Schatten eines Baumes schälte, und ihm vorsichtig folgte. Sie kam schnell näher, aber er bemerkte nichts davon. Schließlich hatte sie ihn eingeholt und legte eine Hand auf seine Schulter. Der Magister erschrak und fuhr zusammen. Johannes bekam es mit der Angst zu tun und versuchte verzweifelt, sich des Angriffes zu erwehren.

„Weg da! Hilfe! Hilfe!“ Plötzlich legte sich eine schmutzige Hand auf seinen Mund und sein Kopf wurde langsam zurückgedreht, da sah er in ein ihm wohlbekanntes Gesicht und rief erleichtert aus:

„Mensch, Adam! Wo bist du ...“ Aber Adam bedeutete ihm leise zu sein und zog ihn hastig mit sich fort.

„Lass uns schnell von hier verschwinden! Es kann gut sein, dass welche von ihnen hier auftauchen! Komm jetzt!“ Immer wieder furchtsame Blicke zurückwerfend, rannten sie auf den Weiher zu, doch plötzlich schrie Johannes laut auf und zwang den Nachtwächter zum halten:

„Warte! Adam wir müssen einen anderen Weg nehmen, sonst führen wir sie zur Schmiede.“

Adam nickte nur kurz und hatte verstanden. Daraufhin bogen sie links in einen Seitenweg ein und umgingen so den Weiher in einem großen Bogen. Der Nachtwächter kannte sich gut aus und führte sie sicher, ohne weitere Vorkommnisse zur Schmiede. Erleichtert blieben sie vor der Tür stehen und klopften. Es wurde nicht gleich geöffnet, denn es war noch früh am Morgen. Aber nach mehrmaligen Versuchen kam endlich Theiß schlurfend an die Tür und rief von drinnen mit verschlafener Stimme:

„Ja! Wer da?“

„Wir sind es!“, rief der Magister und sie hörten, wie eilig der schwere Türriegel von den Eisenhaken genommen wurde. Kaum hatte sich die Tür geöffnet, drängte der Schmied sie mit hektischen Armbewegungen ins Haus. Misstrauisch betrachtete er die Umgebung und wollte sie schon wieder schließen, als er plötzlich einen Reiter bemerkte, der in großer Eile den Weg vom Junkersberg heruntergeritten kam. Mit Sorge sah er, dass er in seinen Hohlweg einbog und hastetet hinein um sein Schwert zu holen.

„Theiß, das ist aber eine schmale Begrüßung! Was ist los?“, erkundigte sich Johannes, aber er wurde wortlos beiseitegeschoben und schaute verwundert hinterher.

„Das hat bestimmt nichts Gutes zu bedeuten.“, sagte eine fremde Stimme. Beide drehten sich erschrocken um und Adam zeigte verwundert mit seinem langen, dünnen Finger auf ihn:

„Moment mal! Ich kenne sie! Sie haben eine Zeit lang im St. Ermgard-Stift gewohnt!“

„Den kannst du doch gar nicht kennen. Da kommst du doch gar nicht rum, Adam.“, widersprach Johannes. Aber der Nachtwächter winkte ab:

„Nein, nein, nein! Den Kerl kenne ich! Das ist ...“ Plötzlich hörten sie von draußen ein lautes Rufen und alle drei rannten hinaus. Dort stand Theiß mit ausgebreiteten Armen und begrüßte einen Mann mittleren Alters, der auf einem Pferd saß. Seine langen zerzausten, blonden Haare hatte der Wind zu einer Art Löwenmähne geformt und sein Spitzbart stand lustig nach vorne ab. Theiß ging direkt auf das Pferd zu und hielt es beim Zügel:

„Das gibt‘s doch nicht! Wo kommst du denn her, du alter Schwede?“ Der angesprochene grinste feist und ließ sich galant wie ein geübter Reiter vom Pferd gleiten. Beide fielen sich in die Arme.

„Lange ist es schon her, mein Freund Theiß. Deinen Namen darf ich doch hier sagen, oder nicht?“ Theiß hielt plötzlich inne und überlegte kurz, schaute sich verstohlen um und winkte ihn schließlich mit den Worten hinein:

„Ja, da könntest du Recht haben. Gerade hier draußen, scheinen mir zu viele große Ohren herumzulaufen. Du weißt vielleicht schon warum?“ Der Fremde nickte ernst.

„Bist du dir sicher, dass dir niemand gefolgt ist?“, fragte der Schmied besorgt weiter, während er das Pferd anband. Der Fremde nickte abermals und sagte mit einem Lächeln:

„Davon kannst du ausgehen. Kennst mich doch.“ Und mit einem Blick in die Runde, fügte er hinzu:

„Aber ich sehe du hast noch andere Gäste da, und einen mir sehr Wohlbekannten."

„Ja. Remerus. Er ist auch hier. Aber lass uns nun hineingehen, in die gute Stube. Hier draußen ist es mir nicht sicher genug. Es gibt noch eine Menge zu besprechen." Theiß sah wieder beunruhigt umher und wartete, bis alle hinein gegangen waren und verschloss die Haustür mit dem beindicken Eichenriegel.

Adam und Johannes waren nun noch mehr verwundert als zuvor und schauten besonders erstaunt auf diesen Hünen. Er war von der gleichen Statur wie ihr Freund, aber er hatte etwas Wildes in seinem Gesichtsausdruck, das ihn sehr verwegen aussehen ließ. Er überragte den Schmied noch um eine halbe Kopflänge, war aber dafür etwas weniger muskulös. Prüfend schaute er in die Runde und erkannte nun im Halbdunkel Remerus.

„Wenn das keine Überraschung ist! Remerus! In welchem Loch hast du denn die ganze Zeit gesteckt?! Jetzt sag bloß, dass das hier alles nur ein Zufall ist!" Remerus und der Hüne lachten sich an und begrüßten sich nicht weniger freundschaftlich. Theiß, der das Feuer geschürt hatte, kam händereibend hinzu und wandte sich dabei an seine Freunde:

„Das hier, Johannes und Adam, das sind Remerus und Larsen. Praktisch wieder von den Toten auferstanden." Johannes machte große Augen und ließ sich auf einen Hocker fallen.

„Also jetzt brauche ich auch erst einmal ein Bier! Das glaube ich nicht!" Adam hatte seine Augenklappe hoch geschlagen und sagte zu Theiß gewandt:

„Sind das die von den Soester Jägern? Da wo du auch warst? Ist das etwa dann dein ehemaliger Hauptmann?" Dabei zeigte er ehrfurchtsvoll auf den Hünen. Jener kam selbst und reicht ihm die Hand.

„Ja, ich bin Larsen Cornelisson und dein Freund Theiß war mein Stellvertreter; obwohl er stets in meinen Augen gleichwertig schien. Aber unsere Kameraden bestimmten es so und wir beließen es dabei. Das war der einzige Grund." Nachdem sich alle miteinander vorgestellt hatten, bereiteten sie sich das erste Essen mit geröstetem Brot, Speck, Butter und Haferschleimsuppe. Dazu wurde ein großes Fass Bier angestochen, um auf das freudige Ereignis gebührend anstoßen zu können. Selbst Johannes verlangte danach, obwohl es sonst nicht seine Art war und sagte selbstkritisch:

„Jetzt werde ich auch zum Säufer. Na, Mahlzeit!"

„Mahlzeit!", kam es ebenfalls, aber lachend, aus den anderen Mündern zurück und sie begannen sich so nach und nach ihre Erlebnisse mitzuteilen. Larsen und Remerus hörten sehr interessiert zu und warfen sich immer wieder bedeutungsvolle Blicke zu, die Theiß schließlich dazu veranlassten das Wort zu erheben:

„Larsen und Remerus, ich kenn' euch gut genug, um zu wissen, dass es kein Zufall war, dass sich unsere Wege innerhalb kürzester Zeit kreuzten; wo wir uns doch jahrelang nicht mehr gesehen hatten. Stimmt's?"

Remerus gab als erstes eine Antwort:

„Du hast Recht, Theiß. Larsen und ich standen die ganzen Jahre, aus Sicherheitsgründen über dritte und vierte Personen in ständigem Kontakt. Heute aber sehen wir uns das erste Mal von Angesicht zu Angesicht. Wir wussten auch, wo du dich aufhieltst, aber voneinander so wenig wie möglich zu wissen, schien uns das beste Mittel zu sein, um nicht aufzufallen."

„Und warum hat man nach dir gesucht?", wollte Theiß wissen.

„Als ein Jahr nach der Schlacht die Nachricht zu mir durchsickerte, dass schwarze Panzerritter bei Up te Hard aufgetaucht waren, wusste ich, dass sie mich im St. Ermgard-Stift schnell finden würden. Deshalb stahl ich leichtsinniger Weise eine halbe Schweinehälfte aus der Vorratskammer, worauf sie mich natürlich aus dem Kloster verbannten."

„Um so gegebenenfalls mit Larsen Kontakt aufnehmen und dich freier bewegen zu können.", folgerte Johannes richtig.

„Ja, genau. Mir kamen natürlich die Kahlschädel wieder in den Sinn und ich nahm mir vor, dich in deiner Schmiede zu besuchen, aber du warst mal wieder schneller als ich."

„Aber ich habe dich gesehen, wie du nachts um das Kloster In den Kivitten herum geschlichen bist!", rief plötzlich Adam triumphierend. Remerus musste lachen:

„Ja, ich war es. Ich hatte Hunger und suchte eine warme Stelle. Aber eigentlich bist du mir, ohne es zu wissen, die ganze Zeit eine gute Hilfe gewesen, Adam.“ Der Nachtwächter riss verwundert das Auge auf:

„Wie meinst du das? Ich habe dir doch nichts gegeben.“

„Na, diese eigenartigen kleinen Päckchen, die wegen deinen nächtlichen Geschäften überall herum lagen. Vieles konnte ich davon wirklich gut zum Überleben gebrauchen.“ Adam kniff im ersten Moment gefährlich das Auge zusammen und tat dann schnell wieder belanglos:

„Du warst das also. Dann ist es ja gut, wenn ich dir damit helfen konnte.“ Die anderen schmunzelten und Theiß durfte diese Gelegenheit nicht ungenutzt verstreichen lassen:

„Aber das macht unserem Nachtwächter nichts aus, so gut versorgt, wie er ist.“ Adam beeilte sich diese Ansicht zu unterstreichen und machte eine großzügige Handbewegung:

„Natürlich. Hätte ich gewusst, dass du es bist, Remerus oder du Larsen, dann hätte ich noch mehr besorgt. Das kannst‘e mir glauben.“ Sein Blick blieb danach einige Zeit am Schmied haften, aber er beantwortete das mit einem Schmunzeln.

„Soso, du hättest also noch mehr darauf gelegt, sagst du?“, stichelte Johannes weiter. Aber entgegen seiner Erwartung, blieb Adam ganz gelassen und gab zur Antwort:

„Was denkst du denn? Wenn jemand mir das Leben rettet, ist das für mich kein Problem.“ Damit hatte Johannes nicht gerechtet und er verstummte unzufrieden.

„Wer soll dir das Leben gerettet haben, und wann?“ Adam überlegte kurz.

„Das muss vor ungefähr zwanzig Jahren gewesen sein.“

„Larsen, das war in Heimerath, als wir damals die Pfeffersäcke bis Wesel verfolgten. Weißt du noch?“, warf Theiß ein.

„Ja, das weiß ich noch sehr genau. Ein junger Mann kam aus dem Haus gestürzt, als die Habsburger sie überfielen. Er war mitten in eine Lanze hinein gelaufen und verlor dabei sein Auge. Den Hundsbraten, der die Lanze führte, erschlug ich auf der Stelle.“ Er hatte die letzten Worte stockend gesprochen und mit einem Mal dämmerte es ihm.

Adam lächelte ihn an, wie ein kleines Kind. Er nickte ihm freundlich zu. Larsen verstand sofort:

„Das nenne ich aber eine gelungene Fügung! Auf dich, mein Nachtwächter Adam tho Everhartz!“ Beide prosteten sich zu.

„Eine Nacht der Fügungen könnte man schon fast sagen!“, rief Johannes. Larsen nickte zustimmend und erzählte weiter.

„Als Scherenschleifer kam ich gut herum und …“ Plötzlich sprang Theiß von seinem Stuhl auf und rief entgeistert:

„Was?! Du warst doch nicht etwa dieser elendige Scherenschleifer, der sich mehr die Fingernägel stutze als Messer und Scheren zu schärfen!“ Der Hüne nickte belustigt und Remerus klopfte ihm auf die Schulter:

„Larsen als Scherenschleifer; da hättest du dich genauso gut als Amme versuchen können!“ Alle lachten und Johannes ertappte sich bei dem Gedanken, dass es hätte ein sehr lustiger Abend werden können, wenn nicht dieses gottverdammte Problem wäre. Er erschrak fast darüber und schaute hinaus in die Mittagssonne. Seine Gedanken wanderten zu Paulus Rah und seiner Familie und dem Gefangenen. Er fühlte, dass die Zeit drängte und noch viel zu tun war. Er räusperte sich kurz und sagte mit lauter Stimme:

„Leute! Ich muss euch daran erinnern, dass wir heute hier nicht sitzen, um uns nur zu vergnügen, so schön das Wiedersehen auch sein mag. Einer von uns muss heute zum Gasthof des Paulus Rah und nachschauen, ob es geschlossen oder geöffnet ist.“

„Warum?“, wollte Remerus wissen.

„Sollte es so sein, so muss ich heute Nacht dorthin und ihm den Saft der Tollkirschen bringen. Wir sollten anfangen unseren Plan zu machen, denn heute in sieben Tagen wird wahrscheinlich der Bote zurückkommen.“

„Der Bote, der vermutlich mit dem Finger des Gefangenen auf dem Weg zu den anderen ist. Was sagtest du, wie lange ist er unterwegs?“, wollte Theiß wissen.

„Mit gestern insgesamt acht Tage.“, erwiderte Johannes.

„Vier Tage hin, vier Tage zurück.“, murmelte Larsen.

„Was liegt in vier Tagen, oder ungefähr fünfzig Kilometern Entfernung?“, wollte Remerus wissen. Alle überlegten.

„Was haltet ihr von Wesel?“, fragte Larsen.

„Nein, das ist zu weit nördlich“, sagte Johannes, „und ich glaube, es muss auf dem Weg liegen.“ Adam schaute auf:

„Wie meinst du das?“

„Weil der Name Höchst fiel, muss es genau auf dem Weg dorthin sein. Warum sollten sie einen Umweg machen?“, erklärte Johannes. Larsen murmelte mehrmals diesen Namen und Theiß stand auf, ging auf und ab und kam an seiner Truhe vorbei. Dort sah er den eigenartigen Zettel liegen und hob ihn auf. Da kam ihm ein Gedanke:

„Vielleicht liegt die Lösung in dieser Nachricht?“ Er reichte Johannes den Zettel. Dieser las mehrmals die Worte vor, während er ein paar Holzscheite nachlegte.

„Nero. Das erinnert mich an irgendetwas. Aber an was? Verfluchter Elsässer!“ Remerus raufte sich die Haare.

„Johannes, du bist unser bester Leser. Kann man die Buchstaben so umbauen, das man den Ort Höchst zusammen bekommt?“, wollte Larsen wissen.

„Nein. Keine der mir bekannten Städte am Rhein können mit ihnen gelegt werden.“ Plötzlich stieß Remerus einen Schrei aus:

„Theiß! Kannst du dich noch daran erinnern, als dieser Elsässer Streit mit einem unserer Kumpane hatte?“

„Jaja. Er wollte ihn doch erschlagen. Ich glaube es war dieser Anton Hoster, den wir später bei Wesel verloren.“, sagte Theiß und Larsen schnipste mit dem Finger:

„Genau! Er hatte sich über den Römischen Kaiser Nero lustig gemacht. Nur mit Mühe konnte ich diese Streithähne auseinander bekommen.“

„Und was heißt das jetzt? Könnt ihr mal etwas Klartext sprechen?“, fragte Adam. Johannes, der die ganze Zeit auf das zerknitterte Blatt geschaut hatte, hob plötzlich den Zeigefinger.

„Ich glaube einen Teil kann ich entschlüsseln! Wieseltäter dienet Nero könnte ein Befehl sein, dass der Plan beginnen kann und er auf ihre Treue zählt. Das andere wäre der Ort: Es muss ein Ort am Rhein sein, wo man gut übersetzen kann. Da fällt mir nur Deutz ein. Soviel ich weiß, geht es dann geradewegs nach Höchst, über Maintz oder Wetzlar.“ Remerus nickte:

„Das könnte passen. Aber was ist dann mit diesem komischen Wäldmeister und Mohren?“

„So viel Arbeit und am Ende warten noch immer diese scheiß schwarzen Ritter. Wie hießen die Kahlschädel, diese hirnverbrannten, noch mal? Kürassiere?“, fluchte Adam und füllte sich seinen Krug neu. Johannes‘ Augen begannen plötzlich hell zu leuchten:

„Das ist es!“ Die anderen schauten verwundert auf.

„Was hast du, Johannes?“, wollte Theiß wissen.

„Adam hat mal wieder den entscheidenden Hinweis gegeben! Remerus, wie hieß dieses Ritual doch gleich?“ Remerus erbleichte:

„Meinst du etwa die tätowierte Seele?“ Eifrig begann der Magister die Buchstaben umzubauen und schrieb sie neu hin.

„Wenn ich die durchgestrichenen Buchstaben weglasse, und davon ausgehe, dass die Zahlen die Anzahl der Buchstaben bestimmt, kann ich folgende Nachricht daraus formen. Schaut selbst!“ Er drehte das Blatt herum:

„Schleppend las Theiß vor:

„Die Tätowierte Seele.“ Schlagartig herrschte ein tiefes Schweigen. Alle schauten sich an und nickten einander zu.

„Und du bist dir sicher, dass du nichts übersehen hast?“, fragte Larsen.

„Nein, es kommt genau aus.“, erwiderte Johannes.

„Seid ihr alle der gleichen Meinung?“, fragte Larsen in die Runde. Alle nickten.

„Also gut, ich glaube diese Nuss haben wir geknackt. Jetzt wissen wir, dass sie einen Gefangenen haben, den sie diesem Ritual unterziehen wollen.“, stellte Theiß fest.

„Aber warum machen sie das? Und warum haben sie ihm einen Finger abgeschnitten?“, fragte Remerus. Darauf wusste keiner eine Antwort. Johannes dachte über den Boten nach und glaubte, dass sie sich noch etwas in Geduld üben mussten.

„Hört. Diese Antwort werden wir höchstwahrscheinlich erst dann bekommen, wenn der Bote wieder zurück ist. Er wird den Finger irgendwo hinbringen, in der Hoffnung eine Reaktion zu erreichen.“

„Und welche soll das sein?“, fragte Adam.

„Ein Beweis, dass es für die anderen hoffnungslos ist und sie sich auf die Forderungen einlassen sollten.“, meinte Larsen.

„Welche das auch immer sein mögen.“, ergänzte Remerus.

„Das sieht verdammt noch mal nach der Handschrift von unserem Freund Bernard aus.“, zischte Theiß und haute mit der Faust auf den Tisch.

„Ich glaube es ist besser, wenn wir es dabei belassen, es zu wissen. Die Einzelheiten, die hinter diesem Ritual stehen, sparen wir uns lieber.“, sagte Johannes und schaute fragend in die Runde. Remerus nickte nachdenklich:

„Oja, ich möchte nicht noch einmal davon hören oder erzählen müssen!“

„Aber was fangen wir jetzt mit dieser Erkenntnis an?“, wollte Larsen wissen.

„Drehen wir den Spieß doch einfach um! Diese Schweinehunde müssen wir drauf gehen lassen, sag ich euch!“, forderte Adam und ließ seine Augenklappe zurückschnellen, dass es laut klatschte. Johannes warf Theiß einen bedeutungsvollen Blick zu und er nickte bejahend zurück. Daraufhin räusperte sich der Magister und erhob das Wort:

„Ich habe euch erzählt, dass ein Bote gestern Abend losgeritten ist, um jemandem jene Botschaft zu überbringen. Der Finger soll vermutlich ein regelrechter Fingerzeig dafür sein, dass die Sache im Gange ist. Und er wird zurückkehren. Vermutlich in einer Woche.“

„Du meinst, wir sollten ihn abfangen?“, fragte Larsen.

„Und ihm die Antwort oder den weiteren Befehl abpressen.“, fuhr Remerus fort.

„Ja. So in der Art. Adam brachte mich da auf eine Idee.“ Adam fühlte sich geschmeichelt und lehnte sich genüsslich zurück und nahm einen genussvollen Zug aus seinem Krug.

„Und die wäre? Nun rück‘ schon raus mit der Sprache, kleiner Magister; und zeig uns, dass es stimmt was Theiß erzählt hat.“, forderte Larsen. Johannes zog die Augenbrauen hoch:

„Soso. Was hat denn unser Schmied so alles erzählt?“

„Ach, nur dies und das. Vor allem von unserem ersten Fall der Triglaw.“, lächelte Theiß und klopfte ihm ermutigend auf die Schulter. Johannes schaute nachdenklich ins Feuer und fragte sich gerade, was wohl im Haus des Paulus Rah los sei. Da fielen ihm wieder die Tollkirschen ein. Plötzlich wurde laut sein Name gerufen und er erschrak.

„Johannes! He! Wo bist du gerade mit deinen Gedanken, mein Freund?“ Larsen hatte sich vornüber gebeugt und lächelte ihn aus seinen stahlblauen Augen an.

„Ich musste gerade an Paulus Rah denken, dem ich kurz vor dem Abschied mitteilte, dass er auf jeden Fall mit seiner Familie den Gasthof verlassen müsste, weil diese Ritter keinen am Leben lassen würden. Außerdem schlug ich ihm vor, den Hauptmann, euren Freund Bernard mit diesen Tollkirschen zu vergiften, denn er trinkt gerne Rotwein.“

„Da hattest du ganz Recht, Johannes. Dieses Schwein wird niemanden am Leben lassen. Aber wohin wollen wir sie bringen? Und wann?“, fragte Theiß.

„Das ist gut! Das gefällt mir! Aber wie soll das ablaufen? Hast du schon einen Plan?“, rief Larsen. Aber bevor Johannes antworten konnte, rief Adam dazwischen:

„Natürlich zum St. Ermgard-Stift! Die haben doch Platz satt.“ Theiß fiel sofort das eigenartige Gespräch mit Bruder Waldemar ein, der schien schon Bescheid zu wissen. Sein Blick wanderte zu Remerus und der lächelte verschmitzt und sagte laut:

„Ich habe bereits mit Bruder Waldemar darüber gesprochen, als ich hörte, dass Paulus Rah Besuch bekommen hatte. Er signalisierte mir, dass sie vorübergehend in der großen Scheune unterkommen könnten.“

„Gut, dann haben wir das geklärt. Nun muss noch der beste Zeitpunkt her, wann Johannes die Tollkirschen verabreichen kann und wann die Familie Rah das Gasthaus verlassen muss. Denn der erste Verdacht wird garantiert auf sie fallen.“, erklärte Theiß.

„Das wird vom Auftauchen des Boten abhängen. Sobald er zurückgekehrt ist, müssen wir sehr schnell handeln: ihn abfangen, die falsche Nachricht mit der richtigen vertauschen und den Tollkirschsaft in den Rotwein füllen. Danach sollten sie sofort das Haus verlassen“, schlug Johannes vor.

„Alles zur gleichen Zeit?“, fragte Larsen.

„Dann müssen wir aber einen sehr genauen Plan machen. Und alle müssen auf ihren Posten sein“, warf Remerus ein.

„Ja, das stimmt. Und keinem darf ein Fehler unterlaufen!“ Johannes‘ Blick wanderte hinüber zum Nachtwächter und der senkte schuldbewusst sein Haupt. Larsen war dies nicht entgangen und der rief neugierig:

„Was? Haben wir etwas verpasst? He, Adam! Nun erzähl schon!“ Adam schaute giftig zum Magister hinüber, aber er getraute sich nicht, in dieser Runde eine von seinen sonst üblichen Bemerkungen los zu schießen. Stattdessen druckste er herum und kratzte sich verlegen am Kopf:

„Ja also. Wie soll ich das sagen. Als Johannes und ich beim Gasthof ankamen, trennten wir uns. Während ich ein Ablenkungsmanöver startete, schlich sich Johannes ins Haus. Er sollte ja die Lage auskundschaften.“ Der Magister wollte kaum seinen Ohren trauen. ‚Dieser Saukerl will eine Heldengeschichte daraus machen, obwohl er mich im Stich gelassen hat‘. Der bestürzte Ausdruck im Gesicht von Johannes ließ Theiß an dieser Version zweifeln und er fragte ihn nach dessen Sicht:

„Was ist los, Johannes? Stimmt was nicht an der Geschichte?“ Protestierend war er von seinem Stuhl aufgesprungen, wobei seine Kissen, die der Erhöhung dienten, zu Boden fielen.

„Das will ich ja wohl meinen! Adam hat sich mit dem Hauptmann der Panzerritter angelegt und musste sich dann schnell aus dem Staub machen! Ich war ab da alleine auf mich gestellt und musste gucken wie ich mit der Aufruhr klar kam!“ Als Adam nun erkannte, dass der Magister Kenntnis von diesem Teil der wahren Geschichte hatte, sah er keinen anderen Ausweg mehr, als sich zu korrigieren. Zähneknirschend gab er deshalb zur Antwort:

„Ist ja gut. Aber trotzdem konnte ich Johannes etwas Zeit geben, ins Haus zu kommen. Oder nicht?" Bis auf Johannes schauten alle belustigt drein.

„Ist das wahr? Du hast dich mit Bernard angelegt?!", rief Theiß begeistert aus. Adam nickte.

„Der hat ihn beim richtigen Namen genannt und gesagt, dass es ihn einen Scheiß angeht, was er macht!", warf Johannes ein.

„Du hast Schneid! Das muss man dir lassen! Nicht schlecht! Nicht schlecht!", stellte Remerus begeistert fest.

„Spaß beiseite; wir sollten endlich zu unserem Plan zurückkehren.", ermahnte Theiß.

„Sollte es Johannes tatsächlich gelingen, mit Hilfe des Tollkirschsaftes diesen Scheißkerl aus dem Weg zu räumen, wäre diese Bande nur halb so gefährlich.", sagte Larsen.

„Dann wären es nur noch vier Kürassiere oder Panzerritter.", sagte Remerus.

„Und der Schlange hätten wir den Kopf abgeschlagen.", ergänzte Adam.

„Ja. Dann müssen wir nur noch überlegen, was wir in der gefälschten Botschaft schreiben wollen.", erklärte der Magister.

„Vielleicht sollten wir die restlichen Fünf an einen anderen Ort locken, wo wir im Vorteil sind.", schlug Theiß vor. Larsen hob mahnend den Zeigefinger:

„Wenn es gelingt. Wenn nicht, sind wir fünf gegen sechs."

„Und nur drei, die kampferprobt sind. Dazu noch schlechter ausgerüstet.", erklärte Remerus.

„Was haltet ihr von den Abraham's Büschen?", fragte Theiß. Alle überlegten eine Zeit lang. Aber dann konnten sie sich, nach längerem Abwägen, mit dem Vorschlag anfreunden. Zufrieden stellte Theiß fest:

„Gut. Soweit so gut. Jetzt wird erst einmal gegessen und danach überlegen wir, wie wir sie in die Falle locken können, während unser Magister sich den Text für die gefälschte Botschaft einfallen lässt." Und so prosteten sie sich zu und riefen: „Auf Abraham's Büsche!"

11. Abraham's Büsche

Der erste Tag war bereits vorüber, nachdem der Bote den Gasthof Zum goldenen Rahbarber verlassen hatte. Die Fünf saßen beim Feuer, über dem sich ein Frischling drehte. Die Nacht senkte sich bereits auf die Schmiede herab, aber die Fensterläden waren schon länger geschlossen.

„Sollten wir eigentlich nicht den Gasthof inspizieren gehen?" fragte Remerus. Larsen, der den Spieß drehte, schaute auf:

„Warum eigentlich nicht?" Theiß, der gerade ein neues Fass angestochen hatte, schien ebenfalls nicht abgeneigt, obwohl er noch etwas anderes vorhatte.

„Heute Abend wollte ich eigentlich zum alten Samuel Junker und ihm einen Besuch abstatten." Adam's Augen glänzten mit einem Mal:

„Das könnte ich doch übernehmen. Mich lässt der zu jeder Zeit 'rein, das weißt du doch."

„Eine gute Idee, dann kann ich mich noch besser in meinen Text vertiefen und bin schneller fertig mit dem Ganzen. Aber ihr müsst mir noch ein bisschen mehr zu eurem Bernard erzählen. Mir fehlen noch ein paar Anhaltspunkte. Orte, die ihm bekannt sein könnten und eventuelle Absichten, die er hegen könnte."

„Also gut. Adam, du gehst zum alten Samuel und fragst ihn, ob er uns bei Abraham's Büschen helfen kann. Vielleicht bringst du ihn einfach mit. Sag ihm, dass wir ihm sämtliche Pferde und Waffen überlassen. In der Zeit werden wir drei uns auf den Weg machen und die Gegend in Augenschein nehmen. Mache aber mit Johannes ein Klopfzeichen aus, sonst lässt er dich nicht hinein."

Endlich war das kleine Spanferkel fertig und sie gaben dem Magister unter den unmenschlichsten Geräuschen, wie er fand, alle erdenklichen Hinweise. Aber er schien immer noch nicht zufrieden und wurde immer ungehaltener:

„Nein, nein! Ich brauche keine Berichte von Beutezügen oder irgendwelcher Schlupflöcher! Ich brauche Hinweise auf Dinge, Orte oder Ereignisse, die Bernard für besonders wichtig oder bedeutsam halten könnte. Etwas, was ihn gestört und womit er unzufrieden war, bis auf den heutigen Tag. Etwas, was ihn lange und oft beschäftigt hat."

„Hehe! Ist ja gut, kleiner Mann! Beruhige dich wieder!", sagte Remerus. Aber nur einen Moment später, war Johannes plötzlich aufgesprungen und hielt ihn mit seinen kleinen Maulwurfsaugen im Blick fest:

„Sag nie wieder kleiner Mann zu mir! Ich denke, Theiß hat dir gesagt, mit wem du es hier zu tun hast!" Remerus lächelte und schien die Drohung nicht ernst zu nehmen. Adam und Theiß, die ihn besser kannten, rissen die Augen auf. Johannes setzte sich nur zum Schein hin, sprang aber im nächsten wieder auf und hielt plötzlich ein kleines Messer in der Hand, das er Remerus an die Kehle hielt. Bis auf Remerus blieben alle ruhig sitzen und schauten erwartungsvoll mit gespannten Blicken auf ihn. Er schluckte und spürte wie die Spitze sich tiefer in seine Haut bohrte.

„Ist ja gut. Ich nehme alles zurück. Es tut mir leid!" Johannes knurrte etwas Unverständliches in seinen vorhandenen Bart und setzte sich wieder.

„Gut. Nachdem auch das geklärt ist, kommen wir zum letzten Punkt zurück. Ich würde sagen, dass die Schlacht bei Höchst ihn ganz besonders gestört hat.", sagte Theiß.

„Wann war sie?" fragte Johannes.

„Was?" Theiß verstand nicht sofort. Der Magister verdrehte die Augen.

„Mann, wann war die Schlacht von Höchst?"

„20.6.1622.", gab Larsen zur Antwort.

„So. Und die in Wevelinghoven?"

„Am 14.6.1648.", gab Remerus immer langsamer sprechend, als hätte er seinen Gedanken erraten, zur Antwort.

„Und heute ist der erste Juni.", sagte Theiß nachdenklich. „Du dicke Scheiße! Das ist es!"

„Mein großer Magister, du bist ein Genie!" rief Remerus aus und gab ihm einen freundlichen Klaps auf die Backe. Johannes erschrak etwas, deutete dies aber als eine große Anerkennung und beließ es dabei.

„Heute in sieben Tagen ist der Bote wieder da. Also der zehnte. Dann noch einmal vier Tage bis zum Treffpunkt zurück, wo sie erwartet werden. Ich würde sagen, das ist Wevelinghoven." Triumphierend schmiss Johannes seine Schreibfeder auf den Tisch und verschränkte die Arme.

„Und ungefähr eine Woche später kann man auch in Höchst sein. Dann hätten wir den zwanzigsten Juni. Einfach, simpel, aber doch kompliziert.", sagte Larsen verblüfft.

„Aber was wollen sie dann in Höchst?", wollte Adam wissen. Johannes, auf den jetzt alle wie gebannt schauten, hob aber ahnungslos die Arme.

„Ich glaube, das werden wir erst dann sehen. Leider. Also müssen wir ihnen nach, bis nach Höchst.", stellte Theiß fest.

„Gut, jetzt wo wir wissen, dass Wevelinghoven der höchstwahrscheinliche Treffpunkt ist, sollten wir gar nicht versuchen, sie davon abzubringen, oder sie unnötig aufhalten, sondern nur versuchen den einen oder anderen zu erwischen. Wieviele waren es noch mal, Theiß?", sagte Larsen und biss sich auf die Lippe.

„Insgesamt sechs, einschließlich Bernard. Einen konnte ich drüben am Hang vom Galgenberg erwischen. Hab ihn mitten durchgeschlagen."

„Was?! Mittendurch?!" rief Larsen erstaunt:

„Das kann nur unser Theiß schaffen! Wie damals in Emmerich als er den fettwanstigen Engländer, der zu Waffengeschäften nach Hamborg unterwegs war, mittendurch schlug.", pflichtete Remerus bewundernd bei.

„Jaja. Und der saß noch auf einem Pferd, auf dem er flüchten wollte. Ich erinnere mich noch genau, dass sein Schwert bis zum Knauf in seinem Körper vordringen musste.", sagte Larsen kopfschüttelnd.

„Das reicht jetzt, ihr beiden. Also gehen wir vom Schlimmsten aus und er trinkt nichts von diesem Rotwein. Wie locken wir sie zu Abraham's Büschen und wie schaffen wir es ein paar von ihnen zu erwischen?"

„Wie hast du denn den Einen erwischt?" wollte Remerus wissen.

„Er verfolgte uns einfach und dann war er einfach da. Zuerst konnte ich sein Pferd verscheuchen, aber dann kam er noch einmal wieder.", erklärte Adam.

„Also werden sie doch in regelmäßigen Abständen Späher aussenden, um vielleicht die Gegend zu erkunden?“ fragte Remerus. Johannes verstand sofort:

„Zuerst Aufscheuchen, mit einem Lockvogel zu den Büschen lotsen und dann zuschlagen. Meinst du das, Remerus?“ Dieser nickte.

„Ja, aber wie genau soll das passieren?“, fragte Theiß. „Wenn der Reiter ihn einmal gesehen hat, hat er ihn doch Ruckzuck eingeholt. Dann schafft er es auch nicht mehr bis zu Abraham‘s Büschen. Das ist noch ein ganzes Stück!“

„Warum eigentlich Abraham‘s Büsche?“ fragte Johannes.

„Da bekommt es keiner mit. Wenn ich so überlege, brauchen wir drei Lockvögel. Der erste lockt ihn vom Galgenberg weg bis zur Bebroecker Straße, der zweite über den Junkersberg hinweg und der dritte den Viehweg hinauf durch das Holthuusener Feld bis zu den Büschen.“, erklärte der Schmied.

„Aber dann müssen die laufen können wie die Hasen!“, rief Larsen. Theiß schmunzelte über diesen Einwurf und jetzt auch Adam.

„Genau! Rennen wie ein Hase …“, sagte Adam.

„… und kriechen wie ein Maulwurf. Johannes, Larsen und Remerus schauten sie entgeistert an, als seien sie verrückt geworden.

„Ich versteh jetzt gar nichts mehr! Könnt ihr das mal näher erklären, damit auch wir das verstehen können?“, fragte Larsen.

„Es gibt hier überall unterirdische Tunnel, über die man fast überall hinkommt …“

„… die Tunnel der Schmuggler. Der Junkersritter. Von denen du mir erzählt hast. Meinst du das, Theiß?“, warf Remerus ein.

„Ja. Aber wir müssen Samuel fragen, denn sie gehören ihm, weil er und seine Vorfahren die meisten gegraben haben. Ich möchte keinen Ärger mit ihm haben. Die wichtigen Ein- und Ausgänge und Abkürzungen kann ich euch zeigen.“, gab Adam zur Antwort.

„Verrückte Gegend in der du aufgewachsen bist, Theiß! Hier hätten wir früher herkommen sollen. Das wäre perfekt für unsere Zwecke gewesen!“ Aber der Schmied winkte ab:

„Das glaube ich kaum, Larsen. Mit den Junkersleuten ist nicht zu spaßen.“ Johannes wollte endlich mit der Fälschung der Nachricht beginnen und drängte auf die Umsetzung der beschlossenen Schritte. Nach einigen Minuten waren die Übrigen bereit und teilten sich, entsprechend ihrer Aufträge, auf. Adam ging zu Samuel Junker und die drei anderen zum Gasthof. Er trug ihnen noch auf, nach dem Küchenfenster Ausschau zu halten, ob es geschlossen sei oder nicht.

Adam ging zu Fuß, weil er seit dem letzten Erlebnis keine Lust mehr auf Pferde hatte. Nach dem Hohlweg kam eine große Kreuzung, die in einem Tal am Fuße des Junkernberges lag. Er bog linker Hand in einen kleinen versteckten Seitenweg ab, der ihn nach einem Kilometer über einen kleinen lustigen Bach führte. So gelangte er auf die Rückseite der Burg und kam trotz der Dunkelheit sehr gut voran. Er kannte diesen Schleichweg sehr gut, denn als Nachtwächter kam man mit allen möglichen Leuten in Kontakt. Und der Kontakt zu diesen Schmugglern war besonders eng, denn beide Seiten profitierten immens. Sie konnten ihre Geschäfte des Abends, trotz Lichtverbotes, ausüben, weil er sein Auge zudrückte und als Gegenleistung seinen zehnten Teil bekam. Heute kam er in geheimer Sache und suchte deshalb die rückseitige Mauer auf. Nachdem er mit einem schrillen Pfiff auf sich aufmerksam gemacht hatte, kam ein festes Seil hinüber geflogen. Am unteren Ende befand sich eine Schlaufe, in die er seinen Fuß steckte, während oben ein hölzerner Arm, in Form eines Galgens ausgeschwenkt und das Seil über eine hölzerne Rolle gelegt wurde. Nach einem zweiten Pfiff wurde er dann hoch gezogen.

„He, Adam! Wie laufen die Geschäfte?“, wollte einer der Raubritter wissen, aber Adam gab nur eine kurze Antwort.

„Könnte besser sein. Wo ist Samuel?“

„Droben im Turm in seinem Zimmer und hält mal wieder Ausschau. Du weißt schon.“, sagte der andere und gab ihm eine Fackel.

„Jaja, ich weiß. Hauptsache er erwischt nicht die Falschen.“

„Meinst du damit etwa die Schwarzen?“ Adam stutzte:

„Wie? Ihr habt sie schon gesehen?“

„Seit einer Woche fast täglich. Heute sind schon zweimal zwei Reiter gesehen worden. Gerade eben erst ritten sie vorbei ins Holthuusener

Feld hinein."

Den Nachtwächter befiel plötzlich eine unerklärliche Furcht. Er fühlte, dass er schnell zum Alten musste, der würde womöglich eine Erklärung dafür haben. Denn er hatte überall seine Späher, die seine Augen waren. Adam rannte über den Innenhof hinüber zum Turm, der sich in der Mitte der Burg befand und zugleich das höchste Gebäude war. Er rannte die vielen Treppen hinauf, bis er außer Atem war und zähneknirschend ein langsameres Tempo einschlagen musste. Endlich war er im obersten Gemach, der Dachkammer, angekommen. Bevor er klopfte, lauschte er an der schweren Eichentür, so wie er es immer tat. Kaum hatte er sein Ohr daran gelegt, als eine Stimme rief:

„Komm schon rein, Adam! Ich weiß, dass du da bist!" Adam trat grinsend ins Zimmer und legte hinter sich den Riegel der Tür um. Überall standen Regale voller Bücher und auf dem Boden lagen etliche ausgebreitete Karten herum. Nahe beim Kamin saß Samuel in einem großen grobbehauenen, aber bequem gepolsterten, thronähnlichen Stuhl. Neben ihm stand ‚dieser Wackelstuhl', wie der Nachtwächter immer zu sagen pflegte. In Wirklichkeit war es ein Schaukelstuhl, den der Alte von einer Reise aus Amerika mitgebracht hatte. Sein Bruder, Leo, war damals dort geblieben, nachdem er eine Indianerin geheiratet hatte.

Adam nahm in diesem Schaukelstuhl Platz und stöhnte einmal laut auf. Samuel drehte seinen Kopf zu ihm um, dass sein schneeweißes, langes Haar wehte und ein leises Rauschen verursachte.

„Hast du unseren Plan ausgeführt, mein Freund?"

„Ja, Samuel. Ich habe etwas mehr als sonst den Dummen gespielt. Aber ich glaube unser Plan ist aufgegangen. Du hattest Recht mit deiner Vermutung. Einer unter uns ist ein Verräter!"

„Hier nimm endlich deine vier Gulden, sonst vergesse ich es wieder!" Samuel ließ vier Mal eine Münze durch die Luft fliegen und der Nachtwächter fing sie jedesmal zielsicher auf und steckte sie klirrend in die Manteltasche.

„Sei nicht verbittert, Adam. Es ist noch nichts passiert. Ich habe meine Augen überall, das weißt du doch. Nun sage mir, was ihr vorhabt."

„Theiß schlug vor, diesen Panzerrittern bei den Abraham's Büschen eine Falle zu stellen!“ Der Alte nickte stumm und schaute ins Feuer.

„Was hast du, Samuel?“

„Herman tho Claß. Herman Porten und auch heute ist wieder Vollmond.“, flüsterte Samuel mit einem entrückten Blick.

„Was sagst du? Ich habe dich kaum verstanden. Herman tho … was?“ Der Alte musste plötzlich lächeln und sagte:

„Weißt du, als Leo und ich noch vor sehr vielen Jahren junge Knaben waren, erlebten wir dort eine regelrechte Schlacht. Herman tho Claß, oder wie sich später herausstellte, Herman Porten, wurde dort damals der Fuß abgeschossen. Wir konnten ihn noch so gerade vor den Häschern retten. Wir selbst schwebten dabei in größter Gefahr. Und dann diese Geschichte bei den Thorwächtern. Lange ist‘s her. Und heute ist wieder Vollmond, wie damals.“

„Dann stimmt es also doch, was mein Vorgänger mir erzählte.“

„Meinst du etwa Merten, Merten op ter Geiden? Ich weiß nicht was er dir erzählt hat, aber einiges davon wird schon stimmen. Trotz seiner Trunksucht ist der auf jeden Fall ganz schön alt geworden. Ein verrückter Kerl war das. Übrigens genauso verrückt wie du! Aber nicht so intelligent.“

„Samuel, jetzt sag schon, was hältst du von dem Plan?“

„Ich glaube es wäre klug, dass du Theiß und Johannes davor warnst. Ihr müsst auf der Hut sein, sonst geratet ihr selbst in einen Hinterhalt. Habt ihr vor meine Stollen zu nutzen?“

„Ja! Wahrscheinlich werden Remerus, Johannes und ich die Lockvögel spielen, um sie dorthin zu locken.“ Mit einer Geschwindigkeit, die Adam überraschte, sprang er plötzlich aus dem Stuhl.

„Lass es! Lass es gut sein!“ Adam schaute irritiert:

„Was soll ich lassen?“

„Sag Theiß, dass wir das mit den Stollen übernehmen. Wir werden euch einen von diesen Panzerrittern dorthin treiben. Mehr wird nicht drin sein, glaub mir! Die sind brandgefährlich! Mit denen ist nicht gut Kirschenessen! Geh mit zu den Abraham‘s Büschen. Zusammen mit Theiß, Larsen, Remerus und dem Zwerg und halte deine Zwille bereit. Benutze die runden Sterne, geh nicht von einem zweiten Schuss aus.“

Der Nachtwächter schluckte.

„Sollen wir das ganze lieber abblasen?“ Der Alte winkte ab.

„Nein, nein. Der Verräter ist noch unter euch. Er kann dort gut ausgeschaltet werden. Erst vor ein oder zwei Stunden, sah ich einen dieser Panzerritter, von hier oben in eure Richtung den Hohlweg hinauf reiten. Sie wissen, wo ihr seid. Sie wissen auch, wer ihr seid. Es wird ihnen jemand verraten haben. Ihr selbst seid heute Nacht in Gefahr! Bringt die Gefahr fort, zu den Abraham‘s Büschen!“ Plötzlich klopfte es laut an der Tür und Adam erschrak:

„Wir sind fertig mit den Vorbereitungen! Wann sollen wir loslegen?“

„Jetzt! Sofort!“ Adam wusste nicht was gerade geschah, aber er ahnte es. Samuel kam auf ihn zu und wies mit der Hand zur Tür:

„Es geht schon los! Beeile dich Adam!“ Der Nachtwächter verstand nicht sofort:

„Wie? Was? Was geht los?“

„Meine Männer gehen jetzt zum Gasthof von Paulus Rah und werden denen ein bisschen einheizen. Du hast nicht mehr viel Zeit, den anderen Bescheid zu sagen.“

„Aber Theiß ist doch mit Larsen und Remerus schon auf dem Weg dorthin!“

„Gut. Dann wirst du von mir ein Pferd bekommen und ihnen nachreiten. Um Johannes werde ich mich kümmern!“

„Aber warum denn schon jetzt?! Ich versteh das alles nicht!“

„Das gehört zu meinem Plan! Euer Verräter weiß schon zu viel und wird eine immer größere Gefahr werden. Er wird jetzt nicht darauf vorbereitet sein. Jetzt oder nie! Geh jetzt!“

Laut fluchend bestieg Adam das schwarze Pferd und versicherte sich, dass es auch gesattelt und gezäumt war. Dann ritt er wie ein Verzweifelter aus dem Tor hinaus, direkt auf den Hohlweg zu. An dem Weiher vorbei Richtung Helenasbrunn. Es war ein schnelles Pferd und er schaute stets in die nahebei stehenden Wälder, in der Hoffnung, Theiß und seine Mannen dort zu finden. Als er den letzten Weg einbog, der zum Gasthof führte, verlangsamte er das Tempo. Er vermutete sie in der Nähe und haderte mit dem Gedanken, kurz vor dem Ziel abzusteigen und auf die drei zu warten oder sich im Wald am Rande des Weges zu verstecken. Adam entschied sich für Letzteres. Vor der letzten Kurve zum Gasthof stieg er ab und führte das Pferd zwischen die Bäume. Hinter einem dichten Busch band er es an und schlich bis an den Straßenrand. Dort legte er sich hinter einer dicken Eiche auf die Lauer. Es dauerte nicht lange und er hörte hinter sich ein leises Rascheln. Über seinem Kopf entdeckte er einen tief hängenden Ast und zog sich vorsichtig hinauf. Das Rascheln kam näher. Einige Augenblicke später erkannte er drei Schatten, die an dem Pferd vorbeikamen und stehen blieben. Er begann vorsichtig zu rufen:

„Theiß! Larsen! Remerus!" Aber er erhielt keine Antwort und versuchte es etwas lauter. Ein leises Fluchen vorweg schickend versuchte er es erneut:

„He! Ihr da! Ich bin hier! Theiß!" Einer schien ihn bemerkt zu haben und kam vorsichtig, langsam näher. Doch plötzlich hörte er ein lautes Krachen. Der Ast unter ihm gab nach und er stürzte in die Tiefe. Er stöhnte laut auf:

„Oh! Scheiße nochmal!"

„Adam? Bist du es?"

„Ja! Helf mir doch mal hoch!" Theiß kam herbei gerannt und half ihm auf die Beine. Adam war froh darüber. So konnte er ihm einiges im Vertrauen berichten.

„Was machst du Teufel hier?"

„Theiß, ihr müsst sofort umkehren! Samuel hat schon alles vorbereitet. Seine Männer werden sie zu den Büschen locken. Es wird gleich beginnen. Sie sind schon unterwegs."

„Was?! Warum das? Warum jetzt schon?!" Der Nachtwächter sah die beiden anderen näher kommen und so beeilte er sich, schnell seine letzte und wichtigste Nachricht los zu werden. Dafür umarmte er ihn, als hätte er einen Schwächeanfall und flüsterte ihm ins Ohr:

„Weil wir einen Verräter in unseren Reihen haben. Die wissen über alles Bescheid!" Theiß trug Adam hinüber zum Pferd und reagierte sofort. Während er ihn auf darauf setzte, flüsterte er den anderen beiden zu:

„Planänderung. Wir müssen sofort umkehren und zu Abraham's Büschen gehen. Kommt!" Ohne eine weitere Reaktion abzuwarten, ging er vorweg und Larsen und Remerus folgten etwas zögerlich und mit fragenden Blicken. Theiß bemerkte dies und warf Adam einen vielsagenden Blick zu. Erst am Galgenberg wagte einer der beiden ihn nach den Umständen zu fragen:

„Was ist denn los, Theiß?", fragte Larsen.

„Samuels Männer übernehmen die Aufgabe, die Panzerritter zu den Büschen zu locken.

„Wann soll's denn losgehen?", wollte Remerus wissen.

„Das ist schon voll im Gange! Wir gehen sofort dahin.", gab Theiß zurück.

„Aber ich dachte, das hat noch Zeit?!", rief Remerus verwundert.

„Genau! Und wer sagt, dass das nicht eine Falle ist?"

„Das ist keine Falle! Adam kam doch gerade von dort!", erwiderte Theiß.

„Ach so, ich verstehe.", sagte Remerus und schaute ihn prüfend an.

Larsen stemmte die Hände in die Hüften und sagte verwundert:

„Und was ist mit diesem Paulus Rah und seiner Familie? Sollen wir sie schutzlos zurück lassen? Ich werde zurückgehen und sehen was ich machen kann." Theiß fuhr herum und sah ihn schon fast zornig an:

„Das wirst du nicht! Deine Rechnung mit Bernard kannst du später begleichen!"

„Und wer soll mich daran hindern? Theiß!?"

„Die Männer vom alten Junker.", gab Adam zur Antwort.

Larsen schaute zuerst ihn und dann Theiß mit hochgezogenen Augenbrauen an. Ein flüchtiges Lächeln umspielte für kurze Zeit seine Mundwinkel. Schließlich winkte er gelassen ab.

„Gut, gut. Du wirst sie auf dem Gewissen haben, Theiß. Nicht ich!"

„Oja, das werde ich. Darum mach dir keine Sorgen!"

„Naja, ich weiß nicht, ob denen zu trauen ist!", stellte Remerus fest. Adam spürte, dass irgendetwas im Gange war und er konnte, außer bei Theiß, kaum noch zwischen Freund und Feind unterscheiden. Immer wieder musste er an die Worte vom alten Junker denken: ‚Und heute ist wieder Vollmond, wie damals‘.

„Ihr quasselt zu viel! Wisst ihr das? Wir müssen los, zu den Büschen verdammt!“, rief Adam dazwischen. Plötzlich erklang ein lautes Signal. Es hörte sich an wie ein einzelner Schlag eines Riesenspechtes.

„Was war das?“, fragte Remerus.

„Das ist das Zeichen, dass es losgeht!“, sagte Adam und Theiß nickte zustimmend.

„Los, kommt jetzt!“, rief Theiß und rannte los, wobei er den Zügel von Adam‘s Pferd hielt. Larsen und Remerus verharrten einen Moment lang, unentschlossen welche Richtung sie nehmen sollten und entschieden sich dann laut fluchend für die Abraham‘s Büsche.

Sie schlugen sich durch die Wälder, immer parallel zur Landstraße. Die gespenstische Ruhe um sie herum war zum Greifen nahe und der Mondschein drang durch die Baumwipfel und beleuchtete die Straße wie eine riesige Laterne in einem blaugrauen Licht.

„Gleich kommen wir am ersten Einstieg, dem Södergreen, vorbei. Das ist zugleich der Ausgang des großen südlichen Stollens!“, rief Adam. Die anderen nickten und schauten hinüber. Dort kauerte auf der Straße eine einzelne Person, wie ein lebloser Mantel, den jemand verloren hatte. Erst beim zweiten Blick erkannten sie dies.

„Leute, wir müssen weiter! Wir müssen vor den Reitern da sein!“, mahnte Theiß sie zur Eile und führte sie am Galgenberg vorbei direkt auf den Bebroeker Weiher zu. Plötzlich hörten sie lautes Hufgetrampel und Schreie, die die Stille durchbrachen. Ein lautes schmerzerfülltes Wiehern, ließ sie erschrocken zusammenfahren und sie blieben für einen Moment stehen und schauten sich um. Nur undeutlich sahen sie in der Ferne, zwischen den lichten Bäumen, wie sich ein Pferd aufbäumte. Umringt von mehreren schwarzen Gestalten. Andere Reiter sprengten davon und versuchten zu entkommen. Immer wieder glänzte das blanke Metall der Schwerter auf.

„Weiter!“, flüsterte Theiß, „Sie versuchen sie etwas aufzuhalten.“

„Das sehe ich“, sagte Larsen etwas erstaunt. Remerus zog ihn am Ärmel und riss ihn mit sich fort. Kurz vor einer Gabelung, wo es rechts zur Schmiede weiterging, nahm Theiß einen kleinen Seitenweg zu ihrer

Linken und erklärte:

„Das ist der Weg über die Brasselhöfe! Der ist zwar etwas länger, aber so kommen wir über die südliche Flanke des Junkersberges hinauf zum Holthuusener Feld, während sie den östlichen nehmen müssen.

„Was ist denn mit dem östlichen Weg?“, rief Remerus schnaufend. Adam grinste schadenfroh und schaute hinunter auf die Laufenden:

„Da müssen sie an der Junkersburg vorbei!“ Kurz bevor sie die Bergkuppe erreichten, kamen sie über eine breite Landstraße, die die südliche mit der östlichen verband. Das war die sogenannte alte Römerstraße, die vom Berg Up te Hardt herabkam und bis nach Xanten führte.

„Da!“, rief Larsen plötzlich, „Sie sind mit uns schon fast gleichauf!“ Aber Adam und Theiß schien das nicht zu stören und der Nachtwächter rief:

„Na warte ab, Larsen! Noch sind sie nicht ’rüber!“ Und schon wimmelte es erneut von kleinen schwarzen Gestalten auf der Kreuzung. Sie umringten die Reiter wie kleine Ameisen und boten den Schützen im Mondlicht leichte Ziele.

„Was machen die denn da?!“, rief Remerus, während sie weiter liefen.

„Sie versuchen die Reiter mit ihren Zwillen von den Pferden zu holen!“, erklärte Adam.

„Wie weit ist es noch?!“, rief Larsen.

„Jetzt kommt nur noch ein kleiner Berg, dann sind wir da!“, antwortete der Schmied keuchend. Endlich hatten sie das freie Feld erreicht und sahen in einigen hundert Metern einen dunklen Streifen.

„Da sind sie! Abraham‘s Büsche! Gleich haben wir es geschafft!“, rief Theiß. Sie liefen auf einem schlecht befestigten Landweg geradewegs darauf zu. Zu ihrer Rechten, im Osten, verlief ein weiterer Weg, der sogenannte Viehweg. Adam warf einen flüchtigen Blick hinüber und erschrak:

„Sie sind schon unten! Sie sind schon durchgekommen!“

„Etwas zu schnell, für meine Begriffe! Beeilung! Wir müssen vor denen da sein!“, rief Theiß und sie mobilisierten alle Kräfte. Die Schatten der dichten Buschreihen, rückten immer näher und endlich waren sie in

Sicherheit. Plötzlich blickte Remerus wild um sich und rief:

„Wo ist Larsen, wo ist er?!“ Die anderen erschraken.

„Hast du ihn gesehen Adam?“, rief Theiß, völlig außer Atem. Der Nachtwächter zuckte zusammen und wurde bleich im Gesicht:

„Nein, ich dachte er wär‘ bei dir, Remerus.“

„Das war er ja auch! Ich hatte ihn die ganze Zeit im Blick, aber dann habe ich ihn aus den Augen verloren! Verflucht!“

„Dann hast du ihn also auch schon in Verdacht gehabt?!“, fragte Theiß. Die beiden lehnten erschöpft an einem dicken Stamm und blickten sich mit vielsagenden Blicken an:

„Ja, Theiß. Ich habe das Theater eben nur mitgespielt, um ihn in Sicherheit zu wiegen.“

„Daran hast du gutgetan, mein Freund.“, sagte Theiß und klopfte ihm auf die Schulter.

„Sie kommen!“, rief plötzlich Adam und sprang vom Pferd.

„Bind‘ das Pferd an, Adam!“, rief Remerus. „Schnell!“

„Scheiße! Die sind schon da, und wir sind noch völlig aus der Puste!“, fluchte Theiß.

„Und jetzt müssen wir auf die Reiter und auf Larsen aufpassen, damit er uns nicht in den Rücken fällt! Elendiger Verräter!“, rief Remerus und trat wütend gegen den Stamm.

„Was hast du dabei? Vielleicht eine Muskete?“ Remerus schüttelte den Kopf:

„Nein, nur einen Dolch und meinen Degen.“ Theiß lachte bitter:

„Scheiße noch mal! Was willst du denn damit? Dich duellieren?“ Adam kam herbei gesprungen und zu dritt verschwanden sie im Schatten des Grenzstreifens, den Abraham‘s Büschen. Das Mondlicht verschwand zu einem guten Teil hinter einer kurzen Wolkendecke.

„Meinst du, sie haben uns schon entdeckt?“, fragte Adam.

„Bestimmt!“, gab der Schmied zur Antwort, „Darauf kannst du Gift nehmen!“ Plötzlich ließ Adam sich mit einem Schrei zur Seite fallen und etwas Dunkles kam durch den Busch gesprungen. Es war Remerus, der mit einem Röcheln vor Theiß in die Knie ging. Etwas Langes und Blankes hatte seinen Hals durchbohrt und war vorne neben dem Kehlkopf wieder heraus getreten. Eine fremde Stimme sagte:

„Natürlich, Theiß, wissen die Bescheid! Er hat es ihnen ja selber gesteckt, diese elendige Ratte!“ Theiß sprang auf und zog instinktiv sein Schwert:

„Wer da?!“

„Ich bin‘s, Larsen. Schau, was er in der Hand hält!“ Adam war völlig aufgebracht und mit den Nerven am Ende:

„Das stimmt, ich habe den Dolch in seiner Hand aufblitzen sehen; aber bevor ich dich warnen konnte, war Larsen bereits zur Stelle.“

„Dank dir mein, Freund und Hauptmann Larsen. Das werde ich dir nie vergessen!“

„Schon gut, schon gut. Deshalb habe ich mich ja zurück fallen lassen. Meine Informationen dazu hatte ich aus erster Quelle.“

„Bruder Waldemar?“ Larsen nickte.

„Aber jetzt lass uns wenigstens einen, oder mehr von diesen Satansbraten in die Hölle schicken, da wo sie auch hingehören!“ Die drei krochen durch die dichte Hecke und gelangten so auf die Rückseite. Dort blieben sie in Deckung und beobachteten die zwei Kürassiere, die auf die mannshohen Büsche zugeritten kamen. Der dritte blieb in sicherer Entfernung zurück. Plötzlich bekam Theiß einen Schrecken:

„Mist! Unser Pferd steht noch angebunden dort ’rum!“

„Hat es Remerus dir gesagt?“ fragte Theiß Adam, einer Ahnung folgend. Der Nachtwächter nickte stumm und stöhnte dabei.

„Das sollte das Zeichen sein, damit sie uns besser finden können.“, zischte Larsen.

„Dann lass uns ein Stück weiter gehen. Vielleicht können wir sie ja doch noch überraschen.“, sagte Theiß und gab ihnen einen Wink. Auf allen Vieren krochen sie einige Meter weiter, bis sie zu einer bestimmten Stelle kamen. Der Schmied deutete auf eine freie Stelle, nahe beim Boden, wo ein Mann bequem durchpasste. Die anderen verstanden sofort. Dann flüsterte er:

„Adam, hast du deine Zwille dabei?“ Der Nachtwächter nickte.

„Wartet, ich schau zuerst nach, wo sie gerade sind. Wir können nur einen Reiter auf einmal überwältigen; und es muss schnell gehen! Du musst sehr nahe heran kommen, dann wird der Reiter sich nicht mehr halten können.", flüsterte Larsen, und verschwand.

„Meinst du, wir können ihm trauen? Oder holt er jetzt die Panzerritter?", fragte Adam leise.

„Warte! Das werden wir gleich erfahren!" Sie hörten jemanden laut rufen:

„He! Wieseltäter! He! Wem dienst du?!"

„Das ist er!", zischte Theiß.

„Bernard?" Theiß nickte. Sie lauschten weiter und hörten wieder ein leises Geräusch. Larsen war wieder da:

„Theiß, hast du ihn gehört? Er ist es. Aber er ist zu weit weg. Verflucht! Also nehmen wir einen anderen. Keine zehn Meter von hier, versuchen sie eine Bresche in die Hecke zu schlagen."

„Damit sie an beiden Seiten entlang reiten können. Also gut! Jetzt gilt's!", sagte Theiß.

„Also welchen nehmen wir?", fragte Adam.

„Wenn wir hier durchkriechen, steht der erste keine zehn Meter entfernt und der andere direkt dahinter. Wir haben den Mond im Rücken. Der Schatten ist auf der anderen Seite sehr breit. Adam, kriech du voraus und bleib am besten am Boden liegen. Schieß so schnell wie du kannst und mach Platz, dass wir nachkommen können. Klar?" Adam nickte etwas ängstlich.

„Wartet." Theiß und Larsen schauten sich verblüfft an.

„Erst einen kräftigen Schluck." Der Nachtwächter holte eine kleine Flasche hervor und trank sie in einem Zug aus, warf sie über den Zaun und klemmte sich die Zwille zwischen die Zähne. Bevor sie ihn davon abhalten konnten, war er unter der Hecke verschwunden. Theiß und Larsen steckten ihre Köpfe, soweit es ging, hindurch und sahen wie Adam auf dem Bauch lag, mit hochgeklappter Augenklappe. Rechts von ihnen hatten die Ritter von den Büschen verwundert abgelassen und einer von ihnen ging dem Geräusch nach. Kurz vor der Flasche, hielt er sein Pferd an und schaute sich suchend um.

„Nimm den Vorderen! Jetzt!" flüsterte Theiß und dann krochen er und Larsen hindurch. Ein leises dumpfes Surren erklang, gleich dem

Flügelschlag einer Taube. Kaum waren sie drüben angelangt, sprangen sie auf und rannten laut brüllend auf das aufbäumende Ross zu. Adam rollte sich zur Seite und blieb im Schatten liegen. Er sah, wie der Reiter seinen Halt verlor und sich zur Seite neigte. Theiß und Larsen zogen ihre Schwerter und schlugen ihn aus dem Sattel. Am Boden liegend, öffnete Larsen das Visier und stach zu. Theiß aber wandte sich zum anderen Panzerritter um, der jetzt in wildem Galopp auf sie zugestürmt kam. Den Panzerstecher hielt er in die Höhe, bereit, ihn in das Herz von Theiß zu stoßen.

„Adam, deine Zwille!“, rief Theiß mit gefasster und lauter Stimme. Larsen kam dem Schmied zu Hilfe und stellte sich an seine Seite. Adam suchte überall in seinem Mantel verzweifelt nach einem seiner glatten Sterne.

„Adam!“, brüllte jetzt Larsen.

Bernard, der das Geschehen aus sicherer Entfernung betrachtet hatte, sah nun seine Chance gekommen. Mit aller Gewalt trat er seinem Pferd in die Seiten, dass es laut aufwieherte und dann preschte er wild drauf los. Er zog sein langes Schwert und hielt direkt auf Larsen zu. Adam sah das mit Schrecken und bekam endlich die letzte Walnuss, die er finden konnte, in die lederne Schlaufe gelegt und legte an.

„Adam! Nimm den ersten!“, rief Theiß.

Er nahm den vordersten Ritter und zielte auf das Hinterteil des Pferdes. Kurz bevor der Panzerritter seinen Panzerstecher auf Theiß hinab stoßen konnte, bäumte sich das Pferd plötzlich auf und er verfehlte sein Ziel. Der Reiter schwankte und konnte sich nur mit größter Anstrengung im Sattel halten. Nachdem es wieder mit allen Vieren auf dem Boden stand, ging schließlich das Pferd mit ihm durch und er sprengte davon. Bernard sah dies und hielt sein Ross, nur einige Schritte von ihnen entfernt, an.

„Komm her, Bernard! Deinen Wieseltäter haben wir auch schon erledigt!“ Bernard sagte kein einziges Wort, sondern schaute sie wütend an, wobei er drohend die Faust hob und davon sprengte.

„Jetzt sind es nur noch fünf!“, sagte Larsen keuchend und ließ sein Schwert vor Erschöpfung fallen.

Sie fingen das Pferd des getöteten Kürassiers ein und banden es neben dem von Adam an. Theiß nahm den Harnisch des Ritters ab und zog den leblosen Körper ins helle Mondlicht. Sie betrachteten ihn sehr aufmerksam und fanden auch bei ihm die von Johannes beschriebenen Symbole.

„Vermutlich haben sie auch diesem Kahlschädel die Symbole mit einem heißen Eisen eingebrannt.“, erklärte der Schmied. Larsen nickte:

„Ja, das sieht ganz danach aus. Der Halbmond, der Thorshammer und das M für Metz. Was für ein Wahnsinn! Haben wir die letzten dreißig Jahre nicht schon genug erlebt!? Dieser Scheißkerl! Was will er nur damit erreichen?“ Adam trat vorsichtig heran und betrachtete den Kahlschädel im fahlen Mondlicht:

„So sahen die Toten immer aus, wenn man sie erst nach ein paar Tagen aus dem Wasser gezogen hat. Willst du den Harnisch etwa mitnehmen, Theiß?“ Dieser nickte:

„Ja, als Trophäe. Aber jetzt lasst uns unseren ehemaligen Freund Remerus begraben.“ Remerus Togrund begruben sie an Ort und Stelle, wo sie ihn niedergelegt hatten, bevor der Kampf begann. Sie begruben ihn etwas tiefer, denn aus der Ferne drang Wolfsgeheul herüber. Larsen wies mit dem Kopf in westlicher Richtung:

„Die treiben sich schon etwas länger zwischen Dulcken und den Sygtelener Höhen herum. Auch wenn er uns verraten wollte, war er doch die längste Zeit unser Freund gewesen.“

„Wer weiß, womit sie ihn unter Druck gesetzt haben. Oder er ist vielleicht nie ganz davon losgekommen.“, sagte Theiß und legte einen großen Stein darüber. Den erschlagenen Panzerritter ließen sie für Samuel Junker liegen; sozusagen als Bezahlung für seine Dienste, die er ihnen erwiesen hatte. Sie bestiegen die Pferde, Theiß nahm Adam vor sich und zusammen ritten sie zurück zur Schmiede. Der Morgen graute bereits, als sie endlich dort anlangten und von einem ungeduldigen Magister erwartet wurden. Die Begrüßung war recht schmal und erst recht, als sie den Pferden den Vorzug geben mussten, da sie besonders erschöpft waren. Johannes stand zerknirscht im Türeingang und beobachtete missmütig das rege Treiben. Er tat fast so, als wäre es sein Haus und machte sich mit seinen verschränkten Armen besonders breit, so als wären sie unerwünschte Gäste.

„Na, Giftpilz, was stehst du hier so 'rum? Haste nichts zu tun?", stichelte Adam.

„Oh, der Kopf der Triglaw befindet sich auf einem geistigen Höhenflug!", erwiderte Johannes mit einem ironischen Lächeln. Adam drehte sich sofort herum und fasste ihn an die Schulter:

„Es wird Zeit, dass du eine doppelte Portion bekommst, damit dein Schädel etwas in die Höhe wächst!" Johannes kniff bedrohlich seine Augen zusammen und ballte die Fäuste. Aber Adam schob noch etwas nach, denn ihm lag noch etwas auf der Zunge.

„Na, siehst ...?" Aber schon war Theiß zur Stelle:

„Adam! Es reicht!" Drinnen saß der alte Junker, stumm in eine dicke Decke eingehüllt, vor dem prasselnden Feuer. Er wandte ihnen den Rücken zu und schien nicht die geringste Notiz von alledem zu nehmen. Erst als alle saßen und sich die Stimmung etwas beruhigt hatte, drehte er sich geschwind herum, dass sein weißes Haar flatterte und alle verwundert zu ihm aufschauten. Trotz seines hohen Alters, von jetzt fast neunzig Jahren, war er immer noch eine imposante Persönlichkeit. Nicht wenige munkelten, dass er unnatürlich alt geworden und mit dem Satan im Bunde war. Wenn man es ihm gesagt hätte, dann hätte er nur darüber geschmunzelt, denn nur wenige kannten die Wahrheit und Adam war einer jener Personen. Samuel schaute alle der Reihe nach an, und nickte:

„Das hat länger gedauert als gedacht. Ist etwas dazwischen gekommen?" Irgendwie hatten alle den Eindruck, als wäre dies nur eine Scheinfrage, mehr dafür geeignet eine Unterhaltung zu beginnen, als ernsthaft die letzten Ereignisse zu besprechen. Johannes saß nervös, mit dem Finger auf die Armlehne klopfend, auf seiner Stuhlerhöhung.

„Nun erzählt endlich! Ich bin nicht mehr wütend! Ehrlich nicht! Was ist passiert?" Theiß begann zu berichten und warf, ganz nebenbei, den Harnisch des erschlagenen Panzerritters auf den Tisch. Samuel zog die

Augenbrauen hoch und nahm ihn in seine Hand, während er dem Bericht weiter aufmerksam lauschte. Larsen beobachtete ihn dabei und es entging ihm nicht, dass er ein paar Mal versteckte Blicke mit dem Nachtwächter tauschte. Der Junker begann ihn zu faszinieren und er fragte sich die ganze Zeit, woher er die Informationen so schnell bekommen konnte. Ohne, dass er es selber bemerkte, rutschte ihm jene Frage heraus:

„Sagt, mein alter Freund. Woher wusstet ihr, dass Remerus der Verräter war? Es scheint euch nicht im Geringsten zu überraschen." Theiß unterbrach seinen Bericht und schaute wie alle anderen interessiert auf:

„Ja, Samuel, das würde nicht nur ich gerne wissen wollen."

„Mit der Zeit lernt man mehr und mehr, auf die Feinheiten zu achten. Von meinem Turm aus habe ich einen sehr guten Überblick auf die Straßen und Wege, die in alle Himmelsrichtungen verlaufen. Viele Leute sind dort unterwegs. Bekannte und Unbekannte, Interessante und Uninteressante, Auffällige und weniger auffällige. Durch meine Geschäfte kenne ich natürlich viele Leute und die letzten dreißig Jahre haben mich gelehrt, besonders aufmerksam zu sein und auf jeden Vogel, der da zwitschert, acht zu geben. Theiß, nicht nur dir ist Bruder Waldemar bekannt. Wie auch dir, ist mir sein wahrer Name und seine Herkunft bekannt. Durch ihn erfuhr ich damals von deiner Rückkehr aus dem Krieg, zusammen mit Larsen und Remerus. Bei Larsen, dem Gotländer, kamen mir niemals Zweifel. Aber Remerus, der schon recht lange im Einfluss der katholischen Truppen stand, und wie mir zugetragen wurde, niemals den Versuch gemacht hatte, aus eigener Kraft zu Brot und Familie zu kommen, weckte mein Misstrauen. Bruder Waldemar ließ mich stets wissen, wie es um ihn stand. Suchte er Kontakte, bekam er Besuch, wenn ja, von wem. Aber als er den St. Ermgard-Stift verlassen musste, wusste ich sofort, dass uns etwas Wichtiges entgangen war. Er muss von irgendjemandem eine Nachricht bekommen haben, dass die Zeit nun reif sei, mit den Vorbereitungen zu beginnen. Ab da saß er einige Male im Goldenen Rahbarber, was er sonst nie getan hatte. Er traf dort auch niemanden, blieb aber jedesmal erstaunlich lange. Trank und aß sehr viel. Die Rechnung konnte er auch stets bezahlen, obwohl er, laut Bruder Waldemar, keinen einzigen Gulden in der Tasche hatte. Als die Kürassiere mit euren ehemaligen Kumpanen im Gasthof auftauchten, ging er nicht mehr dorthin, sondern traf sich mit ihnen wahrscheinlich in den Sygtelener Höhen, wo er zeitweise hauste. Zweimal kam er mit einem von ihnen an meiner Burg vorbei geritten.“ Alle hatten aufmerksam zugehört und langsam begann ihnen klar zu werden, in welcher Gefahr sie alle geschwebt hatten.

„Und deshalb wolltest du unbedingt zu Johannes reiten, damit ihm nichts passiert?“, folgerte Adam. Der Alte nickte:

„Ja. Mehrere Male waren sie oder vielleicht Remerus um dein Haus geschlichen, Theiß.“

„Warum hast du mir nie davon erzählt?“ Ein breites Grinsen lief über das ganze Gesicht und Samuel hob den Zeigefinger:

„Das hätte mich verraten und dich, Theiß, viel früher in Gefahr bringen können. Ich habe deiner Vorsicht und deiner Wachsamkeit vertraut. Ich glaube sie wollten nur wissen, ob sie für einige Zeit vor dir Ruhe haben konnten. Als alles begann, als du mit Adam zum Goldenen Rahbarber gingst und den eigenartigen Fremden sahst, wart ihr in Wirklichkeit schon mittendrin in dieser Geschichte. Adam habe ich natürlich die Gulden schon längst wieder gegeben, die du ihm aus seiner Geldkatze gezogen hattest.“ Theiß Verblüffung nahm kein Ende und die anderen schmunzelten:

„Schau, schau! Daher weht uns der Wind den Schnee auf‘s Dach! Ihr beiden habt es faustdick hinter den Ohren! Faustdick!“

Johannes hatte sich bisher zurück gehalten und war nun für seine Begriffe genug informiert. Er ahnte, dass sie nun schnell einen Plan machen mussten, um auf alles vorbereitet zu sein.

„Gut, gut. Lassen wir das alles nun auf sich beruhen. In fünf Tagen wird der Bote wieder im Gasthof sein und dann?“

„Natürlich müssen wir ihnen nach! Ist doch klar!“, rief Larsen und rieb sich freudig erregt die Hände. Johannes war das zu einfach und er schüttelte den Kopf:

„Das reicht nicht! Sollen wir ihn nun noch abfangen, jetzt wo wir schon früher zugeschlagen haben?“ Adam kratzte sich am Kinn und schlug gestenreich seine Augenklappe hoch:

„Einen haben wir ja, dank meiner Hilfe, erwischt und den Würmern zum Fraß vorgeworfen.“ Johannes lachte:

„Das heißt den Löwen!“ Adam winkte gereizt ab und setzte seinen Vortrag fort:

„Lassen wir ihn doch einfach durchgehen. Ist doch scheißegal! Wir wissen doch wohin die Reise geht, oder nicht?“

„Scheinbar! Oder weißt du mehr, Samuel?“, fragte Theiß.

„Nein, da muss ich leider passen. Aber Johannes Vermutung, scheint sehr nahe zu liegen. Der Gefangene muss eine bedeutende Persönlichkeit sein. Höchst, Wevelinghoven. Das klingt logisch. Aber danach muss noch etwas kommen. Ein anderer Ort. Dieser muss Bernard sehr wichtig sein. Was gibt es denn heute in Höchst und Wevelinghoven noch zu finden oder zu tun?“

„Außer, dass es gottverlassene Ecken sind? Vielleicht Verbündete, die sie mit Mannen verstärken sollen.“, gab Larsen zu bedenken.

„Das werden wir erst sehen, wenn wir dort angekommen sind. Aber was machen wir mit Paulus Rah und seiner Familie? Sind sie nicht in Gefahr?“, wollte der Magister wissen.

„Das glaube ich nicht. Noch nicht. Die Panzerritter werden sie brauchen, bis sie abreisen. Schließlich werden sie von ihnen mit Essen und Trinken versorgt und die Leute kommen weiter zum Gasthof. Weniger auffallen geht nicht.“, erklärte Theiß.

„Scheiße! Die sind zu fünft und wir dreieinhalb: Theiß, Larsen, Johannes und ich sollen ihnen Beine machen?!“, rief Adam völlig außer sich. Johannes kniff wieder die Augen bedrohlich zusammen und stand jetzt auf seinem Stuhl:

„Wen meinst du hier mit Halb?! Dich?! Bestimmt weil du nur ein Auge hast!“

„Du, du …“ Adam schüttelte seine Faust.

„Ruhe!“, brüllte Theiß dazwischen und gab jedem einen neuen vollen Bierkrug.

„Trinkt jetzt und haltet euch wenigstens heute zurück.“

„Ihr müsst auf der Hut sein, wenn ihr sie verfolgt. Wohin auch immer. Es könnte gut sein, dass sie Verstärkung bekommen!", gab der alte Junker zu bedenken.

„Also gut, dann lasst uns die letzten fünf Tage für die Vorbereitungen nutzen. Einer sollte stets in der Nähe des Gasthofes sein, falls der Bote doch etwas früher kommen sollte.", sagte Larsen.

„Auf jeden Fall muss ich wissen, ob der Fensterladen des Küchenfensters geschlossen ist. Daran müssen wir denken. Und wenn der fünfte Tag gekommen ist, müssen wir alle dort sein, um sie davon abzuhalten, Rah und seine Familie umzubringen.", mahnte Johannes.

„Das hätte ich fast vergessen.", sagte Theiß.

„Das mit den Tollkirschen wär' eine gute Sache!", gab Adam zu.

„Schau, schau. Er lobt mi…"

„Johannes!", erklang wieder die Stimme vom Schmied.

„Also wechseln wir uns mit der Wache ab?", fragte Larsen. So vereinbarten sie, dass alle sechs Stunden ein Wechsel stattfinden sollte und die Reihenfolge ergab sich durch das Alphabet. Adam gefiel das gar nicht, aber er nahm es mit Fassung. Ab Mitternacht sollte es beginnen.

„Das ist gut, dann hab' ich noch ein wenig Zeit, mir ein Wildschwein zu erlegen.", sagte Theiß feierlich und stand auf. „Wer kommt mit?" Dann fiel sein Blick auf den Alten:

„Adam sagte, dass man mit deinen glatten Sternen auch Wild erlegen kann. Stimmt das?"

„Na klar! Aber treffen kann nicht jeder damit."

Die anderen sahen überrascht auf, aber den Schmied schien das nicht zu stören, stattdessen ging er auf Adam zu, griff in seine Jackentasche und zog die Zwille hervor.

„Hast du noch ein paar von diesen Dingern?" Fassungslos drückte er ihm die Letzten, im Ganzen vier, in die Hand und sah ihm, wie die anderen zu, wie er sich bereit machte, zu gehen.

„Was hast du denn vor?", wollte Johannes wissen, „Wir haben doch noch genug Wildschwein in der Kammer."

„Das brauche ich für unseren Bernard und seine Kahlschädel, wenn wir sie uns vom Leib halten wollen." Adam nahm sich einen kräftigen Schluck und sprach halblaut, mitten in das Stimmengewirr hinein:

„Ein Wildschwein. Aber nicht zum Essen, sondern um sich diese Panzerritter vom Leib zu halten. Verrückt!"

„Bin in einigen Stunden wieder zurück!" Und war im Handumdrehen verschwunden. Johannes zog die Achseln hoch und sagte:

„Na schön. Jetzt haben wir nur noch ein paar Stunden Zeit, bis Adam los muss. Gibt es noch irgendwelche Fragen?"

Es gab keine Fragen mehr. Aber dafür rätselten alle mit einem Mal drauf los, was Theiß im Schilde führen könnte. Nur Larsen blieb unbeteiligt. Nach einiger Zeit fiel es den anderen auf, und sie bestürmten ihn mit den wildesten Vermutungen. Aber Larsen winkte ab und sagte:

„Wartet nur ab, bis es soweit ist. Es ist eine Sache, die Theiß und ich uns vor Jahren ausgedacht hatten, um die Übermacht einer konkurrierenden Truppe wett zu machen." Samuel hatte zwar auch keine Ahnung, fand aber diese Verwirrung sehr amüsant.

Adam machte sich kurz vor Mitternacht auf den Weg, nahm aber seine Laterne nicht mit. Er hatte Angst davor, ihnen dadurch eine zu leichte Zielscheibe abzugeben. Johannes und Larsen, die als nächstes an der Reihe waren, legten sich zum Schlafen in ihre Decken. Samuel unterhielt in der Zeit das Feuer und grübelte über vergangene Zeiten nach, als er und sein Bruder Leo noch jung waren und ihre ersten Abenteuer erlebten.

Es dauerte fast eine Stunde, bis der Nachtwächter am Gutshof ankam. Das Gebäude lag still und verlassen da; fast machte es den Eindruck, als wäre es unbewohnt. Der Mond beschien den Landweg, der am Gasthof vorüber ging. Hinter ihm im Wald war es still. Er blieb in der Deckung des Waldes und schlich etwa hundert Meter weiter nach rechts, bis er fast außer Sichtweite war. An dieser Stelle beschrieb der Weg eine Linkskurve und er hastete, immer den Blick auf das Gasthaus gerichtet, hinüber. Zwischen den Bäumen ging er weiter, stets mit einem unguten Gefühl, wenn ein Ast unter ihm knackte. Endlich befand er sich an der rechten Flanke des Hauses und blickte hinüber zum Küchenfenster. Der Fensterladen war zugeschlagen! Er schnalzte aufgeregt mit der Zunge und blieb in der Hocke. Sein Auge suchte das ganze Haus und den Obstgarten nach irgendwelchen verdächtigen Bewegungen oder Veränderungen ab. Aber er konnte nichts Verdächtiges feststellen. Nach relativ kurzer Zeit glaubte, er genug gesehen zu haben und machte sich hastig aus dem Staub.

Völlig erschöpft kam er bei der Schmiede an und erzählte aufgeregt von der Entdeckung, die er gemacht hatte. Es dauerte eine Zeit bis er wieder zu Atem kam:

„Also. Alles war still und dann habe ich nach dem Fensterladen gesehen."

„Und?", fragten Johannes und Larsen gespannt.

„Na, er war geschlossen!"

„Sehr gut! Jetzt bleibt nur noch zu hoffen, dass er nur angelehnt ist.", gab der Magister zur Antwort.

„Hast du die Tollkirschen bei dir?", fragte Larsen. Johannes holte den Lederbeutel raus und öffnete schließlich mit der gebührenden Vorsicht die kleine Holzdose. Larsen betrachtete sie fasziniert, wie ein kleines naschendes Kind:

„Welch kleine gefährliche Dinger. Meinst du vier reichen aus?" Johannes nickte und sagte mit einer bissigen Ironie:

„Darauf kannst du Gift nehmen!" Der Gotländer nahm ehrfürchtig die Hand zurück und sagte:

„Lieber nicht! Wie bekommst du denn den Saft da heraus gepresst?"

„Die Holzdose hat an einer Ecke ein kleines Loch. Sie ist außerdem aus einer dünnen Weidenrinde geflochten. Die Rinde ist glatt und liegt innen, außen die raue Seite. Man kann sie ohne viel Kraft zusammendrücken, ohne dass man selber etwas abbekommt." Larsen klopfte ihm auf die Schulter:

„Schlaues Bürschen. Willst du es heute noch versuchen?" Johannes nickte.

Kurz bevor der Magister sich auf den Weg machte, kam Theiß freudig strahlend herein. Johannes sprang erschrocken zur Seite, denn der Schmied war völlig Blut verschmiert und machte sich daran seine Kleider zu wechseln und sich zu waschen.

„Gibt's was Neues?", fragte er mit einem strahlenden Lächeln, als hätte er den Rittern schon längst den Garaus gemacht. Daraufhin erzählte Johannes ihm schnell in kurzen Worten die Neuigkeiten und machte sich auf den Weg. Dazu wechselte er seine Jacke mit der des Schmieds, die aus einem schwarzen Schafspelz gefertigt war. Mit weichen Knien schlich er davon und im Gegensatz zum Nachtwächter, trat nun der Vollmond aus den Wolken hervor und leuchtete ihm den Weg. Ohne einen bestimmten Grund musste er an seinen Großvater Aret denken, der oft des Abends mit ihm durch den Wald gegangen war, um ihm die Welt bei Nacht zu zeigen, wie er zu sagen pflegte. Als Kind hatte er es immer spannend gefunden; auch wenn er noch dazu die alten Geschichten von den Mondmotten, die des Nachts zur Erde und tagsüber zurückflogen und den hüpfenden Mondwölfen, die sich mit ihren Artgenossen auf der Erde nur in der Nacht über ihr Geheule unterhalten konnten, weil sie tagsüber auf der falschen Seite waren, erzählte. Aber jetzt ärgerte es ihn sehr, dass er sich zeigte, auch wenn er es vielleicht gut mit ihm meinte.

Es dauerte eine Weile, bis er am Ziel anlangte. Johannes hatte zufällig sofort den richtigen Weg gefunden, weil er sich mit der Richtung geirrt hatte. Direkt gegenüber dem Küchenfenster kam er aus und kroch auf allen Vieren, wie ein Tier an den Waldrand heran. Er wollte warten, bis der Mond hinter einer Wolke verschwunden war, weil er noch gut zwanzig Meter über eine freie Fläche gelangen musste. Sein Herz klopfte so fest, dass er den Puls im Ohr hören konnte. Endlich war der Mond hinter einer Wolke verschwunden und er wollte schon loslaufen, als er hinter sich ein knackendes Geräusch hörte. War es ein Tier? Johannes schaute nach oben und sah, dass es keine große Wolke war, die den Mond verdeckte. Er hatte nicht mehr viel Zeit zu verlieren und er entschloss sich, getrieben von der Gefahr, die vielleicht hinter ihm stand, die Flucht nach vorne zu wagen. In geduckter Haltung rannte er los und erreichte glücklich das Fenster. Er lauschte. Drinnen war es still. Vorsichtig öffnete er den Fensterladen mit einem leisen Quietschen und er fuhr zusammen und ging in die Hocke. Er wartete eine Weile und als sich drinnen nichts zu regen schien, richtete er sich wieder auf und öffnete den Fensterladen ein Stück weiter, bis er die Kanne sehen konnte. Hinter dem Fenster war alles schwarz, als er hindurchschaute. Johannes zog den Beutel heraus. Mit zittrigen Händen bekam er die Holzschachtel zu fassen und suchte die kleine Öffnung. Plötzlich kam der Mond wieder hervor und er beeilte sich, sie über dem Gefäß zu halten und die Tollkirschen auszupressen. Immer wieder schaute er in die Küche hinein und er glaubte etwas Graues in Bewegung zu sehen, war sich aber nicht sicher. Verzweifelte schaute er auf die Tropfen, die langsam herabfielen. ‚Hätte ich Esel nicht kleinere Beeren nehmen können?!' Endlich war auch der letzte Tropfen hinein gefallen und er rannte, ohne sich weiter umzuschauen, los. Nach ein paar Schritten fuhr ihm ein Schrecken in die Glieder, denn er hörte eine Stimme aus dem Haus, die laut flüsterte:

„He. Da läuft ein Wildschwein 'rum. Ist die Muskete noch geladen?" Dann hörte er wie die Seitentür der Küche aufgestoßen wurde. Er drehte sich um und sah einen der Kürassiere mit einer Muskete, die er einem anderen auf die Schulter gelegt hatte. Johannes schrie laut auf und rannte wie ein Kaninchen, mehrere Haken schlagend, zurück zum Wald. Plötzlich löste sich ein Schuss: Direkt vor ihm stieg Qualm auf. Um ihn herum wurde alles schwarz und er sank zu Boden; schwach erkannte er noch den Baum, der kaum eine Armlänge von ihm entfernt stand.

„Steh auf! Mach schon!", brüllte jemand, aber er wusste nicht wo er war. Jemand zog an seinem ausgestreckten Arm und schleifte ihn über den Waldboden davon; Matsch und Blätter blieben in seinem Gesicht hängen und verklebten sein linkes Auge.

‚Ich lebe noch! Wie ist das möglich?' dachte er und schaute auf die dunkle Gestalt, die vor ihm stand, mit einer Muskete in der Hand.

„Was ist passiert?", hörte er sich fragen.

„Komm jetzt, du Narr! Sie werden gleich hier sein!" Es war die Stimme von Larsen. Mit einem kräftigen Ruck zog er den Magister wieder auf die Beine und trat ihm ins Hinterteil.

„Wir müssen weg!" Plötzlich war er hellwach. Zusammen rannten sie los und Johannes versuchte den Abstand zu Larsen nicht größer werden zu lassen, was ihm auch einigermaßen gelang. Er kannte mittlerweile den Weg und erreichte den Galgenberg schneller, indem er die Abkürzung nahm. Der Mond wies ihm den Weg, aber auch den Verfolgern. Hinter sich hörte er nämlich leises Hufgetrampel, als er gerade den

Berg hinter sich ließ.

„Scheiße!“, entfuhr es ihm und dann wurde er plötzlich rechts und links unter den Armen gepackt und in die Höhe gehoben.

„Hast du ihn?!“, hörte er Theiß rufen.

„Ja!“, kam es von der linken Seite. Johannes schloss die Augen und ließ es mit sich geschehen. Larsen und Theiß rannten, mit ihm als Gepäck, los. Plötzlich hörte er unerwartet wieder jenes leise Surren. Dem folgte ein lautes Wiehern, und dann noch eins. Dann hatten sie es geschafft. Johannes sah wie im Nebel, wie die schwere Eichentür hinter ihm geschlossen wurde, als man ihn auf den Boden legte. Wie aus weiter Ferne hörte er die beruhigenden Worte des alten Samuel:

„Der Kerl besteht nur aus Ziegenhaut, der kommt durch. Schickt mir den Rah, wenn es soweit ist. Wir halten die Straßen bis nach Sygtelen frei. Viel Glück euch allen. Bis bald.“

„Der hat einen ganzen Tag geschlafen! Unser Magister Langärmel! Pah! So ein kleiner Wurm und so viel Schlaf! Pah! Hier hast du deinen scheiß Gulden!“, hörte Johannes jemanden sagen und er öffnete die Augen. Natürlich war es die Stimme vom Nachtwächter, der ihn nun grinsend anschaute.

„Wo bin ich?“, fragte der Magister.

„Wo bin ich?“, äffte Adam ihn nach. Neben ihm standen Theiß und Larsen glücklich lächelnd. Theiß hielt ihm etwas golden Glitzerndes entgegen und sagte:

„Solltest öfters so leichtsinnig sein, mein Magister! Bist goldwert!“

„Ach ne! Ohne meine Zwille wärt ihr gar nicht soweit gekommen! Dann hättest du deinen Gulden gar nicht gewinnen können!“ Larsen lachte:

„Aber du wärst dann auch nicht mehr hier.“ Adam winkte ab:

„Ist jetzt auch egal! Hauptsache der kleine Wicht ist wieder da und kann uns wieder auf die Nerven geh‘n!“ Johannes musste lächeln und gab ihm die Hand:

„Danke, Adam. Das war Rettung in letzter Not. Danke, dass du mich und die anderen gerettet hast.“ Dann wandte er sich an Larsen und Theiß:

„Auch euch muss ich danken. Tausend Mal Dank!“ Keiner sagte etwas darauf, sondern jeder schaute nur betroffen zu Boden. Theiß ging dann zum Bierfass und kam mit vier gefüllten Krügen zurück:

„Auf uns! Auf …“ Aber Larsen schnitt ihm das Wort ab:

„Nein! Nein! Auf die Triglaw!“

Nachdem alle einen kräftigen Schluck genommen hatten, kletterte der Magister von Theiß‘ Pritsche und fragte:

„Der wievielte ist heute?“ Theiß lachte:

„Wieder ganz der Alte! Der zehnte im Brachet.“

„Dann müsste heute der Bote zurückkommen.“

„Rein rechnerisch, ja. Aber jetzt erzähl uns erst einmal, was passiert war, als du törichterweise alleine zum Gutshof gingst.“, sagte Larsen.

„Und ihr erzählt mir warum ich überhaupt noch lebe!“ So berichteten sie sich gegenseitig von den Ereignissen und erkannten, wieviel Glück, aber auch Erfolg sie gehabt hatten.

„Na, das läuft doch gut an! Jetzt fehlt nur noch, dass unser Freund seinen Rotwein trinkt. Schade, dass du ihn nicht mit deiner Muskete erwischt hast, Larsen!“, sagte Adam. Daraufhin verzog Larsen das Gesicht und erklärte:

„Ich war heute Morgen beim Gutshof, wie ihr wisst. Als ich mich auf den Heimweg machen wollte, flog mir ein Papierkügelchen vor die Füße.“

„Was?! Zeig her!“, rief Adam.

Larsen breitete das Papier auf dem Tisch aus und alle schauten gebannt darauf: ‚Der Hauptmann hat Wein in eine Feldflasche gefüllt. Hat nicht getrunken!‘

„Dann geht‘s heute los!“, rief Johannes aufgeregt. In seiner Hast übersah er jedoch die lange Decke, die an seinen Füßen hängen geblieben war und fiel der Länge nach zu Boden. Unter sich spürte er die lange, harte Spitze der Schnabelschuhe von Adam. Der rief wenig begeistert:

„He! Magister Langärmel! Ruiniere nicht meine neuen Schuhe!“ Verärgert stand Johannes auf und klopfte sich den Staub, unter dem Lachen der anderen, ab.

„Weißt du, das mit deinen eigenartigen und unpraktischen Schuhen interessiert mich überhaupt gar nicht! Im Moment gibt es viel Wichtigeres!“

„Kein Zweifel. Unser Magister ist wieder bei Kräften.“, stellte Larsen zufrieden fest.

„Ja, und das wird auch allerhöchste Zeit!“, sagte Theiß mit einem ernsten Gesicht, „Wir müssen jetzt schnell reagieren und alle Vorbereitungen treffen. Heute Abend könnte es losgehen. Wir dürfen diese Burschen nicht aus den Augen verlieren.“ Der Magister nickte:

„Ja, Theiß. Aber wir müssen auch einen Plan machen, wie wir die Familie Rah vorher da heraus bekommen. Denn eins ist sicher: die werden sie nicht am Leben lassen. Die wissen zu viel und haben schon zu viel gesehen.“ Die anderen pflichteten ohne Ausnahme mit einem Kopfnicken bei; sahen aber mit erwartungsvollen Blicken auf ihn herab. Johannes verstand sofort diese Botschaft und zugleich die Aufforderung, die sich dahinter verbarg.

„Während ihr an den Abraham‘s Büschen ward, hatte ich mir einen Plan zurechtgelegt, wie wir die Familie Rah relativ sicher und einfach befreien könnten.“

„Und?“, riefen die drei wie aus einem Mund. Johannes genoss den Augenblick des Triumphes und verschränkte gewichtig seine Arme. Adam ballte ungeduldig seine Faust:

„Na? Was ist? Langärmel! Willst du dir einen Gulden verdienen, oder was?“ Aber der Magister winkte gelassen ab:

„Den kannst du dir für deinen Alkohol aufheben. Nein, wir werden uns den Boten zunutze machen. Sobald er da ist, werden sich alle nach oben in die Kammer eures Freundes Bernard Heyman begeben, um die Neuigkeiten zu besprechen. In dieser Zeit muss es uns gelingen die Familie aus dem Haus zu bekommen.“

„Aber dazu müssen wir sie erst einmal darüber informieren.“, entgegnete Larsen. Theiß nickte und fasste seinen alten Kameraden bei den Schultern:

„Larsen, kannst du uns sagen, aus welchem Fenster dein Papierkügelchen geflogen kam? Erinnere dich!“ Larsen kratzte sich am Kinn und überlegte laut:

„Also ich stand genau dort, wo wir Johannes gerettet haben. Es flog fast bis zu meinen Füßen, denn ein kleiner Stein war darin eingewickelt. Aber welches Fenster war es?“ Johannes fasste ihn am Hosenbund:

„Larsen! Rollte oder hoppelte die Papierkugel?“

„Was?! Was soll denn diese besch…“, setzte der Nachtwächter entgeistert an, aber Theiß unterbrach ihn mitten im Satz:

„Ruhe! Johannes wird wissen, warum er genau das fragt.“ Larsen schaute verwundert auf den kleinen Mann herab und begann langsam seine Frage zu verstehen:

„Es hoppelte unzählige Male hintereinander und ganz schnell!“ Daraufhin rief Johannes begeisetert:

„Dann muss es das Küchenfenster gewesen sein!“ Adam kratzte sich am Kopf:

„Versteh ich nicht. Was hat denn das ‚hoppeln‘ mit dem Küchenfenster zu tun?“

„Das ist wie mit dem flachen Stein auf der Wasseroberfläche: Aus großer Höhe geworfen machte er nur Plumps! Aber auf Höhe der Wasseroberfläche und flacher geworfen, springt er wie ein kleiner Floh darüber hinweg. Verstehst du, Adam?“ Theiß und Larsen grinsten den Nachtwächter an. Der tat es wie selbstverständlich mit den Worten ab:

„Na klar, logisch! Das ist wie mit den Pferdeäpfeln.“

„Pferdeäpfeln?“, riefen die anderen völlig entgeistert.

„Ja! Wenn du die rollst, bleiben sie ganz und wenn du sie aus einem Fenster heraus wirfst, gehen sie kaputt!“ Es entstand eine lange Pause und sie schauten sich verstohlen an.

„Aha“, sagte Theiß.

„Ja!“, sagte Johannes langsam mit dem Kopf nickend.

„Da muss man erst mal ’drauf kommen!“, sagte Larsen.

„Also, heißt das jetzt, dass wir den Goldenen Rahbarber ständig im Auge behalten müssen und der Familie von Paulus eine Information zukommen lassen müssen?“, folgerte Theiß. Johannes nickte und reichte ihm dabei einen Zettel:

„Hier steht alles drauf, was sie wissen müssen.“

„Na, aber uns solltest du ebenfalls einweihen. Sag uns was drin steht, dann können wir loslegen.“, erklärte Larsen.

„Das ist schnell gesagt. Die ganze Familie soll sich in der Küche einfinden und die Tür verriegeln, damit ihnen keiner so schnell folgen kann. Wir warten draußen am Fenster und werden ihnen beim Ausstieg helfen.“, schilderte der Magister. Theiß nickte zufrieden:

„Gut. Das übernehmen Larsen und ich. Ihr beide macht in der Zeit die Pferde und den Proviant klar. Wir werden Paulus Rah und seine Familie und natürlich Frieda, am besten über den alten Samuel zum Kloster St. Ermgard schicken. Dort sollten sie erstmal in Sicherheit sein. Also, alles bereit?“ Die anderen nickten, aber Adam schien nicht ganz mit seiner Aufgabe zufrieden zu sein.

„Kann ich nicht mitgehen und Larsen hilft Johannes beim …“

„Nein, Adam! Wenn es zu einem Nahkampf kommen sollte, und das ist sehr wahrscheinlich, glaub ja nicht, dass du nur den Hauch einer Chance hast! Larsen und ich übernehmen diesen Teil und jetzt keine Diskussion mehr! Vergesst ausnahmsweise euren Streit und denkt daran, dass hier Menschenleben auf dem Spiel stehen.“ Zerknirscht schaute der Nachtwächter den beiden nach, als sie die Schmiede verließen und Johannes drängte zur Eile:

„Los, komm jetzt! Wir haben keine Zeit zu verlieren. Zeig mir wo alles ist; du kennst dich hier doch aus!“ Adam blies die Backen auf und spuckte in die Glut des Feuers, dass es zischte:

„Spiel dich hier bloß nicht so auf, Langärmel! Du kannst vielleicht besser lesen als ich, aber …“ Der Magister schloss entnervt die Augen und schickte ein Stoßgebet gen Himmel.

„Lieber Herrgott, da muss mehr als nur ein Auge verloren gegangen sein, ich …“ Adam hatte währenddessen seinen Kopf zur Seite geneigt und angestrengt gelauscht, aber er wurde nicht schlau daraus:

„Hä? Was brabbelst du da immerfort? Bist völlig be…“ Johannes Blick fiel auf eine Schale mit dicken Bohnen. Er nahm zwei davon, steckte sie sich in die Ohren, und rief im Davongehen:

„Du machst die Pferde fertig und bindest sie draußen am Rick, neben der Haustür an! Ich mache das andere. Danach kannst du machen was du willst! Von mir aus kannst du mir dann noch weitere Geschichten erzählen!“ Genau in dem Moment, als Johannes die Tür von der Speisekammer hinter sich schloss, kam die Schüssel mit den dicken Bohnen herangeflogen und klatschte dagegen. Der Magister nahm sich kopfschüttelnd mehrere Ledertaschen aus dem Regal und begann sie mit den notwendigen Lebensmitteln wie Brot, geräuchertes Fleisch, Äpfel, Birnen und Nüsse zu füllen. Als er damit fertig war, öffnete er vorsichtig die Tür einen Spalt breit und stellte mit Erleichterung fest, dass Adam nicht mehr zu sehen war. Er hatte sich tatsächlich auf den Weg zum Pferdestall gemacht, denn die Haustür stand offen. Johannes nahm die Lederschläuche und ging zum Brunnen, um sie mit Trinkwasser zu füllen.

Die Sonne verschwand mit einer rotvioletten Farbe hinter dem noch weit entfernten Galgenberg. Theiß und Larsen nutzten jede Deckung, die sich ihnen bot, bis sie ihn endlich erreichten. Ohne eine Rast ging es weiter, bis zum Gasthof. Hinter einer mächtigen Eiche gingen sie schließlich in Deckung.

„Wie sollen wir ihnen die Nachricht überbringen, ohne dass es auffällt?“, flüsterte Larsen.

„Meine Idee ist es, hinüber zum Obstgarten zu gelangen, da wo sie die Küchenabfälle immer hinwerfen. Irgendwann wird einer schon heraus kommen und dann sollte es möglich sein, die Nachricht zu übergeben.“

„Gut. Geh du voran. Ich folge!“ Sie blieben im Schatten der Bäume und hielten sich parallel zum Gasthof. Nach einigen Metern kamen sie zum Nachbargrundstück und kletterten über den Zaun. Es war nur eine Weide auf der einige dutzend Schafe standen und sie machten sich daran, kriechend am dichten Bretterzaun entlang, auf die Höhe der dunklen Tanne zu kommen. Larsen wollte sich gleich daran machen den Zaun erneut zu überwinden, als Theiß ihn zurück hielt.

„Warte! Vorsicht! Hier in dieser Ecke haben wir damals zum ersten Mal den Fremden gesehen. Gut möglich, dass sich hier jemand auf die Lauer gelegt hat.“ Larsen nickte und sie gaben sich mit Zeichen zu verstehen, dass sie die dunkle Ecke von beiden Seiten einkreisen wollten, um damit zu verhindern, dass jemand entkommen könnte. Wie zwei Katzen nahmen beide ihre Lauerstellung ein, nahmen die Messer zwischen die Zähne und sprangen auf ein gemeinsames Zeichen hinüber. Völlig geräuschlos ließen sie sich unter die Tanne rollen und stießen erleichtert gegeneinander.

„Gott sei Dank. Wir sind alleine.“, sagte Theiß.

„Mann, hier stinkt‘s aber dafür ungemein! Verdammte Pestilenz!“ Theiß musste schmunzeln:

„Wir wollen hier ja auch nicht übernachten!“

„Ne, das nicht. Aber ich hoffe, dass bald einer kommt, sonst falle ich gleich noch in Ohnmacht!“ Beide lachten und warteten ab. Immer wieder schauten sie hinüber zum Haus und trotz der Mittagszeit, in der sonst üblich reger Betrieb herrschte, war alles totenstill. Die Hitze verstärkte den Geruch zusehends und es stellten sich immer mehr Fliegen ein, die mit der Zeit zu einer rechten Plage wurden.

„Verdammte Biester! In meiner Ecke liegen unzählige faule Äpfel herum!“, fluchte Larsen.

„Gib mir einen.“, flüsterte Theiß, „Ich hab‘ da eine Idee.“

„Was hast du vor?“

„Wir müssen die Fenster im Auge behalten und nur auf etwas Helles achten.“

„Ja, aber es könnte noch jemand zusehen. Die haben doch schwarze Rüstungen an; die können wir gar nicht sehen.“

„Das weiß ich doch, Larsen. Aber das Risiko müssen wir eingehen.“ Nach einer gefühlten Ewigkeit rief Larsen plötzlich: „Da! Da war was! Unten. Das Fenster ganz weit links!“ Theiß nickte und warf den faulen Apfel in die gewiesene Richtung. In einem hohen Bogen kam er direkt vor dem Fenster herunter und fiel auf den Boden.

Dann war es ihnen, als ob etwas Weißes näher an die Scheibe herankam und sich deutlicher abzeichnete.

„Das ist Braunbär!“, flüsterte der Schmied.

„Wer?“

„So nennen wir hier unseren Paulus Rah. So einen behaarten Menschen hast du bestimmt noch nicht gesehen. Ist aber sanft und harmlos wie ein Lamm.“

„Ich hab ein Geräusch gehört!“, zischte Larsen.

„Hoffen wir mal, dass es keiner von den Panzerrittern ist!"
„Hier hätten wir verdammt schlechte Karten! So flach am Boden liegend!"
„Ja, der bräuchte nur noch zuzustechen!" Nach einer Weile hörten sie leise Schritte, die langsam näher kamen. Dann war es mit einem Mal still. Theiß und Larsen nahmen ihre Messer in die Hände; auch wenn es ihnen schon fast lächerlich vorkam. Sie mussten warten, was geschah.
Plötzlich kam eine Hand um die Ecke hervorgeschossen und ihnen fielen die Hülsen von Brechbohnen ins Gesicht. Am liebsten hätten sie laut aufgelacht, aber halb prustend und halb flüsternd sagten sie:
„He, wir sind's. Johannes schickt uns!" Wieder herrschte Stille.
„Ihr habt ja Nerven! Mensch, Theiß! Du hier? Was ist los?"
„Hier nimm das! Haltet euch bereit! War der Bote schon da?"
„Nein! Der soll heute kommen. Die sind ganz schön nervös, sag ich dir." Plötzlich erklang eine krächzende Stimme:
„Hey Fettsack! Wo bist du?!"
„Hhhiier!"
„Komm jetzt endlich, wenn dir dein Leben lieb ist! Mach uns was zu essen! Vom Besten was da ist! Außerdem habt ihr die Kutsche noch nicht sauber gemacht!" Paulus hob den Zettel auf, den Theiß, vor seine Füße fallen gelassen hatte und entfernte sich wieder. Die Stimmen wurden leiser.
„Das war unser Bernard! Dreckschwein!", fluchte Larsen.
„Hast Recht. Komm, jetzt müssen wir verschwinden!"
Sie nahmen den gleichen Weg zurück und versteckten sich wieder im Wald gegenüber. Im Schatten der mächtigen Eiche beobachteten sie, wie sich Frieda, zusammen mit den kleinen Kindern des Wirtes, an der schwarzen Kutsche, unter der Aufsicht einer der Kürassiere, abmühten.
„Einer muss hier bleiben, Theiß! Geh du zurück zu den anderen! Ich übernehme das! Sobald der Bote angekommen ist, stoße ich dazu!" Theiß nickte:
„Aber verspreche mir keine Alleingänge, Larsen. Ich weiß, wie sehr du diesen Bernard hasst!"
„Nein, nein. Mach dir keine Sorgen. Ich gebe dir mein Wort darauf!"

Sie gaben sich die Hände und trennten sich. Theiß rannte zurück zur Schmiede und fand alles gut vorbereitet vor. Aber wie überrascht war er, als er diese eigenartige Stille erleben musste, die zwischen den beiden Zankhähnen herrschte. Und noch mehr überrascht war er, als er die dicken Bohnen in den Ohren vom Magister sah, so dass er am liebsten laut losgelacht hätte. Der Magister und der Nachtwächter saßen sich am Tisch stumm gegenüber und würdigten sich keines Blickes. Theiß setzte sich schmunzelnd hinzu und als wenn es ein Zeichen gewesen wäre, begann zuerst Adam los zu wettern und kurz darauf Johannes, nachdem er die Bohnen entfernt hatte.

„Dieser langärmlige Giftzwerg! Kaum warst du weg ...“ Der Magister machte eine abfällige Handbewegung und verdrehte die Augen.

„Mit dem ist gar nicht mehr ...!“ Theiß lächelte nur kurz und setzte dann wieder ein ernstes Gesicht auf:

„Gut. Es ist auch besser so. Wir haben jetzt eine sehr ernste Aufgabe vor uns und die darf nicht schief gehen.“ Theiß berichtete ihnen vom Geschehenen und als hätten alle darauf gewartet, endlich eine sinnvolle Aufgabe zu bekommen, sprangen sie geschäftig auf, tranken hastig im Stehen ihr Bier aus und machten sich an die Arbeit. Innerhalb weniger Minuten waren die Pferde fertig gesattelt und standen angebunden am Rick, vor dem offenen Türeingang. Sie hatten drinnen am Tisch wieder Platz genommen und lauschten angespannt hinaus. Das Feuer hatten sie ausgehen lassen.

„Gehen wir alle zum Gasthof, wenn es soweit ist?“ wollte Adam wissen.

„Ich denke es ist besser, dass ich mit Larsen alleine dorthin zurückkehre. Ihr könntet inzwischen mit den Pferden nachkommen und sie bereithalten.“ Johannes und Adam nickten. Tief in ihrem Innern waren beide sehr froh darüber, dass sie dort nicht von großem Nutzen waren. Plötzlich fuhren alle drei auf.

„Da kommt jemand! Aber auf einem Pferd!“, flüsterte der Magister.

„Das kann nicht Larsen sein.“, ergänzte Adam.

„Geht zurück!“, befahl der Schmied energisch und zog sein Schwert. Vorsichtig schlich er zur offenen Tür und spähte hinaus.

„Und?“, rief Johannes.
„Es ist noch nichts zu sehen. Bleibt da!“ Adam und Johannes blieben hinter der gemauerten Feuerstelle. Das Pferdegetrampel kam näher.
„Da hat es aber jemand eilig!“, rief der Nachtwächter. Theiß kam zurück in die Schmiede gesprungen und warf die Tür zu. Er lehnte sich dagegen und rief:
„Irgendetwas geht hier vor!“ Plötzlich fuhren sie erschrocken zusammen. Von überall her sahen sie dunkle Gestalten an den Fenstern vorbei laufen. Einige dumpfe Schritte waren nun deutlich zu hören.
„Sie müssen Larsen überwältigt haben!“, rief Johannes. Adam bekam vor Entsetzen kein Wort heraus. Theiß nickte:
„Sieht ganz so aus! Aber ich werde es ihnen nicht so leicht machen!“ Dann riss er mit einem Schrei die Tür auf und stürzte mit seinem gezogenen Schwert hinaus.
„Hehe! Theiß! Was ist denn los?! Ich bin‘s doch, dein Freund Larsen!“ Adam und Johannes stürzten bei diesen Worten ungläubig hinaus und trauten ihren Augen nicht. Dort stand Larsen mit der gesamten Familie Rah und Frieda und strahlte über das ganze Gesicht. Hinter ihm kam gerade ein Geselle von Samuel Junker herangeritten, den Adam sofort erkannte:
„He, Jos! Warum bist du hier?!“ Theiß und Johannes schauten sich verblüfft um.
„Aber wie ist das möglich, Larsen?“, wollte Johannes wissen.
„Ja genau! Es ist gut euch alle beisammen zu sehen, aber …“
„… dafür ist jetzt keine Zeit!“, unterbrach Jos den Schmied. Theiß schaute ihn fragend an:
„Warum? Was ist los?“ Jos, ein hagerer Mann mittleren Alters mit eingefallenen Wangen kam und sagte mit ernstem Gesicht:
„Die Kutsche ist gerade eben abgefahren; kurz nachdem das Feuer im Gasthof ausgebrochen war. Ihr müsst euch beeilen! Ihr habt jetzt keine Zeit mehr zu verlieren!“
„Was?! Dein Gasthof brennt?“, rief Johannes entgeistert.
„Ja, ich selber habe das Feuer gelegt, als sie mit dem Boten nach oben verschwanden. Wir konnten nicht länger warten. Zum Glück trafen wir

auf Larsen und der führte uns hierher.“, erklärte Paulus.“ Larsen und Theiß nickten einander zu.

„Gut, gut! Aber wie ihr gehört habt, sind die Panzerritter mit dem Gefangenen davon geritten! Was quasselt ihr so lange!?“, mahnte Larsen, der seinen Bogen und den Köcher umhängte.

„Jos und Larsen haben Recht. Wir müssen jetzt sofort die Verfolgung aufnehmen, sonst ist es bald zu spät!“, rief Adam. Theiß steckte sein Schwert in die Scheide, sprang auf sein Pferd und rief Jos zu:

„Bringe sie zu euch auf die Burg, Samuel weiß bescheid. Schließe meine Schmiede ab, Jos! Hier fang!“ Ein großer Schlüssel flog durch die Luft und der Raubgeselle fing ihn auf.

„Welche Richtung haben sie genommen, Jos?“, fragte Theiß.

„Sie sind nach Osten geritten. Richtung Heimerath!“

„Wevelinghoven!“, rief Johannes.

„Los kommt!“, schrie Theiß.

Larsen, Johannes und Adam bestiegen ebenfalls ihre Pferde, wobei der Magister vor dem Nachtwächter zu sitzen kam, und gaben ihnen die Sporen.

„Viel Glück!“, rief ihnen Jos hinterher, aber das hörten sie schon nicht mehr. Die Entfernung war bereits zu groß.

„Hoffentlich liegst du richtig mit deinem Wevelinghoven!“, rief Larsen dem Magister zu, als sie am brennenden Gasthof vorbei ritten. Auch wenn er seine Worte verstanden hatte, konnte er ihm keine Antwort geben, denn Adam hatte sich wegen des scharfen Rittes, den sie angeschlagen hatten, weit vornüber gebeugt und ihn mit dem Gesicht an den Hals des Pferdes gedrückt. Er versuchte vergeblich dem Nachtwächter zu verstehen zu geben, dass er Angst hatte, von ihm zerquetscht zu werden, aber der reagierte nicht darauf. Adam war selbst genug damit beschäftigt, sich verzweifelt im Sattel zu halten. Zudem reagierte ihr Pferd besonders panisch auf die hellen Flammen, es schlug mit den Beinen aus und wieherte jedesmal laut auf, wenn das laute Knistern und Knallen der brennenden Balken, die das Dach schon zu großen Teilen mit in die Tiefe gerissen hatten, zu hören war. Die Luft selbst schien zu brennen; es war glutheiß und alle rangen nach Luft. Unzählige Funken stoben in alle Richtungen davon und fielen auf die Reiter und ihre Pferde herab.

Einige Dorfbewohner sah Johannes nahebei stehen, die vergeblich versuchten, das stetig anwachsende Feuer mit Eimern zu löschen. Gerade als sie den Weg Richtung Heimerath einschlugen, hörten sie hinter sich einen ohrenbetäubenden Lärm.

„Es ist eingestürzt!“, rief Theiß, „Da ist nichts mehr zu machen!“ Schweigend ritten sie bis an eine große Kreuzung, kurz vor Heimerath. Larsen und Theiß stiegen ab und untersuchten den Boden. Johannes ließ sich ebenfalls vom Pferd gleiten und kam hinzu:

„Und? Welche Richtung haben sie genommen?“ Larsen schaute ihn etwas unschlüssig an.

„Die Wagenspuren sind nicht mehr zu erkennen. Es ist zu dunkel. Ich bin mir nicht sicher, aber ich vermute, sie sind geradeaus weiter geritten. Für Wevelinghoven wäre es jedoch die falsche Richtung.“

„Mist! Wir dürfen sie jetzt nicht verlieren; die finden wir niemals wieder.“ Theiß sah sorgenvoll in alle Richtungen. Die Sonne war mittlerweile verschwunden und die Kreuzung lag zudem noch in einer Senke, die rundherum mit hohen Büschen bewachsen war.

„Könnten sie nicht auch die Cöllnische Straße Richtung Glabbeck genommen haben?“, fragte Adam und wies in die Richtung.

„Das wäre auch der schnellere Weg“, sagte Theiß.

„Aber wir müssen auch davon ausgehen, dass sie wissen, dass sie von uns verfolgt werden. Denkt an Remerus!“, gab Larsen zu bedenken.

„Scheiße! Verdammt noch mal! Wir haben schon genug Zeit verloren und jetzt stehen wir hier doof ’rum und haben die Spur verloren!“, fluchte Theiß und trat einen dicken Stein weg. Johannes war unterdessen ruhig geblieben und dachte angestrengt nach. Er stellte sich in die Mitte der Kreuzung und schaute in alle vier Richtungen. Larsen sah ihn dort stehen und rief:

„Was ist? Worüber denkst du nach? Hast du eine Idee?“

„Ja, ich frage mich die ganze Zeit, was ich an ihre Stelle tun würde.“

„Warum denn das? Für sie läuft doch alles nach Plan.“, erwiderte Theiß.

„Falsch! Sie konnten die Familie Rah nicht beseitigen. Sie mussten Hals über Kopf von hier verschwinden, weil sie jederzeit hätten auffliegen können.“

„Also nahmen sie den schnellsten Weg. Die Cöllnische Landstraße!“, rief Larsen.

„Oder sie gehen auf Sicherheit.“, entgegnete Johannes.

„Dann über Heimerath nach Schloss Neersen!“, rief Theiß. Johannes schnippste mit dem Finger und blickte in jene Richtung:

„Ja, das ist auch meine Meinung. Jeder an ihrer Stelle würde direkt die Richtung nach Wevelinghoven einschlagen, aber das wäre zu gefährlich. Mit einer Kutsche sind sie langsamer, das wissen sie. Jeder Verfolger hätte sie schnell eingeholt.“ Larsen nickte zustimmend.

„Auf die Pferde!“, rief Theiß und sie ritten weiter.

Sie kamen in ein kleines Tal und zu beiden Seiten der Landstraße befanden sich tiefe Wassergräben, aus denen lautes Quaken, in einem ohrenbetäubenden Lärm hervorquoll. In einiger Entfernung, sahen sie drei junge Burschen darin herumklettern, worauf gerade einer diesem matschverschmiert entstieg. Zuerst dachten sie, sie würden sich nur darin baden oder nach Fröschen suchen. Johannes bezweifelte das und sein Gefühl mahnte ihn zur Vorsicht.

„Halt! Haltet an!“ Verwundert schauten die anderen auf.

„Adam, reite hinüber zu diesem Jungen.“

„Was? Warum das denn? Der ist doch völlig versaut von diesem elendigen Matsch!“

„Ja eben! Wer springt denn schon freiwillig in diese stinkende Brühe hinein? Hier gibt es doch überall Seen und Bäche.“ Der Junge wollte zuerst weglaufen, als sie auf ihn zukamen, was den Verdacht in Johannes nur bestätigte, aber Theiß und Larsen versperrten ihm den Weg.

„Du hast nichts zu befürchten, Junge! Bleib stehen und beantworte die Fragen. Rasch! Wird’s bald?“, rief Larsen. Ängstlich schaute der Junge hinauf zu Johannes.

„Wie heißt du, mein Junge und wie alt bist du?“

„Ich heiße Jan und bin zehn Jahre alt.“

„Warum hast du solch eine Angst?“

„Die haben mich mit meinen Brüdern einfach dahineingeschmissen!“

„Wer? Wer war das?!“, rief Johannes.

„Na, die, die, die …“ Theiß wurde ungeduldig und unterbrach ihn:

„… nun sag schon! Wer?!“

„Die schwarzen Ritter! Ich muss noch meine Brüder da rausholen! Die haben uns einfach da hinein gejagt!“

„Kam auch eine Kutsche vorbei gefahren?“, fragte Johannes. Der Junge nickte ängstlich.

„Ja, ich glaub‘ schon, aber das war später. Wir mussten uns ja in den Graben legen.“

„Wie lange ist es her?“, wollte Larsen wissen.

„Nicht sehr lange.“

„Gut getan, mein Junge! Hier nimm das Seil und hole damit deine Brüder raus!“, rief Theiß und warf es ihm zu. Sofort gaben sie ihren Pferden wieder die Sporen und eilten wieder davon. Sie trieben ihre Pferde unablässig an und jetzt, da sie wussten, dass sie auf der richtigen Spur waren, keimte in ihnen wieder die Hoffnung auf. Adam, der sich am Ende ihrer Gruppe befand, fragte sich schon die ganze Zeit, seit sie losgeritten waren, was das für ein eigenartiger Gestank war, der ihm um die Nase wehte. Als sie Heimerath verließen und durch eine Allee von großen Pappeln kamen, hielt er es nicht mehr aus und brüllte nach vorn:

„He! Was ist das hier für ein elendiger Gestank?! Kann mir das mal einer sagen?!“ Theiß und Larsen warfen sich einige bedeutungsvolle Blicke zu, gaben aber keine Antwort. Der Nachtwächter wollte sich damit jedoch nicht zufrieden geben und versuchte es erneut:

„Seid ihr taub oder was?!“ Theiß verlangsamte das Tempo seines Pferdes, dass sie gleichauf kamen und erklärte:

„Sobald wir Schloss Neersen erreicht haben, erkläre ich dir alles! Einverstanden?!“ Adam nickte. Plötzlich rief Larsen:

„Da vorn sind sie! Sie überqueren gerade die Niers!“

„Scheiße! Dann haben sie es doch noch geschafft!“, fluchte Theiß und verlangsamte das Tempo. Adam tat es ihm nach.

„He, Larsen! Warte, das schaffen wir nicht mehr! Bleib hier!“ Verwundert schaute der sich um:

„Warum denn? Das sind nur noch ein paar hundert Meter, dann haben wir sie!“

„Nein! Die haben schon die letzte Kehre vor dem Schloss erreicht! Keine hundert Meter hinter der Baumgruppe ist schon das Tor!“, rief Theiß. Larsen hatte zähneknirschend ein Einsehen und kam zurück.

„Der Teufel soll sie holen!“

„Oder wir!“, sagte Adam und grinste. Johannes und Theiß nickten.

„Trotzdem ist es verwunderlich, dass sie gerade dort Zuflucht finden können.“, stellte der Magister fest, als alle vier nebeneinander her trabten.

„Jaja, wer weiß, was dahinter steckt! Vielleicht macht der Herzog von Geldern, denn schließlich gehört ihm dieses Schloss, mit ihnen gemeinsame Sache.“, erklärte Theiß.

„Soviel ich weiß, war doch Graf Mansfeld nach der Niederlage von Höchst gemeinsam mit dem Herzog von Braunschweig geflohen und in den Dienst der Niederlande getreten. Der Herzog von Geldern war schon immer eng mit dem Holländischen Königshaus verbändelt, oder nicht?“, fragte Larsen. Johannes hörte interessiert zu. Adam versuchte auch etwas zum Besten zu geben, obwohl er von solchen Dingen recht wenig verstand:

„Aber wir haben doch den Westfälischen Frieden, oder nicht?"

„Das ist schon richtig, aber das war ja schon immer unser Problem bei dieser Sache. Alles scheint vorüber zu sein, aber irgendwie doch nicht. Die tun so, als gäbe es noch was zu gewinnen. Die letzte Schlacht bei Wevelinghoven war das Ende des Krieges. Aber irgendetwas ist hier im Gange, das wir noch nicht verstehen.", sagte Johannes.

„Das sollten wir aber schleunigst, sonst wissen wir nicht was und wie wir es verhindern können!", gab Larsen zu bedenken. Danach herrschte betretene Stille, bis Adam wieder das Wort ergriff:

„Immerhin können wir ein Problem sehr schnell lösen!" Theiß schaute ihn erstaunt von der Seite an:

„Und das wäre?"

„Diesen elendigen Gestank! Das ist ja nicht mehr zum Aushalten!" Theiß und Larsen schauten sich amüsiert an. Adam sah das und war noch mehr verärgert:

„Ja, riecht ihr das denn nicht?! Hier stinkt's wie zwischen Protestanten und Katholiken, nur noch schlimmer!" Theiß klopfte ihm auf die Schulter:

„Siehst du da vorne das Dorf?" Adam nickte irritiert.

„Etwas außerhalb lebt ein Schäfer, da können wir einen Unterschlupf und zugleich eine gute Sicht auf das Schloss bekommen, falls sie es wieder verlassen wollen."

„Und was hat das mit dem Gestank zu tun?", wollte der Nachtwächter wissen.

„Das werden wir dir erklären, was es mit dem Gestank auf sich hat.", sagte Larsen. Johannes zog seine Stirn in Falten; er hatte sich alles, was in den letzten Minuten gesagt worden war, noch einmal durch den Kopf gehen lassen. Mehr zu sich selbst, als zu den anderen, sagte er halblaut:

„Westfälischer Friede, Protestanten und Katholiken, Wevelinghoven und Höchst. 1648 und 1622. Wenn sie den Weg nach Schloss Rheydt einschlagen, denke ich, ist alles klar." Theiß zog verwundert die Augenbrauen hoch und auch der Nachtwächter riss erstaunt sein Auge auf, wobei er es nicht unterließ, sich über ihn lustig zu machen:

„Was brabbelst du da eigentlich die ganze Zeit, Magister Langärmel?“

„Das würde mich aber auch interessieren.“, warf Theiß ein.

„Ach, nichts Besonderes. Ich habe mir da nur so meine Gedanken gemacht, bin mir aber noch nicht ganz sicher, ob ich richtig liege.“

„Womit denn? Jetzt erzähl schon!“, rief Larsen.

„Wenn dieser Bernard mit seinen Kürassieren und dem Gefangenen weiter nach Schloss Rheydt reiten sollte, dann glaube ich langsam zu verstehen, was er im Schilde führt.“ Die anderen drei schauten abermals überrascht.

„Aha! Und jetzt willst oder kannst du uns noch nichts darüber verraten?“, fragte Theiß neugierig. Der Magister haderte einen Moment lang, aber dann hatte er sich entschieden:

„Nein, das wäre jetzt etwas zu früh. Ich brauche die letzte Gewissheit. Schließlich wollen wir uns doch sicher sein!“ Als sie die letzte Baumgruppe erreichten, stiegen sie hastig ab und gingen dahinter in Deckung. Gerade noch rechtzeitig, um zu beobachten wie die Kutsche, flankiert mit vier Kürassieren, durch das offene Tor das Schloss betrat. Johannes rieb sich fast schon begeistert die Hände. Larsen war sich nicht ganz darüber im Klaren, was das zu bedeuten hatte:

„Was denn mit dir los? Ist mir irgendetwas entgangen?“ Der Magister strahlte triumphierend über das ganze Gesicht:

„Jetzt stecken sie fest, wie die Maus in der Mausefalle. Nur wissen sie nicht, wer die Katze ist!“ Hilfesuchend blickte Larsen zu Theiß und Adam hinüber:

„Helft mir mal, euren Freund zu verstehen. Der spricht in Rätseln; hat das was mit eurer Triglaw zu tun?“ Theiß und Adam zuckten mit den Achseln.

„Na, ich würde mal sagen, in ihm gärt es!“, versuchte der Nachtwächter zu erklären, wobei er mit dem Zeigefinger auf seine Stirn deutete. Johannes hatte das sehr wohl gesehen, reagierte aber nicht darauf, und das verwirrte Adam nun noch mehr, dass ihm der Mund offen stehen blieb. Theiß dagegen schloss einmal kurz seine Augen und sagte:

„Warte ab, Larsen. Vielleicht heute, aber spätestens morgen Abend wirst du mehr wissen.“

Sie saßen wieder auf und der Schmied führte sie zu seinem Freund dem Schäfer, der ganz in der Nähe sein Lager aufgestellt hatte. Zu ihrer Verwunderung war es nicht mehr weit. Denn sie mussten dazu nur noch das Weideland, vor den Toren des Schlosses, in westlicher Richtung überqueren. Am Saum des nahegelegenen Waldes, keinen halben Kilometer entfernt, befand sich versteckt im Schatten der Bäume eine grob gezimmerte Holzhütte, die sie erst im letzten Moment erkannten. Hunderte von schwarzköpfigen Schafen kamen ihnen plötzlich entgegen und sie waren gezwungen die Rösser anzuhalten. Theiß schmunzelte:

„Das macht er immer so! Ungebetene Gäste werden so gezwungen ein sicheres Ziel abzugeben. Dann kommt er mit seiner Muskete und …“ Sogleich wurde er unterbrochen.

„Hejda! Stehen jeblieben! Sonst krisse ’ne Kujel in de Kopp!“ Theiß lachte laut auf, als er die verdutzten Gesichter seiner Freunde sah:

„He! Dreiß! Dreiß op dem Kamper! Kannst die Muskete wieder verschwinden lassen! Das sind meine Freunde!“ Sie hörten einen kurzen schrillen Pfiff und die Herde stob auseinander. Zurück blieb ein dunkelbärtiger, mit Schaffellen bekleideter Mann mit einem großen Filzhut, der mit einer langen Muskete auf sie zielte.

„Dat is‘ aber ’ne Überraschung! Mensch, Theiß, du hier?! Wer sind denn die anderen?“

„Wenn wir in deine gute Stube kommen dürfen, stelle ich sie dir gerne vor!“ Dreiß lachte mit einem Mal recht freundlich, wobei er seine großen Zähne entblößte und einen Holzspan ausspie. Er winkte sie heran und führte sie in den Wald hinein. Dort banden sie ihre Pferde an einen umgefallenen Baum und er führte sie in seine Hütte, die direkt hinter der ersten Baumreihe, aber mit frischen Ästen verkleidet, lag. Der Schmied machte alle miteinander bekannt, erzählte aber nichts näheres von ihrer wahren Absicht. Dreiß fragte auch nicht danach. Aber wer gedacht hatte, dass der Schäfer naiv sei, sah sich schnell eines Besseren belehrt.

„Auch wenn ihr dat Tor vom Schloss nich‘ mehr sehen könnt, sollten wir hinter meine bescheidene Hütt jehen und uns da ’n paar Hammelkeulen schmecken lassen. Da hab‘ ich en Erdloch jemacht, damit man dat Feuer nich‘ sehen kann.“ Mit einem listigen Grinsen ging er vorweg und die anderen, bis auf Theiß, folgten überrascht. Ein paar Minuten später saßen sie am prasselnden Feuer und unterhielten sich angeregt über die Vorgänge, von denen der Schäfer berichtete.

„Wann hast du diesen Boten davon reiten sehen?“, fragte Larsen.

„Davon reiten? Von wejen!“, wiederholte Dreiß. Die anderen warfen sich fragende Blicke zu.

„Kurz nachdem die Ritter mit der Kutsche hinter der letzten Kehre hervorkamen, haben se‘ den Boten einfach erschlajen. Einfach so!“

„Wie? Das hast du gesehen? Wo ist er denn jetzt?“, wollte Johannes wissen.

„Na klar, hab isch dat jesehen! De liescht da vorn. ’n paar Sachen konnt‘ isch doch jebrauchen, von dem Johannes.“ Sprachlos schauten sie auf den Schäfer, der davon so belanglos erzählt hatte, als würden solche Dinge tagtäglich passieren.

„Du kanntest diesen Boten auch noch persönlich?!“, rief Theiß fassungslos.

„Na klar! De Johannes war doch ’n ausjemachtes Arschloch!“ Dreiß gefiel Adam immer mehr und er klopfte ihm anerkennend auf die Schulter:

„Dreiß, du wirst es wohl am besten wissen!“ Dreiß nickte:

„Dat stimmt!“

„Morgen früh müssen wir uns unbedingt den Boten ansehen.“, sagte Johannes.

„Na klar! Den hab‘ isch jut versteckt! Aber jetzt wird erst mal jejessen.“

Mit Heißhunger verschlangen sie wortlos die Lammkeulen und erst als der letzte Knochen zu den Schäferhunden hinübergeflogen war, und sehr zum Bedauern vom Nachtwächter, nur ein paar Schlucke Wasser aus den Schläuchen genommen waren, kam dieser wieder auf den Gestank zu sprechen.

„Sag jetzt endlich, Theiß, was ist das für ein Gestank, der aus deiner

Ledertasche kommt?“

„Da ist ein Schenkel vom Wildschwein drin. Ich muss es schlecht werden lassen, damit wir es gegen Bernard und seine Kürassiere verwenden können.“ Adam setzte ungläubig seinen Wasserschlauch ab:

„Was? Das gute Fleisch lässt du verfaulen?! Das ist doch nicht dein Ernst?“

„Doch. Es gelingt nur mit verfaultem Fleisch und am besten vom Wildschwein. Das hat diesen besonderen Duft, verstehst du?“ Adam schüttelte seinen Kopf:

„Willst du sie damit erschlagen, oder was?“ Theiß schmunzelte.

„Nein. Nicht direkt, sondern mit dem, was ich damit anlocken werde.“ Larsen grinste vergnügt, während Johannes und Dreiß erstaunte Gesichter machten. Adam sah verärgert zu Larsen hinüber und machte ihm Vorwürfe:

„Und du, du weißt Bescheid, was?! Willst aber nichts sagen!“

„Richtig! Lass dich überraschen! Jedesmal wenn wir es einsetzten, hat es funktioniert. Mit ein bisschen Glück gelingt es auch dieses Mal.“

„Mit ein bisschen Glück gelingt es auch dieses Mal!“, äffte Adam nach, und ging wütend davon. Aber nach kurzer Zeit kam er zurück geeilt und fauchte:

„Da hinten stinkt‘s! Ich geh‘ in die Hütte zum Schlafen! Nacht!“ Nachdem sich das allgemeine Gelächter gelegt hatte, sprach der Magister erneut das Thema an:

„Theiß, so sag wenigstens, wie lange wir diesen Gestank aushalten müssen.“ Der Schmied rechnete an seinen Fingern nach:

„Bis ungefähr zwei Tage vor Höchst.“

„Also noch eine knappe Woche.“, stellte Johannes fest.

„Ja, sonst war alles umsonst. Larsen und ich haben alles schon genau geplant. Wir gehen davon aus, dass noch einige Männer zu Bernard dazustoßen werden, und dann sind sie in solch einer Übermacht, dass wir nichts mehr ausrichten können.“

„Da könntest du Recht haben. Wenn nicht hier, dann im Schloss Rheydt.“

„Wer übernimmt die erste Wache von uns Dreien?“, wollte Larsen wissen.

„Immer der, der zuerst fragt!“, antwortete Theiß. „Und dann übernehme ich. Zuletzt unser Magister Langärmel, wie unser verehrter Herr Nachtwächter in letzter Zeit zu sagen pflegt!“

Dreiß legte sich ebenfalls zum Schlafen in die Hütte, während Theiß und Johannes in der Nähe blieben. Als Theiß in den frühen Morgenstunden die Wache übernahm, stand ein Halbmond noch blass am Himmel und die Morgendämmerung kroch den Himmel hinauf. Fernes Hahnengeschrei drang aus dem Dorf Neersen zu ihnen hinüber und ein dichter Nebel lag über dem Weideland, aus denen die Schafe wie kleine Wölkchen hervorschauten.

„Scheiß Nebel, der kommt von de‘ Niers!“, sagte plötzlich jemand hinter ihnen und es war Dreiß, der schon auf den Beinen war. Seinen rechten Arm streckte er gegen das Schloss und setzte hinzu:

„Isch würde mich jetzt nisch mehr hinlejen, Larsen, sondern die anderen wach machen. Isch glaub jleich passiert da wat!!“ Theiß nickte dem fragend dreinschauenden müden Larsen zu und der schickte sich an, die anderen zu wecken. Theiß schaute zu Dreiß und fragte:

„Woran erkennst du das?“

„Dat is‘ eben die Zeit. Kurz vorher ziehen zwei Wachen ihren Rundjang und bleiben wie jetzt über dem Tor stehen.“ Theiß nickte und rief die anderen mit unterdrückter Stimme herbei:

„Aufsitzen! Es geht los!“

„Mah‘t et jut! Dat sind Scheißkerle, jlaubet mir.“, sagte Dreiß zum Abschied und pfiff seine Hunde herbei. Dann verschwand er im Nebel.

„Es ist doch noch nichts passiert! Das Tor ist doch noch zu!“, rief Adam. Aber Theiß winkte ab und erwiderte:

„Du kannst dem Dreiß ruhig glauben. Warte ab.“

„Lass uns schon ein Stück weiterreiten. Bis zum Ende des Waldrandes; so bleiben wir parallel zum Schloss und verlieren sie nicht aus den Augen.“, schlug Larsen vor. Sie nahmen den Vorschlag auf und ritten am Wald entlang, bis zu dessen Ende. Plötzlich rief Johannes:

„Sie kommen! Das Tor geht auf!“ Ein einzelner Reiter erschien und ritt langsam den Weg auf und ab.

„Schnell hinter die Bäume!“, rief Theiß und die anderen folgten.

„Der ist vom Schloss. Bestimmt ein Kundschafter.“, sagte Larsen. Sie sahen, wie der Reiter wieder zum Tor zurückritt und dagegen klopfte. Beide Torflügel öffneten sich und die Kutsche mit den Panzerrittern und zwei weiteren leicht bekleideten Reitern kam heraus.

„Aha! Mit leichter Verstärkung, aber mit denen werden wir fertig!“, sagte Theiß spöttisch.

„Du vergisst die Panzerritter!“, erwiderte Adam.

„Das lass mal meine Sorge sein, Adam!“ Sie warteten geduldig, wie der Tross in sicherer Entfernung an ihnen vorbei kam. Die beiden Reiter vom Schloss ritten stets vorweg und sicherten die Seiten ab.

„Stümper! Nach vorne doppelt sicher und nach hinten offen wie ein Scheunentor!“, stellte Larsen fest und gab seinem Pferd die Sporen. Sie folgten in einem gebührenden Abstand und ließen ihre Rösser gemütlich traben. Nach einiger Zeit, als sie die Niers abermals überquert hatten, sagte Johannes:

„Jetzt ist es sicher, sie nehmen den Weg nach Rheydt!“ Larsen drehte sich zu ihm um und sagte:

„Dann kannst du mir jetzt vielleicht erklären, was du gestern damit meintest, dass sie nun in der Falle sitzen.“ Johannes nickte zufrieden:

„Also gut. Bernard ahnt, dass er von euch verfolgt wird. Aber er weiß nicht, wieviel ihr wisst. Er wird versuchen euch abzuschütteln, aber wie soll das mit einer Kutsche, die deutlich langsamer ist, gehen? Also muss er sich Hilfe holen und die versucht er nun in Rheydt zu finden. Aber er kann nicht lange bleiben, denn ich vermute, dass er auf Nachricht eines Boten warten muss. Den darf er auf keinen Fall verpassen. Und er vergisst die Festung Dalen!“

„Und was ist mit der Festung Dalen, außer, dass sie nahebei liegt?“, wollte Theiß wissen.

„Sie ist katholisch, streng katholisch!“, erklärte der Magister. Larsens Gesicht erhellte sich:

„Jetzt verstehe ich. Er muss sich beeilen von Rheydt wieder zu verschwinden. Falls Dalen Wind davon bekommt, wird das Schloss belagert werden.“ Johannes nickte anerkennend:

„Eben, und sein Auftrag ist zu Schanden gekommen! Jeder Tag zählt jetzt!“

„Wenn er nur einen Tag länger als beabsichtigt auf dem Schloss bleiben muss, erhöht sich für ihn die Gefahr, den Boten, die Übergabe und schließlich das Lösegeld zu verlieren.“ Johannes nickte abermals, aber verbesserte sich mit den Worten:

„Wenn es ihm darum geht, und nur darum geht!“

„Du meinst, es geht um was Größeres?“, fragte Larsen.

„Viel größer!“, sagte Johannes mit wichtiger Miene. Adam, der die ganze Zeit mit offenem Mund hin und her geschaut hatte, war sichtlich überfordert.

„Aber das willst du uns jetzt wohl nicht auch noch erklären. Mir reicht‘s langsam!“

„Ich glaube, das Beste wird sein, ihn für eine Nacht hier draußen zu halten. Das wird euren Bernard sehr verunsichern. Hier draußen sind wir entschieden im Vorteil.“, sagte Johannes mit einem diebischen Grinsen. Larsen und Theiß hatten sofort verstanden.

„Gut dann werden wir jetzt eine Abkürzung nach Schloss Rheydt nehmen und sehen, wie wir diese Reiterei aufhalten können!“, erklärte Theiß und Larsen ergänzte ironisch:

„Ein kleiner Achsen- oder Radbruch gefällig, mein Herr?“ Ein paar Augenblicke später waren sie abseits des Weges zwischen den Bäumen verschwunden und Adam schaute Johannes mit einem fragenden Blick ungläubig an.

„Sollen wir beide uns etwa jetzt alleine auf die Verfolgung von Bernard und seiner Panzerritter machen?!“ Aber der Magister hatte für diese Frage nur ein müdes Lächeln über:

„Wo denkst du hin! Wir werden unseren Freunden folgen und damit die Verwirrung für unseren Gegenspieler vollenden.“ Der Nachtwächter nickte stumm und man konnte ihm ansehen, dass er nicht mehr ganz im Bilde war, aber er hätte es niemals zugegeben, wenn man ihn danach gefragt hätte. Die Spuren vor ihnen waren frisch und sehr gut im schlammigen Untergrund zu sehen, so dass die beiden kein Problem hatten, Larsen und Theiß zu folgen. Schnell erkannten sie, dass Larsen und Theiß geradewegs durch den Wald ritten, weil der Landweg hier eine sehr große Rechtskurve beschrieb und sie so sehr viel Zeit gewinnen konnten. Nach ungefähr einem weiteren Kilometer fanden sie plötzlich die beiden Pferde von Theiß und Larsen, angebunden an einer krüppeligen Birke, wieder.

„Sollen wir ihnen nicht helfen?“, fragte Adam.

„Nein, das machen die schon. Die werden gleich hier sein. Du solltest eher deine Zwille mit den Sternen bereithalten. Ich glaube du wirst sie gleich gebrauchen.“ Adam zog die Stirn kraus:

„Die heißen runde Sterne, verdammt! Kannst du dir das nicht merken?!“

„Von mir aus! Das ist doch jetzt nicht so wichtig.“ Aber der Nachtwächter beugte sich zu ihm herunter und brüllte in sein Ohr:

„Oh doch! Oh doch!“ Johannes erschrak und ließ sich vom Pferd gleiten:

„Bist du verrückt? So herum zu schreien! Die könnten gleich hier sein und dann wären sie gewarnt und zugleich Theiß und Larsen in Gefahr!“ Der Nachtwächter erschrak und spielte verlegen mit seiner Steinschleuder. Johannes sah ihn etwas besorgt an, als er nervös neben dem Pferd stand. So hatte er ihn noch nie erlebt. Auf seiner Stirn zeichneten sich Schweißperlen ab und sein Gesicht war kreidebleich. Plötzlich kam ihm ein Gedanke und er hätte sich beinahe selbst geohrfeigt: ‚Verdammt noch mal! Adam fehlt der Alkohol!‘ Schnell griff er in die Innentasche seiner Jacke und griff nach seiner kleinen Notreserve; einer kleinen, flachen Feldflasche, gefüllt mit einem schweren Rotwein.

„Hier nimm einen Schluck, der wird dir guttun.“ Adams Auge strahlte und er griff danach. Hastig setzte er sie an und er hätte sie bestimmt leer getrunken, wenn nicht der Magister dazwischen gegangen wäre.

„Das reicht, verdammt!“, fauchte Johannes mit unterdrückter Stimme. Adam schien wieder ganz der Alte zu sein und ließ vergnügt seine Finger knacken:

„So, von mir aus kann es jetzt losgehen!“ Bevor Johannes was sagen konnte, war Adam bereits zwischen den dicht stehenden Büschen verschwunden. Er blieb beim Pferd zurück, in der Hoffnung, dass alles gut gehen würde. Er hörte kurze Zeit später ein leises „Psst“ und dann linker Hand das Knirschen der hölzernen Wagenräder der Kutsche. ‚Es geht los, sie sind da!‘, schoss es ihm durch den Kopf und er kletterte ächzend die Krüppelbirke hinauf, bis er auf die Höhe des Sattels kam und ließ sich hinüber gleiten. Tief vornübergebeugt, schaute er zu seinen Freunden hinüber, die sich hinter einem dichten Ilexbusch verborgen hielten. Das Knarren der Kutsche kam näher. Theiß deutete mit dem Finger auf die Lücke zwischen zwei mächtigen Buchen, zwischen denen der Blick auf die Landstraße für einen Meter frei war. Adam und Larsen nickten. Johannes sah die ersten Reiter, die Kundschafter, vorbei reiten, als plötzlich von weiter hinten, ein lautes Krachen zu hören war. Sofort hielt der Tross und ein lautes Fluchen begann. Auf diesen Moment hatten sie gewartet. Larsen‘s Sehne sang und streckte einen der Kundschafter mit seinem Pfeil nieder, der in seinem Hals stecken geblieben war. Adams runder Stern traf das Pferd des anderen am Hinterlauf. Sofort sprang Theiß darauf zu und erschlug den Reiter, ehe er sich befreien konnte. Im Handumdrehen verschwanden sie wieder geräuschlos und schlichen zurück zu ihren Pferden, wo Johannes ihnen die Zügel entgegen hielt. Im leisen und vorsichtigen Gang machten sie sich in die entgegengesetzte Richtung davon und ließen die Pferde bald in den schnelleren Trab wechseln, als sie knapp einen Kilometer zurückgelegt hatten. Es dauerte nicht lange und sie waren wieder auf der gleichen Stelle der Landstraße, wo sie sie verlassen hatten und der Magister hatte Mühe, Theiß und Larsen zurück zu halten.

„Nein, nicht da lang! Sie werden damit rechnen und sie sind in der Überzahl! Wir müssen einen anderen Weg nehmen.“ Theiß holte tief Luft und man sah, dass es seiner Natur widerstrebte:

„Du hast Recht. Wir müssen sie ziehen lassen, aber aufgeschoben ist nicht aufgehoben!“ Johannes hob abwehrend, schon fast entschuldigend die Hände:

„Ich weiß es doch und ihr werdet eure Gelegenheit schon bekommen, nur nicht schon jetzt.“ Larsen verstand nicht so recht, was ihm diese Worte sagen sollten:

„Was gibt es im Moment Wichtigeres, als diesen Scheißkerlen den

Garaus zu machen?!“

„Weil wir noch nicht das ganze Ausmaß der Verschwörung kennen. Dazu müssen wir den Boten in die Finger bekommen, denn er ist der Mittelsmann zwischen eurem Bernard und den anderen, die höchst wahrscheinlich in Wevelinghoven oder Höchst auf ihn warten.“

„Du meinst also, dass er das nicht alleine geplant hat?“, fragte Theiß.

„Nein, auf keinen Fall. Aber ihr habt jetzt dafür gesorgt, dass er hier mit seinem Gefangenen festhängt. Er sitzt in der Falle und verliert wertvolle Zeit.“ Adams Gesicht erhellte sich mit einem Mal:

„Ach so, jetzt versteh ich, wie die alten Wikinger schon immer gesagt haben: Der schlimmste Feind ist der, den man nicht sehen kann!“ Verblüfft schauten sich die anderen an und Johannes wusste als erster, was er von diesem Einwurf des Nachtwächters zu halten hatte:

„Besser hätte ich es nicht sagen können!“

„Also sollten wir schnellstens von hier verschwinden und unsichtbar bleiben.“, folgerte Larsen richtig und der Magister ergänzte zufrieden:

„Nicht nur das!“ Sie gaben ihren Pferden die Sporen und überschritten die Landstraße Richtung Süden, mitten in ein Waldstück hinein. Die Sonne ging bereits unter und sie mussten sich beeilen, die Landstraße südlich von Rheydt zu erreichen, um den Boten rechtzeitig abfangen zu können. Dazu mussten sie abermals einen großen Bogen, jetzt in die südliche Richtung schlagen, was natürlich viel Zeit beanspruchen würde. Aber Theiß und Larsen kannten die Gegend sehr gut, aus Zeiten des Dreißigjährigen Krieges. Woher genau, gaben sie nicht preis und es fragte auch keiner danach.

„Da ist es, das Schloss von Rheydt!“, rief plötzlich Larsen und wies zu ihrer Rechten.

„Gut, dann muss die Landstraße gleich kommen, die dort hinauf führt. Sie kann nicht mehr weit sein. Und ich weiß schon ein gutes Plätzchen, wo wir uns auf die Lauer legen können.“, sagte Theiß. Nach einem halben Kilometer erreichten sie jene Straße und ritten sie, auf Theiß‘ Rat hin, ein gutes Stück südlich hinab, bis sie zu einer Senke kamen, die rundherum dicht mit Buchen und Büschen bewachsen war. Sie hielten ihre Pferde an und schauten in die Senke, die fast drei Meter tief hinab reichte.

„Perfekt“, sagte Johannes. Theiß stupste ihn erfreut an und erklärte:

„Hier sind wir weit draußen und niemand kann uns und die Schreie des Boten hören.“ Der Magister zog die Stirn kraus:

„Du warst schon einmal hier? Weswegen?“ Larsen kam ihm zur Hilfe:

„Das ist schon ein paar Jahre her. Es war eine unserer letzten gemeinsamen Aktionen, bevor sich unsere Wege trennten.“

„Nur ein kleiner Überfall auf eine kleine Gruppe von Söldnern, mit einer kleinen Beute für uns …“ Johannes grinste zweideutig:

„… jaja, und ihr meint, ihr könnt das einem kleinen Mann einfach so verkaufen! Ach lassen wir das. Was war, das war. Gibt es hier in der Nähe irgendein Gebäude?“ Theiß nickte:

„Ja, hier in der Nähe gibt es eine alte verlassene Mühle, die ehemalige Kamphuusener Mühle. Sie ist …“ Aber ein rascher Blick von Larsen, ließ ihn seinen Redefluss abbrechen und er versuchte das Thema zu wechseln:

„Aber warum fragst du?“ Adam verzog sein Gesicht zu einem breiten Grinsen und fuhr dazwischen, was dieses Mal dem Magister sehr gelegen kam:

„Erzähl doch nicht so einen Scheiß!“ Er ging auf ihn zu und stupste ihn mit seinem langen dünnen Zeigefinger auf die Brust:

„Na, was habt ihr dort vergraben, eine Leiche oder gar ein kleines Vermögen? Ja, genau! Stimmt es nicht, kannst du ihn behalten. Stimme es aber doch, bekomme ich die Hälfte!“ Theiß überlegte einen kurzen Moment:

„So ein Quatsch! Was redest du da überhaupt! Ich …“

„Ruhe!“, fauchte plötzlich Larsen dazwischen, „Ich glaube, ich hab‘ was gehört!“

„Los weg hier!“, flüsterte Johannes und zog Adam mit sich fort. Der Halbmond stand frei am wolkenlosen Himmel und tauchte den Weg in ein blaugraues Licht. Sie gingen hinter den nächsten Bäumen in Deckung, bis plötzlich Theiß zu fluchen begann:

„Verdammt! Wir haben das Seil vergessen!“

„Was habt ihr vor?“, fragte Johannes.

„Wir wollten es über den Weg spannen.“, erklärte Larsen.

„Dafür ist es jetzt zu spät!“, erwiderte der Magister.

„Ach was!“, gab Theiß zur Antwort und rannte mit dem Ende des Seils hinüber zur anderen Seite. Larsen packte sich das andere Ende und blieb bei ihnen. Sie befanden sich oberhalb der Senke, auf der Anhöhe, und warteten ab. Das Hufgetrampel eines einzelnen Pferdes kam schnell näher und schien aus der Erde zu kommen.

„Er ist jetzt unten in der Senke.“, flüsterte Larsen und drehte sich erschrocken um.

„Was hast du?“, fragte Adam.

„Der Wind dreht sich. Mist!“

„Warum? Was hast du denn?“, wollte Johannes wissen.

„Wir haben den Wind im Rücken, er könnte unsere Pferde wittern.“ Ein deutliches von Anstrengung geprägtes Schnauben, war zu hören und Larsen umfasste das Seil stärker. Er ließ es einmal kurz hochschnellen, als Zeichen für Theiß, dass er bereit war. An die anderen gewandt sagte er:

„Hofft, dass es kein vorsichtiger Bote ist!“ Aber das genau war er. Mit einem Mal verstummten die Geräusche. Nur der Wind war noch zu hören, der leise in Schlangenlinien den Staub über die Straße hinfort bewegte. Johannes beobachtete ihn gebannt, als sei er der Atem eines Wesens, das jeden Moment die Anhöhe hinaufkäme. Er erschrak fast, als er Larsen vorsichtig flüstern hörte:

„Ich glaube er nimmt jetzt Anlauf, weil er eine Falle vermutet. Das wird schwer an diesem Berg. Er kann nur hier durch kommen, das weiß er.“ Kaum hatte er dies gesagt, als er plötzlich fragte:

„Wo ist Adam?“ Johannes schaute sich entsetzt um. Und dann hörten sie schon das bekannte schneidende Surren, und anschließend ein lautes Wiehern. Darauf folgte ein wildes Hufgetrampel und ein verzweifelter Aufschrei. Nur ein paar Augenblicke später erschien auf der Anhöhe ein Pferd mit einem Reiter, der mit seinem Säbel ungestüm um sich herum fuchtelte, als würde er mit einem unsichtbaren Feind um sein Leben kämpfen.

„Nimm deine Rübe ’runter!“, ermahnte ihn Larsen. Johannes warf sich auf den Bauch und hörte ihn flüstern:

„Komm schon! Nur noch ein paar Schritt'! Dein Säbel wird dir nichts nützen!" Plötzlich geschahen zwei Dinge zur gleichen Zeit. Ein zweites Surren war zu hören und der laute Aufschrei von Theiß:

„Jetzt!" Larsen sprang auf und zog mit aller Kraft an dem Seil. Das Pferd überschlug sich und warf den Reiter ab. Von der gegenüberliegenden Seite kam Theiß herbei gerannt und trennte, mit einem geschickt geführten Dolch, die Lederriemen des Geschirrs auf, dass es zu Boden fiel. Larsen sprang geschwind wie eine Katze auf den abgestürzten Reiter zu, blieb aber regungslos und breitbeinig über ihm stehen und sagte:

„Der hat sich das Genick gebrochen!" Johannes schaute mit sorgenvollem Blick dem davon galoppierenden Ross hinterher und sagte:

„Lasst uns schnell verschwinden! Es läuft direkt zum Schloss!" Sie sammelten alles ein und wollten gerade zu ihren Pferden zurück, als plötzlich mit lautem Geschrei der Bote vom Boden aufsprang und mit einem Messer auf Larsen zustürzte. Aber im Nu war Theiß zur Stelle und riss sein Schwert hoch, so dass der Angreifer sich selbst mit seiner ganzen Kraft daran aufspießte. Mit einem leisen Röcheln rutschte er von der Klinge ab und fiel zurück auf den Boden. Larsen war völlig außer sich und trat ihm wütend in die Seite:

„Du hinterhältiges Schwein!" Aber Theiß drängte zur Eile:

„Hör jetzt auf damit und fass mit an!" Zusammen packten sie ihn und warfen ihn ins Gebüsch.

„Jetzt kommt schon, die werden gleich hier sein! Reitet voraus, ihr kennt den Weg zur Mühle!", rief Johannes und schaute auffordernd zu dem Nachtwächter auf, der mit starrem Blick da saß und sich nicht mehr regte. Plötzlich stieg Theiß fluchend wieder ab und rief:

„Wir müssen noch einmal zurück!"

„Warum denn?!", schrie der Magister und blickte nervös den Weg hinab.

„Wir müssen unbedingt den toten Boten untersuchen, es ist sehr gut möglich, dass er noch etwas Wichtiges bei sich trägt!" Larsen kam hinzu geeilt und half ihm:

„Jetzt reite du doch mit den anderen vor!"

„Nein, ich lass dich nicht allein, Theiß!“ Zusammen zogen sie den Boten wieder hervor und tasteten ihn ab, während Johannes immer wieder zurückschaute. Plötzlich war es ihm, als würde sich etwas in der Ferne, zwischen den Bäumen bewegen. Bald gab es keinen Zweifel.

„Sie kommen!“, warnte er und Theiß und Larsen zogen eiligst dem Toten die Hose und die Jacke aus. Dann ließen sie ihn liegen wo er war und sie sprangen auf die Pferde. Im wilden Galopp preschten sie zusammen davon und schlugen sich ins Unterholz. Immer wieder mussten sie ihre Köpfe einziehen, damit sie nicht von den herabhängenden Ästen erschlagen wurden. Der Boden stieg an und sie kamen auf ein freies Feld, auf das sich das grüne, hohe Gras in Wellen, wie ein dunkelgrünes Meer bewegte. In einiger Entfernung sahen sie eine dichtbewachsene Anhöhe, auf deren Kuppe eine halbzerfallene Bockwindmühle stand. Adam schaute sich immer wieder angsterfüllt um und wiederholte ständig die gleichen Sätze:

„Wenn ich das gewusst hätte, dann wäre ich zu Hause geblieben.“

„Jetzt hör auf zu jammern und gib dem Pferd die Sporen!“, schrie Johannes. Der Mond schaute auf sie herab und nur wenige Wolken zogen langsam dahin. Endlich hatten sie die Anhöhe erreicht und die beiden führten sie sicher hinauf zur Mühle. Die Pferde waren schnell angebunden und abgesattelt und der Proviant wurde hastig hinein getragen, nur nicht die Tasche mit dem stinkenden Fleisch. Die legte Adam weit entfernt in ein Gebüsch, nahebei wo er sich dringend erleichtern musste.

„Stinken tut‘s doch eh!“, flüsterte er leise vor sich hin und dachte verzweifelt nach, wie er an einen vernünftigen Schluck kommen könnte. Denn zu seinem eigenen Ärger hatte er selbst nicht daran gedacht.

Drinnen in der Mühle schauten sich derweil die anderen in allen Räumen genauestens um, aber sie waren alleine, und sie war für eine Übernachtung noch gut zu gebrauchen. Sie bezogen ihr Quartier im Erdgeschoss und versuchten, es sich so gut wie möglich gemütlich zu machen. Die erste Wache übernahm, nachdem sie den Würfel geworfen hatten, ausgerechnet Adam, der sich kaum in der Lage sah, auch nur die nächsten Stunden ohne Alkohol zu überstehen. Besorgt und mit zerknirschtem Gesichtsausdruck nahm er die Wahl zur Kenntnis und setzte sich, leise fluchend, an das Loch in der Mauer, neben der Haustür, das einmal ein Fenster gewesen war. Es dauerte nicht lange und er hörte ein mehrfaches Schnarchen hinter sich; eins der wenigen Geräusche, die er zum Tod nicht leiden konnte. Seine Nerven wurden auf eine harte Probe gestellt und er begann wieder leise zu fluchen:

„So ein Mist! Bin hundemüde, keinen vernünftigen Schluck dabei und dann dieses gottverdammte Schnarchen im Rücken! Ne. Ne, ne! Scheiße nochmal!“ Verzweifelt hielt Adam sich die Ohren zu.

So hörte er hinter sich nicht das leise und vorsichtige Rascheln, und auch nicht, wie eine dunkle Gestalt langsam auf ihn zugekrochen kam. Direkt hinter seinem Rücken richtete sich die Gestalt auf und zog etwas aus ihrer Jackentasche. Etwas blitzte auf. Adam blieb schlecht gelaunt auf dem Holzgerippe sitzen, was einmal ein Stuhl genannt wurde. Er starrte hinaus. Plötzlich erschrak er, als eine Hand direkt vor seiner Nase auftauchte. Sein Auge betrachtete den Gegenstand genauer, den sie hielt.

„Hier nimm, Adam. Kannst sie ruhig leer machen.“, flüsterte Johannes und ein dankbares Lächeln huschte über sein Gesicht. Erstaunt drehte er sich um und sagte aufrichtig:

„Danke, Johannes. Du hast jetzt was gut bei mir.“

„Pass nur auf, dass wir keinen unerwarteten Besuch bekommen, dann sind wir quitt!“ Adam zog an seiner Augenklappe und ließ sie genüsslich zurück schnellen:

„Geht klar, Mann!“ Er nahm einen kräftigen Schluck und ließ ihn lange im Mund, um ihn möglichst lange genießen zu können. Als sich Johannes wieder auf seine Decke legte, fiel ihm auf, dass niemand mehr schnarchte. Hatten sie so einen leichten Schlaf, oder war das alles nur ein Schauspiel gewesen?

Es war noch sehr früh am Tag, als sie derbe von Theiß geweckt wurden.

„He, aufwachen! Der Morgen graut bereits. Wir müssen schnell weiter, aber vorher müssen wir uns die Sachen vom Boten anschauen!“ Alle aßen ein wenig und tranken aus ihren Schläuchen. Theiß und Larsen nahmen sich die Kleidungsstücke und die Satteltaschen und stießen dabei auf einen versiegelten Umschlag. Beinahe hätte Larsen einen Stofflappen übersehen, der in der Innentasche der Jacke steckte. Er wickelte ihn, unter den gespannten Blicken der anderen auseinander und ließ ihn plötzlich, mit einem Gesichtsausdruck des Ekels, zu Boden fallen. Alle beugten sich vorsichtig herunter und erkannten einen abgeschnittenen Finger, auf dem noch ein Ring steckte.

„Was hat das zu bedeuten?", fragte Adam entsetzt und legte angewidert sein Brotstück aus der Hand. Johannes nahm sich ein halbverkohltes Holzstück aus dem Kamin und drehte den Finger richtig herum, so dass der Ring besser zu sehen war.

„Da!", rief er laut. „Seht ihr? Das ist ein Siegelring! Hab ich es doch gewusst!"

„Das ist ein wortwörtlicher Fingerzeig!", stellte Theiß mit starrem Blick fest und alle stimmten dem mit einem bedeutungsvollen Kopfnicken zu. Larsen beugte sich herunter und schaute mit einem mal ungläubig auf, und rieb sich die Augen. Anschließend zog er seine Stirn kraus und schaute noch einmal ungläubig nach.

„Was hast du, Larsen?", fragte Theiß, „Stimmt was nicht?"

„Nein, nein. Aber ich kenne das Wappen irgendwo her. Lasst mich mal überlegen." Er war aufgestanden und ging nervös umher.

„Lasst uns jetzt das Siegel erbrechen.", sagte Theiß. Johannes nahm den Brief in die Hand, aber bevor er das Siegel erbrach, schaute er es sich genauer an.

„Halt! Moment noch!" Larsen drehte sich herum:

„Was ist?", fragte Johannes etwas verwundert:

„Ist es das gleiche Siegel, wie auf dem Ring?" Johannes betrachtete das Wachssiegel genau und verglich es mit dem des Ringes.

„Ja, du hast Recht. Es ist das Gleiche, nur viel größer!" Theiß kratzte sich nachdenklich am Kinn und kam vorsichtig näher, so, als erwarte er eine schlimme Botschaft. Dann nickte er:

„Ja, kein Zweifel: es ist das gleiche Siegel. Aber mit diesem Ring haben sie es nicht in das Wachs hinein gedrückt, dafür ist es zu klein." Adam wurde langsam ungeduldig:

„Na, los! Jetzt lies schon, was auf dem Papier steht! Ich will hier endlich weg, verdammt!"

Johannes faltete es auseinander und las laut vor:

‚Die Schmach von Höchst kann nun bereinigt werden. Wir zeigten ihm den Finger samt Siegelring aus seines Sohneshand. Er wird herkommen und den Preis bezahlen. Doch befürchten wir, dass er nicht alleine kommen wird. So kommt schnell mit eurer Beute her und helft mit, die Höchster Niederlage vergessen zu machen. Warte auf euch in Wevelinghoven bis zum 14.

Ein Hoch auf die tätowierten Seelen! Wilhelm I.'

Larsen und Theiß hatten zur gleichen Zeit den gleichen Gedanken und hätten das Papier, bei dem Versuch danach zu greifen, fast vor Ungläubigkeit entzwei gerissen, wenn der Magister es nicht rechtzeitig hinter seinen Rücken genommen hätte.

„Mann, jetzt gib schon her!", rief Larsen ungeduldig und streckte die Hand fordernd aus.

„Mensch, Johannes! Zeig uns die Unterschrift! Es ist wichtig!", versuchte Theiß ihm zu erklären und als versöhnliches Zeichen nahm er die Hände hoch.

„Gut, gut. Larsen soll es nehmen und nachschauen, Johannes", gab der Schmied schließlich nach und biss sich gespannt auf die Lippen. Johannes sah beide mit einem zweifelnden Blick an und nahm langsam das Papier nach vorne. Alle drei starrten darauf, als sei es eine Schatzkarte. Larsen griff danach und las den Text. Seine Lippen bewegten sich dazu und dann sagte er ungläubig zu Theiß:

„Er ist es! Verdammte Scheiße noch mal! Ich dachte dieses Schwein wär' tot und die Regenwürmer hätten sich satt an ihm gefressen!"

„Wilhelm, Wilhelm Imsch? Ist es seine Schrift?" Larsen nickte.

„Wer ist dieser Wilhelm Imsch?", fragte Adam. Theiß hatte es mit einem Mal sehr eilig:

„Später, Adam. Zuerst müssen wir von hier verschwinden und uns auf den Weg nach Wevelinghoven machen. Unterwegs werden Larsen und ich dir und Johannes alles erzählen. Auch Johannes denke ich, wird uns einiges zu berichten haben, denn wenn ich seinen Gesichtsausdruck richtig deute, scheint für ihn jetzt alles klar zu sein." Der Magister nickte nur kurz, aber mit einem sehr ernsten Blick, während er schon fast mechanisch sein Hab und Gut zusammenräumte. Die Sonne war noch nicht aufgegangen und der morgendliche Tau hing noch nass und kalt auf den Gräsern, aber ein hellblauer Streifen am Horizont kündigte schon den beginnenden Morgen an. Sie bestiegen ihre Pferde und ritten in südlicher Richtung auf den nächstgrößeren Ort, namens Jüchen zu.

„So jetzt erzählt schon, wer ist dieser Wilhelm Imsch?“, fragte Adam ungeduldig. Theiß und Larsen verlangsamten ihr Tempo und trabten nun nebeneinander her. Theiß machte den Anfang:

„Wilhelm Imsch kommt aus Hennef, das liegt hinter Deutz, bei Köln. Aber von der anderen Rheinseite. Er war, soweit ich mich erinnern kann, immer ein sehr stiller Geselle gewesen.“

„Jaja, bis zu jenem Tag, als Bernard sein wahres Gesicht zeigte und klar wurde, dass beide die ganze Zeit gemeinsame Sache gemacht hatten. Schließlich sind sie dann zusammen verschwunden.“, setzte Larsen die Erklärung fort.

„Wie gefährlich ist er?“, wollte Johannes wissen. Larsen wiegte den Kopf hin und her.

„Eigentlich ist er ein feiger Hund; zeigt nie sein wahres Gesicht, aber …“

„… dafür umso hinterlistiger.“, ergänzte Theiß und dann schaute er neugierig zum Magister hinüber und fragte interessiert:

„Na, und wie steht‘s mit deinen neuen Erkenntnissen, mein Freund? Ich seh dir doch an, wie es in deinem Schädel nur so arbeitet und ich würde fast meinen Arsch darauf verwetten, dass es für dich nichts Unklares mehr gibt!“ Johannes fühlte alle erwartungsvollen Blicke auf sich gerichtet und überlegte, wie er nun beginnen sollte. Denn die reichlichen Informationen der letzten Tage hatten auch ihn an die Grenzen gebracht.

„Also gut. Euer Bernard weiß, dass mit dem Krieg nicht mehr viel zu verdienen ist und hat sich so auf das Entführen von erfolgversprechenden Personen verlegt. Um welche Person es sich hier handelt, kann ich noch nicht sagen, denn das Wappen ist zwar auch mir bekannt, aber ich kann es noch nicht zuordnen. Aber für mich ist es sicher, dass es sich hier um den entführten Sohn einer bedeutenden Persönlichkeit handeln muss. Auch auf die Gefahr hin, sich die Finger daran verbrennen zu können, geht Bernard dieses Wagnis ein und versucht die Schmach von Höchst zu rächen. Es scheint ihm so wichtig zu sein, dass er es noch im Gedächtnis behalten hat. Dort scheint, und ich betone ausdrücklich, scheint, das Treffen oder die Übergabe des Sohnes, gegen ein hohes Lösegeld versteht sich, statt zu finden." Adam waren dies wohl entschieden zu viele Nachrichten und er versuchte sie zu sortieren:

„Also hab' ich richtig verstanden: wir jagen die Entführer von irgendwem, für irgendwas nach irgendwohin?" Er blickte ungläubig die anderen der Reihe nach an. Theiß grinste und schüttelte lachend seinen Kopf:

„Ja, so könnte man das auch sagen!"

„Und was springt für uns dabei heraus, falls es uns gelingt, was auch immer, zu lösen? Die ganze Zeit muss ich neben deinem stinkenden Pferd reiten, dass einem schon ganz schlecht wird! Ich will jetzt endlich wissen, wohin die Reise geht!" Johannes hatte die ganze Zeit geschwiegen, aber wie so oft, hatten auch jetzt die Wutausbrüche des Nachtwächters dazu geführt, dass er die Sache noch etwas klarer vor Augen sah:

„Adam hat Recht!" Adam schaute reichlich verwundert mit großem Auge auf ihn herab:

„Wie? Was? Du gibst mir Recht? Der wievielte ist heute?"

„Der vierzehnte im Brachet, oder Juni, wie man im neuteutschen sagt!", rief Larsen dazwischen und allen klang die Zahl vierzehn wie ein Echo nach. Larsen wiederholte nochmals langsam die Zahl:

„V-i-e-r-z-e-h-n!"

„Eben!", sagte Johannes nickend, „Vierzehn. Könnt ihr euch noch an die anderen Daten erinnern? Und dann überlegt in welchem Jahr wir uns jetzt befinden!" Theiß schlug sich vor den Kopf, während Adam wieder fragend in die Runde schaute:

„Scheiße! Heute Wevelinghoven, in sechs Tagen Höchst und alles im Brachet."

„Und auf was spielst du an, Johannes? Kläre uns auf, rasch!", rief

Larsen.

„Das Ende des Krieges! Vier Tage später!“, gab der Magister trocken zur Antwort.

„Ich denke der Krieg ist schon zu Ende?!“, rief Adam irritiert.

„Genau! Wir haben doch den Westfälischen Frieden! Oder nicht?“, bestätigte Larsen.

„Sechsundzwanzigster Brachet im Jahre sechzehnhundertfünfzig.“, wiederholte Theiß immer wieder, und langsam dämmerte es ihm. Sein Gesicht erhellte sich.

„Es reicht! In deinem Erbsenkopf, Johannes, steckt mehr als in unseren Schweinsblasen! Jetzt sag schon, was du für eine Vermutung hast und mach der Sache hier ein Ende!“, rief Theiß.

„Also gut! Das Ende der ganzen Geschichte liegt in Nürnberg!“

„Nürnberg?! Hast du etwa Nürnberg gesagt!? Bist du bescheuert?! Du willst, dass wir mit dir nach Nürnberg reiten?! Das liegt doch in Rußland! Da mach ich nicht mit!“, rief Adam entsetzt und hätte den Magister fast vom Pferd geworfen.

„He! Jetzt beruhige dich doch, Adam! Johannes war noch nicht fertig! Also lass ihn ausreden! Und außerdem liegt Nürnberg im Frankenland.“, rief Larsen dazwischen.

„In Münster und Osnabrück wurde der Friede nur beschlossen, aber noch nicht vollstreckt! Wie ihr wisst, befinden sich im Reich noch zigtausend schwedische und französische Soldaten! Was meint ihr wohl warum? Um Druck zu machen, denn der Friede soll in zwölf Tagen in Nürnberg beschlossen werden, aber unter welchen Bedingungen?! Das kann sehr teuer für unseren Kaiser werden, aber ihr wisst auch, wie ungeschickt er sich bisher verhalten hat. Die fremden Heere können jederzeit wieder zum Einsatz kommen und die Lande verheeren! Die Diplomaten aller Parteien werden sich dort treffen.“

„Du meinst doch damit nicht etwa, dass unser Freund Bernard in den Wahnsinn verfallen ist, einen Sohn jener Diplomaten zu entführen?!“, rief Theiß verwundert.

„Doch, das glaube ich. Diese Beschlusskonferenz bietet die einmalige Gelegenheit, fette Beute zu machen und die persönlichen Rachegefühle zu stillen. Aber ich weiß nicht, wem das Wappen auf dem Siegel zuzuordnen ist."

„Deshalb braucht er die Verbündeten aus Wevelinghoven, weil diese Diplomaten vermutlich einen großen Tross an Leibgarden mit sich führen.", folgerte Larsen.

„Ja, das glaube ich auch. Seine Panzerritter alleine werden zu wenig Schlagkraft besitzen. Außerdem sitzen wir ihm im Nacken, und das treibt ihn an und wird ihn hoffentlich dazu verleiten, Fehler zu machen.", setzte der Magister seine Erklärung fort.

„Also gut, jetzt ist soweit alles klar. Höchst liegt auf dem Weg nach Nürnberg. Versuchen wir dort, diese Bande zu erledigen und den Gefangenen zu befreien! Auf nach Wevelinghoven!", rief Theiß und spornte sein Pferd neu an.

„Wenn er noch lebt!", rief Adam.

Sie erreichten gegen die Mittagszeit die Stadt Jüchen und suchten einen Gasthof auf, in dessen Stube sie eine Mahlzeit zu sich nehmen wollten. Der Hof war gut besucht und sie hatten Glück, noch einen der letzten Tische zu bekommen. Als sie hereintraten, schien es ihnen, dass sie von vielen Augen kritisch betrachtet wurden; und das Gefühl hielt sich bis zum Schluss. In ihren Blickwinkeln sahen sie immer wieder, wie die Leute einander zunickten und zusehends häufiger den Raum verließen. Es war ein Kommen und Gehen, was für Unruhe sorgte.

„Hier geht es zu, wie in einem Bien, nur dass die Bienen hier meist männlich und bewaffnet sind!", bemerkte Theiß und rief nach der Kellnerin:

„Junge Frau, können wir etwas bestellen?" Mit einem unsicheren Blick antwortete sie.

„Der Wirt kommt sofort. Haben sie noch einen Moment Geduld." Tatsächlich dauerte es nicht lange und ein sichtlich nervöser, glatzköpfiger Wirt kam herbeigeeilt. Andauernd rieb er seine feuchten Hände an der Schürze ab und schaute gelegentlich verstohlen zur Seite. Die Vier ließen sich nichts anmerken, spürten aber, dass sie unter Beobachtung standen.

„Haben sie noch ein Spanferkel für uns?" fragte Theiß. Mit einem

Bückling bejahte der Wirt und wies hinter sich auf das Feuer, über dem sich gerade eins drehte:

„Meine Herren, jawoll, es wird mir ein Vergnügen sein, ihnen dieses Prachtexemplar anbieten zu können. Heute Morgen erst geschlachtet und von mir persönlich …“ Adam verdrehte sein Auge und schaute verärgert zum Wirt:

„… ist jetzt gut, Mann! Können wir das Ferkel jetzt haben oder nicht? Oder soll es vorher noch laufen lernen?!“ Um seine Worte zu unterstreichen, hatte der Nachtwächter laut auf den Tisch geschlagen und dem Wirt blieb der Mund offen stehen. Theiß, Larsen und Johannes schmunzelten amüsiert und Theiß setzte wieder ein ernstes Gesicht auf:

„Dazu noch vier Krüge vom besten Bier!“

„Und einen großen Topf mit Sauerkraut, wenn es das hier gibt!“, ergänzte Larsen.

„Außerdem einen Kanten Brot und ein großes Stück Butter.“, schloss Johannes die Bestellung ab. Theiß beugte sich weit vor, dass er dem Wirt hätte am Spitzbart zupfen können und fragte etwas ironisch:

„Hat er das alles vorrätig und sich auch merken können? Die Wirte bei uns schaffen das. Wie sieht‘s hier damit aus?“ Der Wirt schaute sprachlos in die Runde, nickte nur einmal kurz und hastete eilig davon. Larsen erhob sich unmittelbar danach und flüstere den anderen zu:

„Ich geh mal kurz pinkeln und mal nachsehen, ob es sich lohnt, das Geld gerade hier liegen zu lassen!“ Adam wurde wegen seinem Hunger immer ungehaltener; aber noch schlimmer war, dass sie so lange auf das Bier warten mussten.

„Verdammt, was ist das hier für ein Ausschank?! Ist kein Bier mehr da?!“ Johannes beobachtete, dass andere Gäste, die später als sie gekommen waren, schneller bedient wurden und gab Theiß entsprechend ein Zeichen. Dieser nickte und flüsterte:

„Wir warten nur noch auf Larsen, wenn der was Verdächtiges gefunden haben sollte, müssen wir schnell von hier verschwinden. Ich hab da so ein komisches Gefühl.“

Mit schnellen Schritten kam Larsen endlich zurück zum Tisch, aber er setzte sich nicht, sondern gab nur ein Zeichen, dass sie von hier verschwinden müssen.

„Moment mal. Komm mit Larsen.“, sagte Theiß und ging hinüber zum Ausschank. Dort ging der Wirt geschäftig hin und her, wich seinen Blicken aber ständig aus. In einem passenden Moment hielt er ihn am Ärmel fest und zog ihn zu sich herüber und schaute ihn drohend an:

„So mein Lieber. Jetzt hör mir genau zu. In meinem anderen Ärmel halte ich einen Dolch versteckt, bereit ihn dir in die Kehle zu stechen. Sollte irgendeiner versuchen, dir zu Hilfe zu kommen, spieße ich dich kleine Made auf meinen Haken! Haben wir uns verstanden?“ Der Wirt nickte und hob die Hände.

„Nimm deine scheiß Flossen herunter, Idiot!“, fauchte Larsen und hielt die Gäste im Auge.

„Was soll das Ferkel und ein kleines Fass Bier kosten?“ Der Wirt kratzte sich verlegen am Kopf, schaute aber weiterhin zu Boden. Plötzlich fragte er mit unsicherer Stimme:

„Kann es vielleicht auch eine Linsensuppe sein, umsonst natürlich?“ Theiß packte etwas fester zu und hatte Mühe sich im Zaum zu halten:

„Du alter Giftmischer! Hier hast du zwölf Gulden für das Ferkel und nochmal zwölf für das kleine Fass! Mach schnell!“ Er gab Larsen ein Zeichen und dieser legte seinen rechten Arm um die Taille einer jungen Frau und zeigte ihr das Messer in seiner Linken. Der Wirt verstand sofort und holte das Geforderte herbei.

„So und jetzt gehst du zu unseren Freunden und holst sie mit einem überzeugenden Lächeln her, sonst wird deine Tochter ihre Vermählung nicht mehr erleben!“ Es wurde stiller in der Gaststube und viele Blicke waren auf den Wirt gerichtet. Mit einem gequälten Lächeln versuchte er die Gäste zu beruhigen, einen musste er sogar auf den Stuhl zurück drücken und deutete dabei mit seiner Handkante an den Hals.

„Adam und Johannes! Macht die Pferde klar!“ Theiß schulterte den Spieß und beim Hinausgehen warf er dem Wirt ein paar kleine Steine in die offene Hand.

„Die kannst du beim Bernard gegen die 24 Gulden eintauschen, das habe ich mit ihm so ausgemacht!“

„Bernard wird dich dafür umbringen!“, flüsterte der Wirt mit einem drohenden Unterton in der Stimme und einem falschen, gespielten Lächeln auf den Lippen. Larsen, der sich das Fass unter dem Arm geklemmt hatte, erwiderte leise und nur für seine Ohren bestimmt:

„Sag ihm, dass wir auf ihn warten werden, damit er seine Rechnung endlich bezahlen kann!“

Sie ritten eiligst davon und schlugen den Weg Richtung Wevelinghoven ein. Sie stoppten erst, als sie sich sicher sein konnten, dass ihnen niemand mehr folgte. Hinter einer Brücke, die über einen kleinen Fluss führte, bogen sie rechts ab und ritten über eine kleine Ebene im hastigen Galopp auf einen Wald zu. Larsen und Theiß drängten weiter zur Eile.

„Wir haben gerade die Erft überquert und müssen unbedingt diesen Wald, den Neuenhausener Wald erreichen. Dort werden wir erst in Sicherheit sein, solange uns niemand folgt. Immer wieder schauten sie sich um, aber sie hatten Glück, es zeigte sich kein Verfolger. Es stellte sich heraus, dass der Wald in Wirklichkeit ein Berg war, dessen Kuppe wie eine glatt geschoren Glatze aussah. Die freie Fläche maß im Durchmesser etwa fünfzig Meter und sie hatten rundherum eine freie Sicht.

„Kommt, wir suchen zuerst eine Stelle, wo wir etwas essen und trinken können.“, sagte Larsen und führte sie zielstrebig an den nördlichen Rand. Dort setzten sie sich zwischen die Bäume und holten das Spanferkel und das Fass hervor.

„Ich werde das Gefühl nicht los, dass ihr beide schon einmal hier wart.“, sagte Adam.

„Da hast du Recht, mein Freund. Aber wir waren nicht bei der Schlacht dabei, sondern hielten uns nur in der Nähe auf, ohne dass wir voneinander wussten.“, erklärte Theiß. Johannes kletterte auf einen naheliegenden Findling und fragte:

„Was ist das da unten für eine flache Ebene?“

„Das, Magister Nethox, das ist das ehemalige Schlachtfeld von Wevelinghoven. Links davon liegt Grevenbroich und etwas weiter dahinter kannst du ganz schwach die Mauern von Neuss erkennen. Aber tu mir einen Gefallen und komm schnell vom Stein herunter, wir sind nicht allein.“ Erschrocken sprang Johannes vom Stein herunter und Adam hätte sich beinahe am Bissen verschluckt, den er gerade gierig hinunter schlucken wollte. Theiß schaute die beiden mit einem vielsagenden Blick an:

„Langsam wird es ernst, meine Freunde und ihr tut gut daran, euch in Vorsicht und Wachsamkeit zu üben. Lasst es euch eine Lehre sein!" Larsen grinste, aber schon im nächsten Moment wurde sein Gesicht wieder ernst:

„Auch wenn wir niemandem begegnet sind und noch keine Anzeichen finden konnten, dass der Feind hier ist, müssen wir auf der Hut sein und möglichst unentdeckt herausbekommen, was da unten gespielt wird. Wer übernimmt die erste Wache heut' Nacht?"

Theiß meldete sich freiwillig und dann wurden Larsen, Adam und Johannes als die nächsten bestimmt. Sie bereiteten sich kein Lager, denn sie rechneten damit, dass es nur ein kurzes Treffen zwischen Bernard und seinen Verbündeten geben würde.

Theiß steckte sich einen Grashalm in den Mundwinkel und schaute, auf dem Bauch liegend, hinaus auf die Ebene, während sich die anderen ausruhten. Er spürte, wie sich der Wind drehte und sein Blick schweifte 'gen Westen; von dort musste Bernard mit seinen Kürassieren kommen. Und dann nach Osten, dort müssten … ja wer eigentlich, fragte er sich, kommen. Er wunderte sich darüber, dass bisher noch niemand diese Frage gestellt hatte. Plötzlich hörte er das laute Geschrei eines Krähenschwarms, der zahlreich im Osten aufstieg und westwärts davonflog. Er weckte die anderen.

„Los kommt, es geht los!"

„Leise, und wirbelt ja keinen Staub auf!", mahnte sie Larsen und sie schlichen zu Theiß hinüber, der gespannt hinab schaute.

„Da kommen drei Reiter aus Richtung Ost.", sagte Adam.

„Runter! Nein sechs, mindestens! Du musst immer mal zwei rechnen.", berichtigte Theiß.

„Warum das denn?" fragte Johannes.

„Nur weil ich ein Auge hab'?"

„Quatsch! Misstrauen. Einfaches Misstrauen untereinander und gegen jedermann.", erklärte Larsen mit einem Augenzwinkern. Plötzlich wies Theiß in westlicher Richtung und dort sahen sie eine schwarze

Kutsche, flankiert von vier Panzerreitern, den Kürassieren, herankommen. In der Mitte der freien Ebene trafen die beiden Gruppen zusammen und blieben stehen.

„Was sie wohl jetzt zu besprechen haben?“, wollte Adam wissen.

„Nicht viel, das wette ich. Für die ist die Sache jetzt schon klar. Das Treffen in Höchst, das Geld abkassieren und versuchen, größtmöglichen Einfluss auf die Konferenz zu nehmen.“, sagte der Magister. Auf dem Feld wurde zeitweise wild gestikuliert und ein Mann mit grauen, langen Haaren stieg aus der Kutsche und wies immer wieder zurück, in Richtung Jüchen.

Theiß musste laut lachen:

„Na, Bernard! Was machst du jetzt? Bist dir wohl nicht mehr so sicher, dass deine Sache glatt abläuft! Ich an deiner Stelle würde mich hüten, die Sache weiter zu führen, das ist eine Nummer zu groß für dich!“ Larsen lag neben ihm:

„Mag ihn ein langsamer und grauenvoller Tod ereilen!“

„Wann reiten wir ihnen hinterher?“, wollte Adam wissen.

„Sobald sie das Feld verlassen haben, sitzen wir auf und reiten nach Dormagen.“, sagte Theiß. Johannes verstand sofort und nickte zustimmend:

„Du willst zum Rhein und schneller als sie in Cölln sein, stimmt‘s?“

„Ja! So gewinnen wir Zeit und können unterwegs einen kleinen Überfall organisieren, um sie wieder auf die alte Stückzahl zu bringen.“, erklärte Theiß.

„Wie wäre es mit Lohmar? Dort gab es doch diese ungemein gefährliche Kreuzung, mitten in diesem hügeligen Gelände?“, fragte Larsen. Theiß‘ Augen glänzten:

„Gute Idee! Du hast deinen Bogen und Adam seine glatten Sterne. Das hört sich gut an. Also vorwärts Männer!“ Sie saßen auf und begannen den Abstieg auf der abgewandten Seite der Anhöhe, wandten sich nach rechts und hielten geradewegs auf einen Wald zu, der in der Ferne hellgrün aufleuchtete. Die Kornfelder auf dem Weg dahin steckten voller Bauern, die darin herumstocherten, um das Kraut zu entfernen, das ihrer Meinung nach nichts darin zu suchen hatte. Jede Menge

Klatschmohn säumte ihren Weg, bis sie endlich den Wald erreichten, ihn nordwärts passierten und auf ein Dorf namens Nievenheim trafen. Sie durchquerten es, ohne anzuhalten. Nur am Ende des Ortes fragte Larsen einen Bauern nach dem direkten Weg zum Rhein. Es verging keine Stunde, als sie zu der Festung Zons kamen und den Rhein silbern glänzen sahen.

„Nach Zons gehen wir nicht 'rein! Zu hohe Steuern!", erklärte Theiß und führte sie daran vorbei, direkt an das Ufer des großen Stroms. Unzählige kleine Fischerboote trieben darauf herum und sie sahen wie die Netze, kleinen Spinnennetzen gleich, ausgeworfen wurden und im Licht der untergehenden Sonne hell glitzerten. Es war eine friedliche Stimmung und wollte so gar nicht zu ihrem Auftrag passen. Als sie in Dormagen ankamen, machten sie endlich Rast und kauften ein paar geräucherte Forellen von einem alten Fischer, der ihnen auch riet, die Worringer Landstraße über Niel zu nehmen. So könnten sie leicht ein paar Kilometer sparen. Sie gaben ihm für diese Auskunft einen Gulden extra und ritten weiter durch die dunkler werdende Nacht, bis sie endlich die ersten hohen Gebäude von Cölln zu sehen bekamen. In einem Waldstück bei Niel, nahe dem Rhein, machten sie Halt und nahmen ihr Abendbrot, jene geräucherten Forellen, zu sich. Sie machten aus Vorsicht kein Feuer, um so ungestört zu bleiben, denn die Büttel der nahegelegenen Stadt wären sofort auf sie aufmerksam geworden und dann wäre es mit ihrer Ruhe vorbei gewesen.

„Hier halten wir jetzt, das reicht für heute. Morgen früh will ich mir unbedingt den Cöllner Dom anschauen!", sagte Johannes und ließ sich trotz aller Proteste nicht davon abbringen. Ungläubig oder kopfschüttelnd bereiteten die anderen ihr nächtliches Lager und fielen bald, nach diesem anstrengenden Gewaltritt, in einen tiefen Schlaf. Eine Wache auszulosen, hatten sie schlichtweg vergessen.

Als sie am frühen Morgen aufwachten, glaubten sie, unter einem riesigen Leichentuch zu liegen, denn eine mächtige Nebeldecke war vom Fluss herübergezogen und blieb, wie sie jetzt erkannten, in ihrer Talsenke stehen. Die Pferde standen um sie herum, als hätten sie keine Beine und das ganze Land sah nun fremd und stark verändert aus. Ihnen war nicht wohl bei dieser eigenartigen Stille und sie saßen geschwind auf und ritten zum Flussufer hinüber. Dort wuschen sie sich und ließen ihre Pferde trinken. Den Vorschlag von Johannes, dem Cöllner Dom einen Besuch abzustatten, nahmen sie nun doch gerne auf, denn auf dem Domplatz wurde Markt gehalten und dort gab es mit Sicherheit auch etwas gegen ihren Hunger. Sie hatten es nicht mehr weit und der Weg dorthin war leicht zu finden. Der Dom war doch schon von weitem gut sichtbar. Es herrschte ein reges Treiben und sie schlenderten über den Marktplatz, immer den Gerüchen nach, bis sie endlich vor einem Stand landeten, der gebratenes Fleisch, geräucherten Fisch, Brot, verschiedene Suppen und allerlei anderes Zeug anbot. Johannes ließ sich seinen Proviant einpacken und verstaute ihn in den Satteltaschen, denn er wollte unbedingt den Dom besichtigen, bevor sie weiter mussten. Auch wenn die anderen von der Größe des Doms stark beeindruckt waren, so blieben sie doch mit verständnislosen Blicken zurück und gaben ihm Zeit, bis zum siebten Schlag zurück zu sein.

Johannes hastete mit seinen kurzen Beinen zum Haupteingang, ständig Gefahr laufend, von den Leuten umgerannt oder beiseite geschoben zu werden. Gerade als er den Dom betrat und sich mit dem Weihwasser benetzte, fiel sein Blick zufällig zur Seite, wo zwei Männer seitlich an einer dieser mächtigen Säulen standen und sich angeregt zu unterhalten schienen. Ihre Kapuzen hatten sie weit herunter gezogen, so dass man ihre Gesichter nicht sehen konnte. Er wusste nicht warum, aber er musste stehen bleiben und hinüber sehen. Sie schienen ihn regelrecht magisch anzuziehen und er ging, ohne es zu merken, langsam auf sie zu. Ein Geistlicher, der vorüber kam, blieb stehen und wollte sie ermahnen leise zu sein, unterließ es jedoch, als sie ihm ihre Gesichter zuwandten. Johannes wunderte das und er kniete sich auf eine nahgelegene Bank nieder und tat so, als wenn er beten müsste. Schlagartig unterbrachen sie daraufhin ihre aufgeregte Unterhaltung. Sie hatten ihn bemerkt, er spürte deutlich ihre Blicke im Nacken. Dann hörte er eine rauhe Stimme sagen:

„Dat is‘ doch nur‘n Jung. Red weiter.“ Der andere schien misstrauischer zu sein und wartete noch eine Weile, bis er seinen Redefluss fortsetzte. Zum Ärger von Johannes sprach jener Mann jedoch so leise, dass er kaum ein Wort verstehen konnte. So stand er schließlich andächtig auf, bekreuzigte sich und versuchte den beiden Männern, so ein Stück näher zu kommen. Als er nur noch drei Schritte von ihnen entfernt war, hörte er plötzlich einen Teil eines Satzes, der ihm einen Schrecken versetzte:

„… Bernard von Metz hat's …" Beinahe wär er davon gerannt, um die anderen zu warnen, aber da fiel ihm ein, dass es wohl zu auffällig gewesen wäre, und so beschloss er, einen kleinen Rundgang durch den Dom zu machen und zu warten, bis die Glocke zum siebten Mal schlug. Vor dem Schrein der heiligen drei Könige blieb er stehen, schaute vorsichtig zurück und einen inneren Fluch unterdrückend, stellte er fest, dass sie verschwunden waren! Sofort eilte er hinaus und hörte im gleichen Moment die Glocke schlagen. Er beschleunigte seine kleinen Schritte, aber es half nichts: er blieb in dem Menschenstrom, der hinausdrängte, stecken. Abermals einen leisen Fluch unterdrückend, warf er sich auf den Boden und kroch den Leuten geschickt, wie eine kleine Katze, durch die Beine. Erleichtert kroch er auf allen Vieren ins Freie, direkt vor die Füße seiner Freunde und Adam sah ihn belustigt an:

„Na, mein kleiner Freund, was ist los? Hast du deinen Glauben verloren und schaust, wo er geblieben ist?!" Larsen lachte ebenfalls belustigt auf, aber einzig Theiß erkannte an seinem ernsten Gesichtsausdruck sofort, dass irgendetwas vorgefallen sein musste und half ihm besorgt auf die Beine. Das Lachen von Larsen und Adam erstarb augenblicklich. Der Magister schaute an Larsen vorbei und sah die beiden Männer in eine Gasse verschwinden. Sie hatten beide ihre Kapuzen zurückgeschlagen und er glaubte für den Bruchteil einer Sekunde ihre Mönchsglatzen gesehen zu haben. Larsen folgte seinem Blick und nickte.

„Wir treffen uns an der Deutzer Brücke!". Und im nächsten Moment war er verschwunden.

„Zu den Pferden, sofort!", rief Theiß mit unterdrückter Stimme.

Ein paar Minuten später standen sie bei der besagten Brücke vor dem Ausgangstor. Larsen war noch nicht da und sie stellten sich an die Seite des Tores, wo sich schon eine Menschenschlange gebildet hatte, die wieder nach dem Deutzer Ufer drängte. Die Münzen fielen in solch einer Geschwindigkeit in die Steuerkasse, dass die Torwächter Mühe hatten, mit dem Zählen mitzukommen.

„Nun sag‘ schon Johannes, was war da drinnen los?“, fragte Adam. Johannes erzählte seine Erlebnisse in kurzen Sätzen und Theiß sah sehr besorgt aus.

„Verdammt und zugenäht! Was ist hier eigentlich los? Ist etwa das ganze Land darin verstrickt? Das sieht übel aus, sehr übel!“

„Wo bleibt denn Larsen?“, fragte Adam. Ein Mann in einer braunen Kutte, kam direkt auf sie zu und lüftete nur ganz kurz seine Kapuze.

„Ich bin schon die ganze Zeit in eurer Nähe. Kommt und folgt mir. Ihr werdet überrascht sein!“ Verblüfft folgten sie ihm bis ans Tor und sofort kam der Ruf der Torwächter:

„Halt! Stehen geblieben! Brückenzoll! Auch für dich, Mönchlein, gibt‘s einen irdischen Preis!“

Der andere Wächter senkte die Hellebarde und sagte lachend:

„Kannst ’se dir ja bei Petrus wieder zurückholen!“ Aber ihr Lachen erstarb augenblicklich, als Larsen sich zu ihnen herüber beugte und sagte:

„Bernard von Metz!“

„Wieviele Personen?“

„Diese vier und die Pferde dazu. Wird‘s bald?“ Die beiden Torwächter schluckten und hoben die Hellebarden. Theiß, Johannes und Adam hatten Mühe ihr Erstaunen zu unterdrücken und machten, dass sie schnell vorbei kamen. Mit fragenden Blicken auf Larsen gerichtet, trotteten sie ihm bis zur Mitte der Brücke nach und dann schwang er sich auf sein Pferd und rief:

„Los, kommt! Drüben erzähle ich euch alles! Es gibt hier entschieden zu viele Ohren!“

Am Deutzer Ufer nahmen sie den direkten Weg durch die bedeutend kleinere Stadt. Als sie sie verlassen hatten, trabten sie wieder in einem gemächlichen Trab nebeneinander her.

„Mensch, Larsen! Was war das denn eben beim Tor?“, fragte Theiß.

„Ich verfolgte die beiden Männer bis zu dem Stand, wo wir vorhin unsere Verpflegung geholt hatten. Sie unterhielten sich mit dem Verkäufer und im Vorbeigehen konnte ich einige Brocken aufschnappen." Der Magister platzte fast vor Neugier:

„Und?"

„Ich hörte was von, ‚die waren schon hier' und ‚beseitigen'." Die Miene von Theiß verdüsterte sich zusehends:

„Scheiße, verfluchte! Dann werden sie hinter uns her sein und wir sind die Gejagten!"

„Nein, eben nicht.", erklärte Larsen und zeigte auf seine Kutte, „Was meinst du, woher ich die wohl habe?" Der Nachtwächter schlug seine Augenklappe hoch:

„Donnerwetter! Hast sie etwa um die Ecke gebracht?"

„Ja, es war ganz leicht. Cölln hat so viele nette, kleine, ganz schmale Gässchen. Dort mussten sie hintereinander hergehen. Kurz bevor ich den Ersten erwischte, hörte ich noch, das Losungswort für die Torbrücke. Ich war zuerst überrascht und dann so wütend darüber, dass ich auch gleich den Zweiten über die Klinge springen ließ. Von dem habe ich mir auch die Kutte geborgt." Johannes sah wieder etwas optimistischer drein:

„Das hört sich schon wieder besser an. Welche Stadt ist die nächste auf dem Weg nach Höchst? Ihr beide kennt euch hier besser aus."

„Zuerst kommt Troisdorf und dann Hennef. Wenn wir es heute noch bis nach Marienberg schaffen sollten, hätten wir sehr viel Zeit herausgeholt und ich hätte mehr Zeit für meine Vorbereitungen.", erklärte Theiß.

„Das Dorf da vorne müsste schon Gremberg sein und danach kommt Ensen.", erklärte Larsen.

„Wieviele Kilometer sind es denn noch bis Troisdorf?", wollte Johannes wissen.

„Ungefähr zehn Kilometer, wie der Vogel fliegt.", antwortete Theiß.

„Also nicht über Lohmar?", fragte Larsen, der sich zu ihm hinüber beugte.

„Nein. Das müssen wir auf später verschieben. Ich muss für meine Sache ein paar Tage Vorsprung haben. Ich brauche ein oder zwei Tage Zeit. Vielleicht können wir ihnen dann kurz vor Höchst eine Falle stellen. Sag du, wo es am günstigsten ist, du kennst dich dort doch am besten aus, Larsen." Der rieb sich nachdenklich am Kinn:

„Jaja, das stimmt. Ich war mehrmals dort. Bevor man nach Höchst kommt, muss man am Taunus vorbei. Es führt nur eine alte Römerstraße, von Wetzlar kommend, dahin. Zwanzig Kilometer vor Höchst liegt Friedrichsdorf und direkt daneben liegt der Gickelsberg mit seiner kahlen Kuppe. Von dort könnten wir sie rechtzeitig kommen sehen, wenn die Sicht gut ist." Theiß schlug mit der Faust in die offene Hand:

„Und zuschlagen! Das hört sich doch gut an!"

„Und es gibt wirklich nur die eine Landstraße?", fragte Johannes.

„Ja! Die Römerstraße kommt aus dem dicht bewachsenen Taunus herunter und schlängelt sich immer weiter, wie ein endloser Wurm durch das Tal.", erklärte Larsen.

„Da könnte ich vielleicht auch wieder meine Zwille einsetzen.", sagte Adam, der das Gefühl hatte, auch etwas zum Geschehen beitragen zu müssen. Theiß Augen glänzten vor Begeisterung und schien die anderen damit anzustecken.

„Das ist ein guter Plan. Er glaubt sich schon fast am Ziel, und dann …", Johannes schlug die Hände zusammen, „Platsch! Schlagen wir zu!"

„Dann mal los! Holen wir aus unseren Pferden noch was raus! Bei Hennef schauen wir dann weiter!", rief Theiß und sie gaben ihren Pferden die Sporen. Aber schon kurz vor Troisdorf setzte ein starker Regen ein und sie mussten im ansteigenden Gelände nach einem Unterschlupf Ausschau halten. Aber sie hatten kein Glück. Innerhalb kürzester Zeit waren sie völlig durchnässt und ritten zähneknirschend in den Ort hinein, um nach einer Herberge zu suchen. Theiß war sichtlich verärgert:

„Mist, verdammter! Jetzt hängen wir in diesem scheiß Troisdorf fest und verlieren hier wieder Zeit!"

Endlich wurden sie fündig und konnten Quartier in einem alten und gut besuchten Gasthof, namens ‚Roter Römer' nehmen. Nachdem die Pferde gut versorgt waren, gingen sie hinauf in ihre Stube und zogen ihre Kleidung aus, die sie vor dem Feuer des Kamins zum Trocknen aufhingen. Von den Wirtsleuten bekamen sie mehrere Wolldecken und ein paar Schaffelle, gegen eine Gebühr versteht sich, und hüllten sich nackend darin ein. Das Essen und das Bier ließen sie sich in die Stube bringen, auch gegen einen Aufpreis. Adam schaute schon sehr verärgert in seine Geldkatze:

„Aufpreis, Aufpreis! Ich höre nichts anderes als Aufpreis! Meine Katze ist bald leer!“ Johannes schmunzelte:

„Mach dir darüber mal keine Sorgen! Hauptsache unsere Klamotten werden bis morgen trocken und wir können wieder weiter. Den anderen wird‘s auch nicht besser gehen!“ Theiß schaute wenig vergnügt ins Feuer und legte noch ein paar Holzscheite nach. Durch ihre kalten Körper strömte bald eine angenehme Wärme und die trübe Stimmung verbesserte sich damit ein wenig.

„Die Aufpreise sind es wert und man kann sagen, dass für alles gut gesorgt ist.“, stellte Larsen zufrieden fest. Adam schaute zu den tropfenden Kleidern hoch und sagte ironisch:

„Hier regnet es also auch. Scheiß Gegend!“ Larsen und Theiß schmunzelten, aber von Johannes war nichts zu sehen. Verwundert sagte Theiß:

„Wo ist Johannes? Hat ihn jemand ge…?“

„Das müsst ihr euch ansehen! Das glaubt ihr nicht!“, kam es vom Fenster. Dort stand der Magister auf einem Schemel und schaute aus dem Fenster. Die anderen drei kamen herbei gerannt und folgten seinem ausgestreckten Zeigefinger. Theiß schlug wütend auf die Fensterbank:

„Verfluchte Lupenscheiße! Da sind schon zwei von ihnen! Diese gottverdammten Kahlschädel!“

„Unser Vorsprung ist also am Arsch!“, zischte Adam enttäuscht, während sie zwei in schwarz gekleidete Männer sahen, die ihre Pferde in eine verlassene Scheune gegenüber führten.

„Aber wir können sie aufhalten, dass sie wieder etwas Zeit verlieren. Was meint ihr?“, fragte Larsen. Er sah in das grinsende Gesicht von Theiß:

„Jaja, das sollte kein Problem sein. Hängt aber auch davon ab, wieviele es sind.“

„Nehmen wir Feuer?“, fragte Larsen. Theiß nickte stumm und in Gedanken versunken.

„Schnell, duckt euch! Runter!“, rief der Magister .

„Was war denn los? Hat einer hinauf geschaut?“, fragte Theiß außer Atem.

„Ja. Ich weiß aber nicht, ob er mich noch sehen konnte.“ Aus der dunklen hinteren Ecke des Raumes drang Adams Stimme zu ihnen hinüber, der mit sich selber zu sprechen schien:

„Feuer, das ist gut. Ich habe noch zwei Walnüsse bei mir; das sollte reichen und die Scheune ist direkt gegenüber. Ich glaube …“

„Was redest du da, Adam?“, flüsterte Larsen. Der Nachtwächter stand, ungeachtet der Lage, plötzlich vor ihnen und mit einem irren Blick. Seine Walnüsse liebkosend, sagte er:

„Hier habe ich meine Zwille, zwei Walnüsse und die mit ein bisschen Glut aus …“ Theiß zog ihn herunter und gab ihm eine leichte anerkennende Kopfnuss, dass seine Augenklappe verrutschte:

„Du alter, gerissener Saufbold! Mensch, das ist die Idee! Die Entfernung sollte ja kein Problem sein, aber du hast nur zwei Versuche, für einen gezielten Schuss. Das ist nicht viel.“

Aber Adam winkte ab und schlug gestenreich seine Augenklappe auf:

„Ach was. Kein Thema. Lass sie einmal drinnen sein und feste schlafen. Dann macht es nur noch frrrt, frrrt und die Bude brennt.“ Larsen, Johannes und Theiß schauten sich im Halbdunkeln lange an und nickten schließlich einander zu.

„Also gut, Adam. Ich glaube du solltest es versuchen, aber bedenke, was auf dem Spiel steht!“, mahnte Larsen.

„Ich sehe drüben ein kleines Licht!“ rief plötzlich Johannes dazwischen, der zwischenzeitlich wieder zum Fenster zurück gekrochen war.

„Was für ein Licht, was meinst du? Laterne oder Feuer?“, wollte Theiß wissen, der immer noch zusammen mit den anderen am Boden hockte.

„Laterne. Es bewegt sich die ganze Zeit hin und her.“

„Und jetzt?“, fragte Larsen einige Zeit später.

„Jetzt nicht mehr. Sie haben es anscheinend an der Decke aufgehängt. Ich …“

„Das ist eine Ablenkung!“, rief plötzlich der Schmied dazwischen. „Behalte das Tor im Auge, Johannes!“

„Adam, mach deine Zwille klar, schnell!“, rief Larsen.

„Scheiße! Sie kommen herüber!“, fluchte Johannes halblaut. Adam bekam vor Nervosität kaum seine erste Walnuss zu fassen.

„Scheiße verflucht! Sie ist weg!“

„Wie, sie ist weg?!“, rief Theiß verärgert.

„Na weggerollt!“ Der Schmied schlug sich an den Kopf:

„Du Hornochse! Du ...“

„Nenn mich nicht …“

„Ruhe!“ , zischte Larsen dazwischen, „Nimm die andere und mache dich bereit! Wir haben jetzt keine Zeit mehr zu verlieren. Mach schon!“ Adam kroch sichtlich verärgert zur Feuerstelle, wo er überraschenderweise Johannes vorfand, der schon mit einem Messer ein Glutstück aus dem Feuer gezogen hatte und ihm nun half, die erste Walnuss damit zu bestücken. Larsen und Theiß krochen währenddessen umher und suchten nach der verlorengegangen Walnuss.

„Au!“, schrie der Nachtwächter plötzlich laut auf. „Was ziehst du an meinen Haaren herum?!“ Aber Johannes winkte beruhigend ab:

„Damit die Glut nicht unterwegs verloren geht, brauchen wir was zum zusammenbinden.“ Die beiden schlichen hinüber zum Fenster, welches der Magister vorsichtig langsam öffnete.

„Ich hab die andere gefunden. Hier ist sie.“, flüsterte Theiß und steckte sie dem Nachtwächter in die Manteltasche. Der kleine Magister wies mit seinem kurzen Arm auf eine bestimmte Stelle und flüsterte erregt:

„Da schau Adam! Siehst du das Helle? Das muss Stroh sein, das vor dem Tor liegen geblieben ist, als sie hinausgingen.“

„Nee, sag bloß! Wäre ich im Traum nicht ’drauf gekommen. Ich dachte schon …“

„Mann, jetzt halte endlich deine Schnauze und schieß endlich, bevor das Stroh vom Regen nass wird!“, zischte Theiß. Da schoss solch eine Wut in den Arm des Nachtwächter hinein, dass er wie wild an der Sehne zog und mit einem lauten Fluch die Nuss abfeuerte:

„Arsch …“ Aber Johannes legte schnell seine Hand auf seinen Mund.

Währenddessen folgten sie dem fliegenden Geschoss, das mit einem dumpfen Ton vom Tor abprallte. Dann geschah weiter nichts.

„Und?“, fragte Theiß.

„Ich weiß nicht.“, erwiderte Adam.

„Noch eine! Gib her!“, sagte Johannes forsch und rannte hinüber zum Kamin. Adam stieß erneut einen Schrei aus:

„Autsch! Jetzt mach schon!“

„Halt!“, rief Larsen plötzlich dazwischen und kam mit der Kerze herbeigeeilt.

„Noch ein bisschen Kerzenwachs, dann sollte es noch leichter gehen. Und los!“

Bald darauf erklang erneut jenes surrende Geräusch, das mit einem kurzen und harten Schlag abrupt endete. Kurze Zeit später stiegen kleine Rauchsäulen empor und vergrößerten sich. Erwartungsvoll blickten sie hinüber und stellten zufrieden fest, dass endlich kleine Flammen begannen an dem Tor hinaufzuzüngeln.

Theiß schlug auf die Fensterbank und stellte zufrieden fest:

„Endlich! Es brennt!“ Kurze Zeit später stand das gesamte Tor in Flammen und die ersten Gäste kamen hinaus gestürmt und rannten wild gestikulierend umher. Einer der schwarzen Reiter war unter ihnen und wurde im nächsten Moment unter lautem Krachen des umfallenden Tores begraben, das die Pferde, in ihrer wilden Flucht, aus den Angeln getreten hatten. Die beiden Pferde rannten über ihn hinweg und besiegelten so sein Schicksal. Der andere blieb fassungslos daneben stehen und eilte dann den Tieren nach. Die Vier verfolgten ihn mit ihren Blicken. Plötzlich schrie Larsen laut auf:

„Da! Da hinten am Waldrand! Seht ihr es?!“

„Pah! Bernard mit seiner Kutsche! Jetzt sind die beiden Pferde weg und er hat keine Augen mehr. Seinen letzten Reiter muss er auch noch mit in die Kutsche nehmen.“, lachte Theiß laut auf und wandte sich zufrieden ab. Johannes schaute ihm nachdenklich nach und sagte:

„Jaja. Er kann nicht mehr sehen, was vor ihm liegt, das ist richtig. Aber er wird ja auch die Gefahr erkennen, die darin liegt und durchreiten.“

„Wie denn das?! Seine Pferde werden auch müde sein!“, rief Larsen aus.

„Die kann er sich doch von irgendwoher nehmen, oder meinst du nicht?“, erwiderte Adam.

„Und woher soll er sich die holen, jetzt mitten in der Nacht?“, fragte Larsen.

„Scheiße! Da wo es immer Pferde gibt!“, rief Theiß aus und schlug sich vor den Kopf.

„Eben!“ sagte Johannes und verschränkte seine Arme. Larsen spie auf den Boden und schrie:

„Unsere bekommt er nicht! Nicht unsere!“ Er wollte schon loslaufen, aber Theiß hielt ihn zurück:

„Warte, das muss jetzt gut überlegt sein. Wir beide gehen jetzt hinunter und machen unsere Pferde fertig. Adam und Johannes kramen alles zusammen und kommen nach. Die Zeche werden wir prellen müssen.“ Plötzlich unterbrach ihn Adam:

„Aber er könnte doch die anderen Pferde nehmen, die noch im Stall sind!“

„Ihr müsst alle Pferde frei lassen, ohne Ausnahme!“, sagte der Magister. Die beiden nickten und verschwanden. Wie Larsen und Theiß, zogen die beiden auch ihre halbtrockenen Kleider wieder an und suchten hastig die ganzen Taschen zusammen. Ein letzter Blick aus dem Fenster und Johannes sah seine Befürchtung bestätigt:

„Sie kommen, Adam!“

„Scheiße! Das wird jetzt aber verdammt gefährlich, sag ich dir!“ Johannes nickte stumm und sie schlichen leise die Treppe hinab. Plötzlich hielt ihn Adam am Ärmel fest und flüsterte:

„Halt mein Zwerg. Beinahe wärst du vorbei gelaufen! Schau, die haben uns eine Abkürzung verpasst!“ Ehe Johannes etwas erwidern konnte, flog er schon aus dem offenen Fenster hinaus und landete sehr zu seiner Erleichterung auf einem Misthaufen. Kurze Zeit später folgte der Nachtwächter, landete dicht bei ihm und klopfte sich grinsend den Mist aus den Kleidern.

„Du bist klein und stinkst!“ Johannes kniff die Augen zusammen:

„Du gottverdammter …“

„Ach lass gut sein. Komm schon, wir müssen schnell von hier verschwinden.“ Adam nahm ein paar Taschen auf und hastete davon. Johannes schnappte sich die letzten zwei und folgte ihm im Dunkeln, so gut er konnte. Der Nachtwächter schien ein Nachtauge zu haben; der Magister sah ihn zielstrebig wie eine Katze durch die stockfinstere Nacht rennen, als wäre er hier zu Hause. Plötzlich machte er halt und flüsterte aufgeregt:

„Komm, beweg deine kurzen Beinchen etwas schneller! Da vorn, dicht am Stalltor, stehen unsere Freunde bereits mit unseren Pferden und warten ungeduldig.“ Aber kaum waren sie einige Schritte weiter gegangen, als sie warnend die Arme hoben und ihnen anzeigten, stehen zu bleiben. Entrüstet zischte Adam:

„Was soll denn der Scheiß? Spinnen die?! Ich geh‘ jetzt weiter, die …“

„Nein! Adam! Bleib …“ Aber weiter kam Johannes nicht, denn mit einem Mal kam ein schwarzer Panzerritter neben dem Stall zum Vorschein und fauchte mit heiserer Stimme:

„Idioten! Gebt mir sofort eure Pferde! Höchst werdet ihr eh nicht erreichen, jetzt haben wir euch!“ Aber Theiß blieb ruhig und sprach mit gefasster Stimme:

„Falsch mein Freund. Wir haben dich!“ Einen Moment lang, herrschte vor Verblüffung eine eigenartige Stille. Nur die ungeduldigen Pferde, drinnen im Stall, waren zu hören. Der Ritter drehte ungläubig den kahlen Kopf, der jetzt fahl im Dunkeln leuchtete, hin und her:

„Wieso?“ Statt eine Antwort zu geben, sprang Larsen plötzlich hervor und trat geschwind einen Keil weg, der unter dem großen Tor festgeklemmte. Der Ritter tat verwundert einen Schritt zurück, aber da war es bereits zu spät. Der Lärm von drinnen schwoll weiter an, das Tor schlug krachend auf und mit einem ohrenbetäubenden Lärm, kamen ein dutzend Pferde in wilder Panik heraus und überrannten ihn. Etliche Hufe trafen ihn und innerhalb kürzester Zeit blieb er reglos liegen. Larsen spuckte auf den leblosen Körper:

„Ein Dreckschwein weniger!“ Adam stand immer noch aschfahl an der gleichen Stelle, als die Pferde dicht an ihm vorbei gerannt waren.

Johannes schüttelte belustigt den Kopf:

„Das war knapp. Hör das nächste Mal auf deinen Freund; auch wenn du wie eine Nachteule sehen kannst." Theiß wollte keine Zeit verlieren und mahnte zur Eile:

„Ist gut jetzt! Aufsitzen! Die anderen werden bald hier sein!"

Troisdorf hatten sie schnell hinter sich gelassen und Larsen übernahm jetzt die Führung. Zuerst ging es durch einen dichtbewachsenen Wald und sie verlangsamten ihr Tempo, bis sie nur noch im Schritt weiter gingen. Larsen schaute sich suchend um und schien eine bestimmte Stelle zu suchen. Leise fluchend zog er schließlich am Zügel:

„Mist verdammter!"

„Was ist? Warum hälst du?", fragte Adam. Mürrisch fuhr Theiß dazwischen:

„Weil er den Weg nicht mehr findet! Gerade jetzt! Mann!"

„Beruhige dich jetzt, Theiß!", mahnte Johannes und zupfte dem Nachtwächter am Ärmel und flüsterte leise:

„Los, frag ihn, was er sucht, Adam. Du hast hier das Nachtauge."

„He, Larsen suchst du etwas Bestimmtes?"

„Ja, es ist eine Drillingsbirke rechter Hand. Danach folgt ein schmaler Pfad aus dem Wald hinaus, direkt nach Honnef. Aber wir haben schon fast Mitternacht und du siehst ja selbst, es herrscht schwarze Nacht und ..."

„Noch hundert Schritt, dann müssten wir da sein. Soll ich vorreiten?", kam die trockene, fast schon selbstverständlich klingende Antwort des Nachtwächters. Eine Zeitlang herrschte Sprachlosigkeit unter den Gefährten. Larsen rutschte ein ungläubiges „Ja, mach das, wenn du meinst." heraus und Theiß schüttelte seinen Kopf mit den Worten: „Das glaub ich jetzt nicht. Der sieht mit seinem Glubschauge mehr, als wir alle zusammen."

„Vergiss den Alkohol nicht.", ergänzte der Magister, als er mit Adam, wie ein dunkler Schatten an ihnen vorüber glitt. Zielsicher wie eine Fledermaus schritt Adam mit dem Pferd vorweg und führte sie tatsächlich zu jener Drillingsbirke. Sie bogen auf den schmalen Pfad ein und folgten ihm vorsichtig die nächsten fünf Kilometer, dicht hintereinander gedrängt, mit einem Seil verbunden. Adam fühlte sich in seinem Element und gab ihnen währenddessen einige Erlebnisse aus seinen Rundgängen zum Besten. Zur Erleichterung aller, unterbrach ihn schließlich Larsen mit den Worten:

„Bald müsste eine kleine Lichtung kommen. Sie ist dicht mit Heidekraut bewachsen. Da können wir uns dann zum Schlafen hinlegen.“ Erschöpft ließen sie sich von den Pferden gleiten, banden sie an den Wacholderbüschen an, warfen die Taschen und übrigen Kleidungsstücke einfach auf den Boden und ließen sich darauf fallen. Sie stellten keine Wachen auf. Nicht einer hatte auch nur den Hauch eines Gedankens daran verschwendet.

Das Wiehern eines Pferdes weckte sie am nächsten Tag und allen schien es, als wäre der gestrige nächtliche Marsch nur ein Traum gewesen. Sie brauchten einige Zeit, bis sie wieder zur Besinnung kamen. Theiß war am schnellsten und schaute aufmerksam zu seinem Pferd hinüber. Es schnaubte und wieherte unaufhörlich, trat aus und schüttelte seine zottelige Mähne. Einer Ahnung folgend, schlich er darauf zu und nickte schließlich zufrieden. Larsen kam hinzu und klopfte ihm auf die Schulter:

„Na, du alter Glückspilz. Das sieht ja gut aus. Die Wespen sind schon da.“

„Genau, und wo diese Quälgeister sind, können die anderen auch nicht mehr weit sein.“ Adam und Johannes warfen sich fragende Blicke zu und konnten sich keinen Reim darauf machen. Theiß und Larsen lachten einander zu und der Schmied zeigte ’gen Süden:

„Wartet bis wir in Limburg sind, dann werdet ihr des Rätsels Lösung erfahren.“

„Hört es ab Limburg auch mit dem elendigen Gestank auf?“, wollte Adam wissen.

„Ja, auch das. Aber jetzt frühstücken wir erst einmal und machen dann die Pferde fertig. Wir haben noch einen weiten Weg vor uns. Noch heute Abend müssen wir dort ankommen.“

„Wie weit ist es noch dahin?“ fragte Johannes. Theiß wiegte den Kopf hin und her:

„Bis Altenkirchen sind es vierzig und dann noch einmal dreißig Kilometer."

„Also siebzig. Ganz schön viel!", sagte Adam. Theiß lachte:

„Wenn man die Straße nimmt! Aber wofür haben wir unseren Meister der Abkürzungen dabei?" Larsen grinste, biss ein Stück vom Brot ab und nahm einen kräftigen Schluck aus dem Beutel. Sie aßen schweigend weiter, jeder in Gedanken versunken. Die Entscheidung rückte nun jeden Tag näher, je mehr sie die Entfernung nach Höchst verringerten. Johannes ließ ein Gedanke nicht mehr los und er fragte Theiß, während sie wieder aufsaßen:

„Was meinst du, wie groß wird die Verstärkung sein, die Bernard und seine Kahlschädel bekommen könnten?" Der Schmied legte die Stirn in Falten; die Frage war ihm sehr unangenehm, das war unübersehbar. Das gefiel dem Magister gar nicht und er glaubte nun, die eigentliche Gefahr wirklich zu erahnen.

„Es werden auf jeden Fall zu viele sein, Johannes. Erst bei ihrer Ankunft können wir einen richtigen Plan machen, wie wir ihnen beikommen können." Der Magister biss die Lippen aufeinander:

„Und das ist verdammt wenig Zeit. Verflucht!"

„Wofür haben wir denn Theiß' Geheimwaffe? Genau dafür!", rief Larsen.

„Und die muss ich erst einmal finden!"

„Warte ab, Theiß. Wird schon schief gehen." Larsen schien immer noch sehr optimistisch zu sein, während Adam nichts mehr verstand.

„Du musst deine Geheimwaffe noch finden? Ja wo denn?"

„Heute Abend wirst du es erfahren und vielleicht auch dabei sein, wenn du den Mut dazu hast.", erklärte Theiß.

„Pah! Natürlich. Sag mir nur, was ich machen soll! Wenn's für 'ne gute Sache ist, klaue ich dir sogar die Sterne vom Himmel!"

„Ich nehme dich beim Wort!", kam es von weiter vorne, denn Larsen hatte wieder die Führung übernommen. Sie benutzten die Trampelpfade der Wildtiere und kamen so schnell voran, obwohl sie ihre Rösser nur traben lassen konnten. Aber das hatte den Vorteil, dass sie keine großen Pausen machen mussten, weil es die Tiere deutlich weniger anstrengte.

Wenn jemand mal austreten musste, hatte der sich gefälligst zu beeilen, um die anderen einzuholen. Denn es wurde nicht angehalten. Das führte dazu, dass Johannes sich sein Austreten sparen und bis Limburg aushalten wollte. Nach der ersten Mahlzeit am frühen Morgen trank und aß er nichts mehr. Adam machte sich darüber lustig:

„Na, has'te Angst die Beinchen könnten zu kurz sein?" Johannes wollte etwas darauf entgegnen, aber Larsen fuhr dazwischen:

„Ruhe jetzt! Wir kommen jetzt dicht an Altenkirchen vorbei. Eine Straße müssen wir dabei überqueren, direkt vor dem Ortseingang. Einzeln natürlich." Ein paar Minuten später standen sie an besagter Stelle und Larsen ritt vorweg. Theiß folgte und die anderen hintendrein. Ohne Zwischenfälle gelangten sie hinüber und konnten den Weg fortsetzen. Sie hatten bald die höchste Stelle des Westerwaldes erreicht und danach ging es stetig bergab. Immer wieder kreuzten Bäche ihren Weg und es wurde deshalb rutschiger. Einige Male mussten sie absteigen und die Pferde vorsichtig über Felsvorsprünge und Abhänge führen. Aber weitaus gefährlicher waren die relativ häufigen Steinschläge, weil sie in Schlangenlinien den Hang hinunterkamen und sozusagen, mehrmals von den gleichen Steinen getroffen werden konnten. Die Pferde waren solch ein Gelände nicht gewohnt und zeigten sich dementsprechend unsicher. Als sie endlich flaches Land erreichten, machten sie erschöpft eine kurze Pause und holten die Schläuche heraus.

„Ich sehe da drüben zwei Hasen, Larsen. Für ein Abendessen wären sie doch bestens geeignet, was meinst du?", fragte Theiß. Er hatte nichts dagegen einzuwenden und machte sein Gewehr schussbereit. Zusammen robbten sie auf das Kornfeld zu, an dessen Rand die Hasen standen. Bald waren sie keine fünfzig Meter mehr entfernt, als sich der Wind drehte. Theiß entwischte ein leises Fluchen:

„Scheiße, verdammt. Jetzt steht uns der Wind im Nacken."

„Psst!" Sofort stellten sich die beiden Hasen auf die Hinterbeine und wurden unruhig. Zu ihrer Rechten, begann es plötzlich zu rascheln. Verwundert schauten sich Theiß und Larsen an.

„Zuerst die Hasen, dann schauen wir nach." Theiß nickte. Beide legten an und schossen. Ein Hase war sofort tot, aber Theiß' Schuss ging fehl und der andere rannte nach rechts den Feldweg hinunter, mehrere Haken schlagend. Sie schauten ihm nach. Aber plötzlich mitten im Sprung, neigte sich sein Kopf auf die Seite und er blieb regungslos liegen.

„Hast du das gesehen, Theiß?“ Aber der sagte nichts, sondern schmunzelte nur und nickte stumm. Ein Arm, auf den Fingern laufend, kam zum Vorschein und erreichte das erlegte Tier, packte es bei den Ohren, und zog es im Handumdrehen weg. Theiß klatschte einmal laut in die Hände und rief:

„Adam! Du überrascht einen immer wieder! Ein vortrefflicher Schuss!“ Grinsend kam der Nachtwächter aus dem hohen Gras geschlichen und hielt den Hasen an den Ohren, wie eine Trophäe, hoch.

Es war schon fast Mitternacht als sie endlich, ohne besondere Vorkommnisse, ein Waldstück nahe Limburg, erreichten. Dank der guten Ortskenntnisse von Larsen hatten sie mit Hilfe der vielen Schleichpfade unentdeckt bleiben können. Sie waren bis hierhin keiner Menschenseele begegnet. An der ortsabgewandten Seite des Waldes entfachten sie ein kleines Feuer in einer tiefen Mulde. Die Hasen waren schnell enthäutet und ausgenommen. Auf langen Ästen aufgespießt, brieten sie nun über dem Feuer und ihre leeren Mägen meldeten sich abermals, schlimmer denn je.

„Ich glaube, die haben wir uns verdient, was? Leute?“

„Ja, Theiß. Das haben wir wahrlich verdient.“, sagte Larsen.

„Habt ihr meinen vortrefflichen Schuss gesehen?“, wollte Adam wissen, aber da kam Johannes mit erleichtertem Gesicht aus dem Gebüsch gekrochen.

„He! Wen haben wir denn da?“, rief Theiß aus und Adam fühlte sich ignoriert.

„Ach, der war doch bloß nur scheißen! Gekniffen hat der, bis gerade eben!“

„Na, Adam. Auch das ist eine stramme Leistung! Meinst du nicht?“, fragte Larsen belustigt.

„Ja doch, schon. Aber ich finde …“

„Nein. Wo er Recht hat, hat er Recht, Larsen.“, erwiderte der Magister zur Überraschung aller. Adam verschluckte sich am Bier und schaute ungläubig.

„Ohne Adam säßen wir genauso wenig hier, wie mit deiner, Theiß oder meiner Hilfe." Theiß haute sich auf die Schenkel:

„Na dann Prost auf unseren Nachtwächter, dem Nachtauge und Jäger!" Adam fühlte sich nun angemessen geehrt und erhob sich von seinem Platz, nickte jedem Einzelnen zu und sagte:

„Auf unsere Saubande!" Dann stachen sie mit ihren Messern auf die gebratenen Hasen ein und hörten erst auf, als das letzte Stück im Magen verschwunden war. Gedankenverloren schauten alle danach ins Feuer und der Nachtwächter war der Erste, der das lange Schweigen brach:

„So, Theiß, jetzt ist es an der Zeit uns zu verraten, was es mit diesem stinkenden Fleisch auf sich hat." Der Schmied nahm einen kräftigen Schluck, ehe er zu erklären begann:

„Ich erinnere dich an dein Versprechen, Adam. Du kannst dich doch noch an die Wespen heute Morgen erinnern, die sich an den Taschen zu schaffen machen wollten?"

„Natürlich!"

„Wespen haben sehr feine Nasen und sind schlauer als die Bienen. Aber noch schlauer sind Hornissen. Sie warten, bis die Wespen etwas gefunden haben, einen Bien oder totes Getier. Dann stürzen sie sich auf sie und nehmen sich so viel sie tragen können oder brauchen." Johannes sprang mit einem Entsetzen im Gesicht auf und war völlig außer sich:

„Was?! Du willst …" Larsen und Theiß hielten ihm den Mund zu und drückten ihn wieder auf seinen Platz. Theiß nickte.

„Jetzt beruhige dich wieder. Du wirst mit dem Anlocken und Einfangen nichts zu tun haben. Du wirst für den Lehm zuständig sein."

„Lehm?", fragte Johannes irritiert. Larsen nickte:

„Ja. Während wir mit dem Ködern der Hornissen beschäftigt sind, musst du den Lehm hierher bringen. Ohne den geht's nicht." Adam verdrehte das Auge und schlug sich an den Kopf:

„Mist! Und ich werde, oder besser gesagt, muss euch beiden dabei helfen. Oje. Nie wieder werde ich …" Theiß lachte etwas vergnügt und klopfte ihm auf die Schulter:

„Mach dir mal keine Sorgen. Den gefährlichsten Teil werde ich übernehmen.“

„Und wie wollt ihr das schaffen, ohne selbst gestochen zu werden?“, wollte Adam wissen.

„Morgen früh werden wir, ab Sonnenaufgang, die Fleischstücke in den Bäumen aufhängen und auf sie warten. Haben wir genug angelockt, werden wir sie einfangen.“

„Und dann?“, fragte Johannes.

„Dann kommst du mit deinem Lehm ins Spiel.“, gab Larsen zur Antwort.

„Ohne Schutz? Ohne alles? Die werden uns tot stechen!“, entgegnete Adam.

„Nein, Adam das werden sie nicht. Sie werden wild vor Gier sein und nur ihre Beute im Blick haben. Man darf sie natürlich nicht reizen. Deshalb kein Alkohol, kein offenes Feuer und keine Nahrung frei herum liegen lassen.“ ,sagte Theiß.

„Den Rest könnt ihr als Überraschung sehen. Aber lasst uns nun das Feuer ausmachen und dort oben auf den Kamm hinauf klettern. Ich möchte mir noch einmal die Stadt von oben betrachten.“, erklärte Larsen.

Es war nicht mehr viel zu sehen. Nur noch vereinzelte Umrisse der Häuser und die spitze Haube der Kirche waren mit bloßem Auge zu erkennen. Die Laternen der Torwachen leuchteten schwach und spiegelten sich hier und da auf dem Wasser der Lahn. Der Mond tat ihnen aber nicht den Gefallen, sondern hielt sich hinter den Wolken versteckt. Larsen wies auf den hohen dunklen Wald hinter der Stadt.

„Das ist der Taunus. Nur noch er liegt zwischen uns und Höchst. Da müssen wir noch einmal durch, dann noch dreißig Kilometer wie der Vogel fliegt, und wir haben die Ebene des Schlachtfeldes erreicht.“

Sie krochen zurück zur Lagerstätte und legten sich schlafen. Morgen würde es ein langer Tag werden und sie wollten gut vorbereitet sein. Auch dieses Mal stellten sie keine Wache auf, obwohl sie doch so nahe am Ziel waren. Aber selbst Johannes hatte keine Bedenken diesbezüglich und rollte sich in seiner Decke ein. Kurze Zeit später fiel auch er in einen bleiernen Tiefschlaf.

Ein höchst aggressiver Hahn weckte sie am nächsten Tag mit seinem Geschrei; anders konnte man das nicht nennen. Theiß war der erste, der davon aufgeweckt wurde.

„Mann, der schreit, als würde er zur Schlacht rufen!“ Larsen lachte kopfnickend:

„Wer weiß, wer weiß, Theiß?“

„Nerven kann der schon, normal ist das nicht, der schreit, als würde es um sein Leben gehen.“, stellte Adam fest. Es folgte ein flüchtiges Frühstück und dann machten sie sich an die Arbeit. Dabei fungierte Theiß als Arbeitsaufteiler. Johannes machte sich im Wald auf die Suche nach einer Lehmstelle, Larsen kletterte in die Bäume, um die angegammelten Fleischstücke aufzuhängen, die Theiß zuvor aufgefädelt und Adam unter größtem Protest abgeschnitten hatte. Nach einer halben Stunde hingen mehr als zwei Dutzend handtellergroße Stücke in der Luft. Nach dieser Arbeit halfen sie Johannes, den Lehm aus dem Wald herbei zu schaffen und formten diesen zu großen Kugeln, die ungefähr in der Mitte ein faustgroßes Loch erhielten. Schließlich lagen ein dutzend Kugeln vor ihnen im Gras und sie beeilten sich, die Reste des Wildschweins in der Lehmkuhle zu vergraben. Zuletzt entfachten sie ein kleines Feuer und legten ständig Holz nach. Theiß warf hin und wieder frisches Gras darauf, dass eine kleine Rauchsäule aufstieg. Um sie herum hingen die Fleischstücke in den Bäumen und jeder hatte die Aufsicht über drei bekommen.

„Langsam müssten diese Viecher sich endlich mal zeigen, die Zeit drängt.“, sagte Larsen etwas mürrisch.

„Geduld mein Freund, nur noch etwas Geduld.“, erwiderte Theiß.

„Aber können die nicht auch auf uns losgehen?“, wollte Adam.

„Was meinst du, warum Theiß andauernd frisches Gras auf das Feuer wirft?“, fragte Johannes belehrend. Adam kratzte sich am Kopf:

„Aber wie willst du die einfangen und wofür überhaupt? Was hast du mit denen vor?“

„Warte nur ab, wenn es soweit ist. Je weniger du weißt, umso besser. Sonst könnte am Ende noch etwas schief gehen.“

„Da schaut!“ Johannes zeigte auf ein Fleischstück, das in südlicher

Richtung hing.

„Die Wespen sind endlich da. Lange darf es jetzt nicht mehr dauern.“, erklärte Larsen.

„Alles läuft nach Plan. Das geht jetzt schnell. Legt noch etwas vom Gras nach. Schnell, es wird lauter. Es geht los.“ Mit diesen Worten war Theiß aufgestanden und schritt die Stellen ab. Das anfängliche Summen wechselte zuerst in ein tiefes Brummen über, das mit der Zeit immer lauter und heller wurde. Hunderte von Wespen schwirrten schließlich über ihren Köpfen, mieden aber die Stelle, wo der Rauch aufstieg. Dann stürzten sie sich auf die Fleischstücke und es wurden immer mehr. Plötzlich kam Theiß aufgeregt herbeigeeilt.

„Mehr Holz und dann soviel Gras wie ihr finden könnt. Schnell!“

Als endlich hohe Stichflammen aus dem Feuer hochschlugen warfen sie bündelweise das Gras darauf, dass eine mächtige dunkle Rauchsäule aufstieg.

„Mensch, das wird die Leute aus der Stadt herbei locken! Die werden glauben, dass es im Wald brennt!“, rief Adam aufgeregt und wollte zu den Pferden. Aber Theiß hielt ihn fest.

„Die Gefahr müssen wir auf uns nehmen! Deswegen müssen wir von hier verschwunden sein, ehe sie hier sind! Hört jetzt genau zu. Das muss jetzt sehr schnell gehen. Adam sattelt und versammelt die Pferde hier am Feuer, während Johannes diese große Tasche aufhält. Larsen und ich machen den Rest. Aber zuvor reibt euch mit diesen qualmenden Grasbüscheln ein!“ Kurz darauf hörten sie ein lautes, ohrenbetäubendes Brummen. Erstaunt schauten sie auf und sahen gleich mehrere Hornissenschwärme, die sich auf das Fleisch stürzten. Sie hielten direkt auf die Wespen zu, die verängstigt aufflogen und Reißaus nahmen.

„Los! Jetzt oder nie!“ Theiß nahm zwei Kugeln und rannte Larsen hinterher, der schon auf das erste Fleischstück zu rannte. Dort löste er das Ende der ersten Schnur und ließ es langsam hinunter. Kurz vor der Öffnung der Kugel zog Theiß mit einem kurzen Ruck die Befestigung, ein kleines Querholzstück, heraus, und ließ das Fleisch, samt den darauf sitzenden Hornissen, hineinfallen und verschloss sie mit einem schnellen, geschickten Handgriff. Johannes sah dies und ihm stockte der Atem. Er ließ einen entsetzten Blick auf die Tasche fallen. ‚Er wird doch nicht alle Kugeln in diese Tasche legen?', dachte er bei sich und er wurde aschfahl im Gesicht. Hilfesuchend fiel sein Blick auf Adam, der dies auch gesehen hatte, aber der grinste nur frech. Theiß und Larsen hatten so schnell sechs Kugeln zusammen und dem Magister in die Tasche gelegt. Der schaute sie fast flehend an:

„Reicht das nicht schon?"

„Noch zwei, mein Freund. Nur noch zwei, dann …" Aber Theiß wurde jäh von einem Ruf des Nachtwächters unterbrochen.

„Es kommen Leute, beeilt euch!"

„Scheiße! Komm, die zwei noch, Larsen!" Entgegen aller Vernunft rannten sie hinüber zum nächsten Baum und holten sich in Windeseile die letzten Kugeln. Endlich waren sie wieder zurück und die Stimmen hinter ihnen wurden lauter. Sie drangen aus dem Wald herüber.

„Sie sind schon oben auf dem Kamm!" rief Adam. Theiß nahm die schwere Tasche und saß auf. Die anderen folgten und im Galopp ritten sie davon, mit Larsen vorneweg. Gerade noch rechtzeitig, bevor die ersten ihre Gewehre abfeuern konnten. Als sie außer Sichtweite waren, verlangsamten sie ihr Tempo und hielten schließlich an. Theiß saß ab und winkte die anderen herbei.

„Los, kommt schnell her!" Er nahm vorsichtig alle Kugeln, wie rohe Eier, heraus und legte sie auf dem Boden ab. Ein lautes, wütendes Brummen drang aus den Kugeln und die anderen traten erschrocken einige Schritte zurück. Theiß schien das nicht zu sehen.

„Johannes, halt die Tasche auf! Und du, Adam, besorgst Moos, so viel du finden kannst! Los!" Den Boden der Ledertasche kleidete Theiß mit Moos aus, bevor er zusammen mit Larsen die zuvor mit Luftlöchern versehenen Lehmkugeln zurücklegte. Immer wieder mit einer Lage Moos dazwischen. Schließlich gurtete Theiß sich die Tasche, mit Hilfe von Larsen, wie einen Rucksack um und die Reise konnte weiter gehen. Sie machten, als Vorsichtsmaßnahme, einen großen Bogen um die Stadt Limburg, in nördlicher Richtung und schlugen sich dann in südlicher Richtung in die Büsche. Hinter ihnen stieg immer noch eine dunkle Rauchsäule, wie ein langer Finger auf. Gegen Mittag hatten sie

Idstein errreicht und legten eine kurze Rast ein. Sie blieben außerhalb der Reichweite des Schlosses und suchten sich einen Lagerplatz auf gleicher Höhe, gegenüberliegend, auf einer Anhöhe im Taunus, und die Landstraße unter sich liegend.

„Wer geht los und besorgt uns heute das Abendessen?“ fragte Theiß.

„Du warst als letztes, danach ich, also ist Larsen dran.“, schlussfolgerte Adam. Grinsend sagte dieser beim Aufstehen:

„Gut. Dann wirst du, Theiß beim Sichten der Kugeln zur Hand gehen.“ Adam biss sich auf die Lippen, aber bevor ihm ein Fluch entglitt, sagte Johannes:

„Wieder mal dumm gelaufen für dich, mein Freund.“ Adam winkte ab und tat so, als hätte Theiß nur lauter Äpfel in der Tasche. Vorsichtig öffneten sie die Tasche und Theiß nahm einen Schluck aus dem Wasserschlauch. In der Tasche selbst war es ruhig aber innerhalb jeder Kugel klang es umso bedrohlicher, sobald sie hochgehoben wurde. Einige begannen sogar, davon zu rollen, als er sie ablegte und Adams Aufgabe war es dabei, die Tasche aufzuhalten und sie wieder in Empfang zu nehmen. Theiß drehte die Kugeln und besprühte sie mit einem Wassernebel aus seinem Mund. Adams Puls normalisierte sich erst wieder, als alle Kugeln zurück gelegt waren. Larsen kam nach einiger Zeit mit zwei Hühnern unterm Arm zurück. Mit einem lauten ‚Joho‘ wurde er daraufhin begrüßt und dann schlachteten sie sie auf der Stelle, zogen die Federn ab und hängten es an den Füßen zusammengebunden, an Larsens Sattel. Kurze Zeit später saßen sie wieder im Sattel und es ging weiter, mitten durch den Taunus auf ihr Reiseziel zu.

Teilweise war es ein echter Kampf durch den dichten Mischwald und eine schwüle Hitze hing in der Luft, gemischt mit den süßlichen Düften der reifenden Früchte aus Feld und Flur. Wir schrieben das Ende des Monats Brachet. Von den Reitern und Pferden wurden alle Kräfte abverlangt und ihre Mühsal hatte erst gegen frühen Abend ein Ende, als sie an der Burg Falkenstein vorüber kamen, die nur noch wenige Kilometer vor Höchst lag.

„Hier dürfen wir auf keinen Fall anhalten. Die Burg gehört dem Grafen von Nassau und der ist nicht zimperlich mit der reitenden Kundschaft, wenn sie sich sorglos nähern und seine Straßen benutzen wollen. Aber das ist nun mal die Römerstraße, die wir nehmen müssen, auf der wir an Friedrichsdorf vorbei bis zum Gickelsberg kommen.“, erklärte Larsen.

Eine weitere Stunde später hatten sie den abschüssigen Südhang des Taunus erreicht, der Richtung Höchst zu einer flachen baumlosen Ebene auslief. Sie hatten endlich den Gickelsberg erreicht.

„Lasst uns hier oben bleiben, heute Nacht. So haben wir alles im Blick.“, schlug Theiß vor. Larsen nickte. Johannes war abgestiegen und rieb sich das wunde Hinterteil, als er an der Kante stand.

„Kennst du einen sicheren Weg hinunter, der auch schnell genug ist?“

„Etwa hundert Meter von hier führt ein Weg hinunter. Die Neigung ist überschaubar.“, erklärte Larsen. Der Magister rieb sich das Kinn:

„Wo endet er?“

„Wenn er noch so verläuft wie damals, kommt man fast in der Mitte des Feldes aus. Warum?“

„Wir müssen den Zugang finden und mit grünem Gestrüpp verdecken.“ Theiß nickte:

„Ja, das ist gut. So sind sie gezwungen, den längeren Weg außenherum zu nehmen.“ Der Zugang war schnell gefunden und sie machten sich sofort an die Arbeit. Danach ritten sie fünfhundert Meter in westlicher Richtung davon und hielten erst an, als sie genug ‚Grünzeugs‘, wie Adam meinte, um sich herum sahen. Wieder wurde eine Kuhle ausgehoben und darin ein Feuer entfacht. Die beiden Hühner steckten sie sich auf zwei Schwerter und hielten sie darüber. Die beginnende Dunkelheit hatte einen Schleier aus Nebel mitgebracht und sie nahmen ihr Umfeld bald nur noch in undeutlichen Umrissen wahr.

„Das hat uns noch gefehlt!“, fluchte Adam.

„Hoffentlich verzieht der sich bis Morgen wieder.“, flüsterte Johannes.

„Das ist normal für diese Gegend. Das sind die feuchten Nebel vom Rhein und vom Main, die bis hierher heraufziehen. Aber ich denke morgen früh ist der Spuk vorbei.“, erklärte Larsen und schärfte sein Messer weiter an einem naheliegenden Stein. Sie aßen stumm und gedankenversunken ihre Hühner auf. Würde es ihre letzte Mahlzeit sein? Wann würde es losgehen? Und was wird passieren? Hilft ihnen Theiß' ‚Geheimwaffe'? All jene Fragen gingen ihnen dabei durch den Kopf, bis schließlich Johannes das Schweigen brach.

„Morgen ist der zwanzigste im Brachet, oder Juni. Wie sieht unser Plan aus?" Theiß holte tief Luft bevor er antwortete:

„Also den genauen Plan können wir erst kurz vorher machen. Weil er davon abhängen wird, von wo Bernard und seine Leute und wer von der Gegenseite kommen wird. Wie viele werden es sein? Werden sie sich teilen? Gehen sie direkt aufeinander los? Wie verhält sich die Gegenseite? Und wo genau findet das alles statt?"

„Ja. Die Ebene ist recht groß. Mich interessiert vor allen Dingen wann? Wann geht's los?" erklärte Larsen. Johannes war das zu wenig.

„Aber was habt ihr, oder besser gesagt haben wir vor?"

„Genau! Für irgendwas müssen diese Kugeln doch gut sein, oder nicht?", ergänzte Adam. Theiß räusperte sich einmal laut:

„Wir haben acht Kugeln, für jeden zwei." Johannes und Adam schluckten.

„Wir müssen, auch auf die Gefahr hin getroffen oder verletzt zu werden, nahe an sie herankommen. Der Lehm wird an ihren Schilden und Rüstungen hängen bleiben. Außerdem sind sie alle schwarz gekleidet …" Adam und Johannes schauten fragend auf.

„Das mögen diese Viecher nicht. Die mögen kein Schwarz. Das macht sie noch aggressiver, als sie eh schon sind. Durch den Hunger, das eingesperrt sein und den dumpfen Aufschlag, werden sie sehr schnell gefährlich.", erklärte Larsen.

„Aber auch für uns.", entgegnete Johannes. Theiß winkte ab:

„Dafür ist gesorgt. Hier!" Er warf ihnen weiße Leinentücher zu. „Das Weiß macht euch fast unsichtbar, wenn ihr euch ruhig verhaltet. Sobald ihr die Ladung abgeworfen habt, müsst ihr stehen bleiben. Egal was passiert, bewegt euch nicht. Um euer Leben nicht!" Adam riss das Auge auf:

„Und wenn sie mit ihren Schwertern auf uns zu kommen?! Auch dann nicht?!" Larsen und Theiß schüttelten die Köpfe. Der Nachtwächter und der Magister schluckten.

„Das ist das einzige Risiko, das wir eingehen müssen, meine Freunde.“, sagte Theiß und senkte den Kopf.

„Wir wollten es euch vorher nicht sagen, damit ihr euch keine Sorgen macht, aber …“, versuchte Larsen zu erklären. Aber er sah, dass es jetzt nicht mehr helfen konnte. Während Johannes sich bekreuzigte, nahm Adam einen sehr kräftigen Schluck aus dem Bierschlauch und füllte gleich aus dem Fass wieder nach. Sie losten die Wachen aus und die erste ging an Theiß. So leise und betrübt wie jetzt, war es noch nie unter ihnen gewesen, als sie sich schlafen legten. Gegen Mitternacht löste Larsen Theiß ab und sie kamen überein, die beiden anderen nicht mehr zu wecken und sie zu zweit zu übernehmen. Theiß legte seine Rechte auf den Schwertknauf und schaute Larsen nicht an, als er sagte:

„Das hab ich vermeiden wollen, damit sie nicht der Mut verlässt. Jetzt kann es sein, dass ich sie morgen verliere, für immer.“ Larsen legte ihm die Hand auf die Schulter:

„Theiß, du warst immer sein größter Widersacher. Als er erfuhr, dass du noch lebst, wird er mit größter Sicherheit beschlossen haben, dir oder deinen engsten Freunden, Leid zuzufügen. Da er aber immer Angst vor dir hatte, hätte er sich Johannes und Adam ausgesucht. Also früher oder später hätte er sie geschnappt, um dich zu erpressen. Nur jetzt kannst du das nach deinen Spielregeln noch verhindern. Tue es! Du hast es in der Hand! Bedenke, du bist nicht allein!“ Theiß erhob sich langsam:

„Du hast Recht. Tränen sind dazu da, um vergossen zu werden. Aber nicht jetzt und auch nicht morgen!“ Sie umarmten sich und dann erzählte Theiß ihm von seinem Traum, den er vor einiger Zeit gehabt hatte. Keiner sagte was, als er geendet hatte. Larsen lauschte auf den Atem seines Freundes und hörte bald ein leises Schnarchen. Dann schmunzelte er:

„Bis morgen, Theiß Eichenblatt.“

Schwer waren die Glieder, schwer waren die Köpfe, und schwer waren die Herzen aller, als sie erwachten. Selbst die Luft zum atmen schien aus Blei zu sein. Kein Wind war spürbar.

„Hat jemand Hunger? Also ich nicht!“, sagte Adam. Alle schüttelten den Kopf. Theiß warf zwei Schwerter in die Mitte, ein kurzes und ein langes.

„Die sind für euch. Hab sie gestern Abend geschärft. Könnte sein, dass ihr sie brauchen werdet.“ Sie machten sich bereit, sattelten die Pferde und ritten auf den Zugang zu und mussten feststellen, dass er offen stand.

„Verflucht! Kommen wir etwa zu spät?!“, schrie Theiß.

„Nein, wir kommen gerade rechtzeitig. Sie sind schon unten. Ich habe den Zugang geöffnet.“, erklärte Larsen. „Gestern hörte ich sie kommen und beschloss, sie in die Falle tappen zu lassen.“

„Falle?“, wiederholte Johannes.

„Erzähl schon! Rasch!“ forderte Theiß ihn auf.

„Heute Morgen hatte sich der Nebel verzogen und so konnte ich von hier oben sehen, in welche Richtung sie andauernd blickten.“

„Und?“ Kam es von allen Seiten.

„Bernard wird mit der Kutsche aus dem Westen kommen. Er nimmt die Straße am Mainufer entlang.“

„Bist du dir sicher? Haben sie die ganze Zeit in diese Richtung geschaut?“, fragte der Schmied aufgeregt. Larsen nickte. Johannes fasste ihn an der Hüfte:

„Kann das keine Falle sein?“

„Nein sie wissen nicht, dass wir hier sind und sie beobachten. Nein, auf keinen Fall!“ Theiß rieb sich die Hände:

„Gut. Gut. Jetzt müssen wir noch herausfinden, wieviele es sind und dann können wir mit unserem Plan beginnen. Los geht‘s!“ Sie ließen die Pferde oben stehen und gingen zu Fuß weiter. Sie mussten aufpassen, nicht entdeckt zu werden, denn als sie den Hohlweg hinab zur Ebene kamen, bestand kein Sichtschutz mehr. Sie pressten sich fest an die Seiten des Weges und kamen nur sehr langsam voran. Die Sonne stand jetzt hoch am Himmel und bot keinerlei Schatten. Vor ihnen, in etwa einem Kilometer Entfernung, zeichneten sich dunkle Punkte ab.

„Runter! Das sind sie!“, rief Larsen und warf sich auf den Boden.

„Eingraben!“, rief Theiß:

„Was?!“ fragte Adam.

„Ich sagte: eingraben!“ Hastig begannen sie mit den Händen und Beinen den sandigen Boden wie Schildkröten zur Seite zu bewegen und hatten so recht schnell eine Mulde geschaffen. Abwechselnd lugten sie darüber hinweg.

„Kommen sie näher?“, wollte Theiß wissen.

„Ja. Aber jetzt bleiben sie stehen.“, sagte Larsen. Theiß lachte.

„Weil sie sich nicht mehr sicher sind, ob sie tatsächlich was gesehen haben ...“

„Oder weil eine Kutsche kommt.“, sagte Johannes trocken. Erschrocken wandten sich alle um, und folgten dem Finger des kleinen Mannes. Von Westen her, näherte sich eine schwarze Kutsche. Fünf Reiter ritten darauf zu und am Rand der Ebene trafen sie zu zusammen.

„Nur fünf und Bernard. Weniger als ich befürchtet hatte.“ Theiß klatschte in die Hände.

„Gut. Sehr gut.“, flüsterte Larsen.

„Wenn keiner mehr in der Kutsche ist!“, erwiderte Johannes.

„Das werden wir gleich wissen.“, gab Theiß zur Antwort.

„Bevor es losgeht, nehme ich mir erst noch einen Schluck.“ Sie hörten Adams Schluckgeräusche, während sie gebannt hinüberschauten.

„Da! Ein Söldner mit einer Muskete steigt aus!“, rief Johannes.

„Damit sollten wir fertig werden.“, sagte Theiß.

„He! Lass für uns auch noch was drin!“ Larsen riss Adam den Beutel aus der Hand. Theiß nahm es kaum zur Kenntnis:

„Also gut. Insgesamt sieben Mann. Zwei müssen wir mit unseren Musketen erledigen. Bleiben fünf.“

„Wir sollten erst die bei der Kutsche erledigen.“, warf Larsen ein.

„Bernard und der Söldner.“, ergänzte Johannes.

„Mit den Schüssen werden wir unseren Standort verraten. Damit haben wir die Kahlschädel gegen uns. Dann gilt‘s, Larsen. Johannes bist du bereit? Du auch Adam?“ Alle nickten. Sie tranken zusammen den Schlauch leer und Theiß kontrollierte seinen Rucksack mit den Kugeln. „Alles klar?“, fragte Johannes. Theiß nickte. Sie machten die Musketen bereit. Bernard stand mit dem Söldner neben der Kutsche und schaute in Richtung Osten. Plötzlich rief Johannes entsetzt aus:

„Runter! Der hat ein Fernglas!“ Aber da war es schon zu spät. Sie hörten jemanden laut lachen und dann ein Rufen einer schneidigen Stimme:

„He, Theiß! Komm raus aus deinem Loch! Ich hab dich und deine Freunde schon längst gesehen! Wird‘s bald?“ Sie warfen einander fragende Blicke zu.

„Verhaltet euch still. Das ist nur eine Finte. Wenn er wüsste wo wir sind, wäre er doch schon längst hier!“, zischte Johannes.

„Schlaues Kerlchen.“, nickte Larsen.

„He! Kommt hervor, sonst wird der Sohn des Grafen von Trauttmansdorff euretwegen sterben müssen!“ Alle zuckten bei diesem Namen zusammen.

„Die sind ja wahnsinnig! Den Sohn des …“, sprach Larsen.

„Der ist größenwahnsinnig!“, rief Theiß.

„Nein, ist er nicht!“, widersprach Johannes. „Bernard gewinnt Dreierlei, sollte ihm das heute gelingen!“ Adam verstand gar nichts mehr und schaute nur noch hin und her. Johannes fuhr hastig fort:

„Graf Trauttmansdorff verliert wichtige Zeit. Wird er hier aufgehalten, kommt er zu spät nach Nürnberg, um am 26. Juni den Vertrag zu unterschreiben.“

„Dafür wird das Schwein garantiert bezahlt!“, sagte Theiß.

„Mit Sicherheit! Dadurch gewinnt er an Achtung gegenüber den Gegnern des Vertrages. Als Bonus obendrauf, kann er sich noch das Lösegeld unter den Nagel reißen.“

„Aber dazu wird es nicht kommen!“, rief Theiß.

„Halt! Warte!“, rief plötzlich Larsen dazwischen. „Es kommt noch eine Kutsche!“ Bernard hatte sein Rufen unterbrochen und seine Aufmerksamkeit galt nun voll und ganz den Ankömmlingen. Sie hielt keine hundert Meter entfernt, in der Mitte des Platzes und zwei Söldner stiegen aus. Ein älterer, fein gekleideter Mann, dessen hohes Amt sogleich zu erkennen war, stieg etwas umständlich und unbeholfen aus. In der Hand hielt er ein weißes Taschentuch und winkte damit.

„Das ist das Zeichen der Geldübergabe!“, zischte Larsen.

„Halte deine Muskete bereit, Larsen!“, sagte Theiß. Die beiden

Söldner holten zwei schwere Geldsäcke aus der Kutsche und kamen Bernard entgegen. Er wartete geduldig wie eine Spinne, während aus seiner Kutsche jemand gewaltsam hinausgezerrt wurde. Er war in einen schwarzen Umhang verhüllt und Bernard trat ihm lachend in den Hintern, um ihn anzutreiben.

„Das ist eine Falle!", fluchte Theiß ungehalten.

Die beiden Söldner waren schon fast angekommen, als Bernard plötzlich mit einem lauten Schrei an einem Seil zog, welches sich um den Hals des Gefangenen zusammenzog. Daraufhin fiel dieser rückwärts zu Boden und das Tuch fiel von seinem Kopf herunter. Ein weiterer lauter Schrei erklang:

„Jetzt! Schießt!" Die beiden Söldner brachen augenblicklich in sich zusammen und blieben regungslos liegen. Der Gefangene wurde wie ein Hund zurück gezerrt und er hob verzweifelt sein bleiches, kahlgeschorenes und geschändetes Haupt. Man hörte nur ganz schwach seine Hilferufe. Bernard setzte schließlich seinen Stiefel auf die Brust des Sohnes des Diplomaten Graf von Trauttmansdorff und rief laut, wobei er sich spöttisch verneigte:

„Euer Hochwohlgeboren mögen sich zu uns herüber begeben, um uns seine Ehrerbietung persönlich zu überbringen!" Und dann setzte er scharf hinzu:

„Sollte dies nicht innerhalb der nächsten Sekunden geschehen, wird euer Sohn jämmerlich, nach allen Regeln der Folterkunst, sterben! Oder, …" Bernard machte eine kleine Pause, „ihr bekommt euren Sohn und sogar euer Geld zurück, wenn ihr mir versprecht, nicht nach Nürnberg zu reisen! Das Beste wäre, ihr begebt euch in meinen Gewahrsam!" Graf Trauttmansdorff stand fassungslos und ratlos bei seiner Kutsche. Ganz allein mit seinem Kutscher. Dann erklang wieder Bernard's schneidende Stimme:

„Ich zähle bis zehn!" Theiß und Larsen nickte einander zu.

„Du Bernard, ich den anderen.", flüsterte Larsen.

„… fünf! sechs! sieben! acht! n…" Plötzlich erstarb die Stimme von Bernard und der Söldner an seiner Seite brach zusammen. Die Kugel von Theiß hatte seine Kehle durchschlagen. Dann donnerte seine Stimme über das Feld:

„Die Kugeln! Jeder zwei Stück und zieht die Umhänge an!“ Mit diesen Worten rannten Theiß und Larsen los, um den Gefangenen zu befreien. Die verbliebenen fünf Panzerritter bestiegen ihre Pferde, nahmen ihre Lanzen und hielten direkt auf sie zu. Adam und Johannes kamen mit ihren Kugeln kaum nach und blieben einige Meter hinter ihren Gefährten zurück. Als die schwarzen Ritter nur noch fünfzig Meter von ihnen entfernt waren, warfen Theiß und Larsen ihre ersten Kugeln, die an den Rüstungen kleben blieben. Adam und Johannes taten es ihnen nach, wobei nur die vom Nachtwächter ihr Ziel erreichte. Theiß und Larsen warfen ihre letzten Kugeln auf die verbliebenen zwei Ritter. Adam warf seine einfach hintendrein, während der erschöpfte Johannes seine noch in den Händen hielt.

„Bleibt stehen! Nicht bewegen!“, schrie Theiß. Aber das war eigentlich überflüssig. Denn mit einem Entsetzen verharrten sie und beobachteten, wie die Hornissen ihr Werk an den Kahlschädeln verrichteten. Von Raserei gepackt, hatten die Pferde sie abgeworfen. Die Helme waren ihnen dabei zum Teil von den kahlen Köpfen gefallen. Wer nicht an einem Genickbruch umgekommen war, befand sich noch im Todeskampf mit dem Gift der Hornissen, der nicht mehr gewonnen werden konnte. Ihre Gesichter quollen auf, bis zur Unkenntlichkeit und ihr Schreien war ohrenbetäubend. Theiß wusste nicht warum, aber er nahm die verbliebene Kugel Johannes aus der Hand und wollte sie weit weg werfen, als neben ihm plötzlich ein eigenartiges Röcheln zu hören war. Er hörte noch den Schrei von Johannes und drehte sich um. Da sah er Bernard, mit vor Wahnsinn leuchtenden Augen, auf sich zukommen. Er hatte sein Schwert erhoben, bereit, ihm seinen Schädel zu spalten. Aber Theiß sprang mit einem Schrei des Erwachens zur Seite und drückte Bernard die letzte Kugel in den weitaufgerissenen Rachen. Mit einem Entsetzen in den Augen fiel dieser auf den Rücken und blieb zu seinen Füßen liegen. Doch in seinem Todeskampf riss dieser plötzlich seinen linken Arm hoch und hielt Theiß etwas in seiner geöffneten Hand entgegen. Der Schmied ging auf ihn zu.

„Geh nicht!“, rief Larsen. Aber Theiß hatte schon danach gegriffen und als er sah, was es war, machte er taumelnd ein paar Schritte zur Seite und schüttelte ungläubig mit seinem Kopf. Die Gefährten kamen bestürzt herbei und führten ihn weg.

Sie drehten sich nicht um, sondern gingen in weitem Bogen um die Stelle der Sterbenden herum und befreiten den Gefangenen. Mit weit geöffneten Armen kam Graf von Trauttmansdorff auf sie zugelaufen und nahm seinen Sohn in Empfang.

„Meine Herren, wie sind ihre Namen und wie kann ich ihnen dafür danken, was sie mir und meinem Sohn an weiterem Kummer und Leid erspart haben?“

„Unsere Namen sind hier nicht wichtig.“, sagte Theiß, immer noch etwas benommen.

„Fahren sie nach Nürnberg und unterschreiben sie den Vertrag.“, sagte Johannes.

„Damit endlich Frieden herrscht in diesem einstmals so schönen Land!“, beschloss Larsen. Aber Adam klappte seine Augenklappe hoch und sagte:

„Ich wüsste da schon was!“ Graf von Trauttmansdorff nickte wohlwollend:

„Dann nehmen sie sich das Geld, sie haben es sich verdient!“

„Genau!“ Und Adam rieb sich die Hände.

„Hehe! Adam! Die sind viel zu schwer für dich alleine!“, rief Theiß.

„Außerdem hätten wir Sorge, dass du gar nicht heil zu Hause ankommst!“, sagte Larsen.

„Wegen Wegelagerern, Trinkgelagen und Gott weiß was noch …“, ergänzte Johannes mit einem Zwinkern. Auf dem Weg zu ihren Pferden, hielt Larsen Theiß plötzlich an der Schulter fest und fragte:

„Was hat Bernard dir eigentlich gegeben?“

„Ich dachte schon, es wäre wieder irgendeine List von ihm gewesen.“, sagte Johannes. Theiß öffnete daraufhin seine Hand und sagte: „Das hier, ein Eichenblatt!“ Larsen nickte stumm und ging weiter, während Johannes und Adam sich fragend anschauten.

„Ein Königreich für ein Eichenblatt.“, flüsterte Johannes.

„Was sagst du da, Zwerg Langärmel? Honigweich wie Teichblatt?

Bist du irre?!“ Der Magister winkte ab, was die anderen nur zu gut verstehen konnten.

Und so wurde die allerletzte Schlacht von Höchst im Jahre 1650, am 20. Juni geschlagen.

Ende